故园旧梦

高莉芹　著

YUANFANG 远方出版社

图书在版编目（C I P）数据

故园旧梦 / 高莉芹著. -- 呼和浩特 : 远方出版社,
2018.10
ISBN 978-7-5555-1179-3

Ⅰ. ①故… Ⅱ. ①高… Ⅲ. ①长篇小说－中国－当代
Ⅳ. ①I247.5

中国版本图书馆 CIP 数据核字(2018)第 234194 号

故园旧梦
GUYUAN JIUMENG

作　　者	高莉芹
责任编辑	孟繁龙
责任校对	邱　仓
封面设计	格恩陶丽
版式设计	王志利
出版发行	远方出版社
社　　址	呼和浩特市乌兰察布东路 666 号　邮编 010010
电　　话	(0471) 2236470 总编室　2236460 发行部
经　　销	新华书店
印　　刷	内蒙古爱信达教育印务有限责任公司
开　　本	170mm×240mm　1/16
字　　数	276 千
印　　张	18
版　　次	2018 年 10 月第 1 版
印　　次	2018 年 10 月第 1 次印刷
印　　数	1—2 000 册
标准书号	ISBN 978-7-5555-1179-3
定　　价	48.00 元

自序

欢迎你到故园来

有些执念始终放不下，有些怀念一直萦绕于心。人的一生最无法割舍的是亲情，生活在一起的人突然离开了，可活着的人终究难以从过去的生活中彻底抽离出来。随着岁月的拉长，林林总总的生活场景无法搁置在心念之外。有人说：有多少回忆就有多少花香根植于记忆深处，即使染了岁月的尘香，也如锦缎般丝滑。现实中无法回避一些触碰，遵循内心的需求，把那些散落在记忆深处的枝叶重新捡拾起来，即使没有了当初的活色生香，但透过时光的深深浅浅，依然能收拢一份放不下的念想。

故园早已成为童年的精神安慰，修葺故园的人，不仅建造了一个属于自己的理想王国，还给后代构筑了一个美丽的梦境。那是一段溜光水滑的窈窕岁月，足以给人带来丰富的遐思，以及成年之后能够自发地返回童年的力量。蓊郁的林木，清香的苜蓿草，让童年生活脱离了清贫，积蓄了生命初始的味道。揣着这味道，一直走向生活的深处。修葺园林的人用勤劳的双手，创造了生活，美化了生活。他普通简单，但对生活充满了信心，脚踏实地地经营生活，善待他人，这是朴素的生存意识，也是令人尊敬的生存之道。

人的生命在历史长河中是微不足道的，可一个生命所回放的片段，却令人思考和回味。在与生活抗衡的日子里，他所经历的一切不会被庸常琐碎屏蔽。从一代人的生活中见证一段不平常的历史，人类就是在总结过去、继往开来的征程中不断前行的。

农村的生活背景是极其广阔的，生活的主旋律也是单纯明快的。嗅着泥土的芳香，农民在精耕细作中，情感早已和土地、种子融为一体。一个农民的梦想种植在土壤里，生长在汗水间，收获在劳动中。背灼太阳的炎热，手捧月光的清辉，与天地相伴，同日月共守，成就了一个农民博大无私的胸襟：仁爱、仁厚。

在一生的耕耘中，勤劳的人对生活的愿望是单纯的、美好的，那就是希望过上吃饱穿暖的日子。这样的愿望不止于个人，也希望和自己一样的普通劳动者都能实现这样的生活目标。为此，他们坚守着先辈传承下来的敦厚、朴实、任劳任怨的品德，朴素的意识里始终没有忘记自己是一个农民，用劳动创造生活、创造未来，在创造中努力改变现状，但自始至终没有改变的是农民的本色、本质。

把一个故事交给一个不会讲故事的人来讲，故事就失去了应有的感染力、生动性。不会讲故事的人不愿放下这份执念，磕磕巴巴讲完了一个故事，讲故事的人感觉不自信，听故事的人也备受折磨。但生活告诉我们：好听与不好听，我们的故事还要继续，人就是在讲别人的故事、说自己的故事中过完一生的。每个人都是一段故事，努力讲好别人和自己的故事，这是我的初衷。因为第一次讲长故事，心中不免忐忑，可断断续续总算有了结尾。致谢亲爱的读者：请谅解讲述中的絮叨、啰唆，期待下次相见时，能够稍有长进。致谢诗人付志勇为《故园旧梦》提供诗歌内容。

高莉芹

2018. 3. 21

一

清晨，当橘红色的阳光穿透氤氲迷雾的云层后，乔家圪旦在霞光涂抹中苏醒了。温柔单纯的空气从四野聚拢过来，清新扑面，带着野草野花的浓香，四处乱撞。乔家圪旦北边紧挨着阴山，西边靠着黄济渠，阴山山脉是东西走向，黄济渠是南北走向，双方交汇的地方就像一把直角尺子，把乔家圪旦围在了九十度的直角里，这也算是河套地区最为偏僻的地方了。因为人家居住比较分散，所以按居住位置分为东村和西村。东村有二十几户人家，西村只有三户人家，因为姓乔的居多，人们顺口就把这里叫成了乔家圪旦。

西村这三户人家，每户前后相隔几十米远，孤零零地坐落在与东村相距三四里的地方。四周除了庄稼地、野草，剩余就是一望无际的空旷了。三户人家的房前屋后长满了茂盛的枳芨、红柳，把土房包围起来，房屋在若隐若现中就像被淹没在丛林之中。

乔三保从房后抱回一捆干红柳条，“腾”的一声撂在地上，又爬上炕从放煤油灯的窗台上拿下一盒火柴来，圪蹴下来点火。老婆李招弟赶紧从瓮里舀了几瓢水，倒进锅里。火点着了，火苗不一会儿就满炉膛了，锅里的水发出了“吱吱”的响声。李招弟把暖壶拿过来，准备灌水。灌完了水，她去凉房挖了一碗米倒进开水锅里，煮了一会儿，把米汤舀出来，嘱咐乔三保不要烧火了，有一点余火正好焖熟饭了。

李招弟从腌酸菜的瓮里捞出一个蔓菁，切碎放在炕沿上。米饭好了后，俩人一人一碗就上酸蔓菁吃。

“你吃完饭赶紧把柜子里准备好的娃娃铺盖拿出来，还有包娃娃用的布。”

李招弟应着："洗了锅我就去拿。"乔三保吃完了饭，从中式褂子的里兜里摸出一串钥匙，走在地下靠西墙摆放的一个大组合柜前，打开了一把锁子。他伸手进去从柜子里摸出了一个袋子，然后坐在炕沿上，从袋子里拿出明晃晃的银圆，一个一个地数着。数了十五块放在一个红布包里，剩下的又放进柜子里，上了锁。

乔三保家的这组大柜子，是方周二围的人家羡慕的家具。柜子高低三层，榆木材质，木板厚实，加上仿紫檀颜色，每个柜门上都彩绘了花鸟图案，铜制拉手，古色古香。村里有些人专门来看稀罕，那神情好不羡慕。

要说这柜子还是有点来头的。乔三保的妹妹嫁给了一位河北商人，河北商人走南闯北见过世面，乔三保就托这位妹夫买了这么一组乡下人很少见的组合柜摆在家里，这家里一下子就显得富丽堂皇了。

乔三保的父亲走西口来到后套，选中了这么一片荒滩。这里除了枳芨、红柳外，没有一户人家。他父亲砍倒了红柳，在荒滩上盖起了土房，一家人就在这里安家落户了。乔三保不到十七岁，父亲就给他娶回来媳妇，从李招弟进门到现在三年多了，也没生下一男半女。乔老太爷心里着急，他打听到十几里外的二牛圪旦的沈宏达老婆又快生了，想从已经生了五个男娃的沈宏达家抱养一个男娃娃。乔老太爷托人捎话，沈宏达答应了，如果再生男娃，就送给乔家一个。

沈宏达夫妇着急地想要个女娃娃，老婆张艳霞的肚子倒是争气，一年一个，一溜烟生出五个男娃娃。不是沈宏达养不起，是这乔老太爷的面子不好驳回。走西口上来的乔老太爷，凭着自己的勤苦，在房前屋后开荒种地，光景过得一年比一年好。后来人手不够，他就雇用了本村的几个后生帮着种地、放牛、放羊。等乔三保成人了，他就不想操心家里这摊事了，都交给乔三保打理。

乔老太爷在方周二围算是有脸面的人，沈宏达虽然也算得上远近有名的人物，但他还是要给乔老太爷一个面子的，所以就应允下了这件事。

等到出生这天，随着一声响亮啼哭，第六个男娃落地。沈宏达夫妇的希望又一次落空了。但事先经人说合，娃娃生下来要喂一个月的奶，乔家人再抱走。张艳霞数着这月子地的三十天也看快满了，竟然有些舍不得把娃儿送给乔家了。

她和当家的商量："娃儿已经奶了快一个月了，咱家不差这口吃的，把娃儿留下吧。"

沈宏达看看奶得白白胖胖的娃娃，也有点犹豫，但他是一个铁铮铮的男人，一言既出，驷马难追："乡里乡亲，既然答应人家了，就不能失言。"张艳霞知道自己拗不过男人，叹了口气，脸上流下两行泪来。

乔三保问老婆："都准备好了没有?"李招弟答应着："准备好了。"李招弟提起一个大包裹，踮着三寸小脚，走到院子里的马车旁。赶马车的小伙子扶了她一把，她坐在了车上，乔三保坐在车辕边上，赶马车的小伙子坐在前面，随着"叭"的一声鞭响，马车向二牛圪旦方向驶去。

二牛圪旦村子比较大，沈宏达的院子在村西头。还不到晌午，村子里有些人家房顶上已经开始冒烟了。到了沈宏达的院门口时，马蹄声、车轱辘声提前报到了。院里跑出几个男娃娃，围着看稀罕。乔三保和老婆李招弟从车上下来，抱上大包袱走进院里。沈宏达从屋里出来，热情地招呼客人进了东边的屋子里。

沈宏达是被官府选出来负责分管黄济渠水利事宜的人，一米九的个头，身板笔直，眼睛里有一股英气，一看就是说一不二的男人。乔三保话少，老婆赶紧上前递话："沈大哥，这一个月辛苦嫂子和家人了，今天是个好日子，我们找人算了一下，是黄道吉日，所以来接娃娃。"说完给乔三保使了一个眼色，乔三保从怀里掏出红布包，递给沈宏达："这是我们的一点心意，给嫂子补补身子。"沈宏达接过来放在炕上："三保老弟，你们客气了，我们都是老乡邻了，只要你们待娃娃好就行了。"

李招弟赶紧接过话来："我们无儿无女，娃娃就是我们心尖尖上的肉，我们不让他受一点委屈，沈大哥你们尽管放心。""既然话说到这个份儿上，我也就放心了，再说你们的为人这十里八乡的人也都知道。招弟随我到西屋抱孩子吧，三保你先在这屋等一下。"

沈宏达推开西屋的门，看见地下站着五个儿子，李招弟赶紧从衣兜里掏出糖块分给几个娃娃，只见几个娃娃谁也不要糖块。再看看张艳霞头上围着一块花布，眼睛盯着从门外进来的沈宏达和李招弟，那架势就像要打架。

李招弟是个明白人，她已感觉到气氛有些不对了，于是赶紧说："嫂子，这一个月劳累你了，我们全家人都感激你的大恩大德，我们一定好好养活娃娃，不让他受一点罪，你放宽心。"

"哇"的一声长号，把一家人吓了一跳。只听张艳霞边哭边数落自己的男人，那哭声凄凄惨惨，呜呜咽咽。她这一哭不要紧，地下站着的几个娃娃也号啕大哭起来，炕上的小娃娃也哭了起来，满屋子都是哭声。张艳霞一边哭一边抱起将要离开她的男娃，从怀里掏出奶，给娃娃喂奶，小娃娃吃到了奶，立刻停止了哭。张艳霞安抚着怀里的娃娃："多吃几口吧，离开老娘你就再也吃不上了。"说着，那泪水顺着脸颊扑簌簌地流了下来。

沈宏达催促李招弟赶紧打开包裹，把孩子包起来。招弟上炕准备从张艳霞手里接过孩子，可伸出去的手又缩了回来。她看到张艳霞的眼睛紧紧盯着娃娃看，她也不忍心从张艳霞怀里夺走孩子。沈宏达一看这架势，上来一把从老婆怀里抱过娃娃，放在铺开的小被褥里，让招弟包好赶紧走。招弟急急忙忙包好了娃娃，出了门，走到大门口。乔三保伸手接过孩子，端在手里，就像端着一个重要器物，小心翼翼的，生怕掉下去。招弟上了车，接过孩子，小心地抱在怀里。沈宏达出来送走他们，转身回到屋里，长长叹了一口气。他听到西屋传来嘤嘤的哭泣声……

二

乔老太爷站在房子东头一直张望，等着儿子、儿媳妇给他抱回大胖孙子。三户人家乔家住最南头，一排土房，儿子、儿媳妇住西屋，他和老伴住东屋。春天的晌午，太阳热辣辣地照在这片阴山脚下的土地上，野草泛出绿意，树梢上的喜鹊叽叽喳喳地叫唤着，空旷的原野刮来的风还带着一丝凉意。乔老太爷终于看到不远处的马车向自家的方向行驶过来，那马蹄扬起的尘土随风刮得老高。

马车到了门口，乔老太爷看到儿媳妇的怀里抱着娃娃，高兴地咧开嘴笑，那下巴颏上的胡子也随着笑声胡乱抖动。招弟把娃娃递给三保，自己下了车，接过娃娃抱回家里。把娃娃放在自己家的炕上，一颗心才算落在肚子里。她打开包裹，那娃娃刚睡醒，睁开乌溜溜的眼睛看着她，一声不哭，招弟喜欢得不得了，上去在娃娃粉嫩的脸蛋上亲了一口。

"当家的，赶紧去把乳牛拉回来，给娃娃挤奶喝。"三保不敢怠慢，忙招呼赶车后生一起去牛圈里拉牛。

乔老太爷去后院两家通报好消息，并请他们一起过来吃饭，这边田里干活的几个人都被叫了回来。乔老太爷吩咐杀一只羊，用大锅炖上，又指派了一个人去东头村子里请了几户本家亲戚一起过来吃饭。人们陆陆续续到来，家里家外忙乎得热火朝天。乔老太爷把来的人都请在大炕上坐下，摆上两个方桌子，老伴把大碗端了上来，从锅里给来的客人们舀上熬好的砖茶。

外面的大锅里炖着肉，那香味向四处飘散开来，小飞虫也围着锅台嗡嗡地凑热闹。两盘酸蔓菁端上来，乔老太爷打开酒瓶子，给客人们倒上酒，男人们就开始喝上了。"祝贺老哥抱上胖孙子了。""乔家有后了。"

“沈宏达家的娃娃要个头有个头，要人样有人样，老哥你好眼力。”乔老太爷一会儿被人们恭维得心花怒放，不知不觉喝过了头。等端上炖羊肉时，乔老太爷已经睡着了。这天是 1936 年阴历四月十八。

三保自从接回儿子后，话比以前多了一些，逢人都带着笑。这天天黑了以后，他来到父亲的屋里，坐在炕沿上，对父亲说：“我想去外面看看牲口的行情。”乔老太爷说：“开了这么多荒地，人手不够，你再出去，更没人料理了。”“土里能抠出几两银子来？”三保的话说出来，老太爷没吱声。他知道自己的这个儿子，平日里话不多，主意可正了，他要是打定主意干的事，十人九马拉不回来，所以他思忖了一会儿说：“你想出去就出去吧，地就少种点。”

三保回到自己的屋里，和招弟说：“明天我要出门，给我准备点干粮。”招弟没问他去哪，知道问了他也不说，就说：“知道了，你睡吧，我给你烙几个饼子。”

第二天天不亮三保就动身了，他听一个掏宝的朋友说，离这儿四五十里的柳树湾有人要卖牛，他想去柳树湾看看行情。一大早出了门步走，到中午找了一个休息的小店吃了点干粮，喝了点水，下午继续赶路。太阳就像一只倦鸟向西天飞去，暮色渐渐聚拢，看来晚上只能找一个地方歇脚了，明天进村吧。

他在村子西头看到一座破庙，就走了进去。看见地上有睡过的人铺下的干草，他拍了拍身上的尘土，解下身上背着的水壶喝了一口水，吃了几口饼子，摸了摸夹袄里的银圆，躺在干草上不一会儿就睡着了。

“把他拖进这个破庙里，再做打算。”说话声音低沉有力，还有杂乱的脚步声，睡梦中的三保一下子被惊醒了。他一骨碌爬起来，这时脚步声已接近门口。他一着急，躲在了庙里的泥菩萨后面。这时，一个人踢开了庙门，几个人拖着一个大麻袋进来了。借着月光，三保看到麻袋在地上滚动，里面传出“呜呜呜”的声音。

其中一个胡子拉碴的黑脸大汉说：“把他放出来！”其他的几个人解开了麻袋，从里面倒出一个人来。那人的手脚被捆得严严实实，嘴里塞了一块布，只能发出“呜呜呜”的声音。“你到底是不是共产党？今天不说老子剥了你的皮!”三保惊得大气不敢出，躲在泥菩萨后面偷偷瞄了一眼，惊得差点喊出声来。他看清了地下这个被绑的人是他老婆的远房亲戚。虽然他的手脚被绑上了，但眼睛愤怒地盯着黑脸大汉。

“我看他就是共产党，整天借着给人看病收集情报。”黑脸大汉踢了一脚捆着的人接着说，“看你的骨头硬，还是我的刀子硬。”说完，上去在那人的脸上划了一刀，血顿时冒了出来，那人疼得呜呜直叫唤。黑脸大汉让手下的人把他嘴里的布子揪出来：“现在你该说了吧?”“王八羔子!”黑脸大汉被这一声大骂激得恼羞成怒，拿起了刀子，在那人的脸上左一刀子右一刀子，被捆着的人整个脸血肉模糊，最后连声音都发不出来了。三保吓得抖成一团，用手捂着嘴，生怕自己发出声音来。

黑脸大汉招呼他手下的六七个人说：“我们走，算是便宜了这小子。”

三保听见那些人的脚步声离远了，才战战兢兢地从泥菩萨后面走出来。他走到被捆着的人跟前，赶紧给他解开捆绑的绳子，扶起他的头看了一眼，差点呕吐出来。那已经不是一张脸了，就像一堆碎肉。他试着用自己的水壶给他喂水，那人居然喝了一口，终于醒过来了。三保说：“我一个人抬不动你，我去找两个人来送你回家”。那人慢慢地认出了三保，口齿不清地说：“谢谢你!”

等三保找人把亲戚送回去，告辞了他的家人，一看又到晌午了。他赶紧进了柳树湾村子，打听到卖牛的人家。他看了看这些牛，都是“场牛”；他又掰开牛嘴看了看牙，确定没有老牛，就商定价格。卖家一看三保是行家，也不谎要价，最后五十头牛的买卖成交。

三

三保赶着牛回到村里时，已经是第三天的黎明时分。三户人家的鸡开始叫明了，东方的霞光冲破云层露出五彩缤纷的光晕。牛哞哞地叫着，四下里打量着这个陌生的地方。三保把牛赶进牛圈里，牛圈里有的是草，路上找了个地方已经给这些牛喝饱水了，现在让它们到牛圈里吃草去吧。

三保用手拍打了拍打身上的土，在院子里跺了跺脚，鞋上都是土。进了屋，招弟醒了，她看了看三保红红的眼睛，心疼地说："深更半夜受这个罪，不让你去买，你就是不听。""妇道人家知道个甚？就靠那些地能给你种出黄金来？""那你买了多少牛？""五十头。"招弟一听买回这么多牛，心想这牛甚时候才能赚到个钱了。

"你先歇着，我给你擀面条去，娃娃没醒，你汤汤水水吃上一口再睡哇。""我饿得前胸贴在后背上了，这一路除了饿，差点吓死人。""咋了？碰上灰人了？""去的路上在庙里碰上你那远方亲戚王二魁了，他差点让人害死。"后来三保告诉她："王二魁家离柳树湾不远，我花了点钱雇了两个人一起把他送回家了，他将来肯定是个疤子脸了。"

说着话，招弟的面已经和好了。她把面放在案板上用力揉着，等面光溜溜的了，她又拿起擀面杖噌噌地擀起来，不一会儿，薄薄的一块面盖满了案板。她用擀面杖把面卷起来，从上面划了一刀，面就分开了，之后熟练地对折了一下，手起刀落，均匀的面条在案板上整齐地排列成一条长方形的队阵。

招弟炝了锅，葱花爆出的香味满屋子乱窜。她从瓮里舀了两瓢水倒进锅里，把红柳条子添进炉口，开始烧火。不一会儿，水开了，面条下进锅里，几分钟后面条煮好了。招弟盛了一大碗，给三保端在跟前。招弟看到三保睡着了，而且还发出轻微的鼾声，不忍心叫醒他，可面条一会儿不吃就坨了。她狠了狠心，推了三保一把，三保醒来了。“吃饭吧，面条煮好了。”

三保吃着这碗面条，心里想：这个老婆除了不会生娃娃，其他方面真是挑不出任何毛病。吃苦、勤劳，人也长得细皮嫩肉、白白净净的，在乡下，那是方周二围的袭人闺女。想着，三保抬眼看了一眼招弟，招弟发现三保看她就问：“面条咸了？”“面条不咸。我就是想看看你，真袭人。”招弟的脸“腾”的一下红了，说：“没正经。”

刚放下饭碗，就听见老太爷的咳嗽声。乡村有个习惯，如果想让对方知道自己在哪里，就咳嗽一下，传递一个信号。老太爷一咳嗽，三保就出去了，说：“大醒了？”“醒了，牛买回来了？”“嗯，在牛圈里了。”老太爷走进了牛圈，看到满圈牛就说：“你买了多少头牛？”“五十来头。”

老爷子掰开牛嘴看看，说：“场牛和小乳牛多，喂上一个夏天，秋天能处理一部分了。”三保说：“有些牛怀上牛面子了，等下了小牛再处理大牛，我们就赚了。”老爷子没再吱声，既然买回来了，就先喂着吧。

三保这回可有事干了，每天早出晚归地放他的这群牛。那天他把牛赶到草地上吃草。他在草地周围转悠，一边转悠一边想，屋子前面这么大一片荒地全长的哈冒儿，这些地都撂荒了，如果栽上一大园子树，人们盖房就能就近买椽檩了，一苗树长大也用不了几年，不打不算就赚个顺手钱。

三保是一个深谋远虑的人，眼睛不大，点子不少，一米八以上的个头，有的是力气。时下正好是春天，他去渠畔上、地埂上砍回了一些杨树、柳树条子。他一边放牛，一边把一大片哈冒儿铲了，开始种树。他挖好了坑，把树苗子放进去，再埋好。一天一天不知不觉就种了一片树苗子了。

三保种下了树苗子，也种下了自己的美好希望。他想象着这里将来一片茂盛的景象。他准备再去外面买点杏树苗、桃树苗种进去，春天开了花，这个园子会很好看。种完之后，他就坐在旁边观察这些树苗子什么时候发芽。

因为这里离黄济渠不远，北边就是阴山，每年秋天黄济渠发洪水，这里地势低洼，灌满了水，他挖坑时，有的地方就已经出水了。土地盐碱化，一到冬天，白花花的一大片。杨树、柳树耐盐碱，地埂上、渠畔上就有活着的杨柳树。

一晃秋天到了，收割了地里的庄稼，农民们准备过一个清闲的冬天了。一到这个时候，招弟和老太爷就开始心神不定了。他们天天盯着三保，生怕他丢了一样。三保照常放牛，早出晚归。招弟心想：今年买回这么多的牛，拴住他哪儿也走不了了。那颗时时悬着的心也渐渐放松了。

冬天的一个早晨，天刚蒙蒙亮，就听见外面有吵闹声。招弟爬起来一看，三保不在炕上，外面的嚷嚷声越来越大。招弟赶紧披了棉袄跑出家门，一看院里站着三个男人。三保和他们面对面站着。只听其中一个个头不高、大约四十岁左右的男人说："你乔三保也算咱们这个行当上拿得起、放得下的人。愿赌服输，既然你昨天输了，拿不出那么多的现钱，我们今天就拉牛，对不起兄弟了。"说完他们推开牛圈往外赶牛。这时老太爷也出来了，老太爷一看这个架势，心里立刻明白了是咋回事。

招弟冲过去拦住那几个赶牛的人："你们不能拉走我们家的牛。"一边推搡那几个人，一边哭着喊。"不要拦他们，让他们把牛赶走吧。"三保站在地下，像个铁塔一样，脸上没有任何表情，声音里透出不可违抗的力量。老太爷手足无措，又不敢和儿子硬干。

眼看着那几个人把一圈牛都赶走了，招弟坐在地上放声大哭，老太爷气得山羊胡子不住地抖动。老太太从屋里出来，一边拉起儿媳妇，一边安慰："不要哭了，我们还要从长计议。"招弟的心就像被人用刀子剜了一样，一边哭，一边踉踉跄跄地回去看娃娃。

老太爷走到三保跟前问："你输了多少？"三保说："大，你就不要问了，五十头牛顶住了。"三保不顾外面的风寒，站在东边的高坡上，让冷风吹醒自己。昨天那场赌博的情景又历历在目……

赶走牛的那三个人平时都是押宝的，三保是掏宝的，昨天他们一反常态，非要掏宝，三保也就同意了。这样一来掏宝的就是那个小个子了，押宝的总共六七个人。他们怕被人发现，找了一块野草长得很高的地方，用脚踩倒了草，围坐下来开始赌博。

三保一不喝酒，二不抽烟，就好赌博。每到农闲，家里人就开始担忧。在赌博圈里，人们都清楚三保赢的时候多，输的时候少，所以家里的人也就睁一只眼闭一只眼了。昨天一上场，三保就感觉有些不对头，按他掏宝的经验，结果不会出乎意料，可他每宝都押不准，结果是把身上的钱输完后，继续拿牛做赌注。所有的人都知道三保家底厚实，不怕他付不起赌债。

赌博从中午一直到傍晚，三保把五十头牛全赌了进去。三保心里清楚，他这次确实栽了大跟头，老太爷不骂他，是因为老太爷不想伤了父子和气，他心里很清楚这里面的原因。

三保一直在那个高坡上站着。牛没了，他也不用出去放了，剩下那几十只羊有羊倌放。快到中午了，三保肚子有点饿了。他无精打采地走回家，招弟赌气也不和他说话。他主动搭讪："今天中午吃甚呀?""喝西北风哇。"他被呛了一鼻子灰，本来话就少的他，再也泛不上其他话了。

三保脱了鞋，盘腿坐在炕上，逗了逗炕上躺着的儿子，心情稍微舒展了一些。他心里盘算着怎么把失去的五十头牛再赶回来。

四

这时候，门开了，乔老太太进了门：“三保，你大病了，饭也不吃，在炕上躺的了，你过去看看。”三保赶紧下地穿好鞋往隔壁走去，他妈跟在后面。三保问他妈：“我大咋了就病了？”说着话推门进去说：“大，你咋难活了？”老太爷整铺大盖躺在炕上，枕头跟前放着茶缸子。看见三保进来，他想试着坐起来。三保按住他让他继续躺着，三保询问了他大的一些病情说：“我给你出去请郭大夫来看看吧。”“不用，躺两天就好了。”老太爷不想麻烦儿子跑那么远去请郭大夫。老太太说：“我给他用热水塌洗一下，看看情况再说吧。”不善多说话的三保说：“如果不行，咱就赶紧请郭大夫，不要硬撑着。”“你去忙你的，我让你妈给我塌洗一下。”

三保从父母的房间出来，回到自己的屋里。老太太数落起老头子：“你这是心病，疼那被拉走的牛，东西没了慢慢再往回挣，这身体出了问题，甚也没了。”老太爷自己心里也明白，那天人家把牛赶走了，他本来想狠狠数落一顿儿子，可是话到嘴边又咽回去了，毕竟不是自己亲生的儿子，现在长大成人了，不是小时候了，说话不取心。

一想到这些，老太爷的心里就一阵一阵揪得疼。他父亲从陕西走西口来到大后套，家里穷得叮当响，搭起一座茅庵房，一家人挤进去住下，在这块盐碱地上开荒地，刨闹一口吃的。冬天西北风刮起来，外面大声响，里面小声叫，几个娃娃围着一个烂盖体，冻得打牙磕。由于穷，几个娃娃大了以后娶老婆就成了问题。老太爷十九岁的时候，他父亲托人给他提了一门亲。条件就是女方嫁过来带着一个娃娃，最小的男孩。这门亲事老太爷当时是一万个不愿意，因为嫁过来的是一个死了男人的寡妇，有三个男娃，一个女娃。年龄还比自己大三岁。

当时老太爷的父亲和媒人说好了，老大、老二还有那个女娃留在原来的婆家，只能带过来最小的一个男娃。虽然老太爷当时不同意，可是家穷难娶媳妇，只能听从大人的安排。

那个带回来的男娃就是现在的三保。三保过来时还不到三岁，乔家后来开荒种地，日子过得好一些了，盖起了几间土房，老太太又生了一个女儿。虽说是带过来的娃娃，但随了乔姓。三保也就成了老太爷名正言顺的儿子。

等到三保长大后，知道了自己的身世。他原来的老家在黄济渠西，乔老太爷的家在黄济渠东。一条黄济渠把两个地方分成不同的县衙管辖。黄济渠东属于临河，黄济渠西属于陕坝，相距也就是七八里路。春夏的时候两边的人们没法往来，渠里有水，过不去，只有冬天的时候，河上结了冰，人们才能走亲串友。

三保的两个哥哥后来也结婚成家，一到冬天他们就步走上跨过黄济渠，来三保家住上几天。毕竟是亲兄弟，老太爷从不因为三保和他的哥哥们往来而心生不满。因为老太爷心里明白，三保毕竟是吃他家的饭长大的，再说给乔家顶门立户了，一个家里二十几年，现在三保都快三十岁了，许多事情他能度量住了。

这三保打小就主意正，就说这赌博的事，老太爷也没少管过，可是一到农闲，那些赌博汉就来找三保，三保是个见赌就挪不动腿的人，几乎年年耍一个冬天。不过他可从来没耍到变卖家产的地步。老太爷想到那几十头牛，那可是用白花花的银子买回来的，说没就没了。

老太爷又长号短气起来，老太太要给他塌洗，他摆摆手说："算了。"看到老头子失魂落魄的样子，老太太劝了几句就看孙子去了。

老太爷的病拖了几天也不见好转，三保每天过来询问，他妈只是叹气。眼看老太爷的病情在不断加重，三保准备去请郭大夫。他妈和三保商量："你大的病恐怕医馆治不好，我们请一个神官来给他看看再说。"三保的眼睛盯着他妈，虽然有点怀疑，但还是同意了。"你去二牛圪旦请马神官来，给你大看看。"

三保赶了马车把马神官接过来了，马神官坐在老太爷的当炕。老太太给他熬砖茶，熬好了双手端上来，马神官喝了一口，看了看老太爷，然后叫三保把炕桌摆在炕上。马神官又喝了一口茶水，叫老太太把煤油灯点着放在桌子上。老太太哪敢怠慢，趴在炕上从窗台上端下煤油灯，划了一根洋火，点亮了煤油灯。老太太怕煤油灯不亮，又找了一根针，挑了一下灯芯，那火苗大了一些。

只见那个马神官闭了眼睛，连连打着哈欠，口中念念有词，浑身抖动了起来，不一会儿，吹了一口气，睁开了眼睛。老太太和三保大气也不敢出，等待马神官说话。马神官开口道："你大受了惊吓，魂已经不在体内了，需要招回魂魄，你们准备上七十个糕灯灯，今天黑夜给他招魂。"

"他叔，那我们还得捣糕面了，你先躺着，我们去准备。"老太太让三保把石臼子翻过来。因为平时不用，石臼子在院里扣下放着。三保把石臼子翻过来，打扫干净，老太太从凉房里挖出今年新打下的黄米，用水淘洗干净，交给三保，三保拿出木头杵子，开始捣糕。

捣糕是个力气活儿，不一会儿三保就满身是汗了。捣好糕面，招弟和婆婆一起蒸糕。新黄米蒸出来的糕又软又筋，闻到这香味，招弟用手揪下一块放在嘴里吃了。老太太问马神官吃不吃新黄米糕，马神官来了精神："给我来一块，撒上点白糖。"

招弟和婆婆开始捏糕灯灯，捏成圆柱形，中间空，可以倒进煤油，放入灯芯点着。七十个糕灯灯终于捏完了，摆在三个用高粱秆缝制的槅子上，等晚上用。

天还没黑的时候，招弟就把煤油倒进糕灯灯里，然后把用棉花搓成的灯芯一条一条放在里面。等她准备就绪后，天已经完全黑了。马神官吩咐，糕灯灯从门口开始摆放，不远不近，一直摆放在院子外面的东墙底下，然后全部点着。

三保和招弟开始一个一个点着了灯。这些灯在黑暗里发出昏黄的亮光，风一吹，东摇西晃，有的光亮还一跳一跳的，看上去就像鬼火。招弟心里一阵阵害怕，点完之后，赶紧跑回屋里。

马神官让老太太坐在老太爷的身边，他出去招魂。如果听到他的喊声，让老太太在屋里应着。马神官的脸上贴了好几个纸条，都是黄颜色的，上面密密麻麻地写了一些谁也不认识的字，手里擎着一根木棒，一边摇晃，一边开始在地下乱跳。口中咿哩哇啦说的什么一句也听不懂。招弟、三保更是大气不敢出。一会儿，马神官从地下跳到院里，手舞足蹈，摇头晃脑。

突然听到一声大喊："回来——"那声音拖得极长，老太太一惊，赶紧应了一声："回来了——"声音也是拖得很长。马神官进了屋子，用手在老太爷头顶正转了三圈，倒转了三圈，把脸上的黄纸条揪下来，放在煤油灯上点着烧了，又把那烧过的灰面面让老太爷喝了下去。

三保想问马神官那糕灯灯一直点着吗，他是一个言少的人，话到嘴边又咽了回去。经这一折腾，老太爷突然说："我想吃一碗面。"招弟赶紧和面，等做好了面条，老太爷吃了半碗，马神官吃了两大碗。

马神官说："魂也招回来了，老太爷慢慢就好起来了，我今晚就不在这里住了，要赶回去。""那让三保赶上马车送你回去吧！""不用，不用，黑夜步走上快。"老太太从怀里摸出一块银圆，塞在马神官的手里。"老姐姐，乡里乡亲的，不用了。""拿着，深更半夜你也辛苦，以后短不了麻烦你。"马神官把银圆装在贴身的口袋里，和乔家人告辞，一路向北面的二牛圪旦走去。

五

转眼冬去春来，阳婆婆的脸一天比一天红了起来，乔家房前屋后的枳芨、哈冒儿、红柳那被冻僵的身体也在春风里轻轻摇动，地里的泥土解冻了，脚踩上去，松软潮湿。该春播了。

乔老太爷知道三保不喜欢种地，可自己年龄也大了，体力一天不如一天，只好花点钱雇人耕种。前些年没少开荒地，房前、房后远远近近也有几十亩地，乔老太爷心想：今年多种上些小麦吧，这世道不太平，粮食还是要多存下点。虽然这个小地方偏僻，但也常听说这个党那个党的闹腾，有备无患，乔老太爷打定了主意。

这个河套地区南望中关、中原，北以阴山为屏障，是黄河中上游两岸的平原，历来以水草丰美著称，故有“黄河百害，唯富一套”的说法。1936 年 10 月，日伪军约四万人进犯红格尔图、百灵庙，国民党驻军傅作义部在蒙汉群众的支持下，顶住敌人的飞机、大炮、毒气，以及冰雪严寒的侵袭，不畏强敌，浴血奋战，歼灭敌军五千多人。

乔家圪旦虽然没受到什么影响，可是这打仗的事就在门口，三保经常出去走动，也听了不少兵荒马乱的消息，而且还看到一些村子里的青壮年被抓去当兵。三保他们居住的这个西村三户人家还是太平的，可也说不准哪一天出事。

三保心里一直惦记他栽种的那些树苗子，天气好了，他去南边观看树苗活了没有，只见那些小树苗上都长出了一些小黄芽，就像毛茸茸的小鸭嘴，三保心里好高兴。随着时间的推移，小树苗开始长高，叶片也长大了，树干由灰变绿。三保担心牲口啃了树皮，因为这个地方地广人稀，谁家的牛呀、羊呀，放出来就不管了，牲口就自由自在活动。

三保蹲在小树苗跟前想，这每天照看也不是一个办法，他眨了眨小眼睛，有了主意。这春天的荒地里到处长了草，根系发达，盘根错节。这里的人们盖房子就用土坷垃，这个土坷垃可以就地取材。

农家使用的铁锹有两种，一种叫“东锹”，一种叫“西锹”。东锹有点弧度，用来挖土打堰子，西锹是平直的，主要用来踏土坷垃。如果谁家决定盖房子，春天就把土坷垃准备好，晒上一两个月，等土坷垃一干，拉回来就能垒墙了。

三保把羊放出滩里，手里提溜着一把西锹，找到了一块草地。他先把上面的草用锹铲掉，草地上露出了光溜溜的地皮。三保穿着招弟给他做的布鞋，这布鞋的底子是用麻绳一针一线纳出来的，厚实，能用得上力气。

三保在地皮上用锹画好了线条，那线条横平竖直，就像棋盘一样，大小匀称。三保脱了外面的厚褂子，把锹放在一个方块的线条上，正好每条线都和锹的宽度相同，前后左右四锹下去，一块土坷垃就成形了。三保把踏好的土坷垃摆成一条线，他一锹一锹地挖下去，那身上的薄褂子早已湿透了。

三保坐下来歇了一会儿，看到日头正午了，他披了外衣，提溜了锹往回走。回到家招弟已经做好饭了，三保也饿了，这一上午踏土坷垃消耗了不少体力。招弟看他累的样子关切地问：“你干甚个来来，咋累成这个样儿?”三保抿嘴笑了笑，没回答。

饭端上来了，是馒头烩菜，三保端起碗来吃了一碗烩菜、三个馒头。吃完他躺在炕上睡了一会儿。招弟洗锅、喂猪，婆婆帮她看娃娃，她腾出手来多做点家务。

后晌，三保又出去踏了半天的土坷垃，回来后天也黑了，他端了一碗水，走在院子里，月亮格外圆，天空的星星密集明亮，三保蹲在房前的红柳堆旁，脑海里出现了一幅神奇的画面，一大片树长得枝繁叶茂，园子被围了起来，里面花香扑鼻，蜂飞蝶舞……想着、想着，他不禁嘿嘿地笑出声来。

招弟哄得娃娃睡了，她把煤油灯挑亮，在油灯下纳鞋底，三保脱了衣服，准备睡觉，他看了看招弟，那昏黄的灯光把招弟的脸照得朦朦胧胧的，黑眼睛盯着鞋底，神情专注，额头上的马鬃鬃随着纳鞋底的姿势齐刷刷地摆动。三保感觉脸上有点发热，他吹灭了灯，一把将招弟揽进怀里，钻进了被窝。

“春眠不觉晓”，老年人不比年轻人，老太爷睡到半夜时分，听见外面“咚”地响了一声，他爬起来借着月光看到一个影子从院墙上跳进院里。老太爷一惊，又看了看熟睡的老太婆，他披了衣裳下了地，看见一个年轻人慌慌张张地在院子里搜寻什么。

老太爷想：这是进来贼了。他从门后拿了一根顶门棍，打开了门，大喊了一声：“干什么，你?”月光下的年轻人跪在了地上，说：“求求老人家救救我。”这时大门不远处传来了杂乱的脚步声，还有喊声。“你怎么了?”“官府要捉我去当兵，我家里上有老、下有小，实在不能去呀。求老人家救救我，要不他们马上就进来了。”

老太爷看见这个后生说得挺可怜，动了恻隐之心。他把小伙子领在放柴火的地方，让他躲进柴堆里，老太爷怕不安全，又在上面放了些哈冒儿，收拾停当回到家里，刚进家门后，院门外就传来了“咚咚咚”的敲门声，老太爷咳嗽了两声问：“谁呀?黑天半夜敲门做甚了?”

“赶紧开门，我们公务在身!”老太爷开了门，“呼啦”进来好几个人，来人站在院子里，上下打量了一下老太爷问道：“刚刚看见有人进了你家院子，你们见没见到人?”“我和老伴睡觉，听见敲门声，我就出来了，没看见什么人。”“那就搜!”说完了，一帮人开始进家搜，他们准备进西屋时，老太爷挡住了：“这是我儿子和儿媳妇的屋，还有小孙子，你们不能进去。”

那帮人没进西屋，在草园子里乱翻了一顿，没找到人，就走了。老太爷等那帮人走远了，才去草垛跟前把那个后生叫出来。那个后生满头沾满了草，又跪在老太爷面前磕头。老太爷扶起了他说：“你还是赶紧回去吧，要不你娘着急呀。趁天黑人看不见，回去找个地方避避风头。”

那后生千恩万谢地走了，老爷子再也睡不着了，经这一折腾，老太太也早醒了，她没敢出去，一直躺着，身子因害怕不住地发抖。老两口说着话，天也就亮了。三保和招弟睡得实沉，夜里发生的事他们一点都不知道。

春去夏来，三保在草地上踏下了许多土坷垃，那些土坷垃有的早干了。三保自己拉上车，把土坷垃一块一块抱在车上，然后拉到小树苗四周，不远不近摆放下，等到四周都放好了土坷垃，三保开始和泥垒墙。他一个人干活，感觉是有点费劲，但三保是个不怕吃苦的人，一天、两天，那墙慢慢地加高延长着……

就这样经过两三年的时间，三保终于建成了一个大树园，占地面积三十多亩。树园里每年都要新增加一些树种，那些早种进去的树苗已经长得亭亭玉立了。三保一个人完成了一项浩大的工程，那垒起的墙有一人多高，牲口根本进不去，就连人也难进去。

这个园子建成之后，三保经常在园子里忙乱，他种植了一些苜蓿草，还勾种了一片韭菜，菜地里有黄瓜、西红柿，每到夏天，苜蓿开花，香气一阵一阵传出，院子里都能闻得到，园子里的鸟也多了起来，婉转悠扬的叫声给三保增添了无穷的乐趣。

东村的亲戚有时过来走走，谁来了都要到三保的园子里看看。他们无不生出羡慕的神色。一天放羊时，三保碰到了乔家叔伯哥哥乔大保。大保小时候腿受过伤，走起路来一瘸一拐的，他看见三保后招呼："三保，坐下来叨啦两句。"三保看见大保叫他，走过来在地堰子上面坐下，三保不太爱说话，大保就先开口问了一些家长里短的事情，然后询问三保："你西头的那块空地打算干甚用呀？"三保说："没什么打算。""我有个想法，想和你商量一下。"三保看着大保，不知道他说的想法究竟是什么。

六

老太爷的年龄越来越大了，可膝下就这么一个小孙子，老两口视小孙子为掌上明珠，含在嘴里怕化了，放进眼里怕磨了，心想自己这一辈子就三保一个儿子，有点事三保连个商量的人也没有，孙子这辈儿不能再让他单枪匹马了，说甚也要再抱养一个回来，给小孙子做伴。

老太爷把自己的想法和老伴说了，老伴也说："就福福这么一个孙子，连个依靠也没有，咱们打听一下，再抱养一个吧。"老两口商量好了以后，就开始托人四处打听。一天，住在三户人家最后面的刘来根老婆过来告诉老两口："听说你家福福他奶妈又怀上娃娃了，如果是个男娃娃，还要送人了，你们去一趟，跟人家说说，要是能再抱养一个他家的男娃娃，将来这就是亲兄弟两个，多好呀。"老两口听了心里别提多高兴了，乔老太太赶紧从那紫檀色的组合柜子里拿出一个纸包，塞进刘来根老婆怀里："他婶子，这是三保从外地买回来的砖茶，家里也没有什么稀罕东西，你不要嫌弃。"刘来根老婆推三阻四不肯接受，后来看到乔家老两口一片真诚，也就拿着砖茶告辞回家了。

傍晚时分三保把羊赶回圈里，走在院子中间，跺了跺脚上的尘土。父母亲听见声音，开了门招呼三保过去。三保盘腿坐在炕上，老太太给儿子到了一碗热水说："热热地喝上一口哇，出去快一天了。"三保一边喝水一边问他大："有甚事情了？"老太爷打发老太太把儿媳妇招弟也叫过来。老太太踮着小脚去了儿媳妇那屋，把招弟招呼过来。招弟怀里抱着福福，一转眼，福福两岁了，那眼睛长得又大又亮，眼睫毛长长的，双眼皮，立鼻画道，谁见了也喜爱。

招弟也坐在了婆婆的炕沿上，一家人算是凑齐了。这时乔老太爷把想再抱养一个孙子的想法告诉了三保和招弟，征求他们俩的意见。招弟看了看三保：“我倒是没甚意见，再抱养一个，娃娃有个依靠。”三保想想自己就一个人，有时也确实感觉有点势单力薄，虽然说有一个妹妹，但嫁出去很远，一年半载难得回来一趟，福福长大了连个兄弟姊妹也没有，那他就更加孤单了。想到这儿三保开口说：“要抱养还是抱养一个男娃娃吧。”

老太爷听儿子、儿媳妇说完后，告诉他们说：“福福他奶妈又怀上了，说不定又是一个男娃娃，我们提前托人去说说，如果生了男娃娃就再抱养。”三保和媳妇一听满心欢喜。

老太爷找到了上次搭话的村邻，进门后从怀里掏出一个纸包，放在炕上，说：“家里也没甚稀罕东西，给你拿了一块砖茶，有闲工夫了熬上喝。”村邻一看老太爷来了，赶紧招呼家里人倒水，把炕上卷着的一块毡铺开，请老太爷上坐。老太爷脱了鞋，盘腿坐在毡上，和村邻叨啦起来，后来说明了来意。村邻一口应允下来，自己去和沈宏达商量这事。

说着话，已到晌午时候了，老太爷下地告辞，村邻挽留：“晌午了，吃了饭再走吧。”“不了，家里的牲口还要搭照了，没人手。”告别了村邻，老太爷走在回家的黄土路上，已是秋天的尾声了，草开始枯黄，那些野滩上生长的红柳，葳蕤嚣张，在阳光下，散发出耀眼的色彩，一大片一大片就像紫云般落在大地上。远远望去，三户人家的房屋掩映在红柳之中，显得低矮渺小。

三保把羊赶在草地上后，坐在土埂上歇着，这时身后传来了脚步声，回头一看，是大保一瘸一拐地走了过来。大保走在三保跟前，也坐了下来。他看见三保没吱声，干咳了两声说：“今年的草还行，够这些羊一冬天吃的。”三保说：“是了，晚上回去给加一点料就行了。”

三保心想，平时这大保也不和他多搭话，近来怎么老追着他呢？三保明白，大保心眼多，会算计，一般人算计不过他，他是本家出了名的精明人。这时大保开口了：“村西头就住了你们三户人家，有点冷清了。”这时三保突然想到那天大保问他的空地准备干什么，莫非他又有什么小算盘？想到这，三保说：“住的人少了，清净，再说了，我也是一个不大爱说话的人，习惯了。”

大保接着说：“你看，咱们本来是亲叔伯兄弟，你又是家里的独苗，家里有个甚事，你连个帮手也没，再说我大爹年龄也大了，你没个人搭照也不行。”三保听大保话里有话就问：“大哥，你到底想说甚了？直说就行了。”“我看你房子西边那块地空着，我的那几个儿子也一年比一年大了，我想盖上几间房，给他们娶老婆。”“村子东边的地方也很多，挨着你现在的房子盖几间就行了。”“我是想和你们住在一起，相互也有个照应，如果你同意把那块空地让给我，我就在那上面盖几间房。”

三保想了想，这本家哥哥张开口来，显然是想了很久了，如果拒绝，显得自己既没度量，又没亲情，这要是在村里传开，别人会笑话自己的。但三保确实不想和他们住在一起，亲戚还是离得远一点，这样麻烦少。大保看见三保没吱声，接着说：“福福也一天比一天大了，也没有个娃娃和他要，我们搬过去，就热闹了，娃娃也不孤单了。”大保这几句话，让三保的决心动摇了，大哥家娃娃多，如果他们住过来，福福就能跟那几个娃娃一起要了。

想到这，三保说：“如果你们想盖房子，我就把那块空地让给你们。”大保一听这话，眉开眼笑地说：“到底是自家兄弟，一笔写不出两个乔字。我回去和你嫂子商量商量，看甚时候盖房。”大保看看远去的羊群：“你的羊跑远了，赶紧拦一下吧。”

三保想都没有想到，他的一个承诺，给他的后半生带来多少麻烦。

秋去冬来，天气一天比一天冷了。三保收到了妹夫捎来的话，说今年包头那边的皮货行情好，让他在乡下收购一些羊皮、牛皮运送到包头，出手就赚钱。三保利用冬天正是人们杀羊宰牛的季节，收购了一批皮货，储存起来，等着妹夫的消息，准备送往包头。

接近过年了，妹夫的话才捎了过来，让三保速速把皮子运过去，并说明了去包头的线路，嘱咐三保再带一个人一起去，保证路途安全。三保让本家侄子和他一起去。确定了腊月初三一早动身。

初三早晨，天还没亮，三保就把皮子装在车上，上面盖了麻袋，还有干草，然后用绳子捆好了，别人看不出车上拉的是什么货，就看到一车干草。收拾好了，招弟把饭也做好了，叔侄二人吃过饭，招弟把准备好的干粮给他们带上，他们赶着马车就上路了。

七

1938年，日军在台儿庄战役中，精锐部队被歼灭了两万多人，之后的武汉会战，严重打击了日本侵华的狂妄气焰。但由于战争带来的资源匮乏，军需物资需要多方筹集，各种渠道的商业运行也与军需联系在了一起。

三保和他的侄子赶着马车沿着阴山南边的一条马路向东行进。北方进入腊月，那真是滴水成冰。西北风呼呼地刮，车上的草被凛冽的寒风掀起，转眼就消失得无影无踪了。远处几棵光秃秃的树上，裸露着几个孤独的鸟巢，显示旷野曾有过的生机。三保看侄子蜷缩在马车上的草堆中瑟瑟发抖就说："今天天气太冷了，我们找一个店歇歇脚，明天上路。"又抬头望了望西下的太阳，昏黄而无精打采，三保便挥舞着马鞭，加快了速度。

在太阳落山之前，他们找到了一处能喂马的店，伙计帮他们把马车赶进了后院，拉了马去喂草。三保和侄子就在店里吃了点干粮，早早歇了。

第二天天还没亮，三保起身叫醒了侄子，到后院看马车上的东西完好无损，就套好了马动身了。从河套去往包头大约二百三十多公里的路程，马车需要走四五天。晚上人马都需要休息，只能白天赶路。

经过几天的风餐露宿，三保他们终于到达了包头，找到了妹夫。三保的妹夫领他们去馆子里吃了一顿正经饭，一路上都是饥一顿饱一顿地对付着过来的。三保的侄子吃得直到连连打饱嗝才放下了筷子。妹夫把他们拉来的皮货叫人卸了下来，清点数目后，把三保他们领在商号里的客房住下，让他们休息两天再回去。

三保说："快过年了，家里还有些事情要处理，就不住了。"他妹夫一看三保执意要走，就说："哥，你们先喝口水，我去给你们拿钱。"不一会儿，三保的妹夫进来了，从包里拿出一个袋子，三保一看就能估摸出有多少银圆。妹夫说："最近皮货价格升得快，你们拉来的货也很地道，这是货款，你清点一下收好了。"三保接过妹夫递过来的钱袋子，把银圆倒在铺上，点数完后说："这价格我真没想到，赚了一倍还多，给你留下点，打点方方面面，以后的生意也好做。"

妹夫说："哥，不用了，这些货都是军需物资，买价就高，如果回去来得及收购就再备上一车货送过来，能赶上好行情。""我回去看情况给你捎话过来。"说完，三保收拾好钱袋子，领着侄子出去赶上马车就走了。

路过街面上，三保让侄子看住车马，他进了商店，给儿子福福买了些好吃的，又给招弟买了一块围巾，给两位老人买了砖茶、红糖，也给侄子和他自己买了一些路上的吃的。三保把买好的东西放在车上，叔侄二人兴高采烈地冒着寒风行进在回家的路上。

走到一个僻静处，三保从车上跳下来，从怀里掏出那个钱袋子，把银圆分成两部分，少的那部分他揣在怀里，多的那部分他扎紧了袋子后，让侄子看看附近有没有人注意。侄子站在车前仔细观察后说："没有什么人。"三保把银圆迅速藏起来，说："行了，走吧。"

老马识途，那枣红马返程中精神抖擞，跑起来哒哒哒的真快，眼见得太阳西下，天马上要黑了，三保不知怎么心里一阵阵发紧。这世道兵荒马乱的，一点都不太平，包头附近的山上常有土匪出入，三保看着奔跑的马，还是加了一鞭子，马奋蹄前行，扬起一路黄尘。

寒风中，三保的耳际突然传来了马蹄奔腾的声响，他疑心自己耳朵出了问题，下意识地四下张望，只见从山上冲下来无数匹马，呼哨声、马鞭声、马蹄飞奔的哒哒声，在落日将近的旷野清晰地回响。转眼之间，他们包围了三保的马车，侄子吓得面如土色，身子筛糠似的乱抖。

三保拉住了马，从车上跳下来，站在车前，看着这帮人，心想，来者不善，这下全完了。那个骑着高头大马的黑脸汉对三保说："识相的，就乖乖拿出钱来，继续赶你的路；不识相，我就只能让你破相了。"他的话威严而冷酷。三保停顿了一下说："我们就是农民，种地为生，哪有钱了。"还没等三保的话说完，"叭"的一声响，三保身上穿的棉衣被鞭子一抽，棉花就像雪花一样在风中飘飞起来。三保哆嗦地恳求："求求好汉放我们一条生路吧，我家里上有老下有小。""放你生路不难，把银子拿出来。""我们真的没有钱。""没有钱还戴着狐皮帽？看来不吃点苦头是明白不了道理。"说着话"叭"一声响，三保头上的狐皮帽被卷得高高的，又飘飘悠悠落在了地上。三保感觉头皮上有无数尖刀在扎，钻心的疼。三保用手去护脑袋，只听又一鞭子落下来，三保手上的鲜血立刻淌了出来。

这时，其他的土匪也都聚拢过来，对着三保喊："拿出钱来，放你走，如果不拿，鞭子一起侍候。"三保解开衣扣，从怀里掏出了钱，领头的黑脸大汉弯腰一把夺过来，在手里掂了掂，又叫一名土匪搜身。土匪把三保浑身上下摸了一遍，对黑脸大汉说："没有了。"黑脸大汉吹了一声呼哨，一帮人"呼啦"一声飞驰而去。

三保捡起地上的狐皮帽，把土拍打干净，戴在头上。从打破的棉袄洞里揪了一块棉花，按在手背上，靠在车上镇定了一会才回过神来看侄子，侄子睁着惊恐的眼睛看着三保说："三爹，我们咋办呀？钱都被土匪抢走了。"说着"呜呜呜"哭了起来。三保已经被吓得够呛了，看着侄子这个样子，想起这一路的辛苦，眼睛里也挤出几滴泪来。他擦拭了一下安慰侄子："只要我们人没出什么问题就行了，钱没了就没了。"

经过这一场突如其来的惊吓，枣红马也蔫头耷脑的了。三保说："我们找个店歇歇脚明天再走吧。"

小店不算大，但还算安静，三保听着外面呼呼的风声，心里好生凄凉，头皮一阵阵发疼，心里就像有无数小虫子在啃噬，搅得他全无睡意。本打算这趟下来能买几十头牛回来，弥补上次赌博输掉的家产，没想到半路杀出一帮土匪，抢走了银圆。侄子传出均匀的呼吸声，三保想，到底年龄小，事情不搁在心上。三保一夜翻来覆去没睡好。

第二天一早，叔侄两人摸黑就上路了，当离包头的距离很远了以后，三保悬着的一颗心才慢慢放下来。坐在车上时间长了，冷得受不了，叔侄就下来跟着马车跑一会儿、走一会儿。侄子说："我要尿尿。"说完跑进路边的乱草中撒尿去了，三保听见一声怪叫，只见侄子脸色煞白跑了回来。三保赶紧问："咋了这是？"只见侄子蹲在地上一副想要呕吐的样子，结结巴巴地说："草林子里有个死人，满脸都是血。"

三保有点疑惑地说："你是不是看错了?""不信你自己去看。""你拉好马，我去看看。"三保顺着侄子刚才走的路进了草林子，一张血肉模糊的脸映入三保的眼帘，他惊得张大了嘴，半天合不拢。三保转身准备走，这时一个微弱的声音从地上传出："救救我!"三保以为是鬼魂的声音，吓得魂飞魄散，脚突然动不了了，这时声音高了一些："请你救救我吧!"三保慢慢转过身去，看见一双眼睛看着他。

"你到底是人还是鬼呀?"三保大声问。"我是人，被坏人打成这样的，求你救救我!"三保把手放在那人的鼻子上试了试，果然有气息。三保为难了，不救吧，这么冷的天，这人必死无疑，因为伤势重，再加上天气奇寒，就是没有伤的人，躺在这里，用不了几个小时，也会被冻硬；救吧，自己刚刚被抢劫，还没彻底从惊吓中恢复过来。可这毕竟是一条人命，先救了再说吧。

三保把胳膊放在那人的脖子下，慢慢扶他起来，那人抓紧了三保的另一只胳膊，三保用劲把他从草地上扶了起来，受伤的人被三保架着挪出了草林子。三保的侄子看到三爹把那个人扶了出来，吓得直往后退，丢下马不管了。

三保喊他的侄子："赶紧来帮忙，把他放在车上。"侄子战战兢兢地过来和三保费了好大的劲才把这个人放在车上。给他盖上三保的羊皮袄。三保赶着车飞快地走，准备找一个店住下来，给这个人请个郎中看看。路边不远处有几户人家，三保看见一家小酒店，就让侄子进去问问有没有空房，侄子跑回来说："有了，能住。"

他们把马拴在店外的一棵树上，三保背起了这个被打伤的人进了店。店主一看三保背进一个满脸血污的人，吓得连连摆手说："本店太小，实在没法接待几位，你们还是另找一家店住吧。"三保气喘吁吁地说："我们也是路上遇见他的，总不能见死不救吧?"店主一听这话，觉得人家还能背进来，我不能推出去吧，心想"救人一命胜造七级浮屠"，不能造孽，于是把他们三人请进了客房。

三保把受伤的人放在炕上后，出来同店主商量："住店费我一分也不少你的，但还得麻烦你请个郎中过来，给这个人看看，我怕他伤势严重挺不过来。”店主说：“正好这村子里有个老郎中，我去看看能不能把他请来。你和我一起去吧。”

店主领着三保深一脚浅一脚去郎中家，敲开门后说明来意，郎中犹豫片刻，看看店主，邻里邻居的，只好答应去看看。店主领着郎中和三保来到房间，郎中看到这人满脸血污，知道是被人殴打成这样的。他把了把脉，让店家给打来一盆热水，叫三保把他脸上的血迹清洗一下。三保找了一块布子，蘸水洗干净了他脸上的血迹，才看清楚这人年龄不算大，二十大几岁的样子。

郎中解开了伤者的扣子，用手按了按后说：“他是外伤，失血过多，需要静养。”郎中打开了药箱子，从里面拿出一个纸包，向店家要了一碗水，冲好药，慢慢给受伤的人灌了下去之后说：“今晚让他好好睡一觉，明早可以吃东西，没有什么大碍。”说完背起了药箱要走，三保说：“等等，给你药钱。”随手从棉衣里面的兜里摸出一块银圆，递在郎中手里。侄子看着三爹，心里有些奇怪，钱不是都让土匪抢走了吗，怎么三爹还有银圆？

八

第二天早上，三保和店家给受伤的人煮了点粥端到房间，看见那个小伙子睁开眼睛，精神好了一些，三保把他扶了起来，给他喂粥喝。看来他也饿了，不一会儿就把一碗粥喝完了。

他直起了腰，长出了一口气，看着三保和店家说：“谢谢你们救了我一命，你们都是好人。”说着就要下地，三保和店家赶紧拦着他说：“都是出门在外的，谁能见死不救呢？你也不要往心里去，好好养两天就没事了。”

那人看着三保问：“敢问这位大哥尊姓大名？日后如有机会报答，一定不忘救命之恩。”侄子抢过话来说：“我三爹叫乔三保。”那小伙子点了点头。三保转身对店家说：“你就让这个后生在店里歇一两天再走，他吃住的费用我替他出。”说着三保又从棉袄里摸出两块银圆塞给店家，店家心想：人家与受伤的后生素不相识，救了命，还出钱治病，我怎么好意思再收钱呢？

“我这个店虽小，这个后生在这里将养两天还是没问题的，你要是给我钱，那就是打我的脸了。”说着推开三保的手，怎么也不肯收下，三保没办法，只好转身递给受伤的后生，叫他伤好了回家路上用。那后生没再说什么感谢的话，接过银圆收下了。

三保告辞了店家和受伤的后生，赶着马车朝自家的方向驶去。路上，侄子忍不住问：“三爹，咱们的银圆不是都被土匪抢了吗？你哪来的钱？”三保看着还没结婚成家的侄子说：“你年轻，经历的事情少，做什么事也得防一手，这钱哪能放在一处呢？”侄子想起在包头的亲戚商号休息时，三爹好像把钱装在两个袋子里。“三爹你把钱藏了一部分？藏在哪里了？”

“嘚儿吁!”三保勒住了马，叫侄子下了车，让他看木头车下面，侄子蹲下身子，仔细瞅，才看见车下面的木头板上有个木头盒子，紧紧地钉在木板上，隐蔽性很好，不仔细看根本发现不了，就好像加固车底盘的小木块。侄子看完站了起来，用敬佩的眼光看着三爹：“三爹你真有办法。”

从三保他们去了包头以后，招弟的左眼皮就不住气地跳，用火柴棍压在左眼皮上还是不顶用。招弟有些心慌意乱，生怕三保他们外出遇到什么麻烦，估摸着这两天也应该回来了，招弟每天站在东边的土堆上向那条土路上瞭。

“又在瞭你家三保了?”招弟听见有人说话，她扭回头一看是后院刘来根的女人凤蝶。招弟不好意思地从土堆上走下来，拍了拍身上的土，客气地招呼凤蝶回家坐坐。这凤蝶就是来串门的，招弟看见凤蝶穿了一件花布做的棉袄，头发梳得溜光闪亮，前额的马鬃鬃齐刷刷地排在眉毛上面，那杏眼忽闪忽闪特别招人喜爱。

凤蝶是村里有名的美人，嫁了刘来根这么一个老实得一棍敲不出一个响屁来的男人，长得还又丑又矮。村里的人常说：“凤蝶真是一朵鲜花插在牛粪上了。”结婚后就生了一个男娃娃，夫妻感情冷淡，凤蝶看不上她男人，学会了抽烟，每天盘腿坐在炕上，手里拿着一个烟锅子，左一袋烟，右一袋烟，打发不舒心的光景。

刘来根虽然长得不好看，可是能吃苦，一年四季不闲着，种地也勤快，家里过得还算不错，他也尽量不让凤蝶下地干活，把个老婆就像神一样供着。

村子东头那些闲散男人们没事时，常来凤蝶家串门，不为别的，就是多看几眼这个女人，心里也觉得舒坦。也有一些心怀鬼胎的男人，给凤蝶拿个这、送个那，想入非非。凤蝶虽然知道他们的花花肠子，但一直洁身自好，只是敷衍一下。

这些男人们得不了手，心里痒痒，加上冬天夜长，偷偷摸摸跑到刘来根家听房，看看夜里刘来根和凤蝶有什么动静。听房要等到人家睡觉的时候才有戏看，这大冬天外面西北风刮得呼呼响，天冷得要把人也冻硬。可这些男人们穿上羊皮皮袄，头上戴上羊皮帽子，把自己捂得严严实实，脚步轻轻地走到凤蝶她家的窗户下，听着里面的动静。

天上的北斗星转向西边了，凤蝶吹灭灯准备脱衣睡觉，刘来根说："这夜有点冷，我跟你一个被窝睡吧？"屋里的话把外面几个听房的人的心都撩拨得痒痒难耐了，一个人踮起脚跟用舌头把窗户纸舔开一个小洞，眯着一只眼向里面看。只见刘来根边说话边往凤蝶这边挪着脱光了衣服的身体，凤蝶一把推开刘来根说："睡你的觉去，别碰老娘。"

别看这刘来根平时老实巴交，这时还真来了男人的雄风，一把抱住凤蝶，按在身下面，呼哧呼哧的喘气声传到了窗户外面，那几个听房的男人居然蹲在地上站不起来了。

这些话比西北风刮得还快，整个村子的大人们不到一天就全听说了，招弟听了别人这些打趣的话，只是笑笑，她也不去详细打听。今天凤蝶来了她家，她又想起了村里人的那些说笑。招弟招呼凤蝶坐下，凤蝶对招弟说："我听说福福的奶妈再有三四个月就要生了，你们捎过话去没有？""已经托人捎过话了，他们也答应了，就看生男娃还是女娃了。"

两个女人在家里叨啦着，不觉就快晌午了，这时听见外面有马车响动的声音，招弟站起来就往外跑，出了门，招弟看见三保赶着马车进了院。这时老太爷和老太太也出来了，看见三保都高兴地问："这路上还顺利吧？""顺利。"三保话少，开始卸车。

凤蝶走了过来："他三叔，回来了？"三保抬头看见是来根家的就说："回来了，过来串门了？回家坐吧。"说完三保朝凤蝶看了看，那凤蝶一看三保看她，羞得把头低下说："不了，我来了有一会儿了，回去呀。"说完和老太爷、老太太还有招弟打了个招呼就走了。

招弟拿了一把笤帚，出来给三保浑身上下扫了一遍，说："你先歇歇，我给你做饭去。"老太爷问小侄子去哪儿了。三保说："路过村东头，他回家去了。"

三保来到他妈的屋里，福福正在地下玩耍，三保抱起福福笑着说："看大大给你买甚好东西了。"说着打开包袱，拿出了给福福买的玩具还有好吃的，把个福福高兴得直叫唤。三保把给两个老人买的东西拿出来，交给了他大、他妈。他妈说："这路途遥远，你还买这么多东西，人平安回来比什么都好。"

说着话，招弟把饭做好了，一家人围坐在一起吃饭。吃完了，三保和招弟回到自己屋里，三保拿出给招弟买的花头巾，让招弟围上。招弟脸红红地说：“现在围上作甚了？”“你围上我看袭人了不？”招弟脸更红了，把围巾轻轻围在头上，三保看了笑着说：“真袭人了。”

招弟问三保一路的情况，三保对招弟详细叙说了遭到土匪抢劫的经过，把招弟听得脸色都变白了，招弟说：“这种事以后可不能做了，咱们一家平平安安在一起有吃有喝就行了，不要再去受这个罪了，还得冒风险。”三保笑了笑没回答。

三保清点了一下剩下的钱，虽说被土匪抢去了一部分，但藏在车底下的多一点，除去本钱，还赚了一些。三保心里盘算，现在离过年还有近二十天，如果再跑一趟，路也熟了，还可以弥补这趟的损失。

九

三保回来后休息了一天，就去靠近山边的村子里收购皮子，准备再跑一趟包头。皮子很快就收购好了，三保准备停当要走。老太爷叫过儿子来说："这仗都打在门口了，你还要出去，兵荒马乱的，等到过完年再走吧。""我趁年前还能跑一趟，赶上皮货行情好，挣一个是一个。"

老太爷知道劝不住三保，就嘱咐儿子："你往东走，听说包头这一带已经被日本人占领了，你可千万不能招惹日本人，送完皮子赶紧回家。"三保安慰老人："这次有个朋友和我一起走，两个大男人，不会有什么事情，你们就放心吧。"

三保捆绑好皮货，赶着马车出了村子。他的朋友在东村等着他，看见三保的车过来，跳上了车，坐在皮货上面的柴草堆里，裹紧羊皮皮袄，把羊皮帽子也系紧了，双手捅进皮袄袖子里说："数九腊月，这天真冻。""这冰天雪地，贼人出没也少了，路上相对平安一点。"

三保叫的人是赌博场上的朋友，秉性耿直，有骨气，和三保合得来。两个人在一起也有几年了，谁输得没钱了，拿多少双方都不用担心不还，那是考验出来的交情。朋友叫杨万林，大三保两岁，三保常叫他万林哥。

两个人经过几天的跋涉，终于接近包头了。三保的妹夫前几天捎话说：这次来了不用进城，城里日本人多，哨卡盘查严格，他们来城外接应三保。并且说清楚了地点。三保按着妹夫说的地方找到了一个酒店，把车马安顿好，之后和万林两个人点了两个菜，喝点酒解解乏。

两人一边喝酒一边叨啦，这时门外进来几个人，三保一看是他妹夫领着人过来了。三保站起来让他们坐，妹夫说："你们吃吧，我们吃过了。等你们吃完饭再交货。"三保和万林匆匆吃了饭，就和妹夫他们到了车前。三保看见妹夫他们的车也停在了门外，不过人家是带篷子的车。

三保掀开了柴草，揭开麻袋，妹夫带来的人开始数皮子。清点完数目之后，妹夫把三保叫到了一个僻静处，递给他一袋子钱说："哥，这次你们路上可一定要小心，不要再碰到什么麻烦。""我知道了，你放心吧，这次带了一个朋友，两人好搭照。""那我们先走了，这局势一天比一天紧张，我们做生意也小心谨慎的，生怕被日本人盯上。城里的日本人越来越多了。"

妹夫招呼来人赶着车离开了，三保和万林说："咱们也撤吧，这地方不太平。"调转车头往回走，那阴山上刮来的风刺骨难耐，三保的腰里系了一根布带子，头上戴了那顶狐皮帽子，鼻涕还是呲溜呲溜不住气地吸着。"我去路边尿一道，你先拉住马。"说完，三保把缰绳递给万林，自己走进了一片哈冒儿后边。从怀里掏出钱袋子，留了一点放进棉袄里面的口袋里，剩下的一大部分揣在了怀里。

回到车跟前三保问万林："你也方便一下哇，省得路上再停车。"万林说："我也正想尿了。"万林去了哈冒儿后面，三保赶紧把钱袋子从怀里掏出来塞进车底下的木盒子里，用木头板插好了口子。万林回来看见三保钻进车底下鼓捣就问："三保，你干甚了？""车有点不大对劲，我看看哪出毛病了。"说着从车下退了出来，拍打拍打身上，坐在车前，甩了一下马鞭，马"噔噔噔"地跑了起来。

当路过上次出事的地方时，三保的心又突突跳了起来，好在寒风怒号，天气冷得就像大冰窖，路上行人稀少，总算闯过了这一关。经过四五天的时间，终于到家了，万林要回去，三保从棉袄兜里掏出几块银圆塞给万林，万林怎么也不肯要。三保说："过年呀，给家里买点年货，你要钱也输得差不多了。"万林苦笑了一下："今冬你没要，闹好了，我手背，一直翻不过来。"

接过三保的银圆说："等过了年再说。"万林回去了，三保赶着马车也回到自己家里。一家人看见三保平安回来，都高高兴兴地准备过年了。

晚上，三保拿出了钱袋子，倒在炕上数着银圆，招弟旁边看着他问："这回的价格怎么样？""这回的价格比上回还高，除了本钱，赚了两倍。"说完把钱装好，自己留了一些，剩下的交给招弟："你把钱藏好，过两年福福长大了，我要给他盖新房。”招弟接过钱袋子，在手里掂了掂，沉甸甸的，她也没问有多少，转身去了凉房。

眨眼就过了年，正月里人们走亲串友，是一年中最清闲的时候。三保陪着父母和儿子福福，招弟忙乎着烧茶做饭，招待拜年的亲戚朋友。招弟和三保商议：“过年了，咱们领上福福去一趟他奶妈家给拜个年，一来让他奶妈看看福福长这么大了，二来再过两个月他奶妈又要生了，咱们提前做做准备。”

三保觉得招弟说得有道理，决定初三去给沈宏达夫妇拜个年。初三一早上，招弟给福福穿上新衣裳，福福剃了一个盖盖头，后面留了一个长命小辫子，忽闪着一双大眼睛，机灵鬼精的样儿。招弟给儿子戴上帽子，外面用红段子棉斗篷包好，三保赶了车，车上铺上毡子，招弟抱上福福坐在车上。老太爷和老太太千叮咛、万嘱咐路上小心，过了晌午就回来。

二牛圪旦不远，不一会儿就到了，家家户户门上都贴着红对联，门前挂着红灯笼，一派喜气洋洋。马车到了沈宏达家门口，这沈宏达的家就是与众不同，大门两旁挂着大灯笼，大门是木头的，但油漆得光亮鲜艳，在乡下，这样的人家极少见，气派非凡。

马车的响声惊动了屋里，从屋里跑出几个男娃娃，站在大门口喊：“大大，有人来了。”说着话围在车跟前，福福睁大眼睛看着眼前这些陌生的面孔，一点也不害怕，只是好奇。这时，沈宏达出来了，看见三保两口子，赶紧招呼进屋。

进了屋，招弟看见张艳霞挺着个大肚子，下地来招呼她们：“快上炕坐！”招弟把福福放在炕上，摘下帽子，脱去斗篷，张艳霞看见福福，长得白白净净，花眼睛，薄嘴唇，有棱有角的鼻子，就和画上的娃娃一样好看。伸手过来抱，福福有点认生，往招弟怀里躲，这时那几个站在地下的男娃娃们围过来拉福福的手，福福竟然和他们玩了起来。

招弟看着说：“到底是亲兄弟，一见面就熟了。”说着话，从包里拿出糖块来，分给几个娃娃，每人都给了压岁钱。沈宏达夫妇一看给那么多的压岁钱，喊着不让娃娃们拿。招弟说：“他奶大、奶妈，他们都是福福的亲哥哥，咱们就像一家人，过年了，给福福多少就给他们多少，将来还指望他们关照福福了。”福福被几个哥哥领上玩耍去了，招弟和艳霞唠家常，沈宏达和三保到隔壁的屋里喝酒去了。招弟询问艳霞还有多长时间坐月子，艳霞说：“还得两个多月。”“他奶妈，我们倒真心盼望你生个女娃娃，圆了你和大哥想要女儿的梦。”“谁知道了，我这次怀上觉得和上几个有点不一样，而且爱吃辣的东西。”“酸儿辣女，他奶妈，说明你会生个女娃娃呀。”

两个人叨啦着就快晌午了，艳霞的妹妹、妹夫正好过来拜年，艳霞留住他们两口子做饭，三保他们难得过来一次。沈宏达从凉房里拿出猪骨头，交给小姨子说：“今天咱们吃精杂烩，猪骨头、山药、粉条子，再把酥鸡、丸子放上。”说完，沈宏达和三保继续喝酒。

艳霞的妹妹、妹夫把猪骨头放在铁锅里翻炒，等骨头上的油被炒出来后，锅里放进切好的葱、蒜、花椒、大料、盐炝锅，加入热水小火炖。过一会儿再放入酥鸡、丸子，还有山药、粉条。锅上在放上楄子，把过年准备好的馒头、油糕放进去，盖好锅，烧上柴火。几袋烟的功夫，饭好了。

大人娃娃围着桌子一起吃了饭，三保告辞，招弟嘱咐艳霞多保重，一家人晌午过后回到了乔家圪旦。

十

过了正月初五，基本就没有什么亲戚走动了。三保在家闲着逗逗福福，陪着父母亲。初六晌午，天气格外晴朗，冬天的干冷变得和缓了许多。三保进羊圈看了看，羊倌已经把羊赶出去了。三保看见东面土路上走着一个人，朝这个方向过来了。

等那人渐渐走近了，三保看清是杨万林。三保迎了上去："万林哥过年好，你咋有空过来了?""三保兄弟过年好，这不，正月也闲得没事，我出去转了两天，刚回来，来给你拜个年。""回家坐下叨啦。"三保说着让万林进院子。

万林走近三保说："拉走你牛的那两个人又来了，在我亲戚的那个村子要的了，我和他们小逗了两次，没有什么大输赢。我今天来，就是给你通个风，你要去，咱俩就走，我进去了，福福他妈又要不高兴了。"

三保心里一直因为输了几十头牛耿耿于怀，听说那两个人又来了，三保心里产生了报复的念头，对万林说："喊上咱们常要的几个人，一起去。"三保回去拿了一个皮袄，往兜里揣了些银圆，转身出来跟着万林直奔东边去了。

他们走了几个时辰，到了万林亲戚那里，天已快黑了。万林和几个经常赌博的朋友找到一处隐蔽的地方。这是靠村子边缘的一户独居人家，家里除了老两口，就有一个傻儿子，人们很少来这家串门。所以赌博汉们买通了老两口，在这里掏宝。

三宝他们敲了敲门，惊动了屋里的人，只听屋里大喊："谁了?""是我，万林，还有两个朋友。"门开了，炕上围坐了四五个人正在押宝。那几个人看见进来的都是昔日的赌友，赶紧让上炕。拉走牛的那两个人又在掏宝，看见三保进来，奸笑了两声说："三保兄弟来了，听说你贩皮子没少挣钱。今天来了，正好红火一把。""要不你来掏，我们押？"

这正中三保的下怀，万林和其他几个人也撺掇三保掏宝，三保就坐在了中间，盘起腿来，拿出宝盒子准备开始。拉走牛的赌博汉没想到他这一让，三保还真要掏，说出的话泼出的水是收不回来了，只好不情愿地坐下押宝。

掏宝是三保的长项，能押住他宝的人不多，这要工于心计，别看三保不说话，干什么心里都有数。他准备好以后，出了盒子，别人开始押宝，等都押完以后，三保亮出宝底，结果只有个别人押准了，其他的人都输了。

拉走牛的赌博汉一看自己输了，就着急了，让三保再出宝盒子，三保准备好了后，让大家押，等宝底一亮，拉走牛的人这次输得更多，他急红了眼说："我就不信赢不了你，你再出宝。"快天亮的时候，拉走牛的人欠下了三保三十多两银子，给三保打了欠条。三保收好了现钱，起身和万林走了。

去万林的亲戚家睡了一觉，晌午吃过饭准备回去。结果一个昨晚赌博的人找到他们说："今晚还想捞一把，你们不能赢了钱就跑了吧？"三保想了想，这个行道也有讲究，给对方一个翻盘的机会，这样输赢都无话可说。三保就答应了："好，今晚再要一次。"

天刚擦黑，三保和万林就去了那个屋子，拉走牛的赌博汉提出他要掏宝，让三保他们押宝。三保同意了，但是有一个条件，三保要检查他的宝盒子。拉牛的人说："你掏宝，我们也没检查你的宝盒子呀？""那是你们不查，不是我不让你查，如果今天黑夜我掏宝，你还可以查。""那还是你掏宝，我先查一下你的宝盒子。"

三保把宝盒子递给了他们，他们反复查也没查出问题来。可三保提出要查他们的宝盒子，他们就心虚不掏了。众人撺掇还是让三保掏吧，三保只好坐在了中间，开始出宝。还没进行几个回合。突然听见外面脚步声响起，由远而近，走得很急，而且听见人不少，有人说："快点，快点，把房子给我围起来。"

三保他们一听，“坏了，围堵的来了。”炕上的人慌作一团，下地找鞋的，光着脚准备跑的。万林喊：“三保，往外冲也许还能跑掉，一旦他们冲进来，我们一个也跑不掉了。”三保没脱鞋（这也是三保的精明之处，为了防止不测，耍赌的时候他不脱鞋），一步蹿到门口，拉开门就往外冲。

外面的人没想到有人胆敢往外冲，等他们反应过来，三保和万林已经跑出了门外，一帮围追的人冲进屋里，把没跑出来的反捆住摁在地上，剩下来的追赶三保他们去了。三保和万林飞快地向南跑，听见后面追上来好几个人，他们不管脚下的高低不平，只听见耳边“呼呼”的风声和心脏“怦怦”的快速跳动声。

不知道什么时候，他们跑进了一个村子里，惊动了村里的狗，“汪汪汪”的狗叫声此起彼伏响起来，这时村里也有人起来查看发生了什么事情。慌乱中三保和万林跳进了一户人家的院子里，正好屋里的主人也听见满村的狗叫声，不知发生了什么事情出来查看一下。突然看见院里跳进两个人，惊异之间，低声问道：“你们是什么人?”“好汉让我们躲一躲，我们是两个耍赌的，不是坏人。”万林哀求道。三保抬头看着这家主人。见着月光，那人突然低声喊：“你是三保哥哇。”

说着，把他们推进凉房里，扒拉开地上的柴火，揭起一块木板子说：“快钻进菜窖里去!”三保和万林钻进去后，主人又把木板盖好，柴火堆在上面。刚出了凉房带上锁，外面传来敲门声。这家主人问：“半夜三更敲甚门了?”边说边开了门。“我们看见有人跳进你家院里了，你不能窝藏，如果窝藏了，你也跟着吃官司。”

“你们既然看见了，那就搜吧，可别说我窝藏什么了。”那几个人开始搜，家里家外，院子里的柴草堆里全搜过了，啥也没有。突然看见凉房上了锁，盯着这家主人看了一会儿说：“打开凉房门。”主人回屋里找到钥匙，打开了凉房门，他几个人进来翻腾了几下，阴冷的凉房黑咕隆咚，打着火把看了看，除了几个大瓮就是一点粮食，再没有什么东西了。

“走吧，也许跑了，我们也能回去交差了。”那些人离开了，这家主人才揭开菜窖盖子叫三保他们出来。把三保他们让进正房，点好了灯，媳妇在炕上抱着娃娃坐着，刚才那帮人把家里翻了个底朝天，媳妇吓得连大气也不敢出。男主人让三保坐在了炕上后问道："三保哥，你没认出我来吗?"

三保因为连惊带怕，根本没注意到这个叫他"三保哥"的后生是谁，这会儿定下神来仔细辨认，吃了一惊，这不是那个在草林里救活的小伙子吗。"是你?"三保感到非常意外。那个后生要下跪，三保赶紧扶住他说："你伤好利索了?""好了，三保哥。要不是碰上你这样的好心人，我早就见阎王了。"

说完调过头对媳妇说："这就是救过我命的三保哥。"媳妇抱着娃娃说："谢谢大哥的救命之恩。"三保说："我也要谢谢你，今天夜里要不是你，我们被抓回去也要受不少罪。"三保说完接着问："我还不知道你叫什么，那次的伤是因为甚?"

"三保哥，我叫吴天亮，是个教书的，说来话长。我和一帮有相同志愿的人参加了共产党，共同反抗日本帝国主义侵略我中华民族。不料，我们内部出了叛徒，我们中间的几个人都被捕了，我们被押送到包头监狱受审，敌人严刑拷打逼供，最后我们都被折磨得奄奄一息了。我就被扔在荒草林里，敌人也知道，没打死也会被冻死。因为我当时昏迷不醒。幸亏遇到你们，才捡回来一条命。"

三保听完了才知道，自己救的是一个共产党。说着话，天已经亮了，吴天亮叫媳妇给三保他们做饭。吃过了早饭，三保谢过天亮，告别之后，和万林朝家的方向走去。

清晨的河套大地上，金红色的阳光染红了远处一望无际的原野，早春的劲风横扫了残冬留下的陈腐之气，那些冰也开始发出了"嘎嘣、咔嘣"的响声，冰面下暗流涌动，一个新的春天即将到来。

十一

清明前后种瓜种豆，农忙开始了。三保又买了一些树苗，增加树园子里的新品种，有榆树、桃树、李子树等。树苗买回来后，三保一个人在他的树园子里挖坑栽种。原有的柳树、杨树也开始抽丝吐芽，梨树、杏树上面都打起了花骨朵。树园子很大，三保进了里面，就像进入了一个与世隔绝的世外桃源。

这里有鸟儿婉转的歌唱声，清风吹来泥土潮湿的气味，浸入心田。阳光穿过林木，影影绰绰，蜜蜂“嗡嗡”地四处叫嚷。这里是安放三保心灵的地方，那些弯弯曲曲垒起的土墙，饱含着三保很多辛勤和汗水。但也是三保心中最大的骄傲。

杨树就像要钻入云霄一样，笔直挺拔，成行排列在园中。柳树粗壮茂盛，已经成材。园子里的空地越来越少了，三保把一个树园子打造成让人羡慕的绿色园林。每到秋天，园里的果实成熟时，东村的娃娃们就会隔三岔五过来偷吃树上的果子。那墙虽然高出每个娃娃的头顶，可困难总是输给少年的机智。一个娃娃蹲下，另一个双脚踏在蹲下的那个娃娃的双肩上，双手扶着墙，下面的双手扶着墙慢慢站起来，虽然身子有点摇晃，但上面的双脚稳稳踏着，绝不会摔下来。等下面的一个全身站直了后，上面的一个已经多半个身子超过院墙了。只见他双手托在院墙上，身子“嗖”地一下就站在院墙上，弯下腰，跳进园子里。就这样接二连三的几个娃娃们都能进去，留下最后一个在外面放哨。

他们摘果子的时候，神情慌乱，动作快速，四处张望，生怕主家发现出来揍他们。其实有几次三保就在园子里，只是装作没看见。时间长了，那院墙的一处被磨损得凹下去一块，三保和了泥重新把它修补好了。

晌午时分，三保回家吃饭。招弟说：“福福他奶妈也快满月了，咱们准备准备该去接娃娃了。”三保说：“那就等满月那天我们过去哇。”说着话，这天就到了，三保一早起来套好马车，准备好礼金。招弟把娃娃的衣服、小被子等准备了一大包袱，坐在马车的毡子上，老太爷和老太太出来嘱咐了几句，三保他们就上路了。

“咱们福福可真有福气，将来有个兄弟帮衬，弟兄两个也不孤单了。”“这个艳霞就会生儿子，连这个生了七个儿子了。”两个人叨啦着就到了二牛圪旦了，三保把马车赶在沈宏达家的大门外，找了一棵树把马拴好。招弟下了车，抱上包袱等三保。三保走到大门跟前伸手拍了几下门。没有动静，三保又使劲拍了几下，才听见里面沈宏达说：“谁了？来了来了。”

沈宏达一开门，看见了三保两口子，脸上的表情顿时僵住了，站在大门当中不说话，好像呆傻了一样。三保和招弟看着沈宏达，不知发生了什么事，还是招弟先开口：“他奶大，你咋了？看你脸色不太好，是不是哪里不舒服？”

沈宏达半天才反应过来：“三保兄弟你们来了，进屋说话。”招弟和三保进了院子，看见艳霞头上系了一根白布条子，坐在窗台下守着一个木头匣子哭。招弟和三保吃了一惊，赶紧走上前看。不看不要紧，这一看，招弟大喊一声：“我的妈呀！”一下子瘫坐在地下，不省人事了。三保和沈宏达赶紧扶起招弟掐人中，招弟半天才醒过来。三保把脸背过去，再也不敢看那个木头匣子了。

招弟醒过来哭哭啼啼问三保：“可咋办呀？”三保看着沈宏达，沈宏达喊了老婆一声：“回家哇，不要号丧了。”转过身来，对三保、招弟说：“你们回家坐下，听我慢慢说。”从沈宏达的叙述中，招弟、三保才明白了张艳霞有多么心狠手辣。

张艳霞生下这第七个男娃娃之后，沈宏达告诉她要送给三保家和福福做伴，三保家日子过得殷实，娃娃们受不了罪，将来相互也有个搭照。张艳霞当时没说啥，可过了几天，张艳霞就和沈宏达说出了她的担心。

她听说三保的妹妹也是不生养，他妹夫是河北人，做买卖的，说是挺有钱。这七七抱回去说不定就是要送给河北人了，一旦送给河北人，将来娃娃是个甚样，他们自己看不见，不受罪咋也好，要是受了罪，还不如不送给他们。

沈宏达劝老婆："已经答应送给三保家，反悔不好，再说，我沈宏达向来一言九鼎，哪能说话不算数。"张艳霞反驳："这事不要你出面，到时候我知道咋办。"沈宏达以为老婆也就是说说而已，没当回事。今天是娃娃满月的日子，沈宏达一早出去办事，想早点回来等三保他们过来接娃娃。

可沈宏达万万没有想到，等他走了以后，张艳霞把五个儿子送回同村的娘家，返回的途中用布袋子装了一袋子沙子。回到家里后，看着奶得白白胖胖的七七，对着七七说："不是娘心狠，是娘不愿意让你将来下落不明，你就原谅娘的狠心吧。"七七张开嘴笑的时候，张艳霞把装在袋子里的沙子倒进了七七的嘴里。不一会儿，那沙子溢满七七的嘴后流了出来，可怜七七眼里、鼻孔里顿时渗出了血，小腿蹬了几下不动了。

张艳霞从凉房里拿出一个装东西的木头匣子，把七七放在院子里的窗台下面，自己头上系了一根白布带子，坐在七七的死尸旁边号丧。沈宏达办完事后回来，听见有人在哭，他以为是那几个娃娃打架了。可他进了院子后，看见张艳霞坐在院子里守着一个木头匣子吓了一跳，跑过来一看，惊得面如土色。

半天回过神来，盯着张艳霞，眼睛瞪得就像要吃人一样："这是你干的?"张艳霞不敢看沈宏达，也没抬头，只听"啪"的一声，沈宏达给了张艳霞一耳光。张艳霞哭得更厉害了。沈宏达怕村里的街坊邻居听见，压低声音怒喝："你真是一个狠毒的娘们，虎毒还不食子呢，你怎么能下得了手?"说完，两行泪顺着沈宏达的脸流了下来。

招弟被惊吓后，身体软得坐不住了，转身对三保说："我们回去吧。让福福的奶大、奶妈也安静安静。"沈宏达对三保说："实在不好意思，三保兄弟，家里出这样的事，我也没料到，对不起了。""嫂子刚满月，还需要保养，不要让她受凉了，你们也多保重。"说完，三保解开拴马的绳子，招弟爬上了车，三保和招弟回到了乔家圪旦。

马车进院后，乔老太爷和老太太出来迎接第二个孙子回家，可看见三保和招弟耷拉着头，两人都无精打采的样子，怀里也不抱娃娃的。老两口知道出事了，可不知道到底发生了啥事情。等招弟进门坐下后，才一五一十告诉了他们真相。乔老太太说："一直听人们说，这沈宏达家的女人厉害，出了名的有理不让人，可没想到她这么狠毒，连亲生骨肉都能下得了手。不愿意送人就不送吧，还把个娃娃给做害死。作孽呀，老天爷会报应她的。"

一家人唉声叹气的，招弟经这一吓，病倒了。晚上睡觉胡言乱语不知道说些啥。三保请来神官，神官说："招弟是吓得魂丢了，晚上给她叫叫魂就行了。"三保当晚叫过母亲来，给招弟叫魂。过了几天，招弟慢慢好了起来，能下地做饭了。

招弟身体恢复了一段时间后，决定抱上福福回娘家一趟。三保赶车送招弟回了娘家，在老丈人家里住了一晚上，三保就回来忙春播了。招弟在娘家住下，没两天妹妹拉弟也抱着刚满三个月的闺女回到了娘家。姐妹俩一见面喜不自禁，各自问好叙旧，在娘家住了下来。拉弟这已经是第三个女儿了，前面生了一个男娃娃、两个女娃娃，准备再要一个男娃娃，结果又生下一个闺女。

招弟看见妹妹的闺女白白净净，细眉杏眼，喜欢的不得了，抱在怀里在粉嫩的脸蛋上"嘣嘣"亲了两口。

十二

拉弟看着姐姐那么喜欢自己的三闺女，心里忽然生出一个想法：姐姐、姐夫因为七七没抱养成的事心里闷闷不乐，如果把三闺女送给她们，她们一定会很高兴。可转念又一想，娃娃已经奶了三个月了，自己舍不得不说，当家的不知道愿不愿意。招弟逗娃娃玩，拉弟想着心事，招弟看见拉弟神情恍惚，问道："拉弟，你在想甚了？"拉弟笑了笑对招弟说："姐，你喜欢三闺女了？""当然喜欢了，这闺女长得袭人，柳眉杏眼，讨人喜欢。""那就把三闺女送给你们吧。"

拉弟脱口而出，自己也没有心理准备。招弟一听，喜出望外地说："这是真的？你能舍得送给我们？你家里人能不能同意？"一连串的询问，拉弟看得出姐姐有点不相信这突如其来的好事情，就说："姐，不用和他们商量，家里人一直都盼望再要一个男娃娃，生下三闺女后，家里的公公、婆婆硬要把三闺女丢在荒郊野外，是我哭着不让，才留了下来，家里人不待见三闺女，他们巴不得送人。再说，送给自己的亲姐姐，还是我们共同的娃娃，这多好。"

听拉弟这么一说，招弟高兴得脸上笑成了一朵花，把个三闺女抱在怀里又是"嘣嘣"地亲个没完。那娃娃在招弟怀里"咯咯咯"笑了起来，把个招弟喜欢得不知说什么好。在娘家住了几天，三保赶了车来接招弟娘俩回家。招弟问三保："你身上带钱没有？"三保说："带了，你要作甚了？"招弟跟三保说了妹妹要把三闺女送给他们家的事情。三保听了也很高兴，说："还是亲姐妹，三闺女三个月了，人家奶得也亲了，应该好好谢谢拉弟。"

三保把带在身上的钱交给了招弟，招弟找到拉弟，悄悄地把钱塞给拉弟说："你家里娃娃多，张口要吃饭的人多，婆婆、公公也帮不了你，这点钱补贴家用。"拉弟怎么也不要，推来搡去，招弟说："不是因为你给了我们三闺女我就帮你，以前哪次见了你不给塞点，你这回咋就不要了？"

拉弟听姐姐这么一说，也就不再推辞了，这么多年没少受姐姐的关照，她心里清楚。招弟抱着三闺女，领着福福，三人坐上三保赶的马车离开娘家，父母亲出来相送，拉弟跑过来摸了摸三闺女的脸，"吧嗒"一滴泪珠打在娃娃的脸上，拉弟眼睛红红的跑回了屋里，招弟催促三保赶紧走。

三保和招弟带着两个娃娃回到家里，把拉弟送三闺女给他家的事和老太爷、老太太说了，老两口喜得合不拢嘴，一家人坐在炕上商议给这个闺女取一个什么名字。一家人你一言、我一语在选择，招弟说："这闺女长得眉清目秀，干脆就叫'秀秀'吧。"一家人觉得这名字好，于是确定乳名就叫"秀秀"。

秋去冬来，三保一家地里的收入还行，加上树园里的柳树、杨树卖了不少，外加卖了一些羊，生活富足有余。三保心想，听说包头那边的日本军队正往西面开拔。看来这仗就要打在门口了，兵荒马乱的，这粮食不能不储藏一些。三保在树园子和靠近住房的地方，挖了几个浅一点的坑，埋进了一些麦子，上面用柴草做了隐蔽。

1939 年的冬天，抗日战争进入了第三个年头，日寇逼湘北、陷南宁，虎视昆仑关，战局进入艰苦相持阶段。当时驻军绥西五原、临河的第八战区副司令长官绥远省主席傅作义将军，为了配合湘北战役，于当年 12 月 19 日，指挥所部步骑兵两万余人，经过周密部署，攻城部队夜行昼伏，经四百里的长途奔袭，出其不意，一举攻入日本侵略者占据的军事战略要地——包头市。

日本侵略者不甘心包头之战的可耻失败，调集了日伪军三万余人、汽车千辆、坦克数十辆，配合空军由日寇黑田重德中将亲自率领的第二十六师团，于 1940 年 1 月末，分三路犯我绥西，妄图将我军围歼于河套地区。战争带来的灾难，落在了河套人民头上，人民群众备受荼毒。

傅作义将军在五百里渠道纵横的河套平原上，做了缜密的运筹，全体官兵在零下四十度的严寒中与敌周旋七十多天。河套人民积极配合，运送物资。三保把储藏的粮食全部挖了出来，支援抗击日寇。广大的人民群众自发组织了医疗救护队，在上百次的战斗中，由于群众的支持，粮食供给充足。1940 年 3 月 19 日，反攻五原的炮声打响，傅作义将军身冒敌十二架飞机的狂轰滥炸，亲临前线指挥。经过艰苦卓绝的战斗，敌司令部被彻底摧毁。3 月 22 日，五原新城全部光复。

这就是著名的五原大捷，这场抗击日本侵略者的战争，使得日军闻风丧胆，迅速撤离河套地区，狼狈逃窜。河套的老百姓也为这场战争做出了极大的贡献。三保一家虽然把储藏的粮食都支援了抗战，可心里却喜滋滋的，能为抗战出一份力，他们感觉很光荣。

转眼柳芽吐绿，又一个春天到来了。三保走进他的树园子里，补种因砍伐留下的空地。如今，树苗已经不用出去买了，想补种什么树，园子里随便砍几根树苗就可以栽种了。三保补种了一些柳树苗和杨树苗。

春天新翻的泥土散发出阵阵清香，蝴蝶在那些早开的春花里翩翩飞舞，齐刷刷的韭菜鲜嫩碧绿，三保用镰刀割了一把，放在地堰子上，准备回家带上包饺子吃。他坐下来休息时，凉爽的风轻轻吹过，三保伸手挠了挠头皮，这是他最惬意的时候了，看着满园子的树，香味扑鼻，一个人安安静静，什么烦心事都不用去想，只管享受这春光明媚的时光。

突然传来了深一脚、浅一脚的声音，三保回头一看，是大保一瘸一拐向他这里走过来。三保站起来说："大哥，你咋过来了？""我把羊赶出来，放在野滩里，就过来找你商量盖房的事情。"三保一想，答应过大保把西边的那块空地给他，让他们过来盖房子。三保问："你们准备甚时候盖？""坷垃去年就踏好了，一年多了，干到了，今年天也暖和了，我找几个人帮忙，把房盖起来算了。"

三保说："我家人手不多，你盖房需要椽檩的话，就在这园子里挑选，看哪些合适叫人砍了。"大保说："还是自家兄弟，我今天来就是想和你说这事。我也没种树，要买，暂时也拿不出那么多钱来，娃娃多，嘴要吃饭，难哪。你要是能帮我解决了椽檩问题，剩下来的事情就好办了。""你甚时候需要，自己进来砍吧。"

大保说："我一两天带人过来砍，以后我要种起树来，再还你。"三保心想，他不会是看上自己这个树园子吧？可又想了想，树园子是自己一块坷垃一块坷垃垒起来的，就是别人看上，那也是自己的领地，再说了，其他地方的空地有的是，谁愿意种就种去吧。

大保告辞了三保，去追赶他的羊群。三保拿起地上的褂子，抖了抖，披在身上，把割下的韭菜用草系好，拿上准备回家。他快走出园子的时候，看见一个身穿花衣服的女人蹲在菜地里挖着什么。等走近了，才看清是凤蝶。三保准备绕过去，可凤蝶站了起来，脆生生喊了一声"三保哥"。三保只好站住，只见凤蝶走近三保说："三保哥，你这是作甚了？还拿着一把韭菜?""我在园子里补种了一些树苗，顺便割了一把韭菜。"

说完，三保就准备离开，但凤蝶挡在了三保的前面，三保只好抬起头来，三保看见凤蝶眼睛滴溜溜地望着自己，上牙咬着薄薄的下嘴唇，马鬃鬃齐齐地排在柳眉之上，虽是乡下妇女，但生得白白净净、楚楚动人。三保收回了目光，心想这园子离家这么近，一对孤男寡女站在这里说话，被别人看见会说三道四的。想到这儿，三保一刻也不停地甩开步子走了。

凤蝶望着三保离去的背影，那是一个男人宽大厚实的背影，一米八几的个头，走起路来虎虎生风，能感觉到他身上散发出来的一股子英俊之气。凤蝶一直望着这个背影消失在她的视线内，才提起地上的箩筐，无精打采地往回走。

十三

黄济渠的汛期到来了，水面快和两边的渠坝一样高了，再要涨水就决口呀，沈宏达是这一带水文上的负责人。这几天他白天黑夜骑着他的高头大马不断沿河观察，黄济渠沿河都设有一些闸口，也有专门负责的人长住在闸口上防洪。

这天，沈宏达来到一个闸口，那水位眼看就要漫过渠坝了，沈宏达站在渠坝上，眉头皱成个“川”字，他的马在不远处吃草，忽然一声嘶鸣，凄厉高亢，把沈宏达吓了一跳。他转身看看他的马，那马抖了抖鬃毛，也在看着沈宏达，然后用蹄子使劲刨着地上的土，显得焦躁不安。

这一声嘶鸣也惊动了闸上防洪的人，他们从房子里走出来，看见渠坝上站着一个魁伟的身影，远远地就能认出来是沈宏达。他们知道沈宏达是又来看汛情了，所以也不敢怠慢，小跑着过来。正是暑期，天上太阳火辣辣地烤着，为了加强防汛，沈宏达让每个闸上负责的人多雇用几个人，一旦出现汛情，能及时处理。这个闸上当时就住了六七个人，为了避免意外，这几个人每天都割哈冒儿，往麻袋里装沙子。

哈冒儿堆积了很高，麻袋也装了几十条，都码整齐垛好了。闸上的负责人满贵来到沈宏达跟前说：“沈哥，你来了也不作声，在这大太阳底下晒着，赶紧回屋里凉快凉快，我叫人捞几条黄河大鲤鱼，咱们今天中午炖着吃。”“行，今天中午我就不走了，看看这水位还能给我涨多高。”“狗剩子，你们几个人拿上套子去弄些鱼回来，要大的。”

那几个人去捞鱼了，黄济渠里有的是鱼，一网下去，大大小小的鱼在网里乱蹦。小的不要，直接扔进河里，大的提回来，房子外面就是炉灶。鱼倒在地上，满地乱蹦，颜色金黄，鱼鳞在太阳下闪闪发光，几个人把鱼开肠破肚，不大工夫就收拾好了，用清水一洗，扔进大铁锅里，红柳条子烧上，什么调料也不需要放，抓一把盐放进锅里就行了。水开了，鱼的香味沿着永济渠的河水蔓延开来……

沈宏达坐在屋里的炕上，炕上放着一个方桌子，满贵不知什么时候准备下了酒，没有酒杯，就倒进碗里给沈宏达端在桌子上。“满贵，你把兄弟们都叫回来一起吃喝。”“弟兄们都回来一起吃鱼吧！”外面的人进来了，把炖好的鱼也一起端了进来。“吃鱼、吃鱼。”众人嚷嚷着。“给弟兄们都倒上酒，咱们一起喝。”沈宏达说完，满贵赶紧给每个人都倒上了酒，沈宏达端起碗和几个人碰了一下，一起开喝了。喝了大大的一口酒，沈宏达夹了一块鱼肉放进嘴里说：“这鱼肉真新鲜，好吃，来来来，大家吃鱼。”众人看到沈宏达爽快，也就不再拘谨。

吃罢鱼，沈宏达出来查看水情，他们沿着黄济渠走着，他感觉自己有些口渴，看到满满的一渠水，沈宏达脱口而出：“今天我要把这黄济渠的水喝干。”突然沈宏达的眼睛盯在某一处不动了，只见一股水漫过了堤坝，正在向外漫溢，沈宏达说：“这里要决口了，赶紧堵口子。”跟在沈宏达后面的几个人飞跑着去拿工具。俗话说“水火无情”，就在眨眼的工夫，黄济渠的堤坝已经被冲开一个大口子，洪水如猛兽，又一会儿，那口子已经越来越宽了，“哗哗”的水翻江倒海般冲出了堤坝，向外倾泄，“快搬哈冒儿和麻袋！”沈宏达大声呼喊，他们在洪水面前节节后退，。

一捆一捆的哈冒儿搬来后，几个人抬来了麻袋，先把哈冒儿放下去，再用麻袋的重量固定哈冒儿，可刚放进去的哈冒儿马上就被洪水冲走了，口子越来越大了，只听沈宏达大声喊道：“我跳下去堵住渠口，你们再往里填哈冒儿和麻袋。”说完，他纵身跳进洪水里，众人一下子傻了，待他们清醒过来时，沈宏达的身影已不见了。他们大声喊着，顺着河水奔跑，可只看见滔滔的河水在翻滚流淌，沈宏达的身影再也没有出现。

这个铁塔一般的汉子就在一瞬间被洪水吞没了。消息很快传到了二牛圪旦、乔家圪旦。有人通知了张艳霞，张艳霞听到这个消息后，一头栽倒，不省人事，来人和邻居们七手八脚才把背过气的张艳霞掐过来，张艳霞长号一声，又没气了。二牛圪旦的人都聚集过来了，张艳霞的娘家人也赶过来了，张艳霞被人再次掐醒过来后，看见自己的几个娃娃趴在她身上哭喊着，她和几个娃娃一起放声号了起来。她们的哭声凄惨悲痛，左邻右舍和亲戚们也跟着掉泪。

沈宏达是一个受人尊敬的人，但凡村里有什么纠纷，都来找沈宏达解决，因为他公道、公正。谁家揭不开锅了，来找沈宏达，沈宏达也不会让人空着手回去。就连村里平时那些游手好闲的无赖，也惧怕沈宏达三分，所以出了这么大的事情，人们念着沈宏达平日里的好，都想为这家人做点什么。

沈宏达的尸体在第二天被找到了，是在黄济渠的另外一个闸口处发现的。

乔三保和招弟听说了这事后商议，准备带着福福一起过去看张艳霞，顺便给沈宏达点一炷香，烧烧纸，也算送一程福福的亲生父亲。当乔三保他们来了以后，没等进大门，招弟就拉长声调开始哭灵了："可怜我那没人疼的大嫂呀……可怜我那没人管的娃娃们呀……可怜我那早早就走了的大哥呀……"招弟的哭声引来了很多人，人们赶紧把三保和招弟迎进了院里，院子里已经搭好了灵棚，张艳霞由娘家人搀扶着在灵堂前坐着守灵，全身戴孝，那几个娃娃也都穿了孝服，和张艳霞一起给他爹守灵。

到了灵堂前，三保和招弟"扑通"一声跪在了地上，招弟接着又开始哭灵，张艳霞也哭起来了，众人跟着又是一顿好哭，然后招弟和张艳霞才被人们搀扶起来坐下说话，招弟说："他奶妈，你也不要太伤心了，人死不能复生，这几个娃娃还得你照应了，哭下个三长两短，这些娃娃们谁疼呀！"说着话招弟又抽抽搭搭哭了起来。别看张艳霞平时有点霸道，可现在脸色蜡黄，目光呆滞，招弟不禁同情起她来，想起她亲手捂死七七的事情，心里不禁暗暗想，人不能做伤天害理的事情，老天爷是会报应的。

十四

从二牛圪旦回来后，三保的心里就像压了一块石头，整天闷闷不乐。招弟搭话给他宽心说："人这辈子都是造数，人算不如天算，沈大哥多好的一个人，就这么一个结果。""你说奇怪不奇怪，那马可能有预感，突然就大声嘶鸣起来了。""你还不要说，我听我大叨啦说：前两年他骑上毛驴去我姥爷家，姥爷家那时还住在山西，上了后山时，阳婆就快落山了。结果那个毛驴站在山坡上咋也不往前走了，我大着急了，用柳棍子使劲抽打它，可是它还是不走。我大实在没办法了，圪蹴在地上说：你想咋就咋哇，我拿你没办法了，那个毛驴好像听懂了我大的话，掉头就往回返。跑得挺快，我大在后面追不上了，驴背上驮的些米面，是给我姥爷他们送的粮食。""后来咋了？出甚事情了？"

正说着话，秀秀从门外跑进来，钻进招弟怀里："妈妈，我想吃馍馍。""肚肚饿了？""嗯。"招弟从柜子上面的柳条筐筐里拿了一个馍馍递给秀秀说："去，找你福福哥哥玩去吧。"

招弟接着继续说："那天黑夜天快亮的时候，我大听见有人敲门了，他问：'谁了？''姐夫，是我，赶快开门。'我妈也被惊醒了，跌跌撞撞下地开了门，只见我三姨披头散发，冻得浑身发抖。我妈把我三姨一把拉进去，让坐在炕上，惊慌失措地问：'家里出什么事了？'我三姨半天才缓过神来，看着我妈'哇'一声哭起来了。

我大、我妈更害怕了，赶紧给我三姨倒了热水让她喝一口慢慢说，我三姨才说：日本人夜里把村子包围了起来，开始大屠杀，说要把全村的人都杀光。原因就是有几个日本人被村子里的抗日分子给杀害了，他们为死去的日本兵报仇。整个村子夜里哭喊声响成一片，我姥爷半夜起来方便，隐隐约约听见声音不对，赶紧叫醒我三姨，让她穿过草林子到河边上。河里的水结了厚厚的冰，姥爷拿出一个自制的简易冰车，递给我三姨，让她顺着河里的冰滑下去，找我大、我妈。”

“后来听说村子里跑出来的没有几个人，都被日本人杀害了。”

“都说牲口有灵性了，听你这么一说，我就更相信了。”两个人正说话，门外有人喊：“三保家的在吗?”招弟应了一声：“在了……”赶紧开门看。“是春姬姐来了，快进家里说话。”招弟说着把春姬让进屋里，春姬看见三保坐在炕上，频繁点头问好：“三保哥也在呀？那我来得正好。”她的汉语说得有点生硬，但招弟和三保也能听得懂。“春姬姐你坐在炕上。”

春姬坐下后，看了看三保和招弟说：“我来和你们商量个事，你看我家文化和你家福福同龄，他们都到了该上学的年龄了，不知道你们有什么打算?”“我们打算让福福去东营子上学，咱们这里也就这么一所小学。”“我们也打算让文化去东营子上小学，这样他们两个就能结伴了，路虽然远一点，我们也放心了。”三保说：“等夏粮收了，咱们就把两个娃娃送去上学。”

春姬又和招弟叨啦了一阵子，就告辞回家了，她出了门又是弯腰又是点头弄得招弟挺不好意思。

夏粮收了后，三保和文化他大赵柱子，还有刘来根一起把三个娃娃送进东营子的学校上学。村子里能上得起学的娃娃不多，赵柱子家生活并不富裕，赵柱子和老婆春姬因为文化上学的事还闹意见了。赵柱子不想让文化上学，老婆春姬说：“我们再穷，也不能让后代成了睁眼瞎子，这学必须上。”赵柱子拗不过老婆，只好同意让文化上学。

三个娃娃每天一早起来吃了饭，背上妈妈给缝制的布书包，去六里以外的东营子上学。早晨，东方的天空霞光万道，微微的清风吹在他们脸上，凉飕飕的，小土路就像一条漂白的带子，蜿蜒伸向远方，林子里的鸟雀们叽叽喳喳叫个不停，他们一边走路，一边跑着玩，你追我赶，很是开心。

到下午放学了，吃点自己带的干粮，赶紧回家。日复一日，三个孩子成了好朋友，也是这个年龄段村子里仅有的几个小书生。

转眼过了一年，春天又该耙地了，晌午吃过饭后，三保套起牛，拉着犁到自家的地里耙地。福福放学回来后，远远看见他大赶着牛耙地，他跑过来，眼睛不眨地看着犁铧子。三保问："你放学了？老师给你教的甚字了？""老师教的可多了，我该给你说哪个了？"三保看了一眼福福，抿起嘴笑了。

他知道福福在三个孩子里是最聪明的，去年放假时他们去接福福，顺便问一下老师福福在学校的情况，老师不停地夸他家福福学习用心，聪明伶俐，三保和招弟听了高兴得睡不着觉，这福福不仅长得英俊，人也聪明，将来肯定有出息。想到这，三保不由得又抬头看了一眼福福，这时他看到福福盯着犁铧子不眨眼睛就说："你看甚了？""大大，我想站在这个犁铧子上面，让牛拉着走。""不行不行，危险，摔倒咋办呀？""你拉着牛，我站在犁铧子上，牛走得这么慢，咋能摔倒了？"三保看到福福恳切的目光，心软了，把牛拉住停下来，福福扔下书包，跳上了犁铧子，站在上面眉开眼笑。三保嘱咐："站稳了，不要乱晃。" "知道了大，你赶牛吧。"

三保喊了一声，牛开始向前走，那耙过的地十分平整，儿子站在犁铧子上面，看上去既淘气又威风，而且手舞足蹈不时做着怪相。牛可能感觉加重了负担，尾巴一甩竟然快走起来了，福福经这突然的一闪，身子不由自主向后一仰，摔倒在犁铧子上面。这时牛走得更快了，三保一看福福摔倒了，放开牛绳过来抱福福，牛脱了缰绳，猛地向前冲，福福一下子被犁铧子压在了下面，被犁铧子拖着向前走。三保慌忙中赶紧拽住牛缰绳，牛停下了，三保用劲把犁铧子扶了起来，从犁铧子下面把福福抱了起来。

只见福福满身都是泥土，脸上也被泥土包裹了起来，三保拍了拍福福的脸大声喊着："福福、福福，你醒醒。"三保的脸色煞白，他抱起福福朝家里跑去，招弟正在打扫羊圈，远远地看见三保抱着个娃娃往家跑，她心里一惊，有一种不祥的预感，扔下手里的笤帚，迎了出来。

招弟认出来三保怀里抱的是福福，招弟哭喊着："福福，福福怎么了？"此时的三保已经大汗淋漓了，等回到家把福福放在炕上时，三保也快虚脱了。招弟一把抱住福福，便喊边哭，声音惊动了乔老太爷和乔老太太。他俩拄着拐杖进来，一看到这情形，乔老太爷说：“赶快掐人中！”招弟掐住了福福的人中，过了一会儿，福福睁开眼睛了。三保看着福福，眼睛里流出了两行泪。

“妈妈，我疼。”“妈妈知道你疼，你说哪里疼？”“浑身都疼。”福福说着，眼睛里也流出了眼泪。招弟把福福的脸清洗干净后，把衣服脱掉查看伤势，头上脸上身上都有伤痕。招弟一边擦洗，一边问三保：“这到底发生了甚事？”三保简单地说了一下经过。“娃娃不懂事，你也不懂事吗？那上面能站吗？大人站上去都不好平衡，他才十来八岁的娃娃。”说着话，乔老太太从她们的屋里拿过来红花油，让招弟给福福擦伤。

三保说：“先让福福试一试腿脚，看能不能站起来，如果能站起来，说明骨头没问题。”招弟把福福从怀里放在炕上，让他试一试，福福站在炕上甩了一下胳膊，踢了踢腿。三保看了后长出了一口气。招弟看娃娃筋骨没什么问题，一颗悬着的心才算放下来。

十五

福福经这一吓，加上外伤，所以没去上学在家休养。三保起来吃了早饭，提了一把树铲子，去树园子里捅树枝，一踏进树园子三保心里就格外舒畅。三保心想：人这一辈子能做成一件自己想做的事情，心里就很宽慰。当初的一片荒滩，经过自己一手整理，除草、栽树，以后通过踏坷垃、搬运、垒墙，一个树园子才真正成型。现在不仅树种繁多，里面的鸟类也成群结队，一走进园子里，花香扑鼻，野兔到处乱窜，整个园子里潮湿清凉。

高大树木的叶子密密匝匝，快把林子上面的天空覆盖住了，矮小的树木藤蔓盘根交错，小野花周围飞舞着众多蜜蜂，园子里好不热闹。三保提着树铲，开始修剪高树上庞大的树枝。通过修剪可以缓解树枝稠密导致的空间狭小，去掉多余的枝杈，主干才能变得粗壮。捅树枝是个体力活，也是个技术活，需要把树铲子举得高高的，抬头向上盯着树枝，一铲子一铲子使劲向上捅，直到树枝与树体断开。树枝向下落地的时候，人就得马上离开，避免砸在身上出现意外。

三保是捅树枝的行家，练就了一手好功夫，但时间长了，握铲子的手也会发抖，因为树铲子的把很长，能够伸向高高的树顶，举起来也费劲。“歇一会儿哇，都捅下这么大一片了。”三保回头一看是大保过来了，他把手里的树铲子立在一棵树下说：“大哥你过来了？”“我过来有一阵子了，在你这园子里转了转。”“大哥过来有甚事情了？”三保知道大保无事不登三宝殿。“你也听说了哇，这小日本投降了，咱们也能过几天太平日子了，我想把这个房盖起来。”“大哥，我跟你说过了，别的忙帮不上，这椽檩棍棒园子里有的是，你就选着用哇。”“你真是帮了大哥的忙了，土坷垃出点力气就行了，这椽檩棍棒你帮解决了，大哥这房就不用花钱了。”“都是自家兄弟，说什么谢不谢的。”“那我就找两个合适的人进园子里砍树呀。”“行了，你看需要什么材质的，就砍哇。”“有你这句话，大哥明儿个就动手呀。”说完大保笑眯眯地打了个招呼，“三保，大哥走了，你也歇歇哇。”送走了大保，三保看着园子里这些粗壮的杨柳树，直溜溜的长势喜人，三保用手摸了摸这些树干，心里掠过难以言表的深情。

大保带着他的三个儿子，还有几个年富力强的亲戚，拉土坷垃，进园子里砍树，忙忙碌碌开始了盖房。热辣辣的太阳晒得几个十几岁的娃娃脸上不住往下淌汗，老大驾辕，老二、老三在旁边用力推着一辆“嘎吱嘎吱”响的破木头车，那天气热得就像要把几个娃娃身体里的水全挤出来一样。他们用脏兮兮的袖口擦一把头上、脸上的汗，才擦完，又一层汗珠子流了下来。

“大哥，歇一阵行不行?”最小的兄弟央求大哥。“你以为我不想歇?大大让咱们今天把用的坷垃拉够，要不就耽误工程了。”老二没作声，他知道说也没用，咬了咬牙，使劲推着车子往前走。到了井跟前，老大停下了车，“咱们喝一口水哇。”他拿起井口边上的木头桶，解开绳子把桶放下去，左右摆动了几下，桶里的水满了，他又用绳子把桶拽上来，弟兄三个蹲在桶跟前，嘴支在木头桶边上轮流喝，只听见“咕噜咕噜”的声响，不一会儿那肚皮就鼓起来了。喝饱后继续运送土坷垃。

招弟看到他们热得可怜，累得心疼，就在外面的灶台上支了一口大锅，水烧开了，拿出三保买回来的砖茶，用刀劈成薄片放进锅里。再抓一把咸盐搁进去，不一会儿那茶的香味就飘出来了。“大保哥，你和娃娃们过来喝碗热茶，这大热天的，喝凉水怕娃娃们肚子闹腾呀。”说完，招弟从屋里端出几个大碗，把茶水舀好，晾在灶台上。

大保也真渴了，招呼帮工的亲戚一起过来喝茶，顺便休息。大保家的三个男孩子这个时候也得空和福福说会儿话。“福福，你们学校有女娃娃没?”“有了，不如男娃娃多，就几个。”“女娃娃也识字了?”“我们学啥她们也学啥呀。”弟兄三个脸上生出羡慕的神情，“你看福福的手有多白?”弟兄三个抓住福福的手看着，而他们三个人的手又黑又脏，福福有点不好意思，抽出了自己的手，跑回屋里去了。

不一会儿，他跑出来，手里攥着花花绿绿的东西，到了几个哥哥的身边，给他们每人分了两块。弟兄几个问这是啥，福福帮他们打开包在外面的纸后，一块方方正正的物体暴露了，福福拿起来放进他们的嘴里，他们感到从没有过的丝丝甜味在舌头尖上蔓延开来，不由自主地吧嗒了一下嘴，满嘴都是这种特别奇怪的味道，这种味道是他们从来没有尝试过的，那感觉让他们的心都快速地跳动了起来，他们不住气地吧嗒着嘴，把口水深深地咽在肚子里，就像要把一种味道深藏在肚子里一样。

“好吃吗?”他们三个盯着福福说：“是不是三爹给你买的?”“是了，爹去外面做事情时给我买回来的。”“福福你真有福气。”“大虎，赶紧拉车哇!”大虎听见他大叫他，赶紧喊上二虎、三虎拉车去了。

顶着头上的太阳，光着膀子，大保和他的几个亲戚终于把房子盖起来了，一共三间大正房、两间凉房。大保心里打算好了，这三间大房三个儿子一人一间，没娶过老婆时他们先一块住着，等娶过老婆了，就分门另户，各过各的。到时候老婆儿、老汉住凉房就行了。还有就是三保答应了椽檩棍棒随便用，虽然说人家这一大园子树不差缺他盖房用的这点材料，可是要自己买还真没有这个力量。

大保把后半辈子的事情安排妥当了，剩下就是刨闹攒点钱给儿子们娶媳妇了。大保是个会算计的人，他心想：三保就是甚也不干，这一园子树也够他过个好生活了，今年先把房盖好了，我也在房前房后栽种一些树，树长大了，儿子们娶媳妇的钱也就有着落了。想到这儿，大保感觉未来的光景不会比三保差。

晚上吃了饭，三保坐在炕上喝茶。门一响，有人迈进腿来了，等整个人进来后，三保一看是后院的二保，就说：“二哥你咋来了？快坐在炕上。”这西村的三户人家，中间的一户就是二保家。二保坐下后，招弟从外面进来，一看二哥来了，赶紧给倒了一碗茶，端在炕上说：“二哥你们俩喝茶的，我去收拾一下院子。”

“三保，我今天来是提醒你，你我都清楚大保是个有心眼的人，现在你把地方让给他盖房，我怕将来你吃亏呀。”“都是弟兄，又不是外人，再说福福一个人也有点孤单，他们住过来热闹些。”“娃娃们在一起倒是好事，可这防人之心不可无呀。三保，不信你就看着吧。”

十六

一天，三保正在地里劳动，看见一支队伍从东面朝这头走过来了，为首的一个大官骑着高头大马，身边还有几个骑马的，都紧随在他的左右。后面有一台轿子，抬轿子的也是兵，这时三保有点紧张，这村子里突然出现了一支部队，莫不是又要打仗了？

三保正在疑惑，突然听见有女人的哭声从队伍的后面传来，那声音尖厉凄惨，就像被人掏了心、挖了肝一样声嘶力竭。只见骑高头大马的大官勒住了马，转过身子。这时一个披头散发的女人扑过来，“扑通”一声跪在了大官的马前：“求求你们把娃娃还给我，他是我的命，你们不能把他抱走了，我求求你了，我给你磕头。”说着在黄土道上就磕起了头。等她再抬起头来的时候，额头上的血和土混合起来，这女人已经面目全非了。

“你怎么不识好歹呀，你看看你家里穷得叮当响，炕皮上连一张席子都没有，四个儿子都是光不溜子，披挂个烂麻袋片子，用这个娃娃换十块大洋，你们母子几个就有救了。”“就是讨吃要饭我也能养活他，你们不能把他抱走。”这时候轿子里走出一个女人来，三保一看，这女人大波浪式的头发，穿着绫罗绸缎，满身珠光宝气，脚蹬高跟鞋，走到跪在地上的女人面前，娇里娇气地说：“他婶子，你不要哭闹了，你家娃娃跟了我们难道会受罪不成？我们没有孩子，会像亲生的一样疼他的，将来供他念书识字，享不尽的福气。你看看你家里，穷得叮当响，这个娃娃跟着你们也是受穷挨饿。”

这时，三保看见东村的老王领着他家的四个儿子和一个女儿跑来了，那些娃娃都赤着脚，光着膀子，裤子也就是几片布子凑成的，颜色都不一样，老王走到他的女人面前，一把拽起跪在地上的女人说：“朱团长看上咱们的娃娃，那是他的福气，你扯着个嗓子号甚了?”“娃娃是我身上掉下来的肉，我奶到五个月了，抱走了那是摘我的心啊!”说着老王家的女人又哭了起来，那是令人心碎的哭声。

朱团长骑着高头大马扬长而去，老王领着老婆孩子慢慢移动在那条土路上，他们逐渐变成了模糊的点，那么渺小，一会儿就被黄尘遮挡得看不到了。空气里仿佛还弥漫着女人的哭声，生活的困苦让他们不得不舍弃自己的亲生骨肉，老王心里也滴血，可看看眼前的这四个男娃娃，他们要张嘴吃饭。没办法呀，谁让咱们穷呢。

三保事后才听东村的人说：驻扎在这里的国民党部队里的朱团长，娶了一个二房姨太太，不生养，但人长得漂亮，很讨朱团长喜欢。这个朱太太想抱养一个孩子，有人就讨好朱团长太太说：乔家圪旦有一户姓王的人家，连生了五个儿子一个女儿，这最小的也五个月了，奶得白白胖胖的，可招人喜欢了。

朱太太听了后，就和朱团长一起来到了乔家圪旦，找到老王家里。当部队停在老王家门口时，老王一家人吓得抖成一团。乡下人没见过这么多的兵还都带着枪，村子里的人看到了，也都是趴在院墙上偷偷地瞄，不敢近前一步。这时只听朱团长旁边的人喊了一声：“是老王家么?”老王声音打着战回答：“是……是了。”“你们不用害怕，我们不会伤害你们的，我们要进屋看看。”说着，“嘎吱”一声警卫推开了老王家的破门板进了屋子，哪承想外面高里面低，一个趔趄，警卫差点摔倒。

接着朱团长和太太也进来了，朱团长告诉太太：“小心地面，不平整。”低矮的屋里，炕上挤着好几个孩子，个个睁大眼睛盯着进来的人，眼神里充满了恐惧。只见老王的女人怀里抱着一个正在吃奶的娃娃，那娃娃听到声音，转过脸来冲着朱太太咧开嘴笑了。朱太太和朱团长一看，白白胖胖的一个娃娃好生叫人喜欢，那朱太太迫不及待地伸出手要抱抱这个娃娃。

老王的女人不好意思地把娃娃递给了朱太太，朱太太的身上有一股奇怪的味道，老王的女人从来都不曾闻到这种味道，比野地里那些小花的味道都好闻。朱太太抱着这个娃娃，娃娃冲着她不断地笑，把个朱太太的心都撩拨得无法平静了。朱团长看到朱太太这么喜欢这个孩子，就直言不讳地和老王说："我太太看上你家这个男孩子了，给你们十块大洋，把这个孩子送给我们吧。"

老王一惊，没想到他们是冲着娃娃来的，他转头看娃娃他娘，只见女人瞪大了眼睛，突然从炕上扑了过来，要抢回她的娃娃，这时警卫一把拉住了她，只见朱太太抱起孩子向门外走去。朱团长从兜里掏出十块大洋，放在炕沿上，转身也走出了屋子。

老王的女人几次要扑出去，都被警卫拦下了，她突然杀猪般号啕大哭起来，老王上前抱住她安慰道："十块大洋不少了，咱们从来没见过这么多的钱。""你为了钱就不要咱们的儿子了？""这不是还有四个了，这四个要想活命，没有钱也不行呀。"老王的规劝他的女人不听，挣脱了老王，才出现了前面的情景。

老王最大的儿子十几岁了，最小的女儿也十岁了，中间还生过两个，因为家穷养活不起都扔了。老话说："穷汉儿多、赖瓜籽多。"最后生下又是一个儿子，这个无论如何老婆不让扔了，就养着。老王几次提出来想送人，他女人都不同意，结果被朱团长以十块大洋抱走了。四个儿子一个女儿的生活，压得老王喘不过气来，吃了上顿没下顿，除了给女儿缝缝补补穿个不露肉的衣服外，几个儿子能遮个丑就算不错了。

女儿名叫兰兰，乖巧听话，长得俊俏，看到母亲坐在炕上抹眼泪，便倒了一碗热水，端在妈妈跟前说："妈，你喝口水哇，弟弟不在了，还有我们几个人了，我一定会好好孝顺你。"兰兰妈听见女儿的规劝，慢慢止住了啼哭，长叹了一口气说："也许你弟弟的命好，跟了人家不用挨饿受冻。"

十七

春去秋来，大保一家也搬过来了，这院子里就热闹了许多，大保的三个儿子不仅吃饭厉害，干活也有力气。福福放学了，就去树园子里背书，到了太阳落山，才回来吃饭，吃完了饭跑过去找几个哥哥玩耍。弟兄几个看起来挺高兴。

一天，大保神色慌张地跑过来找三保："三保，我今天碰见村保主任了，他说让大虎去当兵，这是上边的命令，谁也不能违抗。""我听说又开始打仗了，国共两党的内战，需要增加兵力。"三保说完看了一眼大保，大保愁眉不展，唉声叹气地说："我拉的一条拐腿，你嫂子一只眼睛还是瞎的，大虎是家里的强劳力，这一走家里咋办呀？"

"大哥，你和村保主任说上一声，就说家里都是残疾人看看能不能网开一面。""我说了，人家说我们家里有三个儿子，必须走一个。""走的是哪的兵？""国名党的兵。"三保吸了一口气，没敢再说什么。大保一瘸一拐地回去了，三保看着大保的背影，那个后背已经弯曲了，三个儿子的家庭，他心里明白大保的负担有多重，就靠那十几亩地，收成好了还能混个饱肚皮，遇上个天灾就支起牙巴子等着挨饿吧。

村子里人心惶惶，当兵的任务落在好多人家的头上，没有一家人是愿意的，村保主任挨家挨户地去说，结果都是碰一鼻子灰。村保主任向上级汇报情况，上级说："软的不行来硬的，这个任务完不成，谁也别想有好日子过。"于是派出了一批人来到村子里，强行拉走好几户人家的后生。大保因为住在村子西头，听到消息后，赶紧让大虎跑出去躲一躲。

大虎披了一件衣服向荒无人烟的西面跑了，一头钻进红柳林，深一脚浅一脚地往西边走，红柳林里根本没有路，走得急了，红柳条子抽在脸上热辣辣的疼。大虎管不了这么多，气喘吁吁地穿过红柳林后，看到一片哈冒儿，他情急之下又钻进哈冒儿林里了。跑了一路大虎也累了，哈冒儿林长在沙堆上，他找了一片沙滩躺下来休息。连惊带怕大虎就在沙滩上睡着了。

等他醒来后，太阳早已落山了，天已经黑了下来，风吹过哈冒儿林发出一种奇怪的响声，听了令人毛骨悚然，大虎想起别人说过一到晚上鬼就会出来活动，他头皮一麻，浑身起了鸡皮疙瘩。这时肚子也“咕咕”地叫了起来，大虎站起来准备赶紧逃离这片哈冒儿林子，去附近的村子里讨一口吃的。

他走了很长时间，终于离开了这片哈冒儿林，他看到天上挂着皎洁的月亮，满天的星星闪烁出亮晶晶的光，圆圆的月亮在深邃的天空移动，缓慢平静，它让大虎那颗紧张的心也舒展了许多。隐隐约约传来了狗的叫声，大虎想这里离村子应该不算太远了，他朝着一个方向走去。

月光照亮了大地，他发现了一条发白的小土路。顺着这条弯弯曲曲的小路向前走着，忽然他看到了一缕蓝蓝的幽光在前面闪烁，他一惊，再向两面看时，顿时冒出了一身冷汗，他看到一片坟墓，一个挨着一个排列在小路的两边，他已经不知不觉走进了一片坟地。大虎吓得挪不动脚步了，不知该如何。这时妈妈的话响在了耳边：“如果晚上一个人出门，感到害怕了，就用手使劲在头顶上摸三把，你的头顶上就会生出三把旺火，神鬼就不敢近前了。”想到这儿，大虎使劲在头顶上摸了三把，果然壮了胆子，他大步向有微弱灯光的村子里走去。

大保送走了大虎之后，心里一直惦记的大虎，不知道饿坏了没有？人现在在哪里？老两口睡不着觉，守着个长夜睁着两眼。半夜时分听见院子里有动静，再一听有人敲门，大保喊了一声：“谁了？”“大，是我。”大保一听是大虎的声音，赶紧下地开了门，大虎进门后，瞎眼娘也下了地，拉着大虎哭哭啼啼地问：“饿不饿？妈给你拿吃的。”“妈，我饿了，有甚饭了？赶紧给我弄点来。”

大虎娘把馍馍给端出来，大虎一口咬下去，半个馍馍就不见了，没等咬第二口，突然喊：“赶紧给我一口水，噎住了。”还没等大虎吃完一个馍馍，“呼啦”一声从外面闯进来几个人说：“我们等你两天了，你小子躲得了初一，能躲过十五？带走！”大虎被五花大绑带走了，瞎子娘的号哭声惊动了三保和招弟，三保和招弟穿了衣服出来，月亮下看见几个人押着大虎走了。

大虎妈哭着追了出来，大保也跟着出来了。招弟赶紧拽住了嫂子，劝他们回屋里说话。二虎、三虎也都起来了，刚才哥哥被带走的一幕把他俩吓坏了。三保安慰大保说：“兵荒马乱的年月，抓丁补兵也不是咱们一家人的事情，你看看村东头老王家的大儿子不是也被带走了吗？大虎这孩子机灵，出去两年说不定还能有个出息。”“子弹不长眼睛，谁知道会不会出现三长两短。”大保说完，手里端起烟锅子，划了一根火柴，点着了烟，“吧嗒、吧嗒”抽了起来，那旱烟叶子冒出来的味扑鼻呛人，招弟闻到了就咳嗽起来。

招弟安慰嫂子说：“村子里走的不是大虎一个人，娃娃们出去也有个照应，家里有甚困难还有我们了，再说还有二虎、三虎了。”“半夜三更的，把你们惊动得也睡不成个觉，你们回去歇的吧，家里还有福福和秀秀了。”三保和招弟告别了大哥、大嫂回到屋里，福福和秀秀睡得很沉，招弟脱了衣服钻进被窝，三保经这一折腾，没有了睡意，他看见招弟只穿了薄褂子的乳房一颤一颤的，心里就克制不住了冲动，吹灭了灯，搂着招弟，手伸向了招弟的两腿之间，招弟娇嗔地说：“娃娃们听见呀。”“他们睡熟了。”急促的喘息声响起来了，那些星星也躲进了云层，夜晚，静谧而多情。

秋天的草好，正是育肥牛羊的时候，家里人手少，三保想雇用一个放羊的。他想到了村东头老王家的二儿子，那个娃娃挺勤快，也能吃苦，再说雇了他来放羊，他们家也少一张吃饭的嘴，还能挣工钱。三保想好了，就去东村找老王，到了老王家门口，看见院子里空空荡荡，柴火棍棒也没有几根，这日子过得真是清苦。“家里有人吗？”“谁呀？”三保听见是老王的声音，就推门进去了。老王一看是三保来了，赶紧下地说：“什么风把你吹来了，你看看我这个穷家连个坐的地方也没有。”说完他扫了扫炕，三保看见炕上连一块席子也没有，土炕皮。三保坐在炕沿上，老王问：

“你这贵客来我家，一定是有事情了，要不你是不会过来的。”“家里养的羊多一点，我想让你家老二帮我放羊，一来你家也少了一张吃饭的嘴，二来也能挣一份工钱贴补家用。”

说着话，兰兰和她妈从地里回来了，兰兰看见生人有些害羞，他大说：“这是村西头的三保叔，你叫三叔就行了。”“三叔好，我给你倒碗水。”“不用了兰兰，三叔在家里刚喝过水了。”兰兰妈和三保也打过了招呼，老王说：“兰兰妈，他三叔来是想让咱们老二去给他家放羊，我看这是好事，就让二子去哇。”“行了，我没意见，他三叔家是好人家，娃娃过去了咱也放心。”三保起身告辞，老王说：“明天叫二子去你家，他自己能找到，去了你们管教得严一点，该打骂就打骂，我们没意见。”

老王家的二儿子来到了三保家开始了放羊生活，吃得好、住得好，和原来的生活比起来，就像活在天堂一般。三保和招弟待他和家里人一样，每天放羊回来还能和福福耍一会。有时跑回去看他大、他妈，问起他过得怎么样，二子总是满足地说：“我真想在他家长久住下不回来了。”

十八

时局虽然不稳，但福福小学毕业了，并且以优异的成绩考入距离乔家圪旦一百二十里路的陕坝中学。文化没考上，留级继续念小学，刘来根的儿子回家种地了，算是混了个小学毕业。

陕坝中学开学后，三保赶着马车拉上福福、铺盖、米面送儿子去上学。马车经过东村的时候，村里的人们出来看稀罕，这村里头还是第一次有娃娃出去念书，三保见了村邻停下马车说："大叔、婶子们歇的了？""三保，你可是好福气，福福不仅长得袭人，这脑瓜子还灵动，考上陕坝中学了，这也是咱们村子的好事呀。""招弟没跟你去送福福？""秀秀还念书了，家里没人手，我一个人去就行了。"

三保转过身看着福福说："问候爷爷、奶奶们好。"福福从车上站起来，向站在车两边的人们问候。福福已经长成浓眉大眼的小伙子了，皮肤白白净净，鼻梁挺立，少有的英俊，众人都夸这个娃娃将来一定有出息。三保告辞了乡邻，嘱咐福福坐好，甩了一下马鞭，枣红马顺着黄土路奔跑起来。

赶了一天的路，到了天黑才进了陕坝，三保和福福找了一个旅店，住了一晚上，第二天去学校报了名。安排好福福的吃住，三保从兜兜里掏出一个布袋子，递给福福："米面和伙食费我都给你交了，这是留给你的零花钱，学校要是吃不饱，你就去外面的食堂买吃的，不要饿肚子。"福福接过钱袋子说："学校的伙食能吃饱了，就不用留这么多的钱了。""你个子高，正是长身体的时候，你妈嘱咐我，一定要多给你留点钱，怕你饿了。"

"大，我知道了，你赶紧回去吧，路远。"三保看着福福，心里突然感觉有点酸楚，娃娃第一次离开家，一个人在这里念书，没人招呼，总是不放心。“你回学校吧，大大这就走呀，有甚事情你给家里写信。”说完三保赶着马车往回返。福福看见他大的马车越来越远了，心里突然感觉空荡荡的，两行眼泪顺着脸颊流下来，他用手背抹了一下，使劲咽了一口唾沫，才转身回了学校。

内战结束了，老百姓也总算熬出头了。中华人民共和国成立以后，紧接着开始了土地改革，1950 年 8 月 20 日，政务院公布《关于划分农村阶级成分的决定》，各地的土改运动展开了。乔家圪旦虽然地处偏僻，但消息很快就传遍了整个村子，人们议论纷纷：谁家应该是地主、中农、贫农，人们用自己的眼光测量每户人家的等级。

新的村委会成立了，大保被选为村委会成员，参加成分划分的工作。大保拖着一条拐腿，整天去东村开会。村委会先一家一户落实拥有的土地面积，村子里总共不到三十户人家，上面派来的一个干部有文化、会计算，帮助村委会解决成分划分中出现的问题。等到调查完成后，村委会召集全村的人开会，一家出一名代表。

三保也来参加会了，没有地方，就在村委会负责人家的院子里开会。上面来的干部念了文件，文件上关于成分划分的条文很清楚：“凡占有土地，自己不劳动而靠剥削为主的为地主，其主要剥削方式是收取地租。占有或租人土地有比较优良的生产工具及活动资本，参加小部分劳动但主要以剥削雇用劳动力为生的为富农。占有或租人土地有相当工具，直接从事劳动并以此为生的是中农。租人土地来耕作，有不完全工具受地主剥削的是贫农。”

上面派来的干部念完了文件后说：“根据文件规定，我们捋了一下，有十六户是属于贫农，五户属于中农，三户属于富裕中农，三户属于地主。”开会的村民们瞪大眼睛仔细听着，根据文件规定对号入座，三保心里盘算：我虽然占有的土地多一些，可我没给别人租地，也没收过别人的租子，更没占过任何人家的土地，怎么也化不到地主成分里。

干部接着宣布成分划分结果：“地主成分的三户有胡喜来、乔三保……”听到自己的名字，三保脑袋“嗡”地响了一声，腿立刻软得站不起来了，心

“怦怦怦”跳得飞快，他想立刻冲到前面和干部理论，可是一向理智的三保还是控制住了自己的情绪。等到散会后，他走在了前面，拦住工作干部的去路问：“我怎么会划成地主了？我哪条符合地主成分的条件了？”工作干部看了看三保说：“有人统计过你占有的土地，雇用的长工人数，还有你的生产工具，符合地主成分划分的规定。”

“谁统计过？我要证明人。”“你的大哥乔大保，他最了解你家的情况。”三保一听差点背过气去，血都涌到脸上了，额头上的青筋鼓了起来，三保嘴唇发抖地说：“就凭他一个人的意见，你们不做详细调查，就随便划分地主，我要到县里告你们。”

三保一边说着，一边往回走，他想起大保搬过来这几年发生的一连串事情。

大保搬过来之后，就开始在房前屋后栽树，栽树的地片越来越大。三保心里很不舒服，当初只答应他盖房，可没有让他占据自己这么多地方。三保的不痛快招弟心里清楚就说：“我和大哥说说，他们不能得寸进尺，我是个女人家，没有什么不好意思的。”“我总觉得说了弟兄们就不好相处了，你看房都让人家盖了，最后还落了个不好。”“现在不说，将来麻烦事更多。”“那你就去说说咱们的意思。”

招弟清楚三保话少，又惜情护面不好意思。一天，正好大保从东村回来经过三保家的院子，招弟问候了一声：“大哥回来了？”“嗯，招弟忙甚了？”“就家里这些杂七杂八的事情，总也做不完。”“为一家人，要想过好光景，就得勤快。”“大哥说得对，我正有点事情想和大哥叨啦了。”大保看了兄弟媳妇一眼，心里有点不踏实，但自己也说不清楚哪里不踏实。

“大哥，从你们搬过来，这光景也越过越好了，开的地也多了，我看你们在房前屋后不断种树，这些地方都是三保一锹一锹刨出来的，三保还指望在这些地方种树了，可你们太勤快了，也没和三保说一声，就种上树了。”大保一听，明白了招弟的意思，干咳了两声，一瘸一拐走了两步，手背在后面说：“我看三保园子里的树那么多，以为他房前房后的地方不用了，我看荒着也是个荒着，不如种点树又好看又有风水。既然你们还准备种，那我们就在西面种呀。”说完大保背着手回了家。

大保坐在炕上点着一袋旱烟，“吧嗒吧嗒”吸着，眉头皱成个圪旦，脸绿得就像河里的蛤蟆一样，一声不吭。老婆用一只眼睛瞅着大保问：“一回来就吊着个苦瓜脸，就跟谁欠了你的钱，咋了这是?”“那么大一园子树了，还贪心，我就在门前房后栽了些树，他们就不高兴了。”“三保他们说了不让咱们栽?”“是了哇，还是自家兄弟，一点情面也不讲。”“你也不能这么说，咱们盖房就占了人家的地皮，再种树就占得更多了，这个地方本来是三保开出来的。”大保一边抽烟，一边想，他们的日子过得那么好，还计较这点地方了？从此大保心里这疙瘩就结下了。

一天，三保进园子里看他的树，发现好几棵树被砍了，茬子是新的，三保心想，最近没人来买树呀，这树是谁砍的？三保从园子里出来，拐进了后院的二哥家，正好二哥在院子里收拾柴火，三保叫了一声：“二哥!”二保一看三保来了，就让三保进屋。三保说：“不了二哥，就在院里和你叨啦两句。”三保看了一眼二哥，光秃秃的脑袋，鼻梁很高，这是他们家族的特征。三保说：“二哥，我园子里少了好几棵树，是不是有人黑夜翻进园子里偷树了?”“不可能，园子的围墙那么高，谁能进去了?”

三保眨巴了一下小眼睛，想这树难道长上翅膀会飞了？“三保，那天我听村东头的老刘说，他们准备盖房呀，从大保手里买了椽檩。”三保盯着他二哥看着，脑海里想着大保他们的树现在是不能做椽檩的，他们哪来的椽檩？难道是大保偷卖自己的树？“对了，有一天晚上我闹肚子，半夜起来去方便，听见你的树园子里有锯树的声音。我还以为听差了，黑天半夜的，就没多想。”二保说完看了看三保：“我当初劝你不要让大保来这儿盖房，你就是不听，看看事儿出来了哇。”

十九

三保存了心，有时半夜起来到园子里听听动静。有一天晚上，“刺啦、刺啦”的锯子声从园子里传了出来。三保屏住了气，走进园子里。黑压压的林子里，月亮挂在树梢上，那光线就像害了羞，躲在了枝叶里面，闪闪烁烁、羞羞答答。锯子的声音把园子的幽静切割开来，三保顺着声音看见两个人正在使劲锯着一棵大树。再仔细辨认，三保认清楚了那是大保和他的儿子二虎。

“大哥，你这黑天半夜是做甚了？”锯子的响声虽然大，但大保还是听到有人说话。他们停下手中的锯子，从地上站起来。大保结结巴巴地说：“我看这园子里的树太稠了，通风不好，就锯几棵，其他树才能长得快。”“大哥你想得真周到，这稠不稠我也是知道的，还用大哥操心费力了？”“自家兄弟，我都是为了你好，你看你家的人手也少，我就叫上二虎帮个忙。”“多谢大哥的一番好意，这树就不用锯了，以后你们也少进我的树园子。”

三保说完话扭头走了，大保心里有鬼，喊上二虎也一瘸一拐回家了。大保睡在炕上翻来覆去睡不着，难道这一大园子树他每棵都记得住？是以前砍的被他发现了，还是有人给他通风报信了？看他今天晚上那个态度，一点情面也不给我留，不就是砍几棵树吗？这一大园子树，我砍几棵怎么了？大保反倒越想越生气，翻了个身，心里竟然生出一丝恨意来。

土改开始村里选村委，大保因为能说会道，又是积极分子，所以就被选上了。开会统计各家各户的土地财产，统计到三保家的财产时，村委会的老王说：“三保家的土地虽然有几十亩，但三保从来没给别人租过地，农忙的时候，大不过雇用几个帮工的。我看按照文件规定，最多也就算个中农。”老王说完，大保眨了眨他那精明的小眼睛，拿起烟锅子，点起了旱烟，“吧嗒、吧嗒”吸了两口，慢悠悠地说：“我作为村委会的成员，一定不徇私枉法，就是亲兄弟，我也要按照政策要求，秉公办事。就说我这兄弟三保，他光树园子占地就几十亩，加上耕地就上百亩呀，牛、羊多少头，你们不是不清楚，他虽然没把地租给别人，就凭他雇用长工这一条也能算是剥削。”

工作干部觉得乔大保确实秉公无私，表扬大保：“大保的觉悟很高，不偏袒，没私心，能够主动揭发自己弟兄的实际情况，我们都应该向大保学习，公正解决好成分划分这件大事。现在我们说说乔三保到底有多少资产，雇用了多少长工……”

老王和其他几个村委的负责人一看这情形，谁也不敢再替三保说话了，后来根据财产数额和雇用长工属于剥削这两条定了三保的地主成分。

没过多久，一天三保和招弟正在家吃午饭，院子里突然传来喊声：“打倒地主阶级，还我们土地！”三保穿了鞋赶紧下地，这时门已经被撞开了，村子里的一群年轻人闯了进来，喊道：“打倒地主乔三保！”三保惊慌失措地说：“有话到院子里说！”来的人撤到门外，三保跟着出来，一看院子里站着乔大保，三保什么话也没说。几个年轻人上来推搡三保，乔老太爷和老太太拄着拐杖出来后，看到一帮人拿出绳子来捆三保，乔老太爷颤巍巍地说：“你们……你们要干甚……”没等把话说完，头向后仰过去，倒在地上。三保一看他大跌倒了，挣脱了绳子过来扶乔老太爷，只听乔老太爷“噢噢”两声，眼睛向上翻了两翻，断气了。“大……你醒醒……大大呀……”一旁被吓得愣了的招弟扑过来，喊道：“大……你睁开眼睛看看呀……”乔老太太一看老头子闭眼了，一屁股坐在地上呜咽着：“老头子，你怎么就这样走了呀？老天爷呀，你睁开眼睛看一看我们呀……”

老太太凄凄切切的哭声使三保和招弟再也控制不住了哭喊道：“大大呀……这是造了什么孽呀，我们自己开地，自己种了点树，咋就成了地主了……”一家人的哭声悲恸凄惨。大保给来的人使了一个眼色，来的人陆续散去了。大保走过来劝三保：“赶紧把大爹抱回家里吧，不能在院子里呀。”说着就过来帮三保，三保一甩手道：“不用你假惺惺的发慈悲，瘦骡子、瘦马能养了，瘦人养不成。我给了你地皮，让你盖房，你不但不感激，还害我，你真是歹毒啊！”

大保的脸红一阵白一阵，一瘸一拐地离开了。二保听见前院的哭声过来了，看到老太爷闭眼了，赶快让三保把人抬回去换衣服，要不一会儿身体就硬了。三保软得身上没有力气，二保抱起老太爷，进了老太爷的屋子，老太太还是哭，招弟找出来老太爷的新衣服给老太爷换上，二保让招弟端一盆温水来，给老太爷擦洗一下。招弟给老太爷擦洗完了，可老太爷的嘴还是张着的。二保看了一眼三保说：“拿一块现洋来！”

老太太从炕里头的毡子下面摸出了一块现洋，递给二保，二保把现洋放进老太爷的口里，用手慢慢揉了几下老太爷的嘴唇，三保看见他大的嘴合拢了，才缓过神来和二保商量：“二哥，你说这事情咋办呀？我现在脑子里一团糟，连个头绪也没有。”二保说：“你如今头上戴了一顶地主的帽子，凡事不能张扬了，本来人家也想抓你的把柄，你可不能给他们留下话把子。”三保低头想了想：“这老人总得埋葬呀，至亲也得请一请，我大一辈子要强，不能就这么悄悄地拉出去埋了。”说着，三保的泪蛋蛋滚下来了……

二保想了想说：“至近的嫡亲请一请，亲朋一个也不请，放三天出殡。”三保同意了二哥的意见，侄子、外甥们帮着搭了灵棚，三保的妹妹和妹夫也都赶回来了。三保的妹妹还没等进门，就放声哭了，一直哭到灵棚前，抱着棺材不放手，人们怎么拉也拉不起来，哭声揪心扯肺，好不凄惨。

三保姊妹两个守了三天灵，送走了乔老太爷。村子里受乔老太爷和三保接济的人们都自觉地过来帮忙，大家觉得大保这人居心不良，要不是他带了人来捆三保，乔老太爷也不会被气死。三保很感激乡邻，一一谢过大家，把事宴上剩下的糕和馍馍分别装好了送给他们。村子里有些人家吃了上顿没下顿，提上糕和馍馍就像过年了一样高兴。

等处理完这些事后，晚上三保和妹妹、妹夫坐在老太太的炕上叨啦。三保和他妹夫说：“我开会听工作干部念成分划分的文件内容了，我咋想我也不能算在地主里面，你们是有文化、懂政策的人，这事我想找上面的人说说。”三保的妹夫说：“按照文件规定，我们没给别人租过地，更没收过租子，就是雇人放羊、放牛，咱也给人家付足够的工钱，这不能叫剥削。”“既然你们也这么认为，我一两天就去县里找人说说理。”

几天后，三保穿好衣服，招弟拿出一双新鞋让三保穿上，说：“这双鞋底子纳得厚实，走路不怕费脚。”三保穿上了新鞋，用布袋子把裤脚绑紧了，怀里揣了点钱，招弟给他递过干粮袋子，三保背起来就出门了，直奔东南方向去了。

到了县城后，三保找了一个地方住下来，天也快黑了，三保心想今天走累了，睡一觉明天赶早去找县长，都说这阎王好见，小鬼难见，和那些小干部说不清楚。第二天天还没亮，三保就起来了，他吃了点干粮，喝了一口水，拍打了拍打身上的尘土，跺了跺脚，到了店门口，向店家打问好县长工作的地方，就去找县长。

县委大院静悄悄的没人，三保来得太早了，他就在外面一直等到人们陆陆续续走进院子里，三保心想县长也应该来了。他就跟随着其他人一起往里面走，可走到门口被一个小伙子拦住了，问：“大爷，你找谁？”“我找县长。”“你找县长有甚事了？”“我找县长有大事情了。”“我们县长很忙，你有事还是找你们当地领导解决。”“我这事情当地领导解决不了，我步走了一天来找县长，就是为了解决大事情。”

小伙子看这个大爷态度很坚决，就只好说：“你在这里等一下，我去通报一声。”不一会儿，三保看见小伙子跑过来说：“大爷，我们县长让你进去。”说完小伙子把三保送到县长办公室的门口，自己站在外面等着。县长正低头写东西，三保进了门站在地下不敢说话。县长放下钢笔抬起头来问：“你有什么事情需要解决？”

刚说完这句话，县长的眼睛盯着三保不动了，上下打量了几秒钟后，一把抓住三保的手激动地喊：“三保大哥是你呀！”三保瞪大眼睛看了半天眼前的县长，感觉有些面熟，但是实在想不起是谁了。

二十

乔家圪旦村委会的人都集中在老刘家开会，工作干部告诉大家说，县长要下来检查工作，看看成分划分的工作进行得如何。村委会的几个人一听说县长要来，都认为这成分划分是个大事，不能有丝毫的疏忽。村干部把名单重新审核了一遍，老王心里有些不大踏实，他总感觉把乔三保划在地主里面有点重了，可他又不敢说得太多，乔大保是三保的哥哥，比自己更了解情况。

大保掏出旱烟锅子又开始抽烟，从乔老太爷走了以后，他进出门就不从三保家院子里走了，从房后绕道进出。他有点心虚，怕碰到三保和招弟。可想起三保对他苛责的那些事情，他又感觉自己没什么过错。心里正在胡思乱想，门外传来了喊声："这儿是乔家圪旦村委会吗？"大家一听赶紧开门，看见三个干部模样的人推着自行车站在院子里。

"县长辛苦了，我是负责这里土改工作的小张。"说着小张上前和县长握手，县长把自行车立在院子里，随小张进了屋。小张赶紧叫人给县长倒水，县长说："你们把这个村子成分划分的情况说一下。"小张介绍完各家各户的基本情况后，还特别强调说群众没有任何意见，认为成分划分是公平公正的。

县长问："乔三保地主成分的划分，有什么具体理由？"在座的每个人一听，心里都"咯噔"一下，尤其是大保，心里七上八下不知道这县长为甚偏偏就问乔三保一户的情况。这时老王动了动身子说："其实三保的地都是自己开的，他的地没给别人租过，也没收过租子，所以我觉得他不应该定地主成分。"看到老王说了话，老刘也接着说："三保家底厚实，是本人勤快，加上头脑灵活。自个儿出去做个生意，也能赚几个活钱，他没剥削过别人。""雇用长工算不算剥削？"大保这一问，大家都不敢再说啥了。

“他雇用了几个长工？是怎么付工钱的？”“他现在就雇一个娃娃放羊，农忙收割时雇两个人，平时不雇人的。”“他雇用的娃娃是谁家的？”“我家老二。”老王说完看着县长。县长继续问老王：“他雇用你家娃娃给多少工钱？”“吃住全包，每年给几石粮食，还支付一些零花钱。”老王叹了口气说：“我家娃娃多，每年到了春天青黄不接的时候，全家老老小小就要饿肚皮。三保看到我们家的日子过得可怜，就和我商议叫我家老二给他放羊，一来少了一张嘴吃饭，二来还能给家里贴补粮食和零用钱。”

说到这里老王的眼睛里竟然渗出几点眼泪来，接着说：“说实话，人不能不讲良心。自从我家老二给三保家放羊，我们一家才能勉强填饱肚子，我打心眼里感激三保。”其他几个村委也都纷纷说三保的种种好处，但县长一脸严肃地说：“我们在成分划分的问题上，一定严格执行规定，既不能放过地主剥削阶级，也不能随便乱定成分。乔三保的情况你们再核实一下，该定什么成分按规定执行，不要激化矛盾。”县长说完走到门口回过头来说：“我还有几个点儿要去看看，你们继续讨论。”

三保到了县长办公室后，县长的一声“三保哥”让三保一头雾水，他看了半天也没认出来，县长赶紧搬了一把椅子让三保坐下后才说：“我是你从草林子里救出来的吴天亮。哈哈，三保哥你可是我的大恩人呀。”三保拍了一下脑袋恍然大悟，笑着说：“我这乡下人，就记得住那二亩自留地，脑子不好使。”县长吴天亮接着说：“我当初要不是被你们救了，在草林子里就冻死了。”“那个时候我就怀疑你是共产党，但不便多问，你是块硬骨头。”

“是啊，有叛徒出卖了我，敌人就把我抓起来严刑拷打，折腾了几天，最后看见我快断气了，就把我扔进草林子里了，风一吹我醒过来了，正好赶上你们路过，救了我一命。”三保说：“你现在当了大官了，县太爷，真不简单。”“都是革命工作，不是什么县太爷。噢，对了，三保哥你今天来有什么事情？”三保把他被错划成地主成分一事向天亮说了，吴天亮说：“我正好要下去检查成分划分工作，你们那个村子也属于检查范围，等我过去详细调查一下。如果真像你所说的，按政策会给你公道处理的。”

三保告辞了吴天亮，步走上往回返。等天快黑的时候，他到了家里，看见院子里、屋里的东西被翻得乱七八糟，三保不知道出了什么事情，跨过扔在院子里的东西，回到屋看见招弟抱着秀秀在抹眼泪，三保问：“这是咋了?”“大保带着几个年轻后生，硬说咱们家藏得现大洋可多了，于是就把家里和院子里翻了个遍。”“那他们翻出甚东西没有?”“甚也没翻出来，把个屋子和院子折腾得不像样了，秀秀放学回来吓哭了。”

三保咬了咬牙，甚话也没说，起身收拾院子去了。招弟也和秀秀一起拾掇屋里的东西。收拾完了，招弟问三保：“见到县长没有?”“见到了。”“事情都跟县长说了?”“说了，你猜猜这个县长是谁了?”“人家一个大县长，我哪里能猜到了。”“他就是我常对你说起的那个从草林子里救的吴天亮。”“真的是他？这人福大命大，他还认得你不?”“不但认得我，还一个劲地感谢我的救命之恩呢。”“要不人说救人一命胜造七级浮屠，为人还是忠厚善良一点好。”

村委会又召开了几次会，大家按照文件规定，重新核实了三保家的情况，最后定了中农成分，又召集全村的人开会宣布，村里的人都说这个划分才公道了。只有大保愤愤不平地一瘸一拐早早离开了会场。

自从乔老太爷过世之后，乔老太太就一病不起，神官、医官都请来看过病了，但没有任何起色。能吃能喝就是躺在炕上起不来，每天哼哼唧唧的，招弟一日三餐好生伺候着。一天，大保的瞎眼老婆子跟大保说：“咱们家的鸡好好的就死了，你说奇怪不奇怪?”“说不定吃上甚东西了。”过了两天，瞎老婆子又和大保说：“二保家的鸡也死了几只了，你不觉得这蹊跷吗?”“蹊跷甚了?”“是不是有墓虎吸血了，把鸡吃了?”

大保看了一眼瞎老婆子，眼睛眨巴了几下说：“你是说大妈长期卧炕不起，成了墓虎了?”“你没听说整天不见太阳的病人，其实灵魂早走了，早就成了墓虎了?”大保下了炕，背着个手一瘸一拐地向东村走去。到了东村去了几个邻居家串门，神神秘秘地告诉村里人说三保妈早成了墓虎了。

乡下人一听这话信以为真，再加上有几户人家的鸡也死掉了，这就更加相信了，一传十十传百，一天之内不仅乔家圪旦人人皆知，就连邻近几个村子的人也都知道了。惊恐一时间笼罩了整个村子，人们议论纷纷："这活墓虎先是吃鸡，后来就要吃人，吸人的血，人死了后浑身惨白。"担惊受怕的人们找到村里的负责人，要求处理乔老太太。

村干部找到乔三保说："三保哥，村里的传闻你也听说了吧，这件事情闹得人心惶惶，谁也不敢来村西头了。""都是造谣生事，你们也相信？我每天和我妈在一起，要吃也先吃我们呀，还能跑出去吃别人？""既然我们都不相信，那不妨就把老太太背出去晒晒太阳，我对大伙也有个交代。"三保心想：不按村干部的说法做，难以服众，可按村干部的要求做，老母亲肯定不同意。三保最后还是下了决心，准备把老母亲背出去晒太阳。

村干部为了服众，喊了一部分村民过来看，证明老太太不是什么墓虎。第二天中午，太阳火辣辣地照在头顶，三保进了母亲的房间，扶起母亲说："妈，从你病了也没出过这个门，今天我背你出去见见风。""我得的这个病就是不能见风，你非要背我出去是想要我的老命呀。"说着话这老太太竟然呜呜咽咽哭了起来，三保听了心里就像刀割一样难受，但是众怒难犯，实在逼得三保没办法。三保一横心背起了母亲，外面的草垛上已经铺好了一块褥子，三保把他妈轻轻放上去，他站在了旁边。不到一个时辰，三保头上的汗就流下来了，众人眼巴巴地看着老太太的反应，可怜长期不见太阳的老太太，经这一暴晒，头耷拉下来了，不一会就咽气了。三保一看老母亲停止了呼吸，大声喊叫："妈……我的妈呀，都是儿子不孝顺，让你受这折磨……"哭声惊天动地，招弟也趴在婆婆身上哭了起来。这时村子里的几个老年人走过来说："三保，你们不要哭了，你妈其实早走了，只是她的身体没走。你看经过这一晒，她就原形毕露了，现在不是哭的时候，我们要商量一下怎么处理这尸体。"

三保一听马上说："当然要埋了，还能咋处理？""你妈已经变成墓虎了，哪能埋了？埋了还是要吃人。"三保说："我不听你们胡说八道，什么墓虎不墓虎，我妈本来病了，你们让我背出来放在大太阳底下，好人也受不了。"这时围过来好多人，村里的人听说了这件事，都来凑热闹，大家纷纷吵着说："活墓虎只有烧了才不会害人，如果埋了还是祸害。""对，烧了，烧了。"一时间群情激愤，三保无力回应，这时二保走过来和三保说："就按大伙的意见办吧，要不以后村子里有个三长两短，都和咱们脱不了干系。"

三保无奈地看着二保，眼睛红红的，跪在他妈跟前不离开。这时候只见几个老汉在东边的地里架起了一堆木棍子，然后过来拉开了三保，抬起了他娘就走，三保扑过来，又被人挡住，有几个年轻人按住三保不让动。三保娘被抬在木柴堆上，人们点着了火，不大工夫那火就烧得噼里啪啦响，火苗冲天，在一片火海中，乔老太太化为灰烬。三保的心也随着这火的熄灭，彻底绝望了。

二十一

转眼到了深秋，天气转凉了，三保把树园子里的苜蓿草割了拉回院子里，留下冬天喂羊。天黑了，招弟喊三保回家吃饭。秀秀把饭菜端在桌子上，三保盘住腿坐好，开始吃饭。“秀秀妈，我想去一趟陕坝，给福福送米面，上一次送去的伙食估计快吃完了。”“行，地里该收的也收完了，家里的营生也少了，这次我想和你一起去。”“秀秀一个人在家行吗?”“让二哥家的闺女来跟她做伴，吃的家里有。”“大、妈，你们就放心去看我哥吧，我把后院的玲玲姐叫过来和我做伴。”三保说：“行，你也时间长了没见儿子了。就是这路远，你能走动?”“走动了。”

第二天，天不亮三保起来把米面袋子驮在驴背上，回家吃了饭，招弟也穿戴好了。三保把裤脚用带子捆好，招弟也把裤脚裹紧了，那本来就小的脚就更显得小了。三保戴上了棕色小毡帽，招弟也戴上了三保给她买的帽子。两个人齐齐整整出了门。三保拉着驴，招弟跟在后面，三保递过话说：“要不是这土改，出门也能赶一辆马车坐上走，现在牲口分的分，处理的处理，就剩这头毛驴了，你还得颠着一双小脚走路。”

“我又不是千金小姐，平时家里家外的营生甚也做，走这么点路不算个事情。”两人边叨啦边走，眼看那阳婆就到头顶了，三保看见招弟越走越吃力，就说：“我们歇歇再走吧，顺便吃点干粮。”说着三保走到路旁的一棵树下，把驴拴好了，树跟前有草，驴也安顿下来了。三保从驴背上取下水壶还有干粮，两个人坐在路边吃了点儿干粮。三保说：“一会儿你坐在毛驴上走一段路，这路还长呢，怕你吃不消。”招弟看了一眼三保，这个男人平时话就少，更不会甜言蜜语讨人喜欢，但内心还是体贴人的，从进了乔家的门，虽然自己辛苦一点，但这日子过得很踏实。

太阳很快转向了西天，半个天空被染成橘红色，那太阳的半个脸转眼就看不见了，万道霞光从云层里四射出来，土路上也像是镀了一层金，令人觉得温暖。三保他们这时到了陕坝，去学校里找到了福福。福福看到他妈也来了，高兴地跑过来抱住他妈说："妈，你咋来了？是不是想我了？"招弟放开福福，从头到脚打量了一下站在自己面前的儿子，长高了，个头超出三保了，嘴唇上面已经长出胡子来了。"福福长大了，高出妈妈一颗头了。"三年多的时间，福福念完了中学，又考进了师范，学习成绩好，这个子就像白杨树一样直往高蹿，已经一米八多了，成了大小伙子了。

"福福，你妈给你烙的饼子，还有炕的干馍馍，都在这个袋子里了，米面明天交给食堂，你先把这些东西搬回宿舍去，我们出去吃饭。"三保和福福往宿舍搬东西。招弟进来看了看福福住的地方，一盘大炕，每人一卷铺盖。"福福，妈给你拆洗一下铺盖哇，看这脏的。""不用了妈，等假期我带回去拆洗吧。"说着福福拉住了招弟，不让他妈动手。收拾完了，一家人到了陕坝镇上，找了一家饭馆坐下，三保问福福想吃甚了，福福说："我想吃一碗红烧肉。"说着福福舔了一下嘴唇。招弟看到儿子是馋了，就说："给福福要一碗红烧肉，再要两个素菜。"

红烧肉上来后，福福夹了一大块放进嘴里，直说："真香，太香了。"招弟看着福福的吃相，心里不免心疼起儿子来了，看来这学校的伙食也不算太好，娃娃咋能馋成这个样？"福福你多吃点儿，不要着急，不够咱们再要。""大、妈，你们咋不吃？""我们等菜上齐了再吃。"吃完饭，三保说："我们就在镇上找个小旅馆住一晚上，你回学校吧。""今天晚上我要和你们一起住。妈，行不行？"招弟一看儿子这么大了还在爹妈跟前撒娇，就笑着说："行行行，我也想和儿子一起住。"

第二天，福福领着三保和招弟去陕坝的照相馆里照了一张相，这张相也成了福福和他大、他妈唯一的一张合影。照完相后，三保对福福说："你赶紧回学校上课吧，我们也回呀，家里就你妹妹一个人。""秀秀快小学毕业了吧？""嗯，我打算让她上完小学能认得自己的名字就算了。""你不打算让她上中学了？""我和你妈年纪也越来越大了，以后送米送面也跑不动了，女娃娃家，识几个字就算了。"招弟嘱咐福福好好读书："师范毕业你就能工作了，也快熬出头了。"说完伸手摸了摸儿子的头，转过脸去了。

三保怕招弟又哭哭啼啼的，就催促招弟赶紧走，福福看见妈妈迈着小脚一颠一颠的身影，不禁心生酸楚，那眼泪就像断了线的珠子般落了下来。走出很远，招弟才转过身来看儿子，她看见儿子还站在原地，就向儿子挥了挥手示意让他回去。招弟转过脸来，用手抹眼泪，三保啥也没说，迈开步向前走。

福福回到班里坐在自己的座位上，前排的女同学胡玉梅转过身来，看着他说："乔子轩，听说你大、你妈来看你了?"（福福的学名叫乔子轩）"嗯，他们刚走。""你大、你妈来给你送吃的?""对呀。""你真有福气，爹妈双全，哪像我，没娘的孩儿。"福福是第一次听胡玉梅说起她的家事就问："你娘怎么了?"胡玉梅经福福这一问，眼圈立刻红了，那眼泪马上就要掉下来了，福福不知道怎么安慰她才好，恰好这时上课铃响了，胡玉梅转过身去听课了。

三保和招弟回到乔家圪旦，歇了两天后，三保和招弟商议说："我想重新盖房，福福这么大了，也该考虑他娶媳妇的事情了。"招弟说："我们这次去看儿子，儿子已经长成大男人了，是该考虑给他娶媳妇的事情了。""那我合计合计这房该咋盖。"两人说着话，外面有人喊："三保兄弟在家吗?""在了。"招弟下地开了门，一看是东村的老刘，三保说："刘大哥你来了？快坐在炕上。"

老刘坐下后对三保说："老王临明时分走了。"说完老刘叹了一口气。"好好的一个人怎么就走了?""老王一直尿血，他不敢对人说，一早他老婆哭着找到我，说老王走了。""这家人咋活呀，五个娃娃，一个也没娶过媳妇。""他们是外来户，村子里也没有亲近的人，老王家的就去找我了。我这是来了和你商量，看这事咋帮忙处理。"三保说："那我们就过去看看，计划一下老王的后事。"

老王家的看见三保来了，哭哭啼啼地说："他三叔，你是一个有主意的人，你看现在我们孤儿寡母的，连个主事人也没有，求你帮忙料理一下老王的后事吧。"三保说："嫂子，你放心，我过来就是帮忙的，都是村里村亲，谁家有难处了，大家搭把手就过去了。"三保和老刘召集了一部分村里的壮劳力，打青口的打青口，搭灵棚的搭灵棚。棺材的事情，三保想了想叫了两个年轻人去自己家的院子里拉砍下的杨树，找个木匠做就行了。一切事情安排妥当，三保和老刘就张罗其他事情去了。

出灵那天，老王最小的女儿兰兰趴在棺材上哭得死去活来，谁也拉不开，把在场的所有人都哭得心碎了，兰兰的嗓子已经哭哑了。三保说："拉开兰兰，准备起灵！"兰兰扑向他爹的棺材哭喊道："大大呀，你不能走呀，你丢下我们孤儿寡母咋活呀？你就这么走了，兰兰叫谁心疼呀？"听着兰兰呜咽的哭诉，在场的所有人都跟着哭了起来，老王的老婆哭晕过去几次，都被人掐过来了。

处理完了老王家的事情，三保想出去走一趟，看看能谋划点甚事情，挣几个零花钱。三保喊上他的好朋友杨万林准备去哈勒素一带转转，看看有甚买卖能做。一路上说起老王去世的事情，万林突然跟三保说："我听说老王家的大儿子金贵和地主胡喜来的老婆翠翠有一腿。""谁说的？不可能。""知道说给你你就不信，村子里都在议论这事。土改的时候胡喜来怕政府镇压就跑了。当时金贵给胡喜来家当长工，胡喜来跑了以后，家里有很多事翠翠就让金贵处理，一来二去，两个人就好上了。""翠翠比金贵岁数大呀。""大不了几岁，你想金贵年龄也不小了，正是年富力强的好时候，翠翠年轻貌美，哪里能守得住寂寞。"

"胡喜来不是有三个儿子吗？""那又咋的，翠翠有姿色，人也聪明，听说金贵早就和她进入温柔乡了。""这种事情不能瞎说。""有几个光棍早就想打翠翠的主意了，尤其是旺财，天一黑就拿上他的那个破笛子，在翠翠的窗外吹。他的笛声一响起，翠翠就把窗户关住了。""旺财倒是个斯文人，就是穷，连个老婆也娶不起。"

"旺财觉得笛声打动不了翠翠，干脆就唱起了山曲儿：'天上的月儿亮晶晶，地上的人儿想亲亲，你若是知道哥哥的心，一辈子疼你不离分。'喜来老婆不理他，他黑夜不睡觉，就在外面晃悠。一天晚上，他偷偷潜伏在人家的窗台下。到了半夜，听见里面有动静，他用舌头在窗户纸上舔开了一个洞，一只眼睛凑在跟前一看，那喜来媳妇脱得一丝不挂，躺在炕上，金贵趴在她身上，两个人扭在一起，一边亲嘴，一边起伏，旺财看得傻了眼，裤裆里湿了一大片。"万林说完"哈哈哈"地笑起来，三保感觉自己下身有些发热。

二十二

上书法课了，福福带了毛笔、砚台，在纸上练字。胡玉梅转过身来看着福福写字：“乔子轩，你的毛笔字刚中带柔，落笔如云。”“过奖了，我这是初级水平。”说完，福福继续练习。胡玉梅转过身去，伏在桌前手握毛笔，信手拈来一句写在纸上，转过来放在福福的桌面上。福福一看，纸上写着：“古墨轻磨满几香，砚池新浴灿生光。”福福赞叹道：“笔势雄奇，姿态横生，大气豪迈。”胡玉梅听了，脸“唰”一下红了，抿着嘴笑了。

福福抬起头看胡玉梅，胡玉梅用羞涩柔美的眼睛看着福福，弄得福福不知是自己的话感动了胡玉梅，还是女孩子听到溢美之词所表现出来的矜持之态。福福笑了笑继续练字。

福福已经长成真正的男子汉了，除了健硕的体格外，浓眉大眼，高挺的鼻梁，英气十足。坐在他前面的胡玉梅是典型的娴雅美女，单眼皮，细眉如弯月，额头高高的，皮肤白皙，一笑就有两个酒窝。她是班级里很多男孩子梦寐以求的偶像，有的偷偷给胡玉梅写纸条以表爱慕之情，可胡玉梅心里一直装着乔子轩，不为其他人所动。

女孩子的心思是细密隐蔽的，这一点谁都没看出来。乔子轩就更不明白了，胡玉梅时常有意识地把自己的长辫子搁置在后面乔子轩的桌子上，可乔子轩就像没看见一样。胡玉梅摆动几下辫子，可也引不起乔子轩的注意。胡玉梅以借书为理由，主动和乔子轩拉近距离，可乔子轩还是对她和普通同学一样，没有什么反应。

胡玉梅又想起上次他爹来学校找她时说：“师范毕业就回去嫁人，有人来家里提亲了，对方家境不错，还是独子，你嫁过去也受不了罪。”“我不嫁人，我师范毕业要去当老师，我能自己养活自己。”“一个女孩子家，最终也得嫁人生儿育女。你娘走得早，我能供你上学到今天，也算对得起你死去的娘了。”“求求爹不要逼我，我自己的婚姻我自己做主。”“古往今来，父母之命媒妁之言，哪有你自己做主的道理，这门婚事我已经答应了。”

胡玉梅一听爹已经答应了婚事，拉着她爹哭了起来，“求爹爹看在我早早没有娘的苦命份上，退了这门亲事，我还小，不想嫁人。”胡玉梅的爹虽说心里也疼女儿，可是自己是五尺男儿，既然答应了这门亲事，就不能违约。他停了一会儿对女儿说：“我答应的事是不能改变的，不过婚事可以推后，等你毕业以后我们再议。”

招弟和三保从陕坝回来后，就感觉自己身子底下有些不对了，有东西下垂脱落了出来，伴有疼痛。招弟是个惜情护面的女人，没敢和三保说，自己偷偷地用布一层一层垫在内裤上，希望能把掉出来的东西托回去，可是布加了一层又一层，暴露在外面的私密部分还是脱落着。招弟家里家外的活照干不误，可心里老是有个阴影困扰着她。一天晚上，三保钻进她的被窝，搂紧她要亲热，招弟没办法只好躺好，三保却感觉碰在一堆肉上面了，就说：“你下面怎么了？”招弟又急又气地说：“从陕坝回来就成这样了，我怀疑是走路太多的原因，过一段时间再说哇。”

三保扫兴地躺在炕上：“要不咱们出去看看，这样总不是个事。”“这种地方咋让人看，我可丢不起人。”说着话三保睡着了，招弟侧过身，叹了一口气，心里乱得就像一团麻，这个毛病能不能好了？要是一直好不了咋办呀？三保还年轻，她越想越麻烦，眼角里浸着泪慢慢进入了梦乡。

周末了，福福跑到街上买了一个羊蹄吃。学校的伙食没油水，福福解馋的办法就是花上一毛钱买一个羊蹄，一边啃一边逛逛街。“乔子轩。”有人叫他，福福循着声音看过去，是胡玉梅背着手向他这边走过来。“你也出来逛逛？”“周末了，宿舍的人走光了，我就出来转转。”“你吃不吃？”说着福福把啃了一半的羊蹄递向胡玉梅。“我不喜欢吃羊蹄，还是你吃吧。”“那我就不客气了。”说完福福继续啃他的羊蹄。

两个人就这样随意走着，胡玉梅侧过身来看着福福，福福发现胡玉梅看他，有些不好意思。这时胡玉梅忽然笑了起来，福福不知她笑什么，下意识地抹了一把嘴，胡玉梅笑得更厉害了，福福脸红了。胡玉梅看到这个白白净净的男人突然脸红了，自己的心突突地跳个不停，害羞地低下了头。福福好像明白了一些什么，但他自己也说不清那是一种什么感觉。

他第一次意识到和一个异性在一起，会产生一种无法言表的愉快。这时他再一次注意胡玉梅，才发现胡玉梅脸蛋白里透红，抿起嘴笑时，一对小酒窝调皮而诱人。胡玉梅发现乔子轩的眼睛盯着自己看，她害羞地瞟了乔子轩一眼，低下了头。他们两个傻傻地站在大街上，此时谁也没有说话。乔子轩手里的羊蹄还没有啃完，可它的味道已经引不起乔子轩的兴趣了。乔子轩把羊蹄扔了，抹了一把嘴，看着胡玉梅，他十八岁的心里第一次荡起了一种从未有过的涟漪，一波一波在心里漫溢，那是一种令人窒息的激动，但乔子轩却说不清楚是什么。

胡玉梅看着乔子轩，咬了咬嘴唇说："你到教室练毛笔字吗?"乔子轩马上答应说："好的。""那我们回去吧。"胡玉梅和乔子轩在教室里练着毛笔字，教室里很安静，因为是周末，没有人来打搅他们。他们一边练字，一边聊天。胡玉梅讲到了自己的身世，不禁泪水涟涟，乔子轩安慰她说："现在是新社会了，自己的命运自己主宰，不能再像旧社会的妇女一样任人欺压。"乔子轩的话让胡玉梅一下子看到了希望，她觉得乔子轩不仅外貌英俊，性格也很刚毅，胡玉梅的心里感到很甜蜜，对未来有了一种美好的憧憬。

招弟的病一直不见好，裤裆里还是有一堆下垂的物体，垫再多的布也没有用。三保几次提出要带她出去看病，招弟就是不肯，她说："一个妇道人家，这是多么丢人的事情。"三保也没有其他办法，只能安慰招弟不要太累了。

冬去春来，三保张罗着盖新房，东村的邻居们听说三保盖房，主动过来帮忙，前一年踏好的坷垃拉回来了。椽檩棍棒都是现成的，不出半个月新房就竣工了，三保和招弟杀了一只羊招待村邻。大保走过来搭讪："三保兄弟又盖起新房了，一比较我那儿间房就显得低矮了。”自从老娘过世后，三保就再没有和大保说过一句话，那些伤心的往事在三保的脑海里一幕幕回放，三保这辈子也不会原谅他。

二保一看三保没理睬大保，就过来招呼：“大哥你坐下就在这儿吃饭，我给你端去。”院子里跑进一只小狗，招弟给狗扔了一块骨头说：“喂个狗它还知道摇个尾毛了，有人连狗也不如。”大保一听这话，吃进嘴里的肉又吐了出来，放下碗背着手一瘸一拐地走了，二保在后面喊：“大哥，你吃了饭再走。”“不了，省的人家不待见。”

人们都走了，招弟收拾碗筷，三保在新房里不知捣鼓甚了。招弟收拾完了，看见三保用锹掏砌好的墙。“你挖墙作甚了?”“放点东西。”招弟明白三保说的东西是什么，就说：“那些东西不往地下埋了?”“埋在地下不保险，最好的办法就是砌进墙里面，白天我怕别人看见了。现在没人了，你赶紧把东西搬出来。”招弟去柴火堆下挖出了一个坛子，抱回了家。三保接过来放进掏好的墙洞里说：“不大不小正好。”放好后三保用泥把墙抹好，因为是新墙，一点痕迹也看不出来。两个人看了一下位置，三保说：“记好了地方，到时候好取。”招弟答应着说：“记住了。”

二十三

放了暑假，福福回到家里。新房盖好后，福福回来就住进新房里了。地里的农活忙，福福看见父母亲劳累，想出去帮忙，三保不让他干，对他说：“你就好好在家看书学习，农活不要插手了，再说你也不会干，有我和你妈就行了。”招弟又补充说：“天气热，你多喝水，不要上火了。”转身又对女儿秀秀说：“中午你做饭，顺便把牲口饮一下，我们走了。”秀秀撅起嘴嘟囔说：“偏心眼，就让我干活，哥哥啥也不用干。”福福笑了笑说：“不高兴了？一会儿我帮你就是了。”“算了吧，你是公子哥儿，细皮嫩肉的，还是我干吧。”

福福看着秀秀，想起他大说的话，等秀秀小学毕业就不让她再上学了，心里也感觉父母亲太偏心了，是重男轻女的封建思想。“秀秀，你小学毕业想不想再念书了？”“当然想了。”“那大大、妈妈不让你念书怎么办？”秀秀低下了头，她知道哥哥说这话不是没有根据的，因为她也几次听见父母亲说：“女娃娃家识几个字就算了，好好找个婆家过日子才对。”“哥，我还想念书，求你帮我劝劝咱父母，让我念完中学。大大、妈妈最听你的话了。”

福福嬉皮笑脸地说：“那你帮我干点事。”说着福福从柜子里拿出几件脏衣服，扔给秀秀说：“你帮哥洗一下。”秀秀拿起脏衣服说：“就知道欺负人。”说完拿去洗了。

“这是乔子轩家吗？”秀秀正在院子里洗衣服，听到细声细气的询问声，抬头一看，一个漂亮的女孩子站在她的面前，月牙般的额头上渗出了密密的小汗珠，头发贴在前额上，两个眼睛忽闪忽闪地看着秀秀，眼神有些慌乱急迫。秀秀怔怔地看着这个女孩子，半天才缓过神来说：“哥，有人找你。”“谁呀?”“我不认识。”说着话福福推开门出来，一看站在院子里的竟然是胡玉梅，福福吃了一惊说：“你怎么跑来了?”这一问不要紧，胡玉梅的眼泪“唰”一下就下来了。福福一看心里“咯噔”一下，莫不是出什么事了?于是结结巴巴地说：“你回屋里坐下来说，不要着急。”胡玉梅跟着福福回到屋里，秀秀也跟了进来，她看到这个女孩子哭得那么伤心，赶紧倒了一杯水递给她。

“你先不要哭，到底出了什么事?”胡玉梅看了一眼秀秀，秀秀明白那眼神是什么意思。她知趣地走到院里，继续洗衣服。这时胡玉梅才告诉福福：放假后，她回到家里，她爹告诉她，答应的那门婚事，男方提出来要结婚，媒人过来几次了，她爹嫌媒人跑来叨叨的麻烦，就答应人家了。“我不想嫁给那个人，你说我该怎么办?”乔子轩的心里也酸酸的，他想起放假前他和胡玉梅最后告别时的情景。

他们两个单独待在教室里，胡玉梅看着福福说：“放假很长时间我们就见不到面了。”“是呀，再等开学还得一个多月。”说完福福抬头看了一眼胡玉梅，发现她也正在看着自己，他们都害羞地低下了头，福福明白女孩子眼睛里的意思，但他们谁也没有说什么。最后还是福福安慰胡玉梅说：“一个假期很快就过了，开学我们又能见面了。”“一个假期你不会忘了我吧?”说完胡玉梅掉过脸去，不敢看福福，福福的脸火辣辣的烫，烧得他头昏脑涨地说：“怎么会呢?”这时胡玉梅掉过脸来，那脸就像桃花一样，福福感觉自己好像要被融化了一般，竟然有些恍惚。他定了定神说：“时间不早了，我们回去收拾一下，准备离校了。”

才放假没几天，怎么胡玉梅的爹就逼着她嫁人?福福问：“那你打算怎么办呀?”“我死也不嫁那个人。”说完他看着福福说：“我等你。”福福听了心里又感动又着急，不知该怎么办，就说：“你先别着急，这事等我大、我妈回来咱们商量一下，他们是大人，办法比咱们多。”胡玉梅听了福福的安慰，感觉心里踏实了许多。“看看你脸上都是汗，洗一把脸吧。”说完，福福给胡玉梅打了一盆水，胡玉梅感激地看了他一眼，福福和她相视而笑。

中午收工回来，三保和招弟还没等进门，就听见屋子里有人说笑。这时门开了，秀秀跑出来，跑到招弟跟前，神神秘秘地说：“咱家来贵客了?”“谁呀?”“你们自己回家看。”三保和招弟疑疑惑惑地走进家门，看见炕沿上坐着一个白白净净的姑娘，脸蛋上放着亮光，见了他们笑着问候说：“叔叔、婶子好!”“好好好。”招弟看着姑娘，觉得眼生。三保也没见过这个姑娘，难道是自己的远房亲戚?福福看见父母亲用陌生的眼光打量胡玉梅，就告诉父母：“她叫胡玉梅，是我师范的同学。”

招弟一听，心里好像明白了什么，她看了一眼三保，三保没说话。这时秀秀说：“饭好了，吃饭吧。”吃饭时招弟一边给胡玉梅夹菜，一边问胡玉梅家住在哪里。胡玉梅告诉了招弟，招弟问三保：“她家住的这个地方好像离咱这里不算太远?”“四五十里路。”“闺女，你步走来的?”“是的，婶子。”胡玉梅说话细声细气，招弟有点喜欢这个姑娘了。“那你是来找福福的?”福福看了他妈一眼说：“妈，她是有事情才来找我的。”说完后福福拉着他妈到了另外一个屋子，把胡玉梅遇到的麻烦事告诉了他妈。招弟一听眉头皱了起来说：“这姑娘跑出来，他爹妈肯定很着急，咱们不能把姑娘留在家里，那会急坏她的父母的。”“去，你把你大叫过来，我和他商量一下这事。”三保过来后，招弟把事情的前因后果和三保说了一下，然后强调说：“看来福福和这个姑娘是有那个意思了。”“即便是这样，她已经是许给别人家的人了，咱们不能在中间插这一杠子。”“谁说不是了，福福他年龄小，不懂事，这种事情传出去可是不好听。”“得赶紧把这个姑娘送回去。”“我看事不宜迟，明天一早你就把她送回去，免得夜长梦多。”

福福不知道他大、他妈商量成什么样了，心里七上八下，胡玉梅更是忐忑不安，不知道福福的父母能否接受自己。三保和招弟因为家里突然发生了这么一件事，也没有心思出工了，大家各揣心思，福福和胡玉梅去树园子里转了一圈。天黑了后，招弟做好了饭，招呼胡玉梅和家里人吃饭。吃饭时招弟对胡玉梅说：“玉梅，你为什么出来，情况我们也知道了一些。你出来的时间如果长了，你爹妈肯定会着急的，我们的意思是先送你回去，剩下来的事情再好好和你爹妈商量一下。”胡玉梅听福福妈这么说，感觉也对，自己一个人跑出来，不知道爹急成啥样了。“那行，叔叔、婶子，我听你们的。”“还是念书人明事理，明天一早，让你叔叔送你回家。”“不用了，我自己能回去。”

“那可不行，你这一出来可能也惊动了许多人，要是自己一个人回去了，有些人还不知道要嚼什么舌根子。”胡玉梅感觉还是福福妈考虑得周到，就答应了让三保送自己回家。

送回了胡玉梅，天擦黑三保就返回来了。招弟把饭放在锅里热着，等三保洗了手，盘腿坐在炕上，招弟把饭端上来。“福福和秀秀去哪儿了？”“去文化家耍了。”“送回去了？”“嗯，送回去了。”“我让你问的事情问得怎么样了？”三保一边吃一边告诉招弟说：“胡玉梅她爹在中华人民共和国成立前也是有钱人，胡玉梅她妈生下胡玉梅后没几年，他爹就和村子里的一个小寡妇好上了。这事被胡玉梅她妈知道了，就和胡玉梅他爹闹腾上了。她妈越是闹腾，她爹越是不回家，后来胡玉梅她妈气不过，在房梁上拴了一根绳子上吊了。”“后来呢？”“后来胡玉梅他爹就娶了那个小寡妇，生了两个儿子。”

招弟叹了一口气说：“这胡玉梅也是个苦命的娃娃。”“咋不是了，我听村子里的人说，胡玉梅的爹为了弥补自己的罪过，才让胡玉梅一直念书的。”“他爹给胡玉梅找的那个婆家怎么样？”“我听说那家人家光景过得不错，也就一个儿子，可是个浪荡货。”

三保送回了胡玉梅，消息一眨眼就在村子里传开了，那些村子里的女人们走家串户，说东道西，添油加醋地说：“一个闺女说跑就跑了，也不顾及名声。”“上梁不正下梁歪，你看看这姑娘，自己跑出去说不定干啥去了。”“她这一跑婆家还能要她？”消息就像发酵一般，瞬间传播开来，都说唾沫星子能淹死人，一点也不假。胡玉梅的后妈听到了别人的议论，回来冲着胡玉梅的爹喊叫：“就你整天护着她，看看现在成了什么样子，一个黄花大闺女，说跑就跑了，夜不归宿，谁知道她在外面干了什么？”

胡玉梅的爹黑着脸道：“别人戳咱脊梁骨就算了，你还自己给自己头上扣屎盆子？”“当初我就说不让她念书，你非要由着她，现在好了，自己跑出去找野汉子。”“啪”的一声，胡玉梅后妈的脸上挨了一巴掌，“呜呜呜”的哭声从东屋传进了西屋，胡玉梅听到了，知道他爹又和那个女人吵架了，胡玉梅又担心又害怕，心里空荡荡的，感觉自己就像一棵无根的草，不知该飘向哪里。

二十四

正在打扫院子的招弟看见从东边走过来两个人，走近时招弟看清是东村老王家的和她的女儿兰兰。老王家的走进三保家的院子，招弟赶紧问候："嫂子，哪阵风把你们吹过来的？"老王家的踮着小脚边走边夸："啧啧，看看他三叔这房子盖得多气派，一看就是成事人家，作甚都有模有样的。"三保听见外面有人说话，推开门一看是老王家的，赶紧让进屋里说："嫂子，进屋说话。"招弟拿起笤帚扫了一下炕沿，让兰兰和她妈坐下。

"嫂子，你看这兰兰越长越招人疼了，细皮嫩肉的真好看。""她三婶子，你快不要夸她了，穷人家的闺女，有口吃喝养大就不错了，连一件像样的衣服也没穿过。"招弟左右端详了兰兰半天，把兰兰端详得羞红了脸，那样子更招人疼爱了。招弟看到兰兰虽然穿得旧，衣服上有很多补丁，可缝补的针脚细密，颜色搭配得很合适。"这针线活才讲究了，一看就是嫂子的好手艺。""不是我的，是兰兰自个儿缝的，我哪能顾得上描画她了。"

招弟一听更是赞不绝口："啧啧，真是好手艺，多巧的做工。"兰兰不好意思地用手捏着衣角来回搓，说："这针线活也是我妈教我做的。"说完兰兰看了一眼招弟，招弟看着兰兰拘束腼腆的样子，心里想：这才是有规矩的姑娘。她心里忽然有了个主意，说："你看我这个人，就知道说话忘记给嫂子倒水了。"说着拿起暖壶给老王家的和兰兰倒上了水。

"嫂子过来有甚事？""我这也是无事不登三宝殿，这事情说来话长，今天就是找他三保叔和他婶子商量一下，你们给我拿个主意。"说着话，老王家的看了三保和招弟一眼，叹了一口气说："你说我这孤儿寡母的一家人，连个拿主意的人也没有。老王一闭眼睛，把五张吃饭的嘴留给我，没办法，把金贵送到喜来家给帮工。这土改开始后，喜来丢下老婆、娃娃跑了，这一跑几年过去了，喜来家的大小事情就靠金贵给搭照了。时间长了，村子里的闲言碎语就多了，我后来问金贵，他说没有的事情。”说到这，三保忽然想起万林给他讲过的关于金贵和翠翠的传闻，他就问：“嫂子，别人说甚就让她们说去吧，你能堵住哪个人的嘴？”

“前两天金贵回来跟我商量，说他要入赘喜来家，我一听坚决不同意。娘俩吵了一架后，金贵就干脆跑去翠翠家不回来了。我怕时间久了，甚难听话也会传出来。思来想去，我们穷，给娃娃们娶不起老婆，入赘就入赘吧。今天来了，就是和你们商量看看这事情行还是不行。”三保停顿了一会儿说：“嫂子，这入赘倒也不是什么丢人的事情，倒插门在咱们这十乡八里有很多，咱也不是第一家。关键是喜来走了几年了，也没有个音讯，翠翠到底是已婚人员还是寡妇，这是政策问题，需要和镇上的领导咨询一下。”

老王家的听完三保的话说：“我叫金贵去镇里跑一趟，看看镇领导怎么个说法，回来再定这事情吧。”“我看行，违法的事情咱们可千万不能做。”“那我和兰兰回去了，等有了消息我再和你们叨啦。”老王家的说着下了炕要走。“嫂子你等等。”招弟说着话揭开了柜子，从柜子里拿出来一块蓝花花布，卷起来递给老王家的说：“嫂子，兰兰也大了，这块布我们放着也是放着，你拿回去给兰兰做一件新衣服穿。”“那可不行，这么好看的布，你留着给福福娶媳妇用吧。”“福福娶媳妇的东西我已经准备得差不多了，这块布就送给兰兰了。”兰兰和她妈推辞了半天，招弟怎么也不肯，硬是让老王家的把布料带走了。

老王家的的脚是全村出名的三寸金莲，走起路来“噔噔噔”的，频率快但不出路，兰兰跟在母亲身边，不住地摸着那块布料，心里不知有多高兴。她妈看见她高兴的样子就说：“兰兰，妈知道你喜欢这块布料，可是你大哥、二哥都没娶过老婆，这块布料就留给他们娶老婆用吧，等你将来找婆家时，婆家会给你买新衣服的。”兰兰脸上的笑容顿时消失了，她是一个乖巧的姑娘，她明白娘不是不疼她，可家里的实际情况就是这样，她懂事地说：“妈，我知道，我听你的。”

开学后福福到了学校，第一天上课时他很激动，他想今天可以见到胡玉梅了，这个假期他感觉很漫长，迫切希望开学，心里装了一个人，他才知道分别是什么滋味。可上课了，胡玉梅的座位是空的，福福感到特别不安和失落，老师讲的内容他什么也没听进去，思想早开小差了。好不容易熬到了放学，他想胡玉梅可能有什么事情耽搁了，明天一定会来的。

晚上福福做了一个奇怪的梦，梦见胡玉梅笑着向他挥手，他追着胡玉梅跑去，可等他跑到跟前时，胡玉梅忽然不见了。他惊醒了，心还在突突地跳着。第二天上课时胡玉梅还没有来，福福感觉问题严重了，他神情恍惚地感到桌子上有两条辫子来回摆动，可用手抓时，却什么也没有。他再无心思听课了，决定去玉梅家看看究竟出了什么事。

下课了，有个外班的学生喊他："乔子轩，你的信。"他接过信来，一看信封上的"乔子轩亲启"几个字，他就明白这是谁写的信了。他找到一个僻静之地，拆开信封展开信笺：

子轩慧鉴：

假期一别，历经不测，父母禁足于我，不得外出，家门由两兄弟轮流看守，我几次欲逃出，未果。父母强行逼我嫁人，我以死抗争，均被父亲制止，一顶花轿将我接入陌生之家，多少反抗，都成为无力之举，最后的哭泣，已使我的微弱之躯再无泪痕。顺应了命运，成为人妻。你阅毕此信，当我已死，不必为往事羁绊，男儿有志，展四方宏图，诸唯珍重，前程似锦。

玉梅敬上

勿复!!!

福福读完信后，心就像被人掏空了一样，他想喊又想哭，可又能怎么样呢？他怪自己没有好好替胡玉梅着想，也怪胡玉梅她爹妈的无情和残忍，就这样把自己的女儿嫁给了一个素昧平生的人，这是多么可怕的婚姻观念，把自己的女儿绑架了嫁人，这是多么愚昧的行为。福福越想越气，他想不明白都新社会了，人们的思想居然这么落后，行为如此野蛮。

福福跑到没有人的地方高喊了几声，颓然无力地坐在地上，不知过了多长时间，天上的月亮缓缓移动着，它是那么清凉，那么静谧，福福的心也渐渐平静了下来。古往今来有几个有情人能终成眷属呢？他想到了梁山伯、祝英台，他想到了孔雀东南飞里的男女主角，也想到了天仙配里的牛郎织女……想着、想着，福福有了一丝倦怠感，这时他才明白夜已经深了。

金贵去了一趟镇里，镇里给金贵出了一个证明，金贵可以和翠翠结婚。回来后金贵没有回家，直接找到了翠翠，把证明给翠翠看了，翠翠高兴地在金贵的脸上亲了一口，金贵一把抱住翠翠说："今后我们就可以名正言顺地做夫妻了。"金贵入赘了翠翠家，虽然村子里那些游手好闲的光棍们感觉到很失望，但大家觉得金贵老实憨厚，翠翠也算是选对了人。背后有些婆娘们嚼舌根子说："翠翠真是老牛吃嫩草了，搂上了一个大后生。"那话里有着酸溜溜的味道，不知是羡慕还是嫉妒。

金贵没花一分钱找了个老婆，老王家的虽然觉得金贵有些委屈，一进门就当爹，可这人穷不也是没办法吗？再说了，金贵看上人家翠翠了，那翠翠是十里八乡出名的美人，胡喜来花了大价钱娶回来的老婆。翠翠不仅人长得好看，搭里照外也是一把好手。这几年喜来虽然不在，可家里的日子过得一点儿也不差，三个娃娃都让上了学，对娃娃们的管教也很严格。现在老大是安顿住了，得赶紧给老二瞅谋个对象哇，老二银贵也不小了。

老王家的踮着小脚来到了媒婆家说："他婶子，你能说会道，见的世面也多，我家银贵也老大不小了，想麻烦你给瞅谋个对象。"说着话，老王家的从衣服口袋里拿出两盒香烟，递给媒婆。媒婆看了一眼笑着说："你看他婶子，这邻里邻居的，你还给我买甚烟了，侄儿子的事就是我的事，我给你瞅谋的，有合适的就搭个话。"说完拿起纸烟抽出一支来，老王家的赶紧拿起火柴，"呲"的一声蹿起火苗，给媒婆点着了烟。媒婆吸了一口，吐出了烟圈，老王家的看到这烟圈深深地吸了一口，一种说不出的滋味令她很满足。

二十五

秋风一过，天气一天比一天凉了。眼见得外面已是一片枯黄，飕飕的西北风刮起来，枯蓬断草满地飞舞。大雁飞过头顶，叫声凄婉，人字的队形一直延伸向南，直到逐渐消失。招弟坐在家里的炕上纳鞋底，麻绳“哧溜哧溜”地响着，招弟的胳膊在半空中不断地画着弧线，重复着一个动作。招弟的心今天不知怎么了，老是慌乱不定，突然“啊呀”一声，纳鞋底的锥子扎在手上了，鲜血顿时流了出来。招弟一急，赶紧用嘴吸住扎破的地方，过了一会把指头拿出来，血已经止住了。可是刚纳了几针，这左眼皮又“嘣嘣”地跳了起来，招弟心慌难耐，准备出去看看三保去哪儿了。

她一开门，看见院子里站着一个人，招弟吓了一跳，看了看又不认识，这时站在院里的人问招弟：“你是乔子轩的母亲吗？”招弟一听有种不祥的预感，就说：“我是，子轩怎么了？”“有人让我给你们带个话，乔子轩出了点事，你们赶紧过去看看吧。”“我儿子在陕坝上学能出什么事？”说着话三保也进了院子，他说：“我儿子如今在哪里？”三保听到了来人刚才说的话，于是问这个后生。“他在东面的马二沟了。”三保一听心里“咯噔”一下：坏了，这个傻小子跑去马二沟了，肯定没什么好事，就说：“后生，谢谢你跑来报信，屋里坐着歇会儿。”

说完三保喊招弟：“赶紧收拾一下，我要走。”招弟急急忙忙回家给三保找厚衣服，结果手忙脚乱啥东西也找不到。三保一看招弟的样子是惊吓坏了，就安慰她说：“估计没事，一会儿我边走边问这个后生啥情况。”三保问来送信的后生：“你饿了吧？咱家有现成吃的没？给这个后生拿上边走边吃。”招弟端出了蒸好的馍馍，后生也不客气，拿起来就吃，这一路跑过来确实饿坏了，剩下的都带着路上吃。

三保用黑布带子捆好了裤脚，就和这个后生出了门。迎着扑面的凉风向马二沟方向走去。三保边走便问报信的后生：“乔子轩到底出了什么事了？”那个后生看了一眼三保，才把事情的前因后果说给他：

今天后晌时分，有一个年轻人来到马二沟打听胡玉梅家住在哪里，有人指给他胡玉梅家的位置，他就走到了胡玉梅家附近，没敢进院子，远远地站在那里看着。这时有一个小伙子经过他跟前，他就叫住了这个小伙子，递给这个小伙子一个纸条，央求他交给胡玉梅。小伙子看了半天这个陌生人说：“你是她什么人？”“我是她的同学，求你帮个忙，把这个纸条交给她。”小伙子点了一下头拔腿走进胡玉梅家的院子。

他没有直接找胡玉梅，而是找到了他舅舅，也就是胡玉梅的公公，把有人让他带纸条给胡玉梅的事情说了一遍。胡玉梅的公公一听就说：“你把纸条拿出来！”“拿出来你我也不认识字呀。”胡玉梅的公公眼珠子转了几下，心里有了主意，说：“你去把纸条交给你嫂子，然后回家把你哥他们都叫来，从房后走，不要让来的人看见，快点！”

小伙子见到他嫂子后，把纸条给了她说：“嫂子，院子前面不远的哈冒儿林跟前有个人交给我这个纸条，让我带给你。”胡玉梅打开纸条一看，脸“唰”一下白了，这时她的姑舅小叔子已经离开了。她拿着纸条心里乱作一团，身子不知由于是冷还是害怕，竟然有些发抖，心“咚咚咚”跳得飞快，她不知自己是该出去见他呢，还是不出去？“天哪，这可怎么办？如果出去让公婆家的人看见，还不被打个半死？不出去他这么老远来了，不见面说清楚如何甘心？”豁出去了，胡玉梅咬了一下牙，看了看院子里没人，就偷偷地向哈冒儿林边走去。

胡玉梅的姑舅小叔子带着弟兄几个到了舅舅家的房后，舅舅早等在那里了，他说：“咱们悄悄绕到哈冒儿林跟前，不要闹出声音来，听我的指挥，把这个野男人给我狠狠揍一顿。”胡玉梅的男人眼睛气得血红，恨不得一口吃了这个野男人。

胡玉梅看到乔子轩站在哈冒儿林对面等着她，跑过去急切地说："你怎么跑来了?""我想看看你到底是怎么一回事，否则我不能安宁。"没等福福说完话，胡玉梅抽抽噎噎地哭了起来。"你先不要哭，到底是怎么一回事?"还没等胡玉梅开口，哈冒儿林后面窜出几个人，手持棍棒挥向了福福，可怜福福还没来得及看清是什么人，就已经倒在地上了。

胡玉梅一看自己的公公和男人带着他们的亲戚打乔子轩，她怕出人命就上前去阻止，一边哭着央求他们不要打了，一边扑向了乔子轩，想用自己的身体挡住落下来的棍棒。这时他公公喊："把这个贱女人拖回去。"转身对他儿子说："你把她拖回去给我好好打，打到的女人揉到的面，不信治不服她。"他儿子一听，一把拉起胡玉梅拖了回去。胡玉梅的哭声渐渐微弱了……

胡玉梅的公公看被打的人趴在了地上，再打恐怕就真出人命了，他示意大伙住了手，然后各自回去。人们散去后，胡玉梅的公公也离开了。胡玉梅有个远房亲戚，正好今天过来找他姐说个事，没想到老远就听到了哭喊声，等近了一看，吓得赶紧躲了起来。等到人们都走了，他才走过来看这个被打伤的人。只见这个人一动不动趴在地上，发出轻微的"哼哼"声，他实在看不下去他姐被人欺负的惨状，就动了恻隐之心，扶起这个人背回了自己家。

他的父母一看背回个遍体鳞伤的人吓了一跳，问明情况后赶快把人扶到炕上让躺好了，然后问道："你是哪里的人？叫什么名字?"福福睁开眼睛告诉他们自己的地址、姓名。

"这不，我就是按照他说的地名找到了你们。"三保听完感觉事情严重了，所以加快了脚步。天黑下来了，三保和后生不说话，只听见"唰唰"的脚步声划破夜晚的沉寂，在空旷的原野上响着。

等三保赶到的时候，这家人已经请来了大夫给福福查看伤势。福福见到他大，眼睛里流出了眼泪。三保看见儿子伤成这样，心里就像刀割一样，安慰儿子说："有大夫在，你不要害怕。"福福"嗯"了一声，疲惫地闭上了眼睛。福福的浑身都是瘀青，好在没有伤到骨头，还算不打紧。送走了大夫，三保对主家千恩万谢，从内衣兜里掏出五块现大洋，放在炕上说："多亏了你们及时相救，后生跑了这么远的路通知我们，要不我儿子还不知会出现什么情况。"

这家人一看这五块现大洋，心想这是一个有家底的人家，一下子拿出了五块大洋来，就说："他大叔，你贵姓?""免贵，姓乔，乔三保。""噢，我听说过乔家圪旦的三保，种着一大园子树。""是我。"主家拿起炕上的现大洋怎么也不肯收，最后三保说："这点心意你们收下，就当给我雇一辆马车，我想连夜把儿子拉回去。"这才说服了主家，主家让儿子去套好马车，三保和后生赶着马车往乔家圪旦的方向驶去。

送走了三宝以后，招弟这心就七上八下的无法安宁。她不断地胡思乱想，福福跑到那里不知道出什么事了。这个愣头青，马二沟离这虽然三四十里路，三保打个来回也得后半夜。夜已经深了，招弟看看油灯的火苗小了，就像一颗黄豆大小，她找了一根针挑了挑灯芯，火苗又蹿高了一些。这时秀秀翻了个身说："妈，你咋还不睡觉?""你先睡吧，妈一会儿就睡。"

招弟没脱衣服躺在炕上，翻来覆去还是睡不着，她想起福福开学走时和她顶嘴的情景。招弟把干粮、衣服都给福福准备好了后，叮嘱福福说："妈跟你说个事。""妈你说。"福福知道妈疼爱她，又是嘱咐吃好喝好这些老话儿了。但他看见妈一脸严肃，而且停下了手里的营生，郑重其事的样子，福福感到妈妈要说的话可能很重要，就等着妈妈说事。招弟看了一眼福福，语重心长地说："福福，你大了，我和你大准备给你说媳妇呀。""不要不要，我这么小，还在念书，我可不找什么媳妇。""你是咱们家的独苗苗，现在是该顶门立户的时候了，村子里和你差不多大的后生们，已经有好几个结婚了。"

"妈，我和他们不一样，我现在还在念书，哪能娶媳妇了，学校不允许。""谁说不允许，文化不是找下媳妇了？他还比你低一个年级呢。"福福一看他妈态度坚决就急了，说："反正我不找，我坚决不找。"招弟一看福福那臭脾气来了，要换作平时，招弟不理睬他，过一会儿就没事了，可这次招弟拿出了当妈的威严说："这件事情由不得你，必须听我们的。我知道你心里想啥，上次来咱家的那个闺女，你趁早给我断了念头。"福福一听就像一瓢凉水从头浇下来，声音提高了几倍嚷嚷道："胡玉梅哪点不好?"招弟一看福福的脸憋得通红，她拿出少有的威严一字一句地说："她家门风不好，我们不和这样的人家结亲，你给我死了这份心。"福福看到他妈动了真气，不敢再和妈顶撞了，从小到大也就是这一次，他感觉到自己有些过分，所以没吭声。招弟看福福没吱声，认为儿子从小就听话，这次也不例外，可没想到的事情还是发生了。

二十六

金贵妈在家里洗完锅，用米汤擦炕沿。炕沿擦得光溜溜的，她看着心里很舒坦。“金贵妈在家吗？”金贵妈听见有人喊她就应了一声：“在了。”然后赶紧下地开门，一看是郭媒婆来了就说：“他婶子，快回屋里坐。”郭媒婆进了门，看见金贵妈把家打扫得干干净净就说：“金贵妈，你可真勤快。”金贵妈上炕把毡铺好，让郭媒婆坐下。

郭媒婆看了看金贵家，光景好了许多，过去光炕皮，现在铺上了席子，还有新毡，她说：“金贵妈，你现在也算活出来了，老王撇下你们孤儿寡母一家子，没饿死就算不错了。”“他婶子，这全托新社会共产党的福，给我们分了地，分了牲口。娃娃们都大了，有的是力气，这日子就好过多了。”“你上次对我嘱咐的事情，我给你搭照过了，女方家是前进村的，离咱这儿不远，爹妈都没了，姨姨家拉扯大的，知根打底的，我看挺合适。”

“他婶子，你要觉得合适，和咱银贵般配就行了。你知道银贵受苦那是一把好手，就是人太老实，没多大出息。”“银贵有的是力气，咱庄户人家不就是靠种地吃饭吗？有力气就能养活家人。”金贵妈一边说话一边下地，从柜子里拿出一盒纸烟来赶紧给郭媒婆点上。郭媒婆深深吸了一口，吐出的烟圈向上升起。金贵妈扇动着鼻孔张开嘴巴也深深吸了一口，那烟上升的方向就倒向了金贵妈这边。金贵妈又出现了那种让人说不出的感觉。

“他婶子，你抓紧时间和人家说道，我也准备一点彩礼。”“你家是出了名的贫农，这方周二围的人都知道，彩礼我跟他们说尽量少要点。”“那就辛苦他婶子了，我也没有甚稀罕东西，你就爱抽个烟。”说完，金贵妈又从柜子里拿出两盒纸烟，塞在郭媒婆手里，郭媒婆推让了几下，撩起衣襟装在兜子里了。

三保他们赶着马车快速往回走，路上颠簸，福福不住地喊疼。“福福，坚持住，快到了。”临明时，马车停在院子里，招弟听见动静，赶紧跑出来看，走到车跟前，一看福福躺在柴草上，上面铺着一条旧褥子，招弟看见福福鼻青脸肿的。福福见到他妈哭着说：“妈……”喊了一声就哽咽了。三保和招弟把福福搀扶起来，一同回来的后生帮忙，才把福福安顿在炕上。

后生告辞要走，三保送出来，让招弟给拿点吃的。招弟拿出了烙饼给后生带上，后生赶着马车一溜烟消失在晨曦中。招弟给儿子脱下衣服，才看见儿子伤得不轻，她一边用温水给福福擦洗身上，一边掉眼泪说：“是谁这么狠心，把咱儿子打成这样?”三保把情况简单叙说了一下，招弟说：“不行，咱们告他们去。青天白日把人打成这个样子，这是新社会，有政府给咱做主。”福福看着妈说：“妈，不要告了。”招弟看见儿子少气无力的样子，就说：“妈给你喂点水，顺便给你煮两个鸡蛋。”

福福在家里养伤，三保托人去学校里给福福请了假。福福身体的伤好了起来，可心里的伤却落下了永久的疤痕。以后的几十年里，每遇到人生的风风雨雨，总会隐隐作痛。它也让福福明白了，有些伤痛靠时间是无法治愈的。伤好后，福福回到了学校继续上课，他仿佛一下子长大了，明白了这人世间有许多事情只有选择顺从。

银贵的婚事定了，金贵妈从柜子底下拿出了十块大洋，她一层一层揭开了包在外面的布，十块大洋闪亮地呈现在她面前。她想起白白胖胖的老五，这十块大洋是用老五换来的，今天就用它给老二娶媳妇吧。金贵妈一块一块地用手摸着这几块大洋，她想起了朱团长和他的太太抱走老五也有很多年了，音信全无。

中华人民共和国成立后，她们也到处打听过，可有的人说：“朱团长早就带着太太和娃娃跑到台湾了，还有人说朱团长丢下二房姨太太和娃娃不管，自己跟随部队跑了。”金贵妈长叹了一口气，心想：但愿老五能活着，等我死之前能见他一面，也了却了我心里的挂念。

接近过年的时候，人们开始准备过年的吃喝。村子里到处呈现出一派喜气洋洋的气氛，娃娃们不嫌天寒地冻，集中在一起比自己手中有几个小鞭炮，实在忍不住时，你放一个鞭炮，我放一个，这年的味道就有了。三保去东营子供销社买年货，卖货的按他的要求把东西备好后，三保说："给我数上三十张红纸!"卖货的听了，以为自己听错了就问："你要多少张红纸?""三十张。"

卖货的一边数红纸一边心想，过年哪能用得了这么多的红纸，这个人真是奇怪。数完后递给三保，三保交了钱，把东西提上，迈开大步往回走。路过东村时，突然看见从南向北飞起一股黄尘，再仔细看，才看清楚是一辆马车飞奔而来，车上没有一个人。根据三保的经验判断，这马一定是受惊了才会出现这种情况。三保赶紧向旁边躲，一扭头看见路上有一群娃娃正在放炮，他们没有意识到眼前的危险，马车眼看着冲过来了，三保扔掉了手中的东西，一个箭步蹿到马路中间，那马正好冲了过来，三保迎头一把拽住了缰绳。马经这一拽，前蹄腾空奋起，后蹄竖立起来，一声嘶鸣，前蹄落地，向前猛冲，三保被马蹄子绊倒，车轱辘从他的身上压过去，手里握着的缰绳始终没有放开。

后面赶来的人一看这惨状，顿时手足无措了，这时马也停止了狂躁，停止了奔跑。跑来的人们反应过来后，赶紧从三保手里拽出缰绳，把三保从地上扶起来，三保满身是土，用手捂着肚子。人们七嘴八舌询问三保伤到哪里了，三保咬着牙说："没啥事。"放鞭炮的娃娃们看见刚才惊险的一幕，个个胆战心惊不敢说一句话。

"我们把三保送回家再说，看看哪里伤着了。"人们扶三保上马车，把扔在路边的东西捡起来，送三保回了家。招弟一看三保脸色惨白，被人们架着下了马车，一下子就栽倒了，众人又忙着掐招弟。过了一会儿，招弟醒过来了。鼻涕子一把泪一把数落说："早晨走的时候好好的，不大个时辰就成了这模样？这是作的什么孽呀?"大伙把三保扶到炕上躺下，询问三保哪里不舒服，三保说："肚子疼。"人群里有马车的主人，他说："我去请个大夫过来看看。"说完他走出去请大夫了。

三保经这一折腾，加上肚子疼，感觉疲惫无力，人们看到三保闭上了眼睛。招弟打了一盆水，用毛巾给三保擦洗头脸，人们也就回去了。福福放假回来，正在家里看书，突然看见这么多人来了他家，他大被人们搀扶了下来，他不知道爹出了甚事，只是关切地注视着爹的变化。他发现爹忍着疼痛，看起来很痛苦。

他走出来拉着一个人问他爹为何成了这样。那人告诉他说："你大为了救一群娃娃，拽住了受惊的马匹，被车轱辘轧伤了。"福福听完后，觉得他爹就是书里面所描写的那些扶贫济困、舍身救人的好汉、英雄。他这不识字的爹在他心中的形象一下子高大起来。他跑回去和妈妈一起照顾爹，把满是尘土的棉衣脱掉，盖好被子。

大夫请来了，仔细查看了伤势后说："可能肋骨有些问题，要好好休养一段时间，不能着重。"大夫给配了贴的药和涂抹的药，嘱咐勤换药，暂时少活动。送走了大夫，招弟擀了一块面，给三保做了碗鸡蛋面，端到他跟前说："你把面吃了。"三保坐起来胸部生疼，就说："我不想吃，躺一会儿再说哇。""福福，你大不吃，你吃了吧，一会儿凉了就不好吃了。"福福端起碗，几口就把面吸溜进肚里了。

第二天刚吃了早饭，招弟就看见金贵妈带着兰兰过来了，兰兰手里提着一个红柳条编的小筐，招弟赶紧让金贵妈和兰兰进屋里说话。三保在炕上躺着，福福坐在凳子上看书，招弟对福福说："这是东村的王大娘和她的女儿兰兰。"福福礼貌地问候："大娘好，快坐下。"三保说："嫂子过来了，快炕上坐。"说着想坐起来，金贵妈一看就说："他三叔，快躺下，你这伤得不轻，不能乱动。"

兰兰偷偷看了福福一眼，虽然住在一个村子里，但很少见面，东村的人都说福福是少爷，识文断字，书念得好，是大文化人。兰兰今天一见，才明白他和村子里的那些后生根本不一样，白白净净的，高鼻梁、大眼睛，这是兰兰见到过的最英俊的青年了，就像神话传说中的人一样。福福在看书，没有抬头，招弟扫了一眼兰兰，看见兰兰正呆呆地看着福福，招弟就对福福说："这是你大娘家的闺女兰兰。"福福还是没有抬头，招弟又喊了福福一声："妈跟你说话呢。""噢，甚事？""这是你大娘家的闺女兰兰。"福福这才抬起头看了一眼兰兰，客气地冲她点了点头，又低头看书了。兰兰觉得自己被神瞅了一眼，竟然激动得有些发抖。

二十七

金贵妈从兰兰手里接过筐，揭开一层红布，一个一个拿出来十颗鸡蛋，摆在招弟家的小炕桌上说：“他三叔这次为了救村子里那几个娃娃受了伤，我们家里也没有甚稀罕东西，拿了几个鸡蛋，叫他三叔补补身子。”招弟一看这些鸡蛋，赶紧说：“嫂子，我们谢谢你们来看三保，有这份心意就行了，这些鸡蛋你们就提回去吧。”金贵妈笑了笑说：“他三婶嫌少了?”“不是、不是，我知道你们全靠这几个蛋换油盐酱醋，自己也舍不得吃。”“她三婶说对了，平时有三个两个就去换了东西了，只攒下这几个给他三叔拿过来，多少是我们的心意，你们一定要收下。”

招弟只好收下了，金贵妈询问了三保的伤情，三保说：“问题不大，就是胸部还有些疼，歇几天就能动了。”“伤筋动骨一百天，你不能大意了，这过年也没甚事情，好好歇着。”金贵妈接着说：“过年呀，家里都是睁眼瞎，就老四上夜校扫了个盲，能认得几个字，也写不了。你家大文人福福回来了，想让福福给写两副对联。”说着金贵妈从筐里拿出来裁剪好的红纸，放在炕沿上。

三保问：“嫂子，你家算上门窗和院门还有粮仓、凉房也要好几副对联吧?”“穷家少钱的，就家门口贴上一副，院门口贴上一副就行了，其他的不贴了，省一个算一个，过完年给老二娶媳妇呀。”三保扳住手指头算了一下，然后说：“福福，你去给王大娘写五副对联，顺便写几个方联，我买回来三十张红纸，你裁剪好赶快写。”福福答应了，去另外一个房间写对联了。

以往过年都这样，人们都来找福福写对联，乔家圪旦出了一个大文化人，写对联的事就有着落了。福福也愿意为乡里乡亲们写对联。他在班级里毛笔字写得也是数一数二的，大楷、小楷都练得娴熟自如，手腕灵活柔韧，笔走龙蛇，干净利索。虽然中华人民共和国成立后家家户户的日子有了好转，可还是有很多人家光景过得紧紧巴巴的，买一张红纸写一两副对联就对付过年了。

三保心里清楚，过年谁不希望对联贴得满满当当的，红艳艳的喜庆好看？可很多人家买不起那么多的红纸。每遇到这种情况，三保就让福福多裁剪几副对联，写好送给他们。今年又到年跟前儿了，三保买了三十张红纸，就是给那些买不起红纸的人家准备的。

东村很多人家都过来看三保，顺便让福福写对联。老刘也来了，坐下和三保叨啦，从怀里掏出一个纸包，放在炕桌上说："家里也没有个甚稀罕的，你也清楚我是村里的帮扶对象，这是点红糖，你留下补补身子。""老刘，咱们两个你还取甚心了，我又不是坐月子老婆儿，喝甚红糖水了。你拿回去过年包个糕、蒸个糖包子用。"老刘叹了口气说："娃娃多，日子就紧巴。"

三保问："今年过年的吃喝够不够？""够了，蒸几个馍馍就行了，想用麦子换几斤糕米，没换上，今年黍子收成不好，有些贵，就没再换。"三保听了后，对招弟说："咱们家的黄米还剩了一些，你给老刘挖上几碗，这过年哪能不吃糕。"招弟要去凉房挖黄米，老刘拦住不让。三保说："老刘，你不要拦她，你们老两口不吃行，家里还有小的呢，过年家家户户吃炸油糕，娃娃们该馋了。"

听到三保说这话，老刘的眼睛湿润了，他叹了一声说："不瞒你说，去年过年的时候，年货就是半盆炒大豆。大年三十的晚上，别人家都包饺子、放炮熬年，我们全家人点着煤油灯，围着半盆大豆熬年，等快天亮的时候，一家人把半盆炒大豆吃完了，这一个年也就过去了。"三保听了，心里也酸酸的，老刘家的日子不好过，老婆有残病，不能下地干活，老刘一个人拉扯大几个娃娃，真不容易了。

招弟给老刘挖好了黄米，装在袋子里。福福写好了对联，多加了好几副。老刘走的时候，三保让招弟把红糖塞给老刘，老刘说："你看我这看三保来了，反倒带走这么多东西。真是麻烦你们了。""不要客气，我们都是乡里乡亲的，谁还没有个马高蹬短的时候。”老刘背着黄米走了，招弟站在院子里瞭着，织机在风里晃动，红柳条子也来回飞舞，东面明晃晃的一片，那是入秋后蹚水时遗留下的一大片水洼，到了冬天就结冰了，天地间也快冻成冰窟窿了。

招弟忽然看见有个骑自行车的人出现在土路上，朝这边骑过来了，招弟站在院子里一直看到这个人到了她家的院门口。这个人从自行车上跳下来问招弟：“这是三保哥家吗?”招弟说：“是。”说着话这个人推着自行车进了院子，招弟一看这人穿戴整齐，脖子上围了一条围脖，脚上穿的棉鞋是皮面的。这个陌生人把自行车立好后，从后支架上拿下一个包来，挎在肩上，招弟赶紧开门请客人进屋。客人进了屋子，看见三保躺在炕上，喊了一声：“三保哥，我来看你了。”三保一看来人，赶紧坐起来，用手捂着肚子，来人一看赶紧说：“三保哥你快躺下，不要乱动。”

招弟拿了个碗，倒了一碗水端到炕桌上，请来人喝水。“你咋来了?你是大忙人。”“这不过年了吗，我也休息两天，过来看看三保哥。”“你一年都忙，好不容易休息两天，还过来看我。”说着话，三保让招弟赶紧做饭，他说：“给县长吃猪骨头烩酸菜，贴上锅贴子。还有咱们的糕面也捣好了，再炸上几个糕。”一听三保说县长，招弟才明白来人是谁。“嫂子，不用那么复杂，随便吃一口就行。”“那可不行，你是我们家的稀客，过年呀，东西都是现成的。”

吴天亮再不推辞了，坐下来问三保的伤势。招弟把福福从写对联的屋里叫出来，对福福说：“县长来看你大了，我一个人做饭怕忙不过来，你去后院把你凤蝶婶子叫过来，给我搭把手。”福福过去请凤蝶婶子，凤蝶一口答应了说：“福福，你先回去，我马上就过去了。”凤蝶的心“怦怦”地跳得很快，她不知道是激动还是惊喜，说不清楚的感觉让她有些口干舌燥。她对着镜子把头发梳理整齐，在盆里洗了把脸，把自己最心爱的蓝花布褂子换上，打扮好了，才来到了招弟家。

“他婶子过来了?”“嫂子你叫我过来我哪能不过来呢，需要帮什么忙你吩咐。”招弟知道凤蝶好家道，饭做得好，就不客气地说：“你烩菜贴饼子，我蒸糕。”“这都是咱们的拿手活，没问题。”说着凤蝶挽起袖子开始干活。“他婶子，你看你穿戴这么干净，不要把衣裳弄脏。”“没事嫂子，我干营生留心一下就行了。”

几天前，吴天亮开会时碰到了分管乔家圪旦的干部，问起了乔三保成分划分的情况，那个干部告诉吴县长乔家圪旦发生的一起救人事件，吴天亮才知道乔三保为了救一群娃娃受伤一事。吴天亮心里一直很感激这个农民大哥，他觉得三保不仅有侠义心肠，更心胸宽广，不计较个人得失，是个真正的男人。如果不是三保，自己的一条命早已丢在荒郊野外了。可救村里的这一群娃娃，三保根本就没有考虑个人的安危，临危不惧，这样的行为需要大力宣传，应该弘扬这种见义勇为的革命精神。于公于私吴县长都决定来一趟乔家圪旦，亲自拜访这位大恩人，顺便拜个早年。

吴天亮没有惊动任何人，骑着自行车来到了三保家，从一进院子他就明白了这是一户勤快、生活富裕的庄户人家。三保让招弟把福福叫过来，福福过来后，三保说：“福福，这是你天亮叔叔，现在是咱们县里的县长。”福福问候过吴县长，吴县长看见福福仪表堂堂、儒雅谦恭，不胜喜欢就问：“在哪里上学？”“在师范读书。”福福回答完，吴县长说：“新中国成立，百废待兴，国家需要有文化的人才，你们将来一定会大有作为的。”

饭好了，招弟把饭端到炕桌上，吴县长看到是猪排骨烩酸菜，地道的后套饭。凤蝶端上一盘锅贴子，还有一大盘炸油糕，福福把碗拿上桌子，烩菜上面冒着热气，满家飘着饭菜的香味。招弟把碗筷递给吴县长，上炕扶起了三保，拉了两个枕头给三保的后背垫住。三保坐好了，陪吴县长吃饭。凤蝶看到三保伤得不轻，心里竟然有些隐隐作痛。

“这饭菜真合我的口味，咱们后套人，就爱吃这一口。”说完，吴天亮夹起一块骨头啃了起来，招弟和凤蝶、福福去了另外一个屋坐下吃饭。

二十八

过完年，三保的伤好多了，招弟不让他干重活，三保就放放羊、喂喂牛。闲下来他就转到后院的二保家，想和二保说说开春后种地的事情。农村实行了合作社以后，三保和二保、刘来根三家组成一个合作组，种地的事情也需要相互商量着办。三保走进二保家的院子，柴草乱飞，风吹得凉房那扇门板“咯吱、咯吱”地响，靠西边的院墙塌了一截，野猫、野狗来回乱跳。树枝上的乌鸦“呱呱呱”地叫着，令人心里无比烦躁。

虽然年刚刚过去，可是乡村腊月的贫困一直延续到了正月，三保心想：又到了一年最难度过的时候了，青黄不接的春三月，有许多人家都要借粮度日，等秋收下来再还。年复一年，年年都是这样，二保家就是典型。靠别人接济只是杯水车薪，穷汉儿多，光给儿子娶老婆这事，就够二保挠头的了。“二哥在家吗?”“三保来了，回家坐吧，外头冷。”三保进了屋，准备脱鞋上炕，二保说：“炕上甚也没有，就两块旧毡子，脱甚鞋了，坐下哇。”

三保坐在炕上，二保的老婆问三保：“他三爹，喝水不?”“不喝，二嫂，刚在家里吃喝完过来的。”“你的伤好了?”“好了。”“那也不能大意了，苦重的营生你不能做。”“二哥，就是因为这事情，我才过来和你商议看今年这地咋种。”二保说：“要不，咱们和刘来根商议商议，你过来了，正好咱们一起去他家。”三保想了想说：“行，走吧。”三保和二保相跟上，一起到了西村最后面的刘来根家。

还没等进院，就听见凶恶的狗叫声，三保他们停下了脚步，这时，刘来根从院子里出来，看见是三保和二保，就笑着说：“你们咋稀罕地来了?”“把你家的狗看住点儿。”“没事，铁链子拴着呢。”三保、二保走进院子，那狗扑向他们，叫声凶狠，眼睛里露出狰狞的凶光，样子彪悍威风。“咋喂养了这么一条狗？好厉害。”“孤家独院的，喂条狗看门。”三保他们进了门，凤蝶一看是三保过来了，不知怎么那脸竟然“唰”一下红了，一股热流涌遍全身。

“二保、三保哥，你们可是稀客，赶紧坐在炕上。”说着话凤蝶拿起笤帚把一块干干净净的毡子扫了几下，让三保他们坐下。三保几乎不记得什么时候来过凤蝶家，屋子里收拾得干净利落，墙上贴着年画，红躺柜上点着香，香烟徐徐飘散，屋里弥漫着一股让人安静的味道。三保看见凤蝶穿了一件紧身棉袄，头发盘起来，刘海齐刷刷地盖在额头上，那眼睛不断地向三保瞟过来，直勾勾地看着三保，三保心里有些说不清的感受，令他有点心旌摇曳。

来根也坐下了，凤蝶抱回几根棍棒，架在炉口里点着了火，锅里舀进几瓢水，开始劈茶熬茶。二保说：“来根，我和三保来同你商量一下咱们今年种地的事情，咱们三家是一个合作组的，这种地的事情需要三家合计好了，避免分歧。”来根说：“去年咱们合作了一年，收成不错，这全凭三保的计划周全。今年我看还是让三保先拿个意见，我们再看有什么补充的。”三保咳嗽了一声说：“来根兄弟，我今天来就是和你们商议这事的，年前我这不是受了点伤吗，看来重营生暂时干不成，我来出农具，然后请一个帮工协助你们。”

“三保家的篓犁磙耙都是现成的，牲口也不缺，这些都用他家的。我的农具少，但人力多，我多出人力就行了。”二保说完看着来根说：“你家就你们父子两个，也都是壮劳力，我看这种地的事情没有甚问题。”来根说：“行，我听两位大哥的安排，到时候该作甚吼喊一声就行了。”凤蝶熬好了茶端上来，三保和二保喝了两碗茶起身告辞了。

三保回到家里，看见银贵在自己家里坐着，他问：“银贵，你来有甚事？”银贵说：“三叔，我妈让我过来和你说一声，你身体还没养好，种地的时候我过来帮你，我家有的是劳动力，不差我这一个。”听银贵说完，三保心里热乎乎的，刚才自己还为这个劳动力的事情犯愁呢，这金贵妈就把银贵打发过来帮忙了，他说：“银贵，三叔就领了你妈和你这份情了，开春播种时你来帮三叔。”银贵高兴地告辞三保回家了。

送走了银贵，三保站在院门外看圈里的羊，这时有人喊他：“三保兄弟！”三保抬头一看，万林向他走来。“万林哥你咋来了？”“闲得没事，过来看看你。”“回家坐。”三保和万林回到家里，招弟看见万林来了，虽然心里不大高兴，可这大正月也不好冷着个脸，就招呼万林上炕暖和暖和。三保说：“万林哥，你来得正好，我听说年前后山下了一场大雪，冻死不少牲口，牧民的皮货都没出手，咱们跑一趟看看价格。”“这事情得偷偷做，现在有合作社了，不能公开倒腾私货。”

三保悄悄地告诉万林，可以让他妹夫帮助出手。万林说：“那就行，咱们这里偏远，上面盯得不紧，收回来的皮子藏好，等有机会了就拉走。”“那咱们收拾一下就走吧。”

第二天天不亮，三保和万林在约好的地方碰头，两个人背了些干粮，就向后山方向奔去。路上万林问三保：“今年种地的事情安排好了？”“安排好了，那天去刘来根家商议妥了。”“刘来根家养了一条恶狗，厉害着呢。”“你咋知道的？”三保盯着万林问。“我咋能不知道，去年冬天刘来根带着他儿子去煤矿帮工，离家很长时间。村里的几个光棍就盯上来根老婆凤蝶了，那女人有几分姿色，加上平时打扮得风骚，那几个光棍早就心痒痒得不行了。一天晚上，明发那小子趁着风高月黑，摸进了凤蝶家的院子，藏在草垛后面等待时机。凤蝶在家做针线活呢，点着一盏油灯，明发从窗户外舔开窗户纸，看见凤蝶一边纳鞋底，一边哼着小曲，那脸蛋被灯光映得红彤彤的，棉袄的扣子解开了，两个乳房一颤一颤，明发看得口水都流了出来。”

三保看了一眼万林说：“好像你亲眼看见一样。”“你不要打岔，后来凤蝶准备睡觉呀，出来提尿盆子，明发躲起来，趁凤蝶蹲在墙角尿尿时，他钻进了凤蝶的屋里，圪蹴在阴暗处。凤蝶回了家，插好了门，上炕脱了衣服吹灭了灯，明发从黑暗处站起来，扑向炕上的凤蝶，凤蝶经这一吓，张嘴就喊，明发的嘴按在凤蝶嘴上，用嘴乱拱，身体压在凤蝶身上，用手使劲掰开凤蝶的双腿，凤蝶的反抗越来越弱了，明发这个光棍终于吃到荤了。”

三保听着听着好像自己亲眼看见了这个画面一样，一滴口水流了出来，他怕万林看见，假装咳嗽了一声。“你咋知道的?”三保问万林。“明发那天晚上的事情被旺才偷看到了，那天晚上旺才也到了凤蝶家的院子里，可是他晚了一步，明发在屋里和凤蝶纠缠的时候，旺才通过窗户纸的窟窿都看见了。事后旺才威胁明发，如果明发不请他喝酒，就去告发他，明发没办法只好请他喝酒，后来这事就在村里传开了。”明发又去纠缠过几次凤蝶，直到凤蝶托人带回来这条恶狗，明发他们才不敢再去招惹凤蝶。

两人说着话，已经走到一片荒芜的草地上，这是近山前的一大片草地，牧民的牧场之一，冬天的草地上断茎枯草间野兔、野鸡出没，草地后面就是绵延起伏的阴山山脉，山峰突兀，就像一个年迈的老者拱起的脊背，苍老而悲壮。这一带人烟稀少，尤其冬天更是人迹罕至，三保和万林眺望这一片萧瑟的草地，不约而同地回味起那次出来时的遭遇。

他们去哈勒素返回的时候，为了赶路连夜行走，到了这里时大概是半夜时分了，走着走着万林看到不远处有星星点点的绿光闪烁，三保也发现了，他们站在原地不敢动了，环顾了一下四周，这绿光在四周围成了一个圈，慢慢向他俩聚拢过来。万林说：“三保，你看这是狼。”三保说：“我们遭遇狼群了，万林哥赶紧点火!”万林抽烟，身上带了火柴，万林摸出了火柴，把周围的干草点着了，狼群看见火越烧越大，才逐渐后退了。

三保和万林不敢停留，从树上撇了几根干树枝拿在手里，把树枝也点着了，举着树枝向前走，他们突然听到了一声狼嚎，那是头狼发出的信号，三保回头一看，几只狼尾随着他们，看准时机要进攻了。三保的头皮麻酥酥的，头发直竖了起来，他举起火把晃动了几下，狼停下了，原地静候时机。万林喊了一声：“前面有个破房子，赶紧进去躲一躲。”三保和万林举着火把仓皇进入土房子，这是一处废弃了的房子，已经很长时间没有人居住了，窗户就剩木头框子了，门也是一块旧木板。三保和万林进来后，看见地下铺了很厚的草，说明这里有人歇过脚。

这时外面传来了狼的脚步声，那声音虽然很轻微，但在寂静的夜里，三保他们还是能清晰地分辨出来。狼也到了破屋子前，三保和万林守在窗户和门跟前，这时一条狼腿搭在了窗户上，三保用火把戳了一下狼腿，狼迅速撤回了腿，万林说："有好几只狼，怎么办?"三保看了看窗户，那是木制的小格子窗户。三保果断地说："把柴草点着从窗户扔出去，坚持到天亮就好了。"三保把地上的柴草裹起来，捆好点着后，打开窗户把柴草扔了出去，他们听到狼跑了的脚步声。

两个人在土房子里等到天亮后，才敢拉开门看外面的情况，狼群不见了，三保和万林这才发现身上的衣服都湿透了。

二十九

春耕忙完后，人们也能歇口气了。一天中午吃饭时，招弟和三保商议："这娶媳妇的房也盖好了，东西也准备齐全了，就剩媳妇了。福福过年也是十九岁的大后生了，村子里和他同龄的好几个都娶过媳妇了，咱们也该给他张罗了。""你看好哪家的闺女了？""我早看好东村老王家的兰兰了。""兰兰好像比咱们福福大吧？""大一岁，我早问好了。""你问好了，福福能同意吗？这小子脾气倔。""婚姻大事向来都是父母做主，不能由他胡作非为。上次被打就是教训。"

三保想起了福福被胡玉梅的公公带人殴打的事情，一股怒气直顶脑门。当时三保看见儿子福福被打后，就有报复之心，可他想了想又觉得这不是一件什么光彩的事情，闹大了影响不好，所以他咽下了这口窝囊气，虽然没有几个人知道这件事情，可三保心里就像横着一根棍子，怎么也不舒服。三保不是一个心胸狭窄的人，但在这件事情上，三保一直想着要让对方知道他乔三保的儿子不是能随便让人欺负的。

三保想了想对招弟说："咱们就这一个独苗，也得考虑他的感受，不能霸王硬上弓。""我看好兰兰就是因为这个闺女脾气好，懂事，咱那儿子说不对头就来脾气了，找一个和他一样的，这日子就过不成。兰兰温顺，家务活那是指靠出来的，能对付福福的脾性了。""那也得找个媒人去提亲，鞋大鞋小不能走了样吧。""我想好了，就叫万林去提亲。""他胡说八道行，说媒恐怕不行。"三保说完看了一眼招弟。"万林就长了一张好嘴，死人也能被他说活了，我看他就挺合适。""你说合适就合适吧。""你去把万林请来，我们给他吃一顿好的，是媒不是媒，先拿好的雷。"

福福再有半年就毕业了，在学校除了学习外，同学们就是讨论将来何去何从，师范毕业后绝大多数人都要去教书，福福也做好了准备，要当个老师。一天，他正在教室上课，有人给他捎来一封信。他打开信一看，是父母托人写给他的，大概意思是让他回家一趟，有要事相商。福福明白如果没有急事，他大、他妈不会让他请假回家，他不知道家里出了甚事，匆匆忙忙请了假就往回赶。

等回到家里后，看到父母亲好端端的，甚事也没有，家里来了几个亲戚帮着捣糕、蒸馍馍，福福不知道家里要办甚大事。招弟和三保看见儿子回来，脸上堆满了笑容说："福福，你走这一路累了，先歇会儿，吃点东西。""大、妈，你们这是忙乱甚了?""你先坐下歇一会儿再说。""你们急急忙忙把我叫回来，总不是就让我吃喝吧?""不是不是，傻小子，明天给你订婚呀!"福福嘴里的半个馍馍掉在了地上，他说："妈，你说甚了?""明天给你订婚呀，才把你叫回来。"福福"噌"一下站了起来，眼睛瞪得就像要吃人说："妈，谁让你们给我订婚了?婚姻大事是我自己的事情，你们不经过我同意，就给我订婚呀?"

三保说话了："自古婚姻都是父母之命媒妁之言，你虽然识了几个字，也不能坏了这老祖宗传下来的规矩。"三保的话里有不可违抗的力量。招弟把儿子拉得坐下说："你听妈跟你说。我们给你说的是东村王大娘家的兰兰，人长得水灵，性格温和。"福福没等他妈说完就一下子跳了起来，连哭带叫地说："我不要，我不同意，要订你们去订，我死也不同意。"

福福的脑海里闪现出胡玉梅的影子，她在自己的心里始终没有消失，尽管福福知道他和胡玉梅永远都没有可能了，但他从来都没有想过自己要找一个大字不识的陌生姑娘。这时亲戚们听见哭声，都过来劝福福说："兰兰是咱村里数一数二的好姑娘，谁娶回来那是福气。"福福声嘶力竭地吼道："我不娶她，我不要她。妈妈，求求你们不要逼我。""不行，聘礼已经给了，订婚的日子也定下了，戏男不戏女，这事由不得你。"福福听他妈这么一说，拉开门跑了，招弟在后面着急地喊："福福，你回来……"福福的身影早已消失在那条黄土路上了。

三保把万林请到家里，说明了意思，万林一拍胸脯说："三保兄弟，这事就包在我的身上。”招弟说：“万林哥，你去了和老王嫂子说清楚咱们的意思，看看人家有甚意见，回来再告诉我们。”“咱们家福福娶她家兰兰，那是老王家烧了高香了，谁不知道咱福福不但一表人才，而且是识文断字的大文化人，全村就这么一个，打着灯笼也找不到的好后生。”“也不能这么说，人家闺女兰兰那也是方周二围都夸的好闺女。”招弟说完，万林说：“再说咱们这人家，日子过得厚成，你们两口子也是方周二围都敬重的好人。”

万林到了老王家，金贵妈踮着小脚下地笑着说：“他万林叔，哪阵风把你吹到我们这破房子里的?”“老嫂子，无事不登三宝殿，我今天是来给你报喜的。”“我们这穷家破瓦的人家，哪儿来的喜?”“老嫂子，你今天没听见喜鹊叫吗?”“他万林叔，你有甚话就说哇!”“那我可就直说了，西村的三保家看上你家兰兰了，想给福福说媳妇了。”“你说甚了?”金贵妈听万林这么一说，有点不相信自己的耳朵，她生怕听错了，又问了一句。“我今天是给三保家的福福提亲来了。”金贵妈这次才相信万林说的是真的。兰兰去割羊草回来，在门外听见有人和她妈说话，当听到有人说“来给福福提亲时”，她的脸“腾”一下红了，心跳的速度加快，她不相信这是真的，这个突如其来的消息就像一声春天的响雷，让兰兰感到惊喜意外，那个连看也不多看她一眼的文静后生能看上她吗？他那么高傲，就像神一样，在她的生命里，他只是一个传说。

兰兰躲在门外，听见万林说：“我受三保和招弟所托，来和嫂子商议这事，娃娃们的婚姻大事，还需要你们慎重考虑。”“他万林叔，这三保和招弟是方周二围出了名的好人家，论人品、论勤快，能比上的没几个人，人家能看上我们家兰兰，那是我们高攀了。我替兰兰做主了，同意这门亲事，就是不要委屈了福福，人家一个大文化人，我们兰兰有点不配。”“文化不文化也得过生活，兰兰操持家务那是一把好手，人也敦厚，三保一家就看上兰兰这点了。”

兰兰躲进凉房里，又想起了那个神一样的人，怎么会突然和自己联系在一起呢？她不相信这一切是真的，她使劲掐了一下自己的胳膊，感觉生疼，这才相信不是在做梦。她的胸口“突突突”地跳着，她使劲按住胸口，张大嘴出气，她不知道自己是渴了还是紧张，这意外的消息竟然让她有些身体发软，自持不住。

万林经过几次搭话，这门亲事就算定了下来，招弟让三保去二牛圪旦找神官算一下黄道吉日，就定在了阴历的四月初八给福福订婚。三保让招弟拿出二十块现大洋来，把买好的布料、鞋帽、缝好的衣服都包好，托万林捎给金贵娘，金贵娘看到这么多彩礼，心里想：别人都说这三保家光景过得好，果真名不虚传，这兰兰进了人家的门，就再也不用受穷了。可怜这闺女长这么大，连一件新衣服也没穿过。招弟以前给了一块布料，老二结婚时给媳妇穿了。金贵妈也想过，兰兰的三哥、四哥还没娶过媳妇，她也想等老三、老四娶过媳妇再聘兰兰，可现在遇上这样的好人家来提亲，哪敢错过，这真是老天爷长眼，兰兰前世修来的福气。

金贵妈虽然是妇道人家，可也识大理，万林拿来的现大洋她只收了十块，退回去十块，穷归穷，但不能人家给多少就要多少，这样闺女嫁过去也不体面。三保和招弟感觉金贵妈也识大体，于是张罗着给福福、兰兰订婚，顺便在订婚时把结婚的时间也定了。可没承想这个倔小子竟然死不同意，还一摔门跑了。

人也请了，时间也定了，这婚还要照订不误。三保和招弟撇开福福不管，张罗着明天的订婚事宜，招弟把来家帮忙的亲戚们请到一起，千叮咛万嘱咐大家别把福福不同意跑了这事说出去，要不人家女方家有想法。招弟安顿好了亲戚之后，把三保叫回来问：“你说那个死小子能跑到哪里去?”“还不是跑回学校里了，他能去哪。”

三十

福福离开家后，一路奔向学校，他回到宿舍后，精疲力尽一头栽倒在炕上一动不动了。同学们只当他疲劳极了，也没在意。可是到了第二天大家都上课了，他还不起床，旁边的同学喊他，没见他答应，就上去推他，结果看见福福满脸通红，上手一摸，额头滚烫。同学大叫了一声："乔子轩病得厉害了。"大家围过来一看，福福全身发烫，不省人事。其中一个同学说："赶紧找老师，看看怎么办。"

一个同学跑去找老师，老师看到福福病情严重，就派了一个学生去镇上请大夫，老师说："你们先在这里守着，我去去就来。"不一会儿，老师推来一辆自行车，叫了一个男同学，交给他一个纸条："你照着这个地址去一趟乔子轩的家里，告诉乔子轩的父母就说乔子轩病了，让他们来一趟学校。"说完把自行车交给这个同学。这个学生跨上自行车正要走，老师又喊住他："你去了别把情况说得太严重了，免得把老人吓坏。""嗯，知道了，老师。"

大夫请来了，看了看福福，把了脉后大夫说："急火攻心外加受风，内热外寒导致病情加重。""大夫，你赶紧给想想办法。"老师着急地说。"我现在给他开两服药，你们给他煎了喝，能挺过今晚就没事，如果挺不过去，我也无能为力了。记得一定要有人守着，不断给他喂水，还要擦洗身体降温。"

送走了大夫，老师和几个学生留在宿舍里照顾福福。三保和招弟给福福订完婚往家走，招弟说："总算是把这门亲事订下来了，也算是了却了咱们的一桩心事。可我这心老是不踏实，福福跑了也不知道回没回学校去？""你不要胡思乱想了，他不回学校能去哪儿？"快走到家门口时，看见院门外有个后生往这边张望，三保对招弟说："家里可能来人了，赶紧走几步。"招弟踮着小脚加快了速度。这个后生神情急迫，看见三保他们就着急地问："叔叔，你是乔子轩的父亲吗？""是，你找我有甚事了？""叔叔，是这样的……"他正要把乔子轩的实际情况告诉两位老人，忽然想起老师交代的话，于是口气放缓了一些说："叔叔、婶子，乔子轩身体有些不舒服，老师派我来请你们去看看他。"

招弟看了一眼三保，三保心想：如果情况不严重，学校是不会派人来家通知的，肯定问题严重了。三保转身走向牲口圈，拉出一匹马开始套车，对愣在一边的招弟说："赶紧准备走！"招弟跑回家抱了一条毡子，放在车上，随手拿了几个馍馍递给报信的后生说："事发突然，顾不上招呼你了，先垫上几口。"招弟上了马车，小伙子骑着自行车在前，马车在后，一溜烟向陕坝镇赶去。

等三保他们到了以后，老师和同学还守在福福身边。招弟顾不得和别人打招呼，扑过来看福福，只见福福满嘴燎泡，两个鼻孔急促地扇动，招弟一看儿子这情况急着说："福福，你别吓唬妈。"说着眼泪扑簌簌地落了下来，一边落泪一边盘起腿坐在了福福身边，用手一摸，福福的额头烫手，再摸摸身上，满身就像要着火了一样。招弟撩起衣襟从兜子里拿出一个针线包，解开后拿出一根针，把福福的袖口挽起露出胳膊。招弟左右手开始从上到下捋着福福的胳膊，然后给十指放血。

不大工夫，福福的额头上渗出了细小的汗珠，招弟让三保端过水碗给福福一勺一勺喂水。老师和学生看到乔子轩的父母都来了，他们也都告辞了。三保送出老师一再感谢，老师说："不用客气，你们好好照顾孩子吧。"招弟让三保去外面买一碗谷米稀粥回来给福福喝，她说："两天多没吃东西了，肚子里空空的，先给他喝点稀粥。"三保买回了谷米稀粥，招弟一勺一勺给福福喂了进去。福福虽然还在说胡话，可烧慢慢退下去了。

宿舍里的几个娃娃都到别的宿舍休息去了，他们为了让乔子轩的父母晚上能好好照顾乔子轩。一直到半夜乔子轩还是处于昏昏沉沉的状态，招弟让三保躺下休息一会儿，三保看着招弟布满血丝的眼睛说："你歇一会儿吧，我守着。""不用，有我一个人就行了。"三保靠着铺盖闭上眼睛睡了，招弟坐在福福跟前，头靠在墙上，不知不觉也睡着了。

后半夜了，月光透过窗户照进了屋子，寂静中只听得见沉重的鼻息声，福福睁开了眼睛，昏睡了两天多的他清醒了过来。他感觉浑身疼痛，不知自己怎么了，隐隐约约想起自己离开家一口气跑回了宿舍，其他事情就再不记得了。他借着月光看见头靠在墙上的母亲，吃了一惊，妈妈怎么会在这里？再看看旁边靠在铺盖上躺着的是父亲。不对呀，我怎么又回到家里了？可是环视了一下四周，这是宿舍呀。

福福看着母亲，她的一缕头发散落下来，盖在额头上，消瘦的脸颊凹了下去，黑色夹袄裹着她单薄的身体，那一双小脚上还穿着鞋。福福知道，妈妈从来不在外面脱鞋的，她最怕别人看到她的小脚。那双脚被包裹得紧紧的，也包裹着妈妈作为女人的矜持和羞涩。福福这样端详着母亲，他忽然明白了：

在母爱面前，一切都是渺小的，她们不管以任何方式强加给你的行为，都能通过一个字来解释，那就是“爱”，尽管有时这样的爱有些令人感到强制、武断，难以承受，可和她们无私伟大的爱比起来，自己的委屈和痛苦都不算什么。

想到这里福福眼睛里流出了眼泪，福福知道自己的眼泪里包含了许多复杂的成分，酸楚、屈从，更主要的是成熟的觉悟。

招弟睁开了眼睛，看到福福正在看着她就说：“儿子，你醒了？”“嗯，妈，你们受累了。”“傻儿子，有你我们再累也是高兴的，如果没有你，我们还为谁活？”三保也醒了，看见福福醒过来了，三保长出了口气。福福看着自己的爹妈说：“大、妈，我同意娶兰兰。”招弟听了儿子的话，以为他还在说胡话就说：“你不是被烧坏了脑子吧？这么快就转过弯了？”“妈，你放心，我清醒着呢。”招弟看着福福说：“我就说咱家的福福从小就懂事，爹妈的话哪有不听的，这书真是没白念，明事理，懂孝顺。”

福福看见爹妈高兴的样子，心里五味杂陈，但他笑了笑，什么也没说。

二保一大早起来吃了一口饭，扛了一把锄头就去麦子地了，准备锄一下麦子。蹚完水后地还没有大干，正好下锄。等他走到麦子地边上时，看见一群羊在啃麦苗吃，二保一急，拿起锄头往外赶羊，羊被赶出了麦子地，可是麦子已经被啃了不少。二保一边赶羊一边想：这是谁把羊放进麦子地里的？真是缺德了。正在心里恨恨地骂着，远远看见一个人一瘸一拐地向这边走过来。

二保老远就看见大保了，二保迎了过去说：“大哥，你咋能把羊赶在麦子地里吃？庄户人就指望这点儿粮食活命了，你让羊吃完，这不是要我们几家人的命吗?”“二保兄弟，你把我说成甚人了，我良心没坏，咋能把羊赶进你们的麦子地里，一早上我开了圈门羊就跑了。这不是，我一路就追过来了。”“你把羊放出来就不管了?”“它们长着四条腿，跑得快，我这两条腿还一瘸一拐的，哪能撵得上。”二保知道他说不过大保，大保是无理也要搅三分的。

二保回麦地锄麦子去了，大保把羊赶到草地里，自己拿出烟锅子坐下来抽烟。从成立互助组以来，西村就他一户被分出去了，他心里一直恨三保：这绝对是三保的主意，不让他加入西村的互助组。因为他的腿脚不利索，他在互助组里负责给几家人放羊，不参加种地的事情。可他没事了，爱看看别人家的庄稼长势。那天赶着羊路过三保他们几家人的麦地时，发现三保他们的麦子长得又高又密，大保心想：你让我难受，我也不让你舒服。他的小眼睛珠子一转，就有了歪主意。

今天早上趁人们都还没起来，他就把羊赶进了三保他们的麦子地，这样即便他们发现了，也不能赖在他的头上，那羊又不会说话。谁知道这二保一早就来锄地，又把羊给赶了出来。大保恨得咬牙切齿，只好赶着羊到了草地上。

三十一

兰兰从订婚以后，不知从睡梦里偷笑醒来多少回。金贵妈更是高兴得合不拢嘴，村里的街坊邻居见到金贵妈就说："嫂子可是好福气，一个闺女找了这么好的女婿，真是福从天降了。"村子里的闺女们更是羡慕兰兰，想想人家兰兰咋就能攀上这个高门子了，全村子最英俊、最有文化的小伙子竟然让兰兰找上了。看来这姻缘就是天注定的，一个大文化人咋能看上一个文盲？啧啧啧，这不是姻缘是什么？

按照订婚说好的时间，两家人开始张罗着给福福和兰兰办喜事，招弟和三保商议："咱就这么一个儿子，办喜事可要讲究一些，不能马虎。亲戚朋友们都请到，事宴要办得红红火火。"三保说："日子已经定了，吃喝咱也不缺，到时候杀上几只羊，炖羊肉管饱吃。"三保捎话让福福提前回来两天，福福到了结婚的前一天才回来。招弟数落福福说："叫你早回来两天，也好好准备一下，你就忙成这样？明天结婚，今天才跑回来。"

"学校事情多，再说快毕业呀，还得考虑工作问题。""行了，其他事情有我和你大张罗就行了，今晚你好好休息，明天去迎亲。"福福懂得迎亲是啥意思，就是娶媳妇这一天新郎去迎娶新娘，这种形式叫作迎亲，福福答应了。亲戚、朋友们来了许多，招弟和三保把来的亲戚们分别安排在西村的各户人家里住宿。天气还没到大热的时候，晚上招弟睡不着，想起福福订婚之前她和三保的合计。

福福在订婚前一天跑了以后，大病了一场，招弟和三保守了福福一天一夜，福福的烧退了以后，答应娶兰兰，招弟心里的一块石头算是落地了。可她转念一想，福福马上就毕业工作了，到时候再遇到像胡玉梅那样的闺女，说不定他就反悔了。那时候他在外面工作，自己也管不了了。不行，这事情不能拖，兰兰这个媳妇必须娶回家才放心。于是她和三保商议订完婚就准备结婚，免得夜长梦多。三保也怕将来这小子有变数，等结了婚生米做成熟饭了，他也就没有其他想法了。

两人合计好了后，就托万林和金贵妈商量，金贵妈原打算秋天有了收成后再办喜事，可人家既然想近期就办，那就按男方家的意思办吧。金贵妈开始抓借黍子、麦子，家里的存粮也不多，刚给老二娶了媳妇，本来家底子就薄。金贵家的情况招弟和三保都想到了，三保套上车，拉了几袋麦子和黍子给金贵妈送过去了。三保说："亲家，我知道你家刚办了一个事宴，手头紧，招弟让我给你们送来一些粮食，预备办喜事用。""亲家，这哪好意思要你们的粮食，等我秋天收成下来还给你们。""看你说的，现在咱们是一家人了，不用说什么还不还的，显得生分。"

兰兰看见公公送来了粮食，出来帮着一起搬。"老三、老四都下地劳动了，家里就剩兰兰和我了。""兰兰，我搬就行了，你不用上手。"三保怕兰兰受累，不让兰兰搬。"他三叔，你别看兰兰个子不高，有的是力气，干这些营生不比她哥哥们差。"说着，三保看见兰兰搬起一袋子麦子走进了凉房。三保想：这样的闺女才是我们家需要的媳妇，肯吃苦，有力气，将来生儿育女操持家务，能给福福减轻许多负担。

第二天是农历的五月十八。太阳早早地露了头，喜鹊在树枝上"喳喳"地叫着，三保一起来就把红对联贴好了，满院喜气洋洋。招弟收拾着做饭，娶亲一会儿就到了，吃过饭后就能上路，虽然路程短，怕去了那边耍女婿耽搁了时间。这时帮忙的人也都陆陆续续来了，大家各负其责，马头上别上了大红花，马有些不太适应，直甩头。轿子也摆好了停在当院，抬轿子的几个后生坐下来等着吃饭。"那些炮都准备好了吧？"招弟问三保。"这些事你就不要操心了，你的娶亲钱准备好了没有？""我早包好给二嫂了，她是娶亲的，交给她就行。"

三保的二嫂过来了。"二嫂，兰兰的妆新衣裳我都包在这个红包袱里了，你提上，里面的东西你再查看一下。""二哥，去了以后你要多照顾福福，他甚也不懂，不要闹出笑话来。""三保你放心，我心里有数。"招弟让人叫醒福福，让他赶紧吃饭换衣服。福福起来看见满院子都是人，他和亲戚们打了招呼，就去洗漱了。招弟从柜子里拿出一个包袱，解开后取出福福的衣裳，招呼福福过去换衣服。

福福一看是一套中式衣服，他皱了一下眉头，招弟说："娶媳妇就得穿这个，不是上学，听妈的话。"说着，招弟帮福福脱下旧衣服，换上了新衣服，招弟拿出了新鞋，叫福福穿上。一看是一双人字口布鞋，福福不穿，招弟说："新人不穿新鞋哪行。"说着弯腰抬起了福福的腿，把新鞋给换上了。招弟喊："秀秀，把新郎官的大红花拿进来！"秀秀手里拿着一朵大红花跑进来，招弟说："给你哥别在胸前。"

福福经他妈这么一打扮，活脱脱一个少爷式的新郎官。秀秀看着哥哥，抿着嘴笑了。福福无可奈何地任由母亲摆布，他感觉不是自己在结婚，而是为了完成父母亲的一桩心愿，这事和自己好像没有任何关系。在这场游戏中，自己充其量就是一个木偶。福福内心曾经萌动过的爱情早已死亡，他不知道今天和自己结婚的女孩子究竟是一个什么样子，他的脑海里没有任何印象。也许对于她而言，结婚是一件大事，可对福福而言，只是为了父母履行自己的职责。福福读了很多书，书中所描述的爱情是唯美而浪漫的，可现实中他将迎娶一个自己素不相识的女子。福福内心的凄凉都写在了脸上，他面无表情，甚至连一句话都没有。

秀秀明白哥哥内心的挣扎和抵触，她安慰哥哥说："嫂子是一个很不错的姑娘，你们慢慢相处，会融洽的。"福福看了一眼秀秀，只一眼就足够秀秀这一生难以忘记的，那眼睛里流露出绝望后的空洞。秀秀不敢多看一眼。默默地走出了房间。

"哽嘎"一声巨响后，轿子被抬了起来，福福也被人拉出了房间，直到迎亲回来后，福福没有主动说过一句话，别人让他说啥他就说啥，回来拜堂时，福福才感觉到身边这个女子低他一截。吵吵闹闹的一天过去后，福福和他的媳妇被送入洞房，福福坐在凳子上一直没有说话。兰兰羞涩地看着这个已经成为她的丈夫的男人，依然还是以前那样，甚至不会多看她一眼，但在兰兰心里，这个人还是传说中的神。

福福一直在凳子上坐着，不说一句话，也不看兰兰一眼。兰兰感觉他应该这样，他高傲，他有高傲的资本，仪表堂堂，还是文化人。所以兰兰不觉得自己受到了冷落，反倒有点同情这个“神”了，她说：“你坐着一定很累，要不你上炕躺着，我在凳子上坐着?”兰兰的一句话，让福福内心“咯噔”了一下，她竟然会这样想，但只是短暂的微澜，无法填补他内心的无助。兰兰坐着坐着瞌睡来了，自己就躺倒睡着了。第二天醒来时，福福已经不在凳子上了。兰兰赶紧起来收拾了一下去帮婆婆做饭、干家务。

“兰兰睡得好吗?”“睡得挺好的。”兰兰笑着和婆婆说话。招弟是过来人，自然最关心的是这新婚之夜小两口亲热的事情，一看兰兰眉开眼笑，招弟心想福福也是个大男人了，面对这么一个水灵灵的黄花大闺女，他能不动心？看见兰兰这么高兴，说明夜里已经圆房了。招弟问兰兰：“福福还没起来?”“他可能出去了。”招弟睁大眼睛看着兰兰说：“这一大早他能去哪里?”“说不定钻进树园子里背书去了。”三保接过话来说。

饭好了，也不见福福回来，招弟去了福福和兰兰的房间，看见兰兰已经把被子叠整齐了，招弟四处查看，忽然发现窗台上放着一张纸，上面写着字。“赶紧把秀秀叫起来，这个丫头就爱睡懒觉。”三保叫起了秀秀，招弟对她说：“秀秀，你给妈念念这上面写的甚?”

大、妈：

原谅儿子的不辞而别，我们面临毕业，学校事情多，我先回学校了，等工作分配有了结果，我会写信告诉你们。

儿子：福福

招弟听完，气得一拍大腿说：“这小子越来越不像话了，刚结婚就把媳妇撂下走了。”“妈，你不要责怪他，也许他怕耽误了学习，就让他走吧，家里有我呢。”招弟看了一眼兰兰，心想：真是个实诚懂事的闺女。

三十二

福福回到学校后时间不长，学校的工作分配开始了，每个人可以自愿报名选择自己想去的地方。福福看了看名单，发现同学们都选择离家近就业，福福的内心经过激烈的斗争，最后下决心去了另外一个郡县。他不想留在本县的原因只有他自己清楚。

毕业后福福拿着自己的工作介绍信直接去了郡县一中报到，学校的领导接待了他，安排了他的食宿，假期可以留在学校，也可以回家休息，福福和领导说："我愿意留在学校里。"福福给家里写了一封信，说明了自己的工作地址，也嘱咐爹妈别为他担心。信上一个字也没有提到兰兰，招弟心里掠过一丝不安。可兰兰仿佛不介意这些，天天帮着招弟不是干家务，就是下地里劳动。

福福工作一年多也没有回过一次家，招弟和三保心里急了，决定给福福写封信。招弟晚上把秀秀从她嫂子的房间里叫过来，对她说："秀秀，你给你哥写封信，就说妈病了，叫他回来一趟。""你好好的，怎么说病了?""让你写你就写，哪来那么多废话。"秀秀趴在桌子上写好了，招弟说："你给我念一遍。"秀秀开始念：

大哥你好：

从你参加工作后一直没有回家，爹妈很想念你，妈说她病了，让你回来一趟，如果有时间，你就回来看看爹妈。

小妹：秀秀

"你咋说话呢？你就说我病了，还要加上一句，你嫂子也很想念他。"秀秀按照母亲的意思写好了，拿来信封，写好地址交给了妈妈。招弟把信交给三保，让三保到大营子把信寄了。

树园子里的菜地有空的地方，春天时招弟就种了很多的葫芦，到了伏天，葫芦结了许多。招弟嘱咐兰兰和秀秀把葫芦都摘回来，兰兰听话又肯舍力，用扁担一担一担挑回一大堆葫芦，倒在院子里就像堆起了一座小山。招弟拉了一条旧麻袋，坐在葫芦堆跟前，开始切葫芦。一刀一刀切着，葫芦变成了葫芦片，又堆了起来。兰兰问婆婆："切这么多葫芦片干甚呀?""咱家的葫芦多，切成片晾干放起来，说不定什么时候就派上用场了。"兰兰心想：这些葫芦片能派上啥用场呢？她不明白婆婆为什么费劲晾晒这东西。

葫芦片摆了一院子，伏天的太阳最毒了，招弟心想：这样的太阳两天就把葫芦片晒干了，回头准备几条麻袋把这些葫芦片都装起来，垛在凉房里。凉房空着，三保去年冬天和万林把收购的皮子都出手了，凉房的地方也就腾出来了，正好放这些葫芦片。

福福收到了家里的来信，心里一紧，本来就不踏实的感觉就像被风吹醒一样，心里慌慌的，他的逃避始终受着良心的谴责，他感觉自己愧对父母，所以决定立即回家看望父母。他一年没回家，也攒了一点钱，跑到街上给爹妈买了新衣服，给秀秀买了一块做衣服的花布，还买了一些吃的，打包好后和校领导请了假，骑着自行车往家里赶。福福参加工作后，自己买了一辆自行车，为了方便出行。

这条回家的路一直在他的心里延续着，可是他没有勇气真的踏上这条他日思夜想的路，他没法面对那个陌生的女人，也不想伤害她。可把她撂在家里不也是一种伤害吗？福福常常在矛盾纠结中不能自拔，他也想说服自己接受这个现实，可想法刚一产生马上又不由自主地被否定了。过了一天又一天，每一天都是一种煎熬。只有站在讲台上的时候，他才感觉到自己是主宰者，他完全沉浸在那样的酣畅淋漓中，台下的学生求知的眼光让他精神振奋，忘记了现实中的纷扰繁杂。

自行车飞快地在路上行驶，福福还是感觉慢，加快了蹬车的速度，他的心早已迫不及待了，一年多没有见到爹妈了，也不知道妈的病严重不严重？郡县离自己的家大约一百多里路，福福在中途给自行车打了一次气，没停留继续赶路。

虽然是土路，但经过长期碾轧的路面还算平整。马路两旁的树木从他的身边向后移动，那一块块农田里，庄稼就像拔节一样，长势喜人，清新的空气扑面而来，也带走了福福的疲劳。他铆足了劲，蹬着自行车，整个人就像要飞起来一样。

招弟切了一天的葫芦片也累了，回到家兰兰已经做好了饭。吃过饭后招弟感觉腰有点疼，用拳头捣自己的后背，兰兰洗完锅看见婆婆自己捶腰，就过来让婆婆躺下，给婆婆按摩后背和腰部。招弟感觉很舒服，但心里总觉得有些亏欠了兰兰，福福这浑小子，结了婚就跑了，这么好的媳妇打着灯笼也难找。

招弟一个人想着，门突然开了，福福说："妈，我回来了，你咋就病了?"福福忽然被眼前的一幕怔住了，妈躺在炕上，兰兰跪在跟前给妈按摩，他没想到自己这样冷落她，她却能如此周到地照顾母亲，福福的心里就像被什么东西撞了一下，竟然有些疼。"福福，你回来了?"招弟坐了起来，兰兰下了地说："咋回来的?""我骑自行车回来的。""饿了吧? 兰兰，你给福福做点好吃的。""我这就去做。"说完兰兰出去抱柴火了。

"妈，你咋病了? 严重不严重?""你还知道有我这个妈了?""妈，看你说的，我就是把这个世界全忘了，也不会忘记你呀，你是我的亲妈。"说完，福福过来边摸妈的腰边问："腰怎么了?""没有多大事情，就是想你了，想见见你。"这时秀秀跑回来说："哥，你可是回来了，爹妈一天不知道要念叨你多少回，好像他们就知道有个儿子，没有女儿一样。""你每天守在爹妈跟前，还用念叨你?""不过还有其他人虽然嘴上不念叨，可心里念叨了。"秀秀说完做了一个鬼脸，福福知道她话里的意思。

福福看到母亲的身体没有什么大问题，就把带回来的东西拿出来，这时三保也进门了。"大，你去哪儿了?""你回来了? 我去树园子里割了点草喂羊。"福福看见父亲有了许多白发，先前红润的脸色也变得有些灰黄，福福心里就像被什么揪了一下，他说："大，你快坐下歇歇，你看我给你们买的衣服。"说完，福福拿出了给爹妈买的衣服，还有给秀秀买的布料："刚参加工作二五三天就花这么多钱，大手大脚的，以后不许买这些了。我们老了用不着穿得太好，冻不着、饿不着就行了。"

招弟一看福福什么东西也没给兰兰买，就拿起给秀秀的那块布料说："秀秀，你嫂子在那边做饭呢，你去把这块布料交给你嫂子，就说是你哥给她买的。"秀秀撅起嘴不愿意。"咋那么不懂事，我回头给你重买一块布料。"秀秀看了一眼哥哥说："妈这样说了，那我就送过去了。"福福虽然心里不愿意，但也不好违背母亲的意思，只好默许了。

饭好了，兰兰端了过来放在炕桌上，把碗筷拿上来递给福福，福福没有伸手，兰兰只好放在了桌子上。福福开始吃饭，他已经有很长时间没有吃家里的饭菜了，学校里的伙食不好，他正是好饭量的时候，常常感觉饥饿。这饭菜的味道还不错，看来这个女人做家务还行，福福一边吃一边想。兰兰看到福福大口大口吃着，心里觉得特别高兴。

她偷偷地看着福福，发现这个男人比一年前更魁梧了，他留着分头，头发浓密，分在两边，身着白色的衬衫，看上去又文静又干净。兰兰看得发了痴，招弟发现了兰兰的神态，咳嗽了一声对兰兰说："兰兰，你去给福福倒一碗水！"福福吃完饭后和爹妈说着话，兰兰去洗锅了。招弟说："我出去方便一下，你们先叨啦着。"招弟到了兰兰她们这间屋子，把兰兰叫过来，对着兰兰的耳朵悄悄地说着什么，兰兰的脸"腾"一下红了。"妈是过来人，你听妈的没错。"招弟说完后回到了自己的屋里。

夜已经深了，招弟催促福福回他们屋里睡觉。福福说要和爹妈一起住。"不行，你是结了婚的人了，和媳妇一起住。"说完把福福赶了出来。福福回到西屋，兰兰已经躺下了，福福坐在凳子上抽烟。兰兰看了看福福说："你上炕歇着，骑了一天的车子，累了吧?"福福确实感到疲惫，也想躺下来好好睡一觉。他掐灭了烟，没脱衣服，躺在炕的另一边了。

不长时间就听见福福传出的熟睡声，兰兰想起婆婆和她说的话，起身慢慢地挨近福福，可她心跳得"咚咚咚"的，就像要飞出来一样，她慢慢脱去了自己的衣服，然后钻进了福福的被子里面。福福忽然被惊醒了，感觉自己身边有个软绵绵的东西，身上还散发着滚烫的热气，他一下子明白过来是怎么一回事。福福的身体从来没有触碰过这种柔软的物体，竟然唤醒了他身体的原始冲动，他的身体也热了起来，这是他在成长过程中从未有过的膨胀，他的意识有些模糊，随着一只胳膊伸过来搂着他，他竟然疯狂了起来，这一夜他变成了一个真正的男人。

三十三

“哇”一声的婴儿啼哭划破了拂晓前的天幕，东方的天边瑰丽纷呈，朝霞燃烧成熊熊的火焰，像浮动的道道彩绸，闪烁着、翻滚着。招弟头上挂着汗珠，对接生婆说：“这个闺女来得不是时候，你看看这年景，连野菜也快被人们吃光了。”接生婆说：“年景再不好，你家也不缺这口吃的，还怕多这一张嘴?”“大河没水小河干，这灾年我们家那点粮食也支撑不了多久。”接生婆叹了一口气说：“谁知道这灾年甚时候才能过去，这都两年了。”

乔家的一个新生命诞生了，正是在中国最艰难的三年自然灾害期间。招弟倒是不用担心家里的吃喝，但很多人家都揭不开锅了。一天家里能来好几拨讨饭的，招弟每次都挖半碗米给他们装在布袋子里。可有的讨饭的饿得奄奄一息了，只要吃的，招弟没办法，不是给一个馍馍，就是一块烙饼，那些讨饭的就坐在他家门口吃了起来。碰上这种情况，招弟就会端出一碗水，让他们吃喝完了再走。

三保出去放羊时，看见路边倒着一个人，赶紧跑过去扶起这个人，是一个老婆婆，衣衫褴褛，手里拄着一根棍扔在了旁边，脸色苍白，背着的一个破布袋子也跌落在地上。三保放羊时拿着水壶，他拧开水壶给老婆婆喂了点水，老婆婆睁开了眼睛，嘴里吐出微弱的几个字：“饿，我饿。”三保看着这个老婆婆，心里就像被刀扎了一样疼。他背起了老婆婆，老婆婆的身体很轻，瘦得皮包骨头了。

回到家里，三保让招弟快拿吃的过来，招弟端过来半碗米饭，老婆婆看见米饭，空洞的眼神里立刻闪现出一道亮光，人一下子有了精神，坐起来抢过碗来，用手抓起米饭就往嘴里塞。招弟说：“老人家，慢点吃，别噎着。”三保走出了家门，来到了粮仓前。这几个粮仓里严严实实地囤积着粮食，这些都是每年收成之后三保囤积起来的备用粮，防止天灾人祸用来救命的。粮仓是用土坷垃砌成的，外面裹抹了几层泥，既安全，又能防止粮食潮湿。

虽然遇到了前所未有的粮食短缺和饥荒，但是三保不用担心自家的吃喝。可村里面有些老人和孩子因饥饿都浮肿了，年轻人也因为饥饿没有力气干活。前几天有外地的人来这里讨饭，饿死在废弃的破屋里，目睹这些惨状，三保在粮仓前转悠了大半天，最后下定了决心。

黄土路上跑着一大群人，手里端着碗，边跑边喊：“吃饭去了，西村有饭吃，大家快跑呀。”有的人跑着，因为肚子里没东西，摔倒在路上爬起来继续跑。老远就闻到了粥的香味，饥饿年代没有什么味道比这更有诱惑了。招弟和他二嫂还有凤蝶三个女人围在院子里架起的一口大锅前，满头大汗地熬粥。锅里的粥“咕嘟、咕嘟”地冒泡，热气在四下里飘散开来，味道香醇。

吃饭的人来了，端着碗闻着粥香，不住地舔着嘴唇，眼睛盯着锅里。招弟说：“大伙不用急，每人都有份。”凤蝶开始给围过来的人盛粥，一人一碗，那粥很稠，碗也大，虽然不可能吃得太饱，但足以缓解饥饿了。三保开仓赈灾的消息就像一阵风，一下子传遍了方周二围。许多老人拄着拐杖，背着破布袋来到乔家圪旦的西村讨一碗热粥喝。

三保的粮仓很快就要见底了，招弟看着空了的粮仓，听着孙女的哭声，想起了一个月前和三保那次吵架的情景。

三保在粮仓前转悠了半天后，晚上吃完了饭和招弟说：“福福妈，我跟你商量个事。”“商量甚事，你说。”“你看，咱们村里的很多人家老人、娃娃都快饿死了，就吃点野菜吊命，我想把咱们家的粮食拿出来分给他们一些，救救命，也算咱们给后辈儿孙积点德。”“不行，这事你想也别想，咱们种那些粮食不容易不说，现在又添了孙女，兰兰要给孙女喂奶，要吃好才能有奶。再说，福福在学校里经常吃不饱，咱们还得接济他。”

“咱们一家人吃饱你就心安理得了？你不看看那些饿着的乡里乡亲们可怜？你能忍心？”“不忍心能咋办？这不是咱们一个村子的事情，整个国家都是这种情形，就你那几仓粮食，能救全国的人?”“咱能救多少人就救多少人，救不了整个中国的人，咱也没办法。”“不行，我得为我的孙子着想，粮食分完了，我孙子还不得饿死?”“你同意不同意我都这么做，咱不能见死不救。”招弟一看三保的驴脾气上来了，平时不说话的人，一旦倔起来就像别人说的：“善人恼了，砂锅倒了。”招弟明白自己拗不过三保。

第二天起来，招弟看见三保还在生闷气，就对三保说：“我想了一晚上，咱这一辈子都行好积善，这次就按你说的办。不过粮食不能一家一家分，一是怕人说咱分得不公平，二是每家分一点几顿吃光了还得饿着，干脆咱也像过去那些大户人家一样开仓赈灾。”三保一听招弟的主意好，所以才支起一口大锅，开始了赈灾。

等到粮仓见底后，三保的赈灾活动才结束。接下来的日子不好过了，招弟进了凉房，把以前晒干的葫芦片搬下来，坐在炕上用小磨子碾碎，然后撒上两把白面蒸成馍馍，对付着吃。还有就是把葫芦片用凉水泡软后，炝锅和山药粉条一起烩着吃。有时招弟做饭也要嘀咕几句，嫌三保做事考虑不周，把家里的粮食折腾完了，自己挨饿。

福福说服了父母，把秀秀带到了自己的学校，让秀秀读了中学，家里就剩三保老两口和兰兰以及孙女了。招弟提了一袋子葫芦片递给兰兰说：“你把这些葫芦片送给你妈一些，你家吃饭的人多，也能对付一阵子。”兰兰提着葫芦片回到了娘家。“兰兰，你咋回来了？娃娃谁看着呢?”“婆婆看着呢。”“你提了一袋子甚了?”“我婆婆让我给你们送回一袋子葫芦片来，能对付一下这少吃没喝的光景。”兰兰妈说：“你公公、婆婆把粮食都赈灾了，十里八乡都夸他们是活菩萨。”“他们就是心肠好，这不，前两年我婆婆晒葫芦片，我心里还琢磨，晒那么多葫芦片干什么。现在看来我婆婆还是有先见之明的，如今这葫芦片可顶上大用场了。”

兰兰妈说：“咱们大人吃糠咽菜都行，可怜了你侄儿顺顺，吃了糠窝窝拉不下来，撅起个屁股喊我：‘奶奶我拉不出来。’我只好拿个细棍子，从屁股门上给他往外掏。时间长了，把屁股门也给掏烂了。”顺顺是兰兰二哥家的孩子，银贵结婚后，媳妇一直不生养。兰兰妈想：没有个一男半女的，这日子就怕过不到头。银贵两口子整天闹别扭，一闹别扭银贵媳妇就跑回她姐家不回来了。为了拴住儿媳妇的心，金贵妈心里有了一个主意。

金贵入赘翠翠家后，翠翠连续又生下两个儿子，加上之前的三个，家里就五个男娃娃了。一天，金贵回来看他妈，金贵妈和金贵说："金贵，妈和你商量个事。你看你媳妇又连续生了两个儿子，按现在的情形，她还要生。你兄弟从结婚到现在也有几年了，连个一男半女也没有，我想让你和翠翠商量一下，把你家老二过继给你兄弟。这也不是送给外人，还是咱老王家的人。"金贵一点思想准备也没有，听妈这么一说，他也想到了银贵的婚姻如果没有娃娃牵扯，将来也是个麻烦。"我没意见，就是要和翠翠商议一下，人家奶到一岁多了，怕舍不得了。""你回去对翠翠说点好话，翠翠是个明事理的人，她会想通的。"

这银贵娶的媳妇可不是一般人，长相虽然不是闭月羞花，可聪颖那是一般人比不上的。父母去世得早，自己寄养在亲戚家里，亲戚十块大洋把自己卖给了银贵，当时心想这总比寄人篱下的日子要好过。可是来了后才发现银贵是个老实圪旦，一点嘴马也没有，除了受苦勤快，连一个响屁也放不了。这秀娥打心眼里看不起这个榆木疙瘩，结婚几年了，两个人也没有个娃娃，这秀娥尽管心里不待见银贵，可自己生不出娃娃也不是一件光彩的事情，只能委屈自己凑合着过日子。

一天，婆婆过来说："秀娥，妈和你商议个事。你看你和银贵这几年也没有个一男半女，妈想给你们抱养一个娃娃，你们两个这日子也有个奔头儿。""妈，你想给我们抱养哪家的娃娃?""你大嫂家的老二，一岁多了，过继给你们，也好抚养。你看行不?"秀娥心想：大嫂聪明过人，也是方周二围出名的美人，前面的那几个娃娃一个比一个机灵，又都是王家的根，这是天上掉下来的好事，就说："妈，听你的。"

三十四

“噼里啪啦”，家里传出打碎盘碗的声音，继而是哭骂声：“你真是个窝囊废，别人说甚你就答应甚，没有一点自己的主见，你滚出去，滚得越远越好。”骂完了后，又传出“呜呜呜”的哭声。“祖奶奶，你能不能小声点，街坊领居听见笑话呀。”“我就不小声，我看你能咋的。”金贵一看翠翠这气头大了，又怕别人听见他们家吵架，上来用手捂翠翠的嘴。这一捂不要紧，翠翠一把推开金贵，由于正在气头上，用的力气也大，金贵一个趔趄倒在地上，头碰在地下的压菜石头上，只听“啊呀”一声，金贵的头上冒出了鲜血。

血顺着金贵的脑门往下流，翠翠一看，吓得止住了哭声，一把抱住金贵的脑袋，用手按住伤口，不一会儿翠翠的手上满是血了。翠翠放下金贵，找了一块布，撕成条子，把金贵的伤包扎好然后问：“你的头疼不疼?”“把你的头碰上一个口子，看你疼不疼?”“人家又不是故意的。”翠翠对金贵撒起娇来。金贵说：“你就是故意的，想害死我，重找一个吧?”“去你的，再瞎说看我把你又推在石头上。”

翠翠洗了手，把金贵扶在炕上躺下后说：“我也不是故意和你吵架，你说咱家顺顺我都奶到一岁多了，突然要送人，这就像要摘我的心肝一样，我能不心疼吗?”“我知道你舍不得，我也舍不得，可这银贵两口子没个娃娃牵扯，恐怕这两人过不下去。”“说得也是，这秀娥一天天往她姐家跑，一住就是半月二十天，看那意思也是不想和银贵过了。”“银贵娶个老婆不容易，还是妈用卖老五的十块大洋换回来的，如果他们离了婚，妈会被气死。”翠翠想了想，金贵入赘进门就当起了爹，起早贪黑受苦受累，从来没有怨言，现在碰上这事情，他确实为难，又一想娃娃也不是送给别人，还是老王家的，甚时候想了，随时可以跑过去看看。想到这里翠翠对金贵说："就按妈的意思办吧。"金贵一听翠翠同意把顺顺过继给银贵，马上从炕上坐起来抱住翠翠"叭叭"地亲了两口。翠翠害羞地说："赶紧躺下，小心伤口。"

一晃到了60年代初期，兰兰又给乔家添了一个大胖小子，招弟就更忙了，她经常感觉头疼，炕上放着一个小瓷罐子，头疼得实在不行，就在额头上拔罐子，招弟的额头上经常带着几个火罐子印记。可家里家外的营生照做不误。从有了第一个孙女以后，孙女就没离开过她的后背，如今孙女欣雅都虚四岁了，还趴在她的后背上。

招弟不管干啥都背着欣雅，只要把她放下来，她就哭闹着不让了。招弟没办法就用带子把欣雅绑在自己的后背上做营生。这天气又开始热了起来，欣雅的前胸和招弟的后背都长了痱子。第二天起来，欣雅又趴在奶奶的后背上不下来。招弟在大盆里倒上水，提了一个小板凳，坐下来洗衣服，欣雅就在她的后背上趴着。"奶奶洗衣服，你下来玩会儿。""不下来，就不下来。"招弟没办法，孙女是她的心头肉，她要咋地就咋地。

太阳热辣辣地晒了起来，招弟的头上冒出了汗，这时候她感觉有点头晕，就抬起头安定一下，这一仰头不要紧，忽然向前栽倒了，水盆被打翻，水流了一地。后背上的欣雅被这突如其来的情形吓得"哇哇哇"大哭起来，一边哭一边挣脱了布带子爬了出来，推着奶奶的头边喊边哭。大保这天没出去放羊，在家里收拾院子，听见这边的娃娃哭个不停，他一瘸一拐走过来，一看招弟栽倒在院子里，孙女趴在跟前哭喊。大保觉得事情不对了，快走了几步过来扶起招弟，只见招弟的鼻孔里、嘴里都有血。大保惊慌失措地喊："快来人、快来人。"可这空荡荡的西村没有人听得见。

大保迈开瘸腿向后院跑去，边跑边喊："有人吗？三保家的出事了！"二保看见大保那急匆匆的样子，赶紧跑过来问："出甚事了？""招弟栽倒了，在院子里呢。""我赶紧去叫三保，他在西头放羊呢。"二保说完跑着通知三保去了。大保返回院子，这时欣雅哭得嗓子也哑了，兰兰在地里劳动，家里的炕上还有个吃奶的娃娃。院子里再没有人了，大保急得团团转。

只见三保旋风一样跑进院子里，看见招弟栽倒在院子里，脸上、头上、身上占满了泥。三保一把抱起招弟，抱回家里放在炕上，这时招弟睁开了眼睛，抬起一只胳膊用手把散落下来的头发向后拢了一下。三保问她：“你觉得咋样?”招弟没说话又闭上了眼睛。二保说：“叫三虎去东面的柳家梁请郭大夫吧。”这时大保一瘸一拐走出去喊他的儿子三虎去了。

晌午时，兰兰从地里收工回来，在院子里听见屋里的儿子天勤“哇哇哇”地哭着，她心想婆婆怎么不管天勤了？推门进屋一看，炕上坐着婆婆，后背垫了几个枕头，婆婆靠着枕头闭着眼睛好像睡着了。公公和后院的二爹守在婆婆跟前，炕上放着半碗水。兰兰一看这情形，一丝恐惧从心底掠过，她顾不得天勤的哭声，赶紧上炕摸着婆婆的手说：“我妈这是咋了?”“你妈栽倒在院子里了，当时就欣雅一个人在跟前，后来是你大爹听见欣雅的哭声，跑过来才看到的。”

“妈，你醒醒。”兰兰一边喊一边哭了。这时招弟只有手稍微动了一下，一句话也说不出来了。兰兰打了一盆水，给招弟擦洗脸上和身上的泥。西村的老老小小都过来了，凤蝶对三保说：“三保哥，我看还是先给嫂子换上一身干净衣服吧。”三保这个坚强的男人一听到凤蝶说的这话，眼泪“唰”的就下来了。二保说：“凤蝶说得有道理，我们不能不做最坏的打算。”

兰兰一听“呜呜呜”地放声哭了起来。这时欣雅也哭了起来，炕上的天勤哭得更厉害了，家里哭成了一片。凤蝶也跟着哭了，大保的瞎眼老婆子过来也抹着眼泪。三保看着招弟，如同万箭穿心，也“嗷嗷”地低声哭了起来。招弟的眼睛里渗出了两行泪水，兰兰赶紧喊：“妈，你醒醒，睁开眼睛看看我们。”可招弟的眼睛始终没有睁开。

柳家梁离乔家圪旦有三十里路，等三虎骑着自行车请上郭大夫来了以后，天已经快黑了，三保他们一看郭大夫来了，就赶紧腾开地方让郭大夫坐下给招弟看病。郭大夫把了把脉，扒开招弟的眼睛看了看说：“准备后事吧。”兰兰放声大哭起来，那哭声凄惨揪心，在场的人没有不落泪的。凤蝶边哭边说：“兰兰，赶快找你妈的衣服给她换上。”兰兰揭开柜子，双手发抖，翻腾了好一会儿才找到了两件招弟平时很少穿的干净衣服，递给了凤蝶。

凤蝶跪在招弟跟前，麻溜地脱去招弟的外衣，这时男人们都出去了，“兰兰，你过来帮忙！”兰兰浑身软得没有一点劲了，凤蝶说：“赶快脱了你妈的裤子。”正在这时兰兰妈推门进来了，看见招弟已经合上了眼睛，兰兰妈嘴一扁抽抽噎噎地哭了起来：“亲家呀……你好好的一个人这是怎么了？你撇下这一大家子老的老小的小叫谁管呀？”兰兰妈伤心地一边哭一边帮着凤蝶给招弟换好了衣服，让招弟平躺下来。

兰兰妈迈着三寸金莲颤颤巍巍从屋里出来后，对三保说：“要赶紧通知福福和秀秀，他们就是骑车子回来也得一天时间，天气热了，人不能在家停放时间太长了。”大保、二保、三保和兰兰妈、凤蝶、来根都到了兰兰屋里，商议招弟的后事。这时金贵、银贵也过来了。兰兰妈嘱咐金贵：“你去公社给福福打个电话，不要说真实情况，就说他妈病了，让他赶紧回来。”金贵骑上自行车连夜去了公社。

福福接到了金贵的电话后，把秀秀叫过来说：“我妻哥打来电话说妈病了，看来严重了，我们连夜回去吧。你抓紧时间收拾一下，我去给你借一辆自行车。”等秀秀过来后，福福已经把两辆自行车准备好了，两个人骑着车子顺着西北方向驶去。等东方发白的时候，他们已经走了多一半的路了，福福怕秀秀累了骑不动，就坐下来休息了一会儿，他说：“秀秀，你饿不？”“不饿，哥咱们走吧。”

秀秀感觉自己的心特别慌，就像有什么大事要发生一样，她只想赶快回到家见娘，虽然觉得两条腿很沉，蹬不动自行车了，可是她咬紧牙关坚持着。她心里清楚，娘是这个世界上最疼她的人。

三十五

第二天接近中午时，福福和秀秀汗流满面地到达了大营子。两个人虽然感觉饥肠辘辘，可谁也不愿意停下来，他们咬紧牙关坚持着想早一点到家。过了大营子，又往西走了一段路就到了东村。黄土路上有人直奔西村而去，福福感到蹊跷，怎么有好多人都往西村去了？福福的心忽然慌了起来，他感觉什么地方不对劲，于是从自行车上跳下来，向家里的方向望去，这一望不要紧，福福“噔”地一下倒在了地上。

秀秀一看哥哥栽到了，就下了自行车来扶福福。这时秀秀看到哥哥的情况吓坏了，只见福福牙关紧咬，脸色煞白，晕过去了。秀秀一边呼喊：“哥——你醒醒。”一边喊：“救人呀——”路上的人们听见喊声跑过来掐福福的人中。过了半天，只见福福醒了过来，长号了一声：“我的妈呀……”恸声号哭起来。这时秀秀才明白发生了什么事，因为她也看见了自家院子外面高高挂起的“冲天纸”。

这是家里有人去世的标志，只要看到“冲天纸”，别人就明白这家有人走了。福福是看见了这“冲天纸”后倒地的，福福无法接受这个现实，他的爹、妈年龄都不算大，怎么会突然走了呢？他们电话里只说妈病了，可是……“妈呀……我的妈……哦……”福福的声音断断续续，整个人像稀泥一样瘫在了地上。秀秀哭得趴在了地上，众亲戚听见福福和秀秀回来的消息，都跑出来搀扶。在众人的搀扶下福福和秀秀才走进了院子。福福趴在地上，爬到了母亲的灵堂前，秀秀抱住棺材号啕大哭。

灵堂前的福福又一次没有了气，大家赶紧把他的身体弯曲起来，他才渐渐缓过气来，他疯了似的要揭开棺材，被众人挡住了。他悲痛欲绝，和秀秀抱着棺材不肯放手。他绝望的哭声让所有人都伤心落泪，三保出来看见儿子、女儿的样子，憋在心里的痛再也无法遏制，当场哭出了声。这一家人为失去一位宽容、善良、勤劳、无私的主家伤痛不已。她是这个家庭的黏合剂，她是这个家庭的主心骨，她是这个家庭每一个人都敬爱的亲人，她怎么可以丢下他们自己走了呢？

福福想不通死神为何要将他的妈妈带走；秀秀想不通疼爱自己的母亲怎么突然丢下自己不管了；三保想不通，一个和自己一同打拼不怕吃苦的人怎么突然就不见了；兰兰想不通给自己带孩子的婆婆怎么就撇下两个孙子不要了。他们的哭声没有人能阻止得了，也没有人敢阻止，任由他们恣意发泄难以平复的悲情。最后那声音只剩下低沉的陈述，直至落日褪尽，院子里点亮了马灯。

招弟的丧事办完之后，三保把福福和秀秀叫过来叮嘱他们：“你妈的事情也只能这样了，你们回来也有几天了，学校的工作不能耽误，赶紧回去吧。家里有我，你们也不用太挂记。”福福叮嘱三保说：“我们走了，兰兰一个人要带两个孩子，家里家外就全靠爹一个人了，爹要多保重。”说着福福又哽咽了。秀秀的喉咙滚动了几下说：“爹，我也快毕业呀，考不上师范我就回来帮你。”

兰兰抱着天勤，领着欣雅站在地下。福福摸了摸儿子和女儿的头，嘱咐兰兰好好照顾两个孩子和爹，就和秀秀准备走了。兰兰把吃的、喝的给他们递过来，福福挂在车把上，和秀秀离开了这个曾经令他们无限怀念的家。当他们的自行车驶上黄土路时，福福再也没敢回头。他心里清楚，如果回头他将更加难过。三保、兰兰还有欣雅、天勤一直目送福福和秀秀的背影消失在东村，才回到家里。

福福和秀秀两个人都没有说话，他们的心里都在想着母亲，只是他们谁也不愿意说出来。他们都知道自己不是母亲所生，但他们从来也没有感觉到与其他孩子有什么不同。如果硬要分辨什么不同的话，那就是母亲所给予他们的远远胜过了其他孩子的母亲。她踮着小脚不辞劳苦为他们送吃的、喝的，油灯下给他们做衣服、做鞋子，什么时候也让他们穿戴得整整齐齐，一眼就看得出与其他人家的孩子不同。

现在他们的心是空的，直到现在福福才明白了母亲在一个人心中所占的位置，她就是一个孩子的世界。母亲没有了，孩子心中的整个世界就坍塌了，母亲在的时候，这个世界是多么的美好，令人依恋。想着、想着，福福的眼角又一次渗出了眼泪，他不想再回头看这个破败的乡村，其实主要是不敢面对自己残破不堪的心灵。这个创口是无药可救的，时间也无法让它愈合。

想到了天勤、欣雅，福福心乱如麻。他再也不能无视她们的生活状态了，过去母亲在，一切都不用操心劳神。母亲会把一切都安排妥当，如今母亲走了，这老的老、小的小，福福想想未来，感觉一座座山沉重地压在自己的肩上。寝室里堆满了复习资料，他还踌躇满志地准备考大学，可眼下所面临的诸多问题令他心神不定。他仿佛一下子长大了，原来的无忧无虑都是因为有母亲在，现在主心骨没了，他要自己去面对许多问题了。

送走了福福和秀秀，三保就开始忙乱地里的事情，兰兰一边带孩子一边做饭，日子也算过得平静。等地里的庄稼都收了后，农事也算告一段落了，三保闲下来放羊，收拾一下他的树园子。园子里的苜蓿草长得茂盛，紫色花朵的香气在整个园子里弥漫着。嗅着香味而来的蝴蝶、蜜蜂热热闹闹地在园子里穿梭往来，这是一个属于它们的王国，自由祥和，各类昆虫聚集此地，繁衍生息。午后的阳光透过茂密的叶片洒落进来，整个园林斑驳而疏影，鸟的鸣叫声就像天外传来的旋律，动人嘹亮。

三保割了一部分苜蓿草，捆好准备冬天喂羊。三保用车把苜蓿草都拉了回来，垛起来慢慢让它干着。深秋以后，天也一天天凉了，三保晚上坐在炕上，桌子上点着一盏煤油灯。自己熬上一小锅砖茶，一边喝茶一边看着油灯里的火苗。那火苗燃烧一会儿后，灯芯有了一个黑硬结时，火苗就小了。三保找出一根针来，挑一下灯芯，火苗就又旺了起来。

三保就这样一直守着一盏油灯，到了北斗星偏西时，才吹灭了灯躺下。躺下后三保的眼睛还是睁得大大的，他感觉到了什么是孤独。以前招弟在的时候，两个人有一搭没一搭地说着话，他就呼呼睡了。可现在满炕就他一个人，要说话也是自己和自己说，干脆不说了。三保闭了眼，听见外面刮风的声响。唉……冬天就要来了，这讨厌的西北风又要刮起来了。

转眼冬天到了，干巴巴的寒冷铺天盖地包围了这个只有几户人家的村子。大保一瘸一拐地出来抱柴火准备做饭，太阳马上就要落山了，大保抬头瞭了一眼东边，看见黄土路上有一个人朝这边走来。大保睁大眼睛仔细辨认了一下，是东村的万林。大保心想：这万林来找三保，绝没有什么好事，我先躲在这里看看他们要干甚。

大保看见万林进了三保家的门，他也不管天冷，就蹲在柴草堆后盯着三保家。这大保自从被招弟羞辱之后，一直逮不着个出气的机会，今天他倒要看看三保和杨万林到底能干啥好事。不一会儿，他看见万林和三保出了门向西头走了。大保心想：西头啥人家也没有，他们去西头干什么？突然大保好像明白了什么，他一瘸一拐地向东村走去，因为走得急，左右晃动的幅度更加大了。

兰兰晚上搂着两个孩子早早睡了，半夜时分忽然听到东屋有很大的响声，兰兰被惊醒后，仔细一听，还有人在喊：“把他绑起来带走。”这时有翻箱倒柜的响声，很多人的脚步声、呵斥声。兰兰一骨碌爬起来，穿了衣服出来一看：公公已被五花大绑推出门外，身上只穿了一件单衣服，冻得直打哆嗦。几个人在屋里翻腾完出来后，站在院子里催促三保快走。兰兰一看这阵势，不知道出了啥事情，想问又看见来人凶巴巴的，她不敢说什么，跑回家里拿出了一件棉袄，鼓足勇气问：“你们为什么抓人？这么冷的天，他穿一件单衣服能受得了？”说着话兰兰上去解开绳子，把棉衣给三保穿上。

这时，另外的几个人又赶紧把三保捆上说：“有人揭发他参与赌博，我们现在要带他回去审问。”说完推着三保出了院子，兰兰站在院子里心里一片茫然，只听风吹得门“吱呀吱呀”地响，兰兰关紧了东屋的门，回到自己屋里坐在炕上。想想这一年家里发生的这些事，有点风雨飘摇的感觉。孩子们都小，福福又不在家，这个家就靠自己一个人扛着了，想着、想着，竟然悲从中来，不禁黯然神伤。

三十六

三保被带到了公社，安置在一个空房间里，不能坐只好站着，天也快亮了。不一会儿的工夫，外面又带进一个人来，三保一看来人是万林。万林也是被五花大绑地绑着，两个人同时瞪大了眼睛看着对方，嘴唇动了动，谁也没说话。

等到公社干部们都上了班后，又来了两个穿制服的公安人员，开始审讯三保和万林。审讯时把万林隔离在另一间屋里，先审讯三保。“你叫什么名字?”“乔三保。”“你们昨晚参与赌博的共有多少人?”“七八个人。”“除了你们两个，其他人呢?”“他们是外地人，当晚就离开了。”“你经常参与赌博吗?”“不常参与，今年这是第一次。”审讯的人看见三保诚实，问啥说啥，就态度放和蔼了一些说：“你们知道赌博是违法行为，现在各地都在抓，而你们却聚众赌博，这是犯法，就等着处理吧。”

上午被审完，三保和万林都被警察带走了。他们被圈在一间小黑房子里，等待着处罚结果，三保和万林挨着坐在地下，三保说：“这次估计是放不出去了，等着坐大牢哇。”“三保兄弟，你可不要诈唬我，没有这么悬吧?”“关键是我们犯在政策上了，队里几次开会都说不让赌博。现在形势不同以前了，我们还是抱了侥幸心理。”“你说就咱们几个人耍，咋就能让公社知道消息的?”“我哪能知道。”“三保，你说是不是他们输了钱的人来公社告状了?”“也有可能。”“我说咱们把赢的钱退给他们一些，你不听，看看现在被告了吧?”三保说：“愿赌服输是这个行里的规矩，我们也有输得一无所有的时候，没人给我们退一分钱。”万林不再说话了。

三保和万林因赌博被抓的消息，一上午就传遍了乔家圪旦。大保把羊赶在滩里坐下来抽烟，他一边吸烟，一边心里盘算：你乔三保嚣张了一辈子，光景过得比我好，娃娃培养得比我好，就连村子里的大人娃娃见了你乔三保都像见了神仙，也要点头哈腰敬重你几分。今天看看你还能不能再嬲起来了。

大保想起昨晚，他去了队里，找到队干部家要求连夜抓赌。队干部问他谁赌博。大保说："这个你不用管，反正赌博行为是上面严令禁止的，你们要是不管，我就直接给公社打电话。"队干部老刘沉思了一会儿，心想：如果不管这事，将来捅到上面去，就会把一顶玩忽职守的帽子扣在自己头上。可如果管呢，参与赌博的人和村里的人有关，抓了就要被判刑。老刘左右为难的样子，大保早已看在眼里，大保给老刘施加压力说："作为队干部，不按上面的精神办事，你就是对抗上级。"

大保的一句话让老刘心里"扑通、扑通"地跳了起来，这"对抗上级"也是罪名，老刘只好拿起了电话拨通了公社，把情况向上级做了汇报，公社立刻组织人力和警力抓捕赌博的人。可当他们到了指定的地方时，发现人已经离开了现场，根据知情人的进一步说明，来人才连夜在乔家圪旦抓走了三保和万林。其他参与赌博的人都不是乔家圪旦的，所以漏网了。

大保昨天晚上也没有睡觉，他一直等到抓捕的人到了以后，说出了个别参加赌博的人的姓名，才回到自己的家。回到家不久，就听见外面有许多人走进了东院。他悄悄地出来，站在柴堆后面，眼睛偷偷地瞅着东院的动静，不一会儿看见三保被五花大绑地绑住带走后，他的那双小眼睛眯成了一条缝，发出两道阴森森的寒光。

三保和万林被判了三年，这个消息是队干部告诉兰兰的。兰兰求人给福福和秀秀写了信，告诉他们家里发生的事情。福福收到信后，回来了一趟，把家里的事情重新安排了一下，又回去上课了。第二年春天，春播开始了，兰兰的几个哥哥帮忙把地都种上了。兰兰除了家里的活，还有地里的活，一个人还要照顾两个孩子，从早到晚忙个不停。

福福在学校拿到了省师范大学的录取通知书，这是他梦寐以求的，他心里虽然很高兴，可是许多现实问题又摆在了面前。家里只剩老婆孩子，老爹坐牢。妹妹没有考上师范，也意味着要回家种地，这大学能不能上还是一个问题，想到这些，他不禁心乱如麻，不知道该向谁说好。学校领导找到他说："乔子轩，祝贺你，咱们学校的老师里就你一个人考上了省师范大学，你是学校的骄傲。""感谢学校领导的支持鼓励。""经过校委会研究，同意你带工资上学，但有个条件就是毕业后必须返回学校教书。你自己考虑一下，这是好事。"

福福心里既高兴又惆怅，高兴的是上学可以不用家庭资助了，惆怅的是念完了大学还得回到这个县城中学。福福权衡再三，下了决心上大学，至于以后的事走一步再说一步吧。

负责司法、公安工作的王局长，皱着眉头在办公室翻阅送过来的犯人卷宗，他的脸上布满了坑坑洼洼的疤痕，看上去表情严肃，无意间他看到一个犯人的名字："乔三保"，他急急忙忙翻开卷宗看内容："乔三保，乔家圪旦人，因聚众赌博，判刑三年。"他合上了卷宗，来到了县公安局，找到局长，请他陪同自己去一趟狼山监狱。

王局长从卷宗里已经了解到，判了刑的人都被关押在狼山监狱进行劳动改造。他为了进一步核实卷宗中的乔三保其人，亲自去一趟狼山监狱探视。到了监狱后，监狱长接待了两位局长，问两位局长前来有什么事。王局长说："你们这里有没有一名新到的犯人叫乔三保的？""有有有，这个犯人是因为赌博被举报，判了三年。""他人呢？""出去劳动了，局长要见，我派人把他叫回来。"

说完后监狱长叫了一个监管犯人的警察，去烧砖的窑上把乔三保带了回来。监狱长和王局长他们回到了办公室，说起了三保的案子，监狱长又一次说道："听说这个乔三保在村子里影响不错，三年自然灾害期间他还放粮赈灾救助老百姓。这次是判得有点重了。"王局长什么话也没说，他被国民党的特务们装进麻袋，夜里拖进破庙的情景一幕幕在眼前回放，要不是三保救他，哪有他的今天，这个乔三保应该就是他的救命恩人。

门外喊了一声"报告"，监狱长说"进来"，"报告，犯人带回来了，就在外面。"王局长站起来走出门，看见高大的三保光着头站在门外。王二魁一眼就认出了三保，他走上前去喊了一声"三保哥"，双手抓住了三保的手，三保现在是劳改犯，看见面前站着的这个人是个领导的模样，自己的手被抓着，心里直犯嘀咕：这是谁呀？怎么会来这里找自己的？自己犯了事丢人现眼的。

“三保哥，你不认识我了？我是二魁呀。”三保这才从对方满脸的坑坑洼洼中找到了一丝熟悉的样子，他说：“你是二魁？”“是的，当年如果不是你救我，我早没命了。”说着王局长拉着三保进了监狱长的办公室，让三保坐下。三保哪里敢坐，迟疑了一会儿，王局长硬是拉他坐下。公安局长和监狱长看着王局长对三保毕恭毕敬，他们也不敢怠慢，给三保倒水、递烟，三保说：“我不会抽烟。”三保坐在椅子上，两只手端端正正放在膝盖上，两只脚并得整整齐齐，一副极为不自在的样子。

王二魁向公安局长和监狱长讲了当年他遇害三保救他的事情，也问了三保在监狱生活的情况，最后王局长嘱咐三保说：“现在已经判了刑，走了司法程序，案子只能这样了，而且事情也属实，下一步你只能争取在监狱表现好提前释放了。”三保说：“我自己也知道犯法身无主，只有好好改造，端正思想，争取提前出去。”王局长说完从自己的口袋里拿出二十块钱给三保，三保怎么也不要，王局长说：“我的工资虽然不高，但也能吃饱，你在这里免不了挨饿，给你适当时贴补一下自己的肚子。”说完硬把钱塞进三保的衣兜里。

福福离开学校到了省城师范大学，开始了另一种新生活。兰兰在地里顶着大太阳劳动，她把天勤用绳子拴在炕上，把欣雅锁进凉房里面。欣雅要跟着她去地里，她怕回家时孩子走不动又让她背，所以把她锁进凉房里，怕她跑出来找自己。欣雅被锁进了黑漆漆的凉房，开始害怕地哭，等到哭累了，就坐在凉房的地下。她看见一块压菜石头放在凉房的地上，又看了看把自己挡在黑暗中的这扇门，五岁的欣雅突然有了主意。她蹲下来想抱起这块石头，可石头太重了，她抱不动。于是她开始一点一点地向前滚动石头。当石头离门越来越近的时候，欣雅已经累得满头大汗了，但她坚持着继续滚动石头。等石头挨着门时，欣雅用劲推着石头向门上撞去，一下、两下、三下，不知撞了多少下，门板的木头上终于有了一丝光亮，欣雅就像看见了希望的曙光，继续撞击，等那个窟窿稍大一些后，欣雅越过了石头，从门洞里钻了出来。

兰兰中午劳动回来，院子里很安静，也听不到天勤的哭声，她紧走了几步回到家里，打开门后看见欣雅搂着天勤睡着了。她吃了一惊，谁把欣雅从凉房里放出来了？她跑出外面一看，凉房门上有一个窟窿，她更是吃惊不小，打开凉房门一看，地上放着一块石头，她顿时明白了是怎么一回事。兰兰心想：这个女孩子将来可不是一个省油的灯，这么小的年龄就能想出这法子，而且不知用了多大的力气才砸破门板，她想象着不禁倒抽了一口冷气。

福福穿着雪白的衬衫，端坐在教室里听课，虽然已经是两个孩子的父亲了，可二十多岁的他依然风度翩翩。来到省城的学府，更使他对学业充满了信心，他除了完成老师留的作业，开始系统研究中国文学史，因为这次学有专攻，他上的是自己喜欢的中文系。

三十七

三保和万林走出了监狱的大门，每人身上背了一个小包袱。早晨的太阳跳出了地平线，就像一个橘红色的火球，把东方烧得一片通红。三保和万林迈开步，向着乔家圪旦的方向走去。道路两旁的庄稼已经成熟，麦子泛黄，风吹过后，就像金色的海浪此起彼伏。田野漫过的清香使人迷醉，田间的蜜蜂嗡嗡地飞舞，大地五彩缤纷，三保和万林陶醉在一片自由舒畅中。一年多的牢狱生活在他们心头压上了一块厚重的石头，让他们喘不过气来，今天终于卸下了身上的枷锁，他们感觉到自己和这些飞舞的蜜蜂、蝴蝶一样轻松了。

当三保推开院门时，看见院子里收拾得干干净净，欣雅和天勤两个孩子正在院子里玩。听到声音，欣雅转过身来，愣了一下突然喊了一声“爷爷”，三保走过来抱起了天勤，拉起了欣雅。三保不知怎么了，心里忽然觉得像被针扎了一下，竟然有些遏制不住自己的情感。他不是一个感性的人，使劲咽下那股喷涌而出的热流问欣雅：“你妈妈呢?”“妈妈在家里呢。”说完欣雅喊：“妈妈、姑姑，爷爷回来了。”

兰兰和秀秀听到喊声，出门看见三保站在院子里，她们赶紧接过三保抱着的天勤，让爹进门。三保进了自己的房间，房间里打扫得干净整洁，很有生气。秀秀给爹倒了一碗水，兰兰已经抱了柴火准备做饭。三保的确饿了，他都快忘记家里饭菜的滋味了。说着话兰兰已经把饭做好端上来了，一盘炒鸡蛋，一盘腌猪肉炒豆角，烙了两张油烙饼。三保闻着香味，没等吃口水已经出来了。

兰兰把碗筷递在三保手里说：“爹，你趁热吃，走了这么远的路，一定饿了。”欣雅趴在桌子旁边，眼睛盯着炒鸡蛋，不住地咽口水，三保看见了，夹了一筷子鸡蛋送到欣雅嘴边。欣雅正要张开嘴吃，兰兰说话了："欣雅听话，爷爷走了快一天的路，让爷爷吃，咱们刚吃过饭。""咱们又没吃炒鸡蛋。"三保说："娃娃看见别人吃饭她就香，来张嘴，爷爷给你喂一口。"兰兰坐在炕沿上抱着天勤，问公爹："爹，你和万林叔一起回来的?""是的，我们俩因为立了功，减刑了。""爹，你和万林叔立啥功了?"秀秀也迫切想知道爹立了甚功劳。

这时三保吃饱了，端起碗来喝了一口水，老习惯，坐在炕上竖起两腿，双手抱着膝盖，开始给兰兰和秀秀讲他们立功的事情。

三保和万林在狼山监狱接受劳动改造，主要任务就是烧砖。砖窑是用砖砌成的圆台形结构，犯人们把用泥巴扣好的土坯抱进砖窑垒好，垒够一窑后，开始点火烧砖。那天他们又开始往砖窑里抱土坯，三保一向心细，他边走边观察砖窑的弓形墙壁，突然看见有个地方的砖已经松动，而且有土块脱落，三保心里一惊，立刻大喊："快点往外面跑，砖窑要塌方了!"犯人们扔下怀里抱着的土坯，撒腿往外跑，有的被撞倒了，有的被踩着了，砖窑里喊叫声救命声、响成一片。

万林看见三保后背紧贴墙壁，知道他是用身体在顶着快要塌方的地方，万林跑过去和三保一起扛着。这时砖窑里面的人基本都跑出去了，万林喊："三保，咱们也撤吧。"三保说："快跑!"说完，三保和万林一起向砖窑口跑去，还没等他们彻底跑出砖窑口，只听"轰隆"一声砖窑塌方了。

砖窑前面站着的犯人们还有羁押犯人的警察们，看见三保他们被灰尘埋起来了，赶紧一起从灰堆里刨他们两人。等到大家把他们刨出来后，他俩已经面目全非，人们都认不出他们了，他们的身上、头上全被灰土包裹了起来，只听见"哼哼唧唧"的呻吟声。众人拿来水和衣服，给他们洗了洗，查看伤势只是外伤，筋骨没什么问题。他们两人被大伙抬了起来，举得高高的，又落了下被大家接住，人们呼喊着。生命得到拯救后的人们情绪是激动的，警察也不愿意破坏这样的气氛，因为在生死攸关时，是三保和万林拯救了大家的性命，普通人的一生，没有比性命更重要的了。

三保和万林舍身救人得到了嘉奖，属于立功减刑，三年的刑期一年多就结束了。兰兰和秀秀听着，都为爹舍身救人的精神所感染，欣雅更是听得入神了，仿佛爷爷不是在说自己，而是讲了一个神话故事一样。兰兰叫上欣雅和天勤回自己屋里，让公爹休息一会儿。兰兰回到自己屋里，炕上的静雅早醒了，正在吮吸自己的手指头。

三保睡了一觉起来，已经是黄昏了。他出来院子里，听见隔壁儿媳妇的房间里有孩子的哭声，才明白他已经有了第二个孙女了。三保走进羊圈里，空荡荡的一只羊也没有了。喂牛马的地方也空了，那些干草还是原来的样子垛着。三保心想：怎么也得买十几只羊，再买一匹马，居家过日子，没有牲口家里就缺少了一种活气。

兰兰看见公爹在羊圈里徘徊，就走过去说："你出事后，福福回来把牲口全处理了，他说我一个人带两个孩子，还要种地、喂牲口忙不过来。卖牲口的钱我都存着了，我给爹取出来，爹看买什么就准备吧。"

三保回来的消息传遍了东村和西村，邻居、亲戚们都来看三保，有的拿点鸡蛋，有的拿些红糖，就是个心意，三保也很感激。几十年在乔家圪旦居住，人不亲土也亲了，三保感到了村邻亲戚的暖心热肺。虽然坐牢不是什么光彩的事情，但大家都安慰三保，赌博在乡下也不是什么丢人现眼的事情。三保一一谢过大家，家里只有晚上才算清静一点儿。

一天吃过饭，兰兰洗锅，秀秀逗静雅玩。门开了，兰兰一看是后院的凤蝶大婶，赶紧说："大婶坐在炕上，我给你倒水。""三保大哥回来了，我来看看。"那声音里自带三分妖娆，三保也热情地让凤蝶坐在炕上。"这一年多三保哥瘦了不少，脸也黑了，回来好好补补身子。我也没拿什么，家里养了几只鸡，这些鸡蛋是给三保哥拿的。"说完把手里提着的一个篮子交给了兰兰，兰兰接过来放在柜子上。这时兰兰也洗完锅了，招呼秀秀和孩子们回西屋："大婶，你和我爹叨啦的，我们过西屋哄孩子们睡觉。""行行行，你们忙你们的，我们叨啦一会儿。"

兰兰和秀秀带着孩子们走了，凤蝶看了一眼三保说："三保哥，你这一年多没少受罪吧？""也还能对付，吃喝是和家里没法比。""看看你瘦的，就知道在那里面吃不饱肚子。"说完又看了一眼三保，正好三保也看了一眼凤蝶，凤蝶那眼睛直直的还带着钩，看得三保心里就和猫抓一样。

凤蝶笑了笑凑近三保跟前，三保闻到了一股脂粉之气，这种味道已经多年没闻到了。招弟在时，因为得了一种怪病，三保一直都不能近身，不到五十岁的三保还处在身强力壮的时候，可没办法解决，一直就这样清心寡欲地生活。

今天闻到凤蝶身上散发出来的这个味道，令他有些心荡神摇把持不住了，他吸了一口气，想把这种味道装进肚子里面，消受一番。三保的细微变化没有逃过凤蝶的眼睛，凤蝶用软绵绵的口气说："三保哥，你一个人要是冷清了，就去我那边坐坐，我家来根到煤矿帮儿子去了不在家，我一个人在家也挺冷清的。"三保早听出了凤蝶的弦外之音，他竟然不由自主地说："有时间我就过去和你叨啦。"凤蝶是个古灵精怪的人，一听三保的口气，心里泛起了涟漪，身子又往三保跟前凑了凑，三保只觉得凤蝶的气息扑在了脸上了，他不自觉地向后挪了挪。

凤蝶看着三保的窘态，又轻轻笑了笑，这笑声就像夜莺一般，撩拨得三保浑身热燥燥的，三保的脸憋得通红，手脚都不知道该怎么放了。凤蝶看时候到了，就说："三保哥，我先回去了，你要是晚上没事，我等你。"三保看着凤蝶飘了出去的身子，下地穿好了鞋，也出了门。夏天的夜晚还是比较凉爽的，三保的头脑清醒了一些，可他还是不由自主地向凤蝶家走去。

凤蝶家的大狗不在了，凤蝶拉着窗帘，隐隐约约能看见屋里的灯光，三保在外面转悠了几圈后，壮了壮胆子敲响了凤蝶家的门，凤蝶一开门看见三保站在门外就说："三保哥你进来呀！"三保闻着脂粉的香味走进了凤蝶的家，凤蝶穿了一件薄薄的凉衫，胸部暴露在三保的视线里，高高耸起的乳房一颤一颤在三保的眼前晃动。凤蝶虽然徐娘半老了，可从来不下地劳动保养得好，加上会卖弄风骚，把个胸脯在三保身上蹭来蹭去，三保确实有些难以抵挡了。凤蝶看见时机已到，身子就轻轻倒在了三保的怀里，三保的血一下子冲到脑门了，令他迷晕膨胀，他伸开双臂准备搂紧凤蝶的瞬间，眼前闪过了招弟的面孔，招弟用眼睛紧紧盯着自己，三保鼓起的勇气顿时就像皮球一样泄了气，那两条胳膊也像折断的树枝，软绵绵地耷拉下来。三保的情绪变化凤蝶感觉到了，她抬起头看三保时，三保把她从怀里推了出去说："我不能做对不起招弟的事情，还有这风声传出去也不好听。"说完后三保拉开门走出去了。望着三保的背影，凤蝶的心彻底冷了，她知道三保这一走，和她再也不会有什么事情发生了。凤蝶那颗等待了许久的心就像被抽空了一样，她的身子软软地倒在了炕上。

青灯相守，三保一个人坐着喝茶，从那一晚离开凤蝶之后，三保下了决心，再也不去招惹这个女人了，他想起了招弟，不禁悲从中来。一个人正在胡思乱想，二保推门进来了。"二哥来了，上炕坐。"二保坐下后，三保下地拿了一个碗，给二保到了一碗茶说："二哥，你咋过来了？""有些话在肚子里憋了很长时间，想和你唠唠。"二保看了一眼三保，喝了一口茶对三保说："你知道你们被抓是谁告发的吗？"这个问题也是三保一直苦苦思索没有答案的问题，经二保这么一问，三保盯着二保问："谁告发的？""你绝对猜不到。""二哥你赶紧说呀。""是你大哥乔大保告发的。"三保一听，盯着二保说："我不相信，你别听人瞎说。""我就知道你不信，村里的人都在私下里议论这事，说当天晚上你和万林去赌的时候，他就盯上你们了。"

三保怎么也想不到大保能做出这样的事来，两家是结下了一些恩怨，可那毕竟都是些小事情，而且这些事情都是大保不义在前，三保不去计较、追究也就算了，他反而变本加厉做出这样的事情来，这口气三保实在是没法忍了。

三十八

福福即将大学毕业，“文革”的浪潮已经席卷全国了，混乱的局面也搅黄了福福留在省城的梦想。到边疆区，到农村去，到祖国最需要的地方去，校园青年激情澎湃，喊着口号“听从祖国召唤”。福福陷入了矛盾中，看来指望学校分配已经落空了，只能再回到原来的郡县一中了。

福福返回学校，受到教育局和学校的高度赞扬，把他列入支边大学生行列，同时也定为学校干部培养对象。学校里陆陆续续来了一些其他大城市支边下来的老师，学历也都很高。不久，福福被提拔成学校的副校长，分管教学工作。刚回来时的压抑渐渐淡去，福福把精力投身到严谨的教学工作中。他喜欢讲台，在这里他挥洒自如，源源不断地把学到的知识输送给台下听课的学生。

好景不长，郡县一中的校园里也掀起了轰轰烈烈的“文革”。一夜之间，校园的墙上张贴了许多“大字报”。福福看到校园里的学生戴着“红卫兵”袖章，拉着横幅，在一些人的指挥下冲进校长办公室。福福的心凉了半截，突然感到一种莫名的恐惧。学校怎么可以不上课？学生怎么可以随意闯入办公室？不长时间，校长被学生拉了出来，头上戴了一顶高高的纸帽子。

福福回到了自己的办公室，有几个年轻老师用异样的眼光看他，他突然有一种不祥的预感，感觉到自己也将面临一场灾难。两天以后，福福被闯进办公室的学生们拉了出去，和校长、支边的老师站在一起，等着批斗、游行。

学校停止了上课，老师们分为两派，两派之间的斗争不断升级，越闹越混乱。福福的情绪也越来越坏了，因为夜里睡不好觉，福福患上了严重的咳嗽，“红卫兵”的头头允许福福请假，福福回家休养了。

福福回到了乔家圪旦，兰兰看到福福消瘦了很多，三保也看到福福情绪极度低落，咳嗽不断，于是他们请来了大夫，给福福调治。福福在家人的照顾下，很快恢复了健康。第三个孩子出生了，福福还没见着，回来后一边帮着兰兰照看孩子，一边辅导欣雅的作业。欣雅已经上小学了，福福规定欣雅每天必须写一篇日记，不会写的字用拼音代替，欣雅有一百个不愿意，也不敢违抗爸爸，这个人既陌生又严厉，她见到他就像老鼠见到了猫。

福福回来后看到父亲常常一个人站在外面走神，那样子有无法言表的孤独感，过去不爱说话的他现在话就更少了，晚上也是一个人孤单地守着一盏油灯。看到父亲的这种状况，福福和兰兰商量："我们给爹续弦吧。""爹同意吗?""你让他自己提出来这是不可能的事情，他们这一代人很传统，思想保守，他就是有这个想法恐怕也永远不会说出来。""我听你的，你看怎么办好就怎么办。"

福福心想：娘去世得早，爹的年龄还不算太大，一个人长期独居也不是个事情，就算家里有孙子，也难以排遣他内心的孤独感，所以他决定为爹寻找一个老伴。福福把自己的想法和亲戚们说了，大家都赞同："还是人家念书人开明，想得通。能为老父亲设身处地着想，不光是嘴上说孝顺。"福福的想法受到了家族亲戚们的称赞，人们也开始为三保张罗找老伴的事情。

福福也和爹说了他的想法，三保虽然嘴上拒绝，可心里还是蛮高兴的，儿子能为他着想，这思想还是开明的。有个人给自己端茶倒水、洗衣做饭方便多了。在众人的打问下，福福选了一个条件比较合适的，决定让女方和三保见面。在媒人的撮合下，三保和这个女人见了一面，感觉还行。女方也觉得三保的条件不错，答应了。没过多久福福选定了迎娶的日子，请来亲戚朋友们吃了一顿饭，家里就算是接纳了后妈这个新成员。

家里的事安排妥当了，后妈也能帮着兰兰带孩子、做饭，兰兰的负担相对轻了一些。福福去兰兰母亲家看望丈母娘，老王太太这么多年没少帮助女儿，可最近遇到了一件让老王太太不痛快的事情。这也是福福回来后听兰兰讲的。金贵和翠翠把儿子过继给银贵和金娥后，银贵和金娥其实只担了个名，因为顺顺是老王太太带大的。顺顺到了上学的年龄后，老王太太把孩子送了回去，怕再大了和父母更加生疏了。老王太太一再叮嘱银贵和金娥待孩子好一些，时间长了这感情就融洽了。

可顺顺不大愿意和父母亲一起住，三天两头往奶奶这边跑，跑来了老王太太又让他回去。顺顺的行为引起了金娥的不满，金娥教训孩子不让去奶奶家，孩子不听，金娥出手打了顺顺，顺顺一气之下就又跑回了奶奶家。这次金娥不依不饶了，一口气追了过来，进门抓住顺顺就扇耳光，顺顺大声哭喊着，老王太太正要下地阻拦，只见一只碗从空中飞过来，不偏不倚地砸在了金娥的鼻梁上，金娥顿时满脸血涌。金娥双手捂着鼻梁，那血顺着手指往下流，吓得老王太太抖成一团。

一边抱住金娥安抚着，一边催促坐在炕上的铜贵赶紧叫人。不一会儿，金贵两口子都过来了，看见这情形说："赶快叫大夫吧。"金娥的哭声由小变大，老王太太和家人慌作一团，这时翠翠说："叫大夫和去公社医院的路程差不多，赶紧套车，去公社医院。"这时候银贵也来了，金贵套好了车，铺上褥子，翠翠和老王太太把金娥扶上了马车，银贵赶车，直奔公社医院去了。

出了这事，老王太太被吓坏了，他看了看坐在炕沿上的铜贵，狠狠地骂道："你这一碗扣好了，扣散你二哥这个家庭你就高兴了，你简直是个牲口，怎么敢拿碗飞起来打人，打出人命来你去顶命。"铜贵喃喃自语道："我看见二嫂打顺顺那么狠，实在看不下去，顺手就把碗飞出去了。"老王太太喊了一声："你赶紧去把满贵叫过来!"满贵住在邻村，结了婚以后就和丈母娘搬到一个村子了。铜贵去邻村找到了满贵，把家里发生的事情说了，并告诉他娘让他过来一趟。

满贵回来后，老王太太交代满贵："赶紧去你二嫂娘家那边一趟，把家里发生的事情一五一十地告诉她哥和她嫂子，就说你二嫂现在在公社医院里。""去和他们说这事干甚了?""人家是你二嫂的人主，万一有甚事到时候咱们不留埋怨。"满贵说："我借一辆自行车去。"老王太太一个晚上没睡好觉，又担心金娥，又埋怨铜贵，也不知道医院那边是什么情况。第二天一早，老王太太正在做早饭，门被推开后，进来几个警察，二话不说，从炕上把铜贵拉到地下问：“你就是行凶杀人的铜贵吧？”铜贵脸色煞白，结结巴巴地说：“我没杀人，我没杀人。”

“绑起来！”一声大喊，吓得铜贵当场昏死过去了。老王太太哭着喊道：“你们不要吓唬他，他从小就没胆子，吓出个好歹咋办呀？”老王太太一边掐铜贵的人中，一边哭着求这些警察。过了一会儿，铜贵缓过来了，警察们却说：“还会装死，绑起来。”只见铜贵“嘿嘿嘿”地傻笑，不像刚才那么害怕了，这一碗的代价就是铜贵从此成了精神不正常的人。老王太太直到闭眼都不放心的就是铜贵。经过这一吓，铜贵傻了，嘴里整天念念叨叨的不知在说什么，因为这个原因，他一生没娶老婆，老王太太陪伴着她的傻儿子，一直到去世。

金娥的娘家人听完满贵的叙述，组织几个人骑了自行车，一溜烟来到公社医院。问了医生，病人的鼻梁被砸断，缝了几针，需要长时间的恢复。娘家人一听这严重后果，一气之下把铜贵告上法庭，才有了铜贵被抓的情形。金娥在医院里住了几天回娘家去了。铜贵被抓走后，法院的人发现他精神不正常，就把铜贵放了回来。顺顺在奶奶家吃住，也不用回家了，可老王太太心里这疙瘩结成死扣了。福福提着东西来看老丈母娘，顺便给老王太太宽宽心。

中午收工的时候，兰兰看见公爹拉着一车土坷垃回来了，她很奇怪就问：“爹，你拉坷垃盖甚呀？”“我要垒院墙。”“在哪儿垒院墙？”三保用手指了指大保和自己的院子中间。兰兰赶紧让爹先把车停在东墙下面，然后拉着爹回到屋里，说：“爹，你怎么突然想起来要在两家人家中间垒一堵院墙？”“我再也不想看到他家的任何人从咱们门前进进出出。”“爹，你不想想，这院墙当初就没垒，已经过了多少年了，现在一垒，这不明显的就是故意刁难他们了？”“我就是要让他们知道我和他们从此势不两立。”“爹，咱们该忍的都忍了，这拆桥断路的事情咱们不能做。要给后辈儿孙积点德，不能让人说咱们鼠肚鸡肠。爹大度了一辈子，到老了反而计较起来了？”

兰兰的话不是没有道理，都说“娶媳妇踏婆踪”，这兰兰的说话、做事和招弟越来越一样了，三保的心里想着，如果招弟活着，也不会同意他垒这堵墙的。

三十九

福福安排好了家里的事情后，收到了单位发来让他返校的通知。福福虽然不想回去，可现实问题也不能回避，他毕竟是学校领导成员之一。福福步行了近三十里路，到了狼山镇才有公共汽车。到了学校后，看见校园里还是“大字报”满天飞。福福到了新成立的“文革”领导小组办公室报了到，一位年轻的领导小组成员告诉福福：学校上午上课，下午开会，一部分老师参加劳动改造，福福的任务是上午给高三的学生上语文课，下午参加劳动。

之前的语文教材一律不允许进入课堂，福福将它们整理好束之高阁，“文革”领导小组发给他的教材是《毛主席语录》《论对资产阶级的全面专政》《儒法斗争历史故事选》等书。福福上午讲课，下午和几个知识分子参加劳动，晚上回到宿舍还要备课。因为他心里清楚，讲课时绝不能出现任何敏感话题，否则就是自找苦头了。他背会了许多条《语录》，也背会了许多儒家学说内容，这些儒家学说主要是为了在讲课中能更好地理解批判，达到教学的要求。

这样的生活让本来满腔热血的福福渐渐变得心灰意冷了，曾经的理想也灰飞烟灭了。在漫长的消沉中，他收到了家里的信，第四个孩子降生了，让他给取名，福福想了许久，也想到了自己被束缚的身心，希望将来的孩子们有一个广阔自由的世界，他心里想好了一个名字：“天宇”。福福掐指算了一下，欣雅也读完了三年级，孩子们不能继续在乡下受教育了，县城都这样，乡下的情况更难想象了。想到这里，福福决定接兰兰和孩子们到城里居住。

福福请了假，借了一辆马车回去搬家。回到家后福福说明了自己的想法，最高兴的就是兰兰，孩子们小，对搬家没有什么概念。三保听到孙子们要搬走，心里免不了有些酸楚。但福福和他讲了搬家的原因，他也深知孩子们未来前途的重要。三保是一个开明的人，乔家圪旦出来的第一个大学生就是福福，乔家圪旦女娃娃里第一个外出读书的就是秀秀。他每想到这些，心里就有一种自豪感，自己一辈子是一个睁眼瞎子，孩子们终于成了文化人，儿子还留在了城里，这在偏远的乔家圪旦是让多少人羡慕的事儿。如今孙子们要进城去住了，也许下一代比福福这一代还要出息，想到这里，三保咽下了内心的酸楚，高兴地为搬家做准备。

一辆马车上，下面装着简单的家具什物，兰兰和孩子们坐在上面，离开家了。三保和后老伴一直站在院子外的高处，他们的身边站着小小的静雅，她被留在了爷爷、奶奶的身边。望着渐行渐远的马车，三保忽然感觉心里空空的，一种从未有过的冷落感从心底泛起，不知是飞起的黄尘眯了眼，还是不由自主的悲戚所致，他的眼睛涩涩的，他用手使劲揉了揉。

坐在马车上的欣雅用眼睛张望着离开的房屋，园子里高大的树木也逐渐变小了，马车扬起的黄尘使她的视线逐渐模糊起来，欣雅有一种难以言表的不舍，她不舍和她一起读书的小伙伴，她不舍和她朝夕相处的爷爷，她不舍浓荫清凉的大树园子，更不舍小小的静雅。她想到了她的老师，每次排队站好之后，就把她从队列里叫出来，让她给同学做示范，老师喊着："向左转、向右转。"欣雅总是能准确地做完动作，同学和老师都为她鼓掌。

她的小皮鞋引来很多围观者，放学以后，大营子那些女人们把欣雅围起来，看她脚上穿的小皮鞋，羡慕地说："啧啧，这么小就穿这么好看的皮鞋，我们都是头一回见到。"欣雅的小皮鞋是爸爸从省城买回来的，妈妈让她穿着去上学。欣雅忘不了作文课上，老师声情并茂地朗读她的作文，全班同学听得聚精会神。想到了这些，欣雅的内心第一次生出了与年龄不相称的苍凉，那间老屋和爷爷淡出了她的视线，可他们却深深地珍藏在她童年的记忆中，一生没有忘却。

在一排长长的家属房中间，福福停下了马车，那已经是第二天的下午了。当福福从车上接过兰兰怀里的天宇时，欣雅和天勤都已经自己跳下了马车。家属房没有院墙相隔，所以欣雅一家到了之后，其他房间里陆陆续续出来几个小孩张望，他们的眼神好奇、坦诚，但也充满了陌生。新家安置好了，欣雅和天勤被安排进新的小学开始读书，兰兰因为孩子小，只能在家里照顾孩子们，福福按时上下班。

随着家的搬迁，欣雅一家人也落户于这个城市了。吃的是商品粮，除了少量的白面之外，剩下的全是玉米面和红薯干。红薯干有的是发霉的，上面布满了灰色斑块，欣雅和天勤每次面对这些食物，都难以下咽。兰兰也想尽了各种办法调剂，但搬家时带的那些白面都快吃完了，这么多的玉米面不吃也没办法。

每到饭熟的时候，走进家属房的院子，八户人家的房间里飘出来的味道都差不多。欣雅不吃是怕饿，嚼在嘴里的玉米面窝头实在咽不进肚里。欣雅想起爷爷的屋子里永远都有馍馍和烙饼，她一想到油烙饼，口水就分泌了出来。手里的窝头硬邦邦的像块石头，欣雅捏着真想扔掉它，可看着爸爸、妈妈大口地嚼着，仿佛这窝头有多香，欣雅想不明白这个县城有什么好的，爸爸非得把他们搬到这里来。

吃着窝头，听着一排房里这家吵架那家打架，一晃欣雅中学毕业了，接下来该如何？欣雅只能听爸爸的安排了。县城的这片地方，和欣雅一般大小的伙伴们晚上常去一个孤寡老头家听"说书"，什么《三侠五义》《岳飞精忠报国》《杨家将》等许多故事就是从这位白胡子老头那里听来的。除了听故事，欣雅迷恋上了小说，除了帮妈妈干家务之外，欣雅就会一头扎进小说里面，看到昏天黑地。

兰兰为了减轻福福养家的负担，自己也干一些零活。所以做饭呀、收拾家呀这些家务就落在了欣雅的身上，欣雅总是因为看书忘记了时间，饭做不好，妈妈回来责罚她，可是这并不能隔断欣雅对小说的迷恋。后来爸爸告诉她，高中招生要实行考试了，让欣雅赶紧复习功课。欣雅听了后也翻翻课本，可心里想：爸爸是学校的校长，她连这点权利也没有吗？总不能连自己的女儿上学也得考试吧？

结果真的让欣雅始料不及，她和一群来自各地的学生们坐在了一个考场里，开始了高中招生考试。"文革"期间的学生上课时间少，再加上上课学的内容也浅，所以大部分学生的底子也不厚，等到通知发下来，欣雅竟然考上了，而且学校也改为秋季开学了。这意味着欣雅还要再等半年才能上课，所以欣雅决定回爷爷家。

欣雅的想法得到了爸爸、妈妈的同意，欣雅第一次自己单独骑着自行车回到了童年生活的故园。虽然有些害怕，但回爷爷家的激动和兴奋使她充满了信心，一路蹬着自行车，就像放飞的燕子，飞向了自己依恋的屋檐。由于骑的速度快，耳边掠过的风呼呼地响着，欣雅还是觉得慢，她的两条腿使劲地蹬着，终于在傍晚时分进了爷爷家的院子。一进院子，欣雅就大声喊："爷爷、爷爷。"听到喊声的三保跑出来一看是孙女，赶紧接过了自行车，靠在墙上，拉着欣雅进门。见到了爷爷，欣雅突然鼻子一酸，眼泪吧嗒吧嗒掉了下来。进门看到了静雅，静雅见到了姐姐，还有些害羞，欣雅拉住她的手，她怯怯地走到欣雅身边。欣雅看着妹妹大大的眼睛，睫毛长长地覆盖在眼睛上，秀气的小嘴抿着笑，就像书里描写的小美人一样。

爷爷询问："怎么，就你一个人骑车回来?""是的，爷爷。""你骑这么长的路，饿了吧?"欣雅点点头，奶奶从吊着的篮子里拿出来馍馍，递给了欣雅，欣雅拿在手里吃起来。三保看见欣雅长高了，那个头完全像福福，就是瘦，两条腿就像细柳树，脖子细长，顶着一颗干得没有多少肉的脑袋。三保问欣雅："你是不是受饿了？咋这么瘦?"三保这一问，欣雅哭了起来，馍馍还在嘴里含着，可泪水止不住地流了下来。

三保一看这情形，心里明白了。他安慰欣雅慢慢吃，不要着急，先在爷爷这里住着，把肚皮吃饱了。静雅和姐姐来到了树园子里，几年不见，树园子里的树更加高大茂密了，各种野花的香味扑鼻而来。树园子里潮湿温润，欣雅和妹妹摘下一朵朵小花，插在了头上。她们两人一边看着园林里的蝴蝶、花草，一边聊着家里的事情。欣雅告诉妹妹："爸爸、妈妈要接你到城里上学。"静雅一下子呆住了，她没有想到要离开爷爷、奶奶，更没有想到要离开她现在上学的地方。后来静雅虽然回到了父母身边，可是多年和父母不在一起生活的静雅，心里还是承受了许多委屈，很长时间后才逐渐融入了家庭。

欣雅在爷爷家里既不用干活，也不用吃玉米面窝窝，自由自在的每天就像一只慵懒的小猫，躺在爷爷的土炕上看书。爷爷每天晚上吃过饭就打开了他的“洋戏匣子”开始听唱戏。（那是爸爸在省城上学时给爷爷买的收音机）他的姿势一直没变，坐在炕上，两条腿竖起来，双手抱着膝盖，“洋戏匣子”放在炕桌上，他抿着嘴。所变化的是他的嘴比过去扁了，他的话更少了。

欣雅看到爷爷的后背有些驼了，可他还是很勤快，喂羊、喂牛，继续种树，边卖边种，他的树园子也是他的摇钱树。爸爸捎来话，让欣雅回去准备上学，欣雅虽然有一万个不愿意，但是父命难违，也只好准备返程了。一大早起来爷爷问欣雅：“你明天回去?”“是的呀，爸爸说快开学了，让我回去。”爷爷没说什么话就出去了，一上午也没见着爷爷，欣雅不知道爷爷去哪里了。中午过后，只见东面的黄土路上有一个人推着自行车向这里走来，欣雅和静雅认出了那是爷爷。

她们两人都有些纳闷，爷爷不会骑自行车，他推着一个自行车干吗呢? 等到爷爷走近了，欣雅才看到爷爷推着一辆崭新的永久牌自行车。“爷爷，你不会骑自行车，干吗推回一辆自行车呀?”爷爷笑了笑说：“爷爷看见你骑的那辆自行车又旧又破，就给你买了一辆新的。”欣雅简直不敢相信自己的耳朵，她说：“爷爷，这真是给我买的?”“当然是给你买的。”欣雅从地上跳了起来，一把抱住爷爷说：“还是爷爷疼我。”

四十

三保送走了欣雅之后，心里有了新的计划，明年要多种些小麦，等收了后加工成面，给儿子一家贴补。这玉米面窝头大人能凑合吃，娃娃们正是长身体的时候，经常吃它哪行。三保和老伴喂了一口大猪，老伴手勤，每天去树园子里掏一大筐苦菜，回家后摘干净切碎了，和麸皮子加一点玉米面拌起来喂猪，把一口猪喂得膘肥体壮。三保看看猪，再看看圈里的羊，他心里踏实了许多。

欣雅进入了高中，和她最要好的朋友如萍分在同一个班级。她们两人嗜书如命，所不同的是如萍的理科也相当厉害，欣雅的理科弱一些。欣雅除了上课，课间也沉浸在小说里。在书海里，她知道了冯德英、托尔斯泰、雨果、巴尔扎克、肖洛霍夫等作者，她为梁山伯、祝英台的悲剧泪流满面，她也为刘兰芝与焦仲卿的爱情悲伤不已。语文课堂都是有关“儒家”“法家”的内容，在批判儒家学说的课程中，欣雅知道了孔子、孟子、韩非子等人物。

课堂的内容与课外的阅读断断续续形成了一条不完整的链条，逐渐在欣雅的头脑里清晰起来，她几乎把周围能借到的书都借着看了。她也把父亲的藏书拿出来与别人交换，几次被父亲责骂，但她依旧我行我素。做饭拉风箱时，膝盖上也放着书，她的痴迷让福福开始担心女儿会走火入魔。福福的担心不是没有道理的，欣雅在文字里寻找理想化的人生寄托，完全脱离了现实。为了遏制这种情绪，福福把欣雅和如萍分开了，欣雅重新调了一个班级。欣雅个子长得高，被学校篮球队选中，开始参加篮球训练。这是一项高强度的体能训练，欣雅在训练中感觉很累。一天训练中，欣雅在跳跃投篮时，感觉下面有撕裂般的痛感，她去了厕所，发现内裤上有了血，欣雅想：还不到时间，怎么会出血呢？她有些害怕和担心。

冬天到了，寒冷就像一个饥饿的乞丐，张大了嘴巴。瑟瑟的寒风吹得人不敢外出，蜷缩在家里寻找那一丝可怜的温暖。欣雅坐在火炉子跟前看书，火炉子散发出的热气像一个哮喘病人，只有微弱的一点气息。母亲总是说："少加点煤，一个冬天还长着呢。"欣雅明白母亲的意思，父亲一个人养活这一大家子人，节俭是永恒的主题，而且每个人都得身体力行。欣雅的手翻书都僵硬了，只好拿起火钩再捅一下炉底的死灰，夹起一块煤，放进炉子里，抬头看了一眼母亲，母亲用不满的眼光瞅了她一眼，欣雅低了头继续看书。

忽然门开了，一个戴着棉帽子、穿着羊皮皮袄的人走了进来，随他破门而入的还有一股寒冷。欣雅、静雅、兰兰、福福都看清楚了这是谁，"爷爷（爹、大），你咋来了？"欣雅、静雅、天勤、天宇都围了过来，三保说："福福，你和我出去搬东西。"兰兰下了炕，欣雅、天勤、静雅也跑到外面，只见一辆马车停在院子西边，马被拴在一棵树上。三保、福福和家里的大人小孩子都来到了马车跟前，马车上拉着许多东西。"大，这是甚了？""猪羊肉、白面、黄米。""你拉来这么多，家里不吃了？""我们吃不了多少，这儿人多，娃娃们又都是长身体的时候，吃不饱哪行。"

福福和兰兰帮着爹把东西搬进凉房里，然后赶紧回到家，兰兰给爹打扫了身上的尘土，叫爹坐在炕上，她给爹做碗汤面热热身子。三保吃过饭，抱着天宇，看着守在自己身边的天勤、静雅和欣雅说："都长大了，一晃我也老了。"福福询问了家里的情况和爹的身体状况，三保说："家里都好，就是地种得多了，我们两个人忙不过来，需要请人帮忙。""明年不要种那么多地了，你们岁数大了，不能太劳累。"三保看了一眼四个孙子说："娃娃多，我知道你负担重，能替你分担一点就分担一点吧，等实在干不动了，也没办法了。"

福福听了爹的话，心里百般酸楚，父母供书念字让自己成了一个文化人，可如今连养活一家人都成了问题，更不用说光宗耀祖了。现在已经四十多岁的人了，还需要父母的接济，想想都感到惭愧。三保看到福福颓废的神情，知道福福心里难受，就宽慰福福说："这又不是你一个人的问题，生活艰难，家家如此，等娃娃们大了，就能帮忙了。"

这个冬天虽然寒冷奇特，但肚子里有了油水，就能对抗寒冷了。兰兰每顿饭都会加肉，每天都有一顿白面馒头，欣雅姊妹几个的肚皮再也不用忍饥挨饿了。邻居们见了欣雅姊妹几个总要问："你们家吃啥饭了，闻着咋那么香?"经历过饥饿的欣雅明白：这个靠供应生活的时代，许多人家过着营养不良的生活，穿衣服靠布票，吃饭靠粮票，吃肉靠肉票，一年难得吃几回肉。爷爷送来的肉做出的饭菜，就是把门关得再严，香味也会飘出屋外，让闻着的人直流口水。

直到现在，欣雅总会想起那时的白面馒头有多香，物质是维持生命的第一需求，只有经历了物质的匮乏，才能感受到物质富足的幸福。一天放学回家，经过邻居家的门前，邻居家的小伙子罗成出门喊住了欣雅："你的书看完了，还给你。"说着把书递在欣雅手里。"看完了?""看完了。"欣雅拿着书正要走，罗成说："你回去先翻翻书，再把书放起来。"欣雅感觉罗成的表情怪怪的，想不明白一本自己早看过的书，有啥好翻的。

树园子里的树盖越来越大了，有的树早该捅枝条了，三保拿出了树铲子，试举了一下，手和胳膊都抖了起来。三保"唉"了一声，把树铲子立在原处，他无奈的叹息声里有对现实的妥协，也有对过去的追忆，更有对未来的担忧，真的老了吗？"不要硬逞强了，看你的手抖得那么厉害，不能去捅树枝了。"老伴在一旁说。"这树盖大了，树干的生长就受影响了，不捅不行呀。""我让静雅她叔叔过来给捅一下，他年富力强，这点活没问题。"三保明白老伴说的是她的儿子，老伴嫁过来后，她和前夫唯一的儿子也跟了过来，住在东村。

老伴说完后就去找她的儿子了，三保走进兰兰她们以前住的房间，拿了一个凳子放在炕上，自己站在了凳子上，从怀里摸出一卷钱，抬起头往屋顶上的红柳巴子里塞。他使劲往里塞着，生怕露出一丝痕迹。这时，一个人影从门口经过，贼眉鼠眼地往里面偷窥，三保只顾塞钱，头抬得高高的，根本没发现门外有人。他塞好钱从凳子上下来，又从炕上跳下来，拿起炕上的凳子放在了地下，然后走出了房门。

接近傍晚时，万林来到了三保家。三保说："你今天咋有空过来了?""三保，今天村里那几个年轻人说一定要和你耍，他们不信耍不过你。"三保笑了笑说："我也输，又不是常胜将军。""他们说你要不去，他们就不要了，主要想和你耍。"三保从被劳改以后几年一直再没有赌过，可时间久了，好了伤疤忘了疼，有几次别人来找，又偷偷赌过几次。三保虽然赌得少了，但在方周二围还是有名声的赌手。后起之秀早闻他的大名，经常约三保赌钱，年轻人们是输的多赢的少。他们觉得三保是个好耍家，年龄大，不及他们年轻人脑筋转得快，他手里有钱，不赖账，年轻人们都想从三保这里掏点零花钱，可三保的钱他们不但赢不了，还把自己的本钱也赔了进去。他们不服气，找到万林约三保，想挽回损失。

三保本来不想去就说："黑灯瞎火的，我懒得走。""今天晚上路程不远，就在附近。"三保对万林说："你等我一下。"三保来到西屋，拿了凳子放在炕上，站在凳子上抬起头寻找他塞进红柳巴子的钱，可是他找了半天也没找到。三保伸手摸，屋顶上的红柳巴子里藏的不是一卷钱，可摸了半天，连一卷也没摸到。三保心想：见鬼了，刚刚塞进去就不见了，这钱难道鬼拿了？三保还是不停地摸，最终没有摸到，三保低了头，无意间看见门大敞着，他心里似乎明白了什么。

三保回到东屋，对万林说："今天不能去了，钱没了。"三保是个不多言的人，万林知道再问三保也不会说什么，坐了一会儿他就起身走了。老伴做好了晚饭，三保端起面条来边吃边问老伴："你看没看见有人进过西屋？""我一直在家里忙乱，没出门，怎么了？""没看见就算了。""噢，我后晌去方便时，看见西院大虎媳妇一闪出了咱们的院子，但她没进西屋。"三保什么都明白了，但他啥话也没说。三保算了算，那几卷钱加起来也好几百了，这个家贼太恶毒了。上梁不正下梁歪，娶得媳妇还是偷人贼，尽做缺德事。

欣雅回到自己住的屋里，把书扔在了炕上，拿起作业来准备写，可有点心不在焉。她又把那本书拿起来，随手一翻，书里面夹着一张纸条，她有点奇怪，拿出纸条一看，那脸"呼"得一下烧了起来，胸口"怦怦怦"快速地跳了起来，她的手也不由自主抖了起来，字迹变得模糊了。那是一手漂亮的钢笔字，一行一行排成了一首诗。欣雅揉了揉眼睛，蓝色钢笔字清晰了：

蓝天拥抱着大地
大地拥抱着海洋
海洋拥抱着浪花
我想拥抱着你……

署名：罗成。欣雅镇定了一下，情绪渐渐平静了一些，她想可能是他抄写的书里的诗句吧，别被吓着了。欣雅慢慢翻了一下书，这本书她是看过的，没记得里面有这么一首诗呀，他为什么要夹在书里让自己翻？欣雅想不明白，刚刚平静下来的情绪又一次波动了起来。欣雅那平静的内心被搅起了阵阵涟漪，从来没有过的感觉在心里滋生：胆怯、激动、幻想……欣雅掐了一下自己的胳膊，告诫自己不要胡思乱想，人家又没说是写给你的，只是让你翻翻书而已。

黑夜了，欣雅躺在自己的炕上，弟弟、妹妹们都和爸妈在外面的大炕上住，这个屋子属于自己的单独空间。外面的月光从窗户上照进来，欣雅看见圆圆的月亮皎洁明亮，书里那些耳熟能详的爱情故事也随着月光爬满了她的内心。她有些朦胧，有些向往，那首诗也悄悄地潜伏进脑海，和这月光一样清晰。

四十一

放学后欣雅回到家里，吃过饭，爸爸开口道：“欣雅，你骑车去乡下把胡油取回来。我的一个学生捎来话，说快过年了，给咱们家送几斤胡油。”欣雅看看天色已晚，乡下的路程她也不是很熟，就说：“这么晚了，我有点害怕。”“一叫你办点事情，你总有借口。”爸爸的怒气已经明显表现出来。妈妈说：“现在天还没黑，你赶紧去，路也不远，骑车半个小时就到了。”欣雅靠在桌子前没动，这时爸爸忽然大喊：“你到底去不去?”欣雅一直对爸爸有畏惧感，可这天她不知哪来的勇气，竟然干脆地说：“我就不去。”

“啪”，一记耳光响起，欣雅的脸上顿时出现了五个手指印。这时妈妈冲过来拉开了爸爸，但她抓住了欣雅的头发将欣雅的头使劲往墙上撞，弟弟、妹妹们谁也不敢说话，瞪大眼睛惊恐地看着爸爸。欣雅咬着嘴唇，一句话也不说，妈妈放开了她。兰兰被欣雅的表情惊呆了，她听见欣雅牙咬得咯咯响，她知道这个女儿心思重、脾性倔，刚才抓女儿头发是因为害怕福福继续打，她气女儿不听话，挨了打心疼，摔打她是给福福解气。

欣雅啥话也没说，一滴泪也没流，她拉开了门跑了出去。兰兰在后面追女儿，被福福一把拽住，福福说：“不用管她，我看她有多大本事，敢顶嘴了。”兰兰一向是惧怕福福的，福福不让她去追女儿，她就没出去，但心里惦记着女儿，这么冷的天气，又是晚上了，欣雅能去哪里呢?

跑出家门的欣雅来到了学校的操场上，操场四周都是树，欣雅靠在一棵树上，双手抱着脸痛哭起来。她边哭边想起了乔家圪旦，想起了爷爷和已故的奶奶，她的眼泪不停地流着，内心的委屈在黑夜空旷的操场上蔓延，黑暗隐藏了她痛苦的表情，也成全了她无所顾忌的倾泄方式。哭声渐渐小了下来，学校教室的灯光明亮闪烁，欣雅知道那是住校生在上晚自习。

手电筒的亮光在树林里扫来扫去，不一会儿欣雅被一束亮光锁定了，爸爸来到她跟前，拉起了她的手，带她回家。从那天起，欣雅决定去学校上晚自习，每天吃过晚饭后，欣雅就背起书包往学校走。一天，她出门没走几步，感觉后面有人跟着，欣雅不敢回头，心里害怕就加快了脚步。“欣雅，是我。”听到声音欣雅回头一看，罗成跟在她的后面。

从看了罗成的诗后，欣雅每天路过罗成家门前时，脚步都拿得很轻，而且速度非常快，生怕碰见罗成。可一排房住着，再怎么躲避，还是难免碰面的。远远看见罗成时，欣雅就不知道该怎么面对，后来索性不说话，低头从罗成身边走过去。“你为什么老躲着我呀?”“我、我，我没有躲你。”“还说没有躲我，见了我都不说话，这不是躲吗?”“我不是故意的。”“那说明你喜欢我?”罗成有点紧张地问。“谁说我喜欢你了?”“你不喜欢我就不用躲着我。”“好了，我要去上自习了。”说完欣雅一溜烟地跑了，她真没想到罗成如此大胆，竟敢说什么“喜欢、不喜欢”之类的话，欣雅有些讨厌他。

三保的体力越来越差了，干活总感觉累。一天，他去凤蝶家串门，凤蝶看见三保来了，咳嗽了几声说：“什么风把你吹来了？这几年你很少过来串门了。”三保有了后老伴后，和凤蝶就不怎么来往了。他听别人说凤蝶得了一种怪病，不怎么吃饭吃泥块了，他有点不信，想亲眼看看。

三保看见凤蝶已不是前些年的样子了，脸色蜡黄，穿了一件黑衣服更显老相，头发花白，蜷缩在炕头上。炕头还放着一个盘子，盘子里都是泥块。三保一看那些泥块就知道是从河床里捡回来的，看来外面的传闻是真的。“你就吃这东西?”“是，不吃肚子里烧得不行。”“这个泥块不好消化，你吃进去不难受?”“不难受，不吃才难受。”“请大夫来看看吧，不能就这样消耗身体哇。”

凤蝶拿起一块泥巴来嚼了几口咽下去说：“我这命贱，不值钱，六十多岁了，也活够了，哪天走了算哪天。”三保听了凤蝶的话，觉得有些伤感，可三保不会说更多安慰的话，就从衣兜里掏出了一个钱卷，放在凤蝶的炕上说："买点可口的吃，他们都不在你跟前，你自己照顾自己吧。"说完三保起身走了，凤蝶也没送三保。

凤蝶看了看三保留下的钱，拿在手里，心里涌出许多酸涩，不禁流下了两行泪。

三保走进树园子里，看着满园子的树，心想：不用再栽树了，这园子树够了。儿孙们不回来，女儿秀秀嫁人以后也很少过来，三保从心里不喜欢那个女婿，也懒得让他们上门。自己一天比一天老了，这树不怕老，每年不用多卖，卖个三五十棵，就够自己的零花钱了。

三保看见树园子的围墙有些地方也快坍塌了，可他无力去修补了。他摸着这堵墙，回忆当年自己一个人垒起这么长的围墙的过程，心里多么骄傲。好汉不提当年勇，今非昔比，现在是已快到风烛残年的时候了。他从园子里出来，看见大保一瘸一拐往回走，大保也看见了三保，谁也没说一句话，大保的腰弯得更低了。

欣雅高中毕业以后，福福和教育局说了一下，就让欣雅去当代课老师了。一年后，由于"文革"中断了十年的高考制度恢复了。1977 年欣雅和她的好朋友如萍一同参加了高考，欣雅被录取到青大的法律系，在省城；如萍被录取在盟师范学校，学了化学专业。兰兰和福福很高兴，为欣雅准备上学的用品，兰兰做了新被褥给欣雅带上，福福托学校的知青老师从天津给欣雅买回两件的确良衬衫。

欣雅和爸爸、妈妈商量回一趟爷爷家，福福、兰兰都同意了，而且也同意她带着静雅一起回去。欣雅骑着爷爷给她买的永久牌自行车，买了爷爷爱吃的饼干、罐头，后座上带着静雅，回到了乔家圪旦。进了院子还没放好自行车，两个人就大喊："爷爷、奶奶。"听到喊声的三保和老伴出来，看见欣雅和静雅高兴地说："我说今天一早喜鹊在院子里叫呢，原来是你们回来了！"

欣雅姐妹两人进了爷爷的屋子，奶奶忙着做饭，欣雅问爷爷、奶奶身体可好。静雅帮着奶奶烧火，爷爷摸了摸下巴颏上的胡子乐呵呵地说："爷爷、奶奶身体都好，你们家里也都好吧？""爷爷，我姐考上大学了，在省城呢。”“是不是真的?”三保睁大眼睛盯着欣雅问。“是真的，爷爷，我被录取到青大法律系了。”三保突然放声笑了起来，他笑得眼睛都流出了泪，他摸了摸自己的光头说：“我乔家祖坟上冒青烟了，一代比一代强。”

后来的事实也证明了三保的预言，乔家的第四代成了商界的精英，也成了乔家的传奇人物。

在爷爷家待了几天后，欣雅要回去了，因为还有一些手续要办，不能待太久。三保也不留欣雅了，但让静雅住到开学后再回去。三保打开了自己古旧的红木家具柜子，从里面拿出来一个包，递给欣雅说：“这里面是五百块钱，你自己买上一块好一点的手表，剩下来的留着上学用。爷爷现在老了，不比年轻的时候，挣钱不容易了，所以给你拿的不多。”欣雅没有伸手去接，她心里很难过，爷爷都这么大年纪了，还在资助爸爸以及一家人，自己怎么好意思要爷爷的钱呢?

三保看见欣雅犹豫就说：“嫌少了?”“不是，爷爷，你年龄大了，该我们孝顺你了，可你还要给我们钱。”“等爷爷老得挣不了钱的时候，就给不了你们了。”三保把钱塞给欣雅，嘱咐欣雅拿好钱，欣雅推着自行车出了院门，回头看了一眼爷爷、奶奶，看了一眼她的故园，恋恋不舍地离开了这里。

欣雅下了火车，寻找学校来接站的人，她看见了一条横幅上面写着“青大接站处”。欣雅扛着行李包走过去，一个男青年看见了欣雅，跑过来帮欣雅拿下行李包，他问：“你是青大的新生吗?”“是的。”“我们看一下你的录取通知书，做一下登记。”欣雅掏出了录取通知书，那几个人看完交给欣雅，他们盯着欣雅看了一会儿说：“这么漂亮的女大学生，真是少见。”

欣雅上了学校的接站车，到了学校先要报到。接站的几个男生抢着为欣雅服务，带着欣雅办完各种入学手续，送欣雅去了宿舍后才离开。

第二天，欣雅去食堂排队打饭，就有很多男女同学围着她看，还有人说：“确实漂亮。”“你看她的五官简直无可挑剔。”“看来真不是空穴来风。”同学们的议论欣雅也多少听到了一些。后来欣雅才知道，接站的是高年级的学生，他们昨天接完新生后回到宿舍，谈论起学校来了一位古典美女，竟然是学法律的，那个漂亮，看一眼就不想移开目光了。其他同学以为他们几个是在吹牛，所以一定要亲眼看见，当他们在学校食堂见到欣雅后，才证实了昨天那几个人不是乱说的。

欣雅开始了她的大学生活，这也是她梦寐以求的人生，她激动、欢快，就像一只寻觅森林的小鸟，终于回归了自己向往的领地。她暗暗下了决心，一定要学有所成，不辜负自己的青春梦想。欣雅一直是一个有野心的女孩子，当踏上了人生第一个满意的台阶时，她向着更高的目标遥望。这些都在她的心里藏着，是属于她的小秘密，她觉得郡县的小县城装不下她的未来，她的未来是无限的，但却不是具体的。这些憧憬让欣雅充满了信心，穿梭往来于教室和宿舍之间，除了吃饭，她的时间都用来学习和阅读。

图书馆成了欣雅经常光顾的地方，也极大地满足了她阅读的愿望。她可以随意找到自己喜欢的书籍，如饥似渴地开始大量阅读，虽然有时也会受到一些打搅，但并没有影响到她的学习、阅读。这座巨大的图书馆成了欣雅的精神庇护所，在这里她的视野更加开阔，情感也更加丰富了。中外名著在闲散的时光里，成为欣雅的猎物，也使她年轻的头脑变得成熟了起来。

四十二

从欣雅考上大学之后，福福就开始考虑天勤的工作了。天勤马上高中毕业了，但根据他的学习成绩再继续念书是不可能的事了。郡县这个小县城，安排就业很难，福福思来想去，准备想办法调回盟级单位里。福福晚上躺在炕上翻来覆去，想到几十年了，在学校里最高的荣誉也就是头顶上校长这个光环了，再没有什么发展前途。自己已近知天命的年龄，往后看看，有光明无前途。可是孩子们都长大了，就业、上学都需要考虑，于是他在脑海里搜寻着可以帮忙的人。

福福的脑海里闪过了一个又一个熟悉的朋友、同学，忽然他想到了师大的同学任行政公署副盟长。福福从来不求人，他身上有着知识分子典型的清高、孤傲。可现在为了这几个孩子，自己准备厚着脸皮去拜访一下老同学。福福坐汽车到了临城，到底是盟所在地，繁华程度远远大于小县城，他找到了行政公署，有工作人员带他去了老同学的办公室。

在学校工作了几十年的福福，看见行政公署的办公地方干净、严肃，很有气派，他意识到了自己已在四堵高墙围起的学校里变得狭隘和陈旧了。他走进了老同学的办公室，黄兴业看见进来的是自己师大的同学，喜出望外，赶紧起身招呼："乔子轩，什么风把你吹来了?""麻烦风吹来的。""你还有什么麻烦？念书时的大少爷，工作后的大校长。""我这校长当得寒酸、清贫，吃了一辈子粉笔末子，一无所有。"

说着话，黄兴业沏好茶递给福福。福福感觉老同学虽然贵为盟长，可没有丝毫的官样、官腔，他心里稍稍平静了一些。两人互相问候了一下双方的家庭情况，这个过程中不断有人进来请示工作。福福看到老同学很忙，不准备多打扰，黄兴业看见福福想走就问："老同学，你来找我有什么事?”“我看你忙，长话短说，我想调回盟里工作，而且要改行。”“你当了几十年的老师，怎么突然想改行?”“不瞒老同学，我改行是为了我的几个孩子，否则他们最好的结果就是当一名代课老师，我不想让他们再走我的这条路了。”“你从来也没有事求过我，既然这次你提出了这个要求，我会认真考虑。你先回去，把电话号码留下，有消息了我通知你。”

过了一个多月，福福接到黄兴业的电话，他说：“老同学，宣传部需要一个文字工作人员，你愿不愿意来？这只是一个普通岗位，没有任何级别待遇。”“好的，我愿意。”“那你准备一下，调令很快就到了。”“好的，我知道了。谢谢老同学。”没过几天，单位接到了上面下来的调令，福福被调往盟宣传部工作。学校上下一片哗然，这是所有人都始料不及的，尤其是听过福福讲语文课的学生们，无不遗憾地说：“这么高水平的老师调走了，他是我们所遇见过的最有才华的老师。”

福福到了新的工作环境，他明显感觉到自己是单位的大龄工作人员了，但新工作需要下乡采访，有时还要陪同领导下乡调研。这工作性质和常坐办公室的教育工作截然不同，福福刚开始极端不适应，过去是自己指挥别人，现在变成了受别人指挥，而且指挥自己的人还比自己年轻。经过了好长一段时间的调整，福福才逐渐适应了一些，可他的情绪一直感到很压抑。

为了缓解内心的不适，加上兰兰三番五次打电话催着搬家，福福决定先把家搬过来，孩子们念书要紧。福福的单位给分了一套家属房，福福找了一辆解放牌大汽车，回去把家搬到了临城，开始了一种新的生活。天勤高中毕业了，静雅读初中，天宇读小学。静雅和天宇是福福的掌上明珠，尤其天宇，福福连一个指头都没动过。除了溺爱之外，静雅和天宇性格温顺、乖巧，学习成绩在班里名列前茅，福福和兰兰没有理由责罚他们。后来的结果表明，他们的人生经历也是顺畅的，这些都是基于他们的勤勉、努力的。

三保的老伴经常喊自己胃疼，三保刚开始也没怎么在意，因为老伴虽然胃疼，但干活不耽误，就是吃饭少了一些。可一年多以后，老伴的胃疼得越发厉害了，后来几乎咽不下什么东西了。老伴的儿子请来了大夫，大夫看过之后说："不大好治了，我给她开几服药吃了养着吧。"三保从大夫的话里听出了弦外之音，只好听天由命了。老伴后来躺倒了，吃一口饭也得三保喂，她蜷缩在炕上，不断地哼哼，瘦得皮包骨头了，那一丝悠悠气一直持续着。三保心想：每天吃不了两口饭，只喝几口水，还能坚持这么久，人的生命简直是不可思议的事物。

一天，老伴终于停止了呼吸。三保通知了老伴的儿子、孙子们，也通知了福福一家。福福带着兰兰回去处理后妈的丧事，欣雅在省里上大学，福福没有通知她。天勤在火车站装煤、打零工挣钱，静雅和天宇上学，福福和兰兰安顿好了姊妹三人，就回乔家圪旦了。

后妈出殡时，送葬的人有几十个，村里的亲朋好友都过来了，等从墓地返回的时候，半路上福福一个趔趄跪在了地上，顿时疼痛钻心，福福头上大汗淋漓，兰兰跑过来扶起他时，福福竟然一步也迈不出去了。三保知道后，赶来马车把福福拉了回去。等把福福抬到炕上，兰兰脱下了福福的裤子，才发现脚腕上面已经肿得很粗了。福福不仅是疼，还喊着："就像有一块巨大的石头压着我，我受不了。"亲戚们都围着福福议论说："这平平的路，大家都没事情，怎么福福能把脚崴了?"

老王太太拄着拐杖来到跟前说："请个阴阳来看看吧，说不定有什么地方的礼数没走到，让福福受了苦。"说完老王太太喊来了满贵，对他说："你去二牛圪旦把马神官请来，让他看看。"马神官不仅顶神，还会掐算阴间卦象。他来了以后坐在炕上，点起了煤油灯，闭了眼睛，口中念念有词，突然身子向后一跌，人事不省。过一会儿醒过来了，摇了摇头，睁开眼睛，伸了伸胳膊说对福福说："我下了一趟阴曹地府，打听到是你妈招弟给你下了绊子。"福福睁大眼睛问马神官："我妈为什么要给我下绊子?"

马神官叹了一口气说："你妈嫌你回来埋你后妈，给你后妈烧纸送钱，没给她上坟烧纸，所以怨恨你了。"福福一听大惊，兰兰也瞪大了眼睛，这时老王太太说话了："这两天忙得只顾处理死人的事了，就把这档子事给忘记了。按常理，填新坟要给旧坟烧纸的。这不，你妈怪罪了吧。"老王太太又转向马神官问："你说用什么法子解破一下，能减轻福福的疼痛?”马神官说：“今天晚上三星正了的时候，让兰兰跪在当院许判许判，就说明天去坟上给她烧纸，不要让她再折腾福福了。”

三保给了马神官钱，马神官笑眯眯地走了。等到晚上三星正了的时候，兰兰跪在当院开始许判。福福躺在炕上，兰兰的许判还在进行，福福就感觉自己的腿不那么疼了，等到兰兰许判完，福福觉得就像有人搬走了压在他腿上的那块大石头，福福轻松了许多。这个一直不迷信的大学生，第一次感觉到了迷信带来的神奇变化，他解释不清楚，第二天兰兰上坟给婆婆烧了纸。

福福的腿虽然减轻了一些疼痛，但骨折了不能动弹，躺在炕上养着，兰兰也不能回家，只好陪着福福在老家住着。城里的姊妹三个人放学回家自己做饭吃、收拾家。快放假了，已经马上中学毕业的静雅面临着考什么学校的问题，按她自己的愿望是想继续念高中，可她早听爸爸说过，希望她念技校，她自己不敢做主报志愿，只好打电话问爸爸，得到的回答是让她考技校。

静雅是个懂事听话的乖女孩儿，尽管她不愿意上技校，但她不敢像姐姐那样反抗，她反过来也替爸妈想，家里四个孩子负担重，自己如果上了技校，两年毕业后就可以工作了，这样也能帮一把家里，妈妈年龄大了，也不用总出去打工了。后来她以第一名的成绩考上了盟技校的财会班。之后她代表学校、电台参加省级、国家级的珠算比赛，都获得了好成绩。

福福在乔家圪旦一躺就是两个多月，兰兰一直陪伴在身边，等腿稍好一些，他们准备回去了。福福临走前和三保商议：“大，你的年龄也大了，现在就剩一个人了，和我们回城里住吧，把你一个人留在这里我们也不放心。”三保看了看福福，兰兰也说：“爹，你就和我们一起生活吧，将来总有一天你也得离开这里，你就福福一个儿子，必须跟着我们。”三保明白福福和兰兰的心思，但他眼下还有很多的事情需要处理，不是说走就走的时候。“你们先回去吧，等我把这里的事情规整好了再去不迟。”

福福看见爹犹豫不决就说：“你是不是舍不得这一园子树？咱们找个人给看着就行了。如果不放心，你每年回来看看。现在主要担心你的吃饭问题。”“吃饭的事情好解决，一个人也省事。”“凑合时间长了，身体会受不了。”三保见福福坚持就安慰他说：“你们回去后，我把麦子磨成面，给你们捎过去。还得卖上一部分树，园子里树太稠了，需要清理一些。”福福看着爹执意要留下，只好先随他了。

福福他们走了以后，三保才感觉家里空落落的，一点生气也没有。他是个从来不上锅灶的人，到了古稀之年了，自己还要学着和面烙饼，烙出的饼子不是糊了，就是碱大了。三保倒上一碗开水，嘴里嚼着烙饼感觉无限凄凉。晚上外面刮风，他就打开“洋戏匣子”听，一边听一边想着过去的人和事。招弟走了，后老伴走了，自己守着这个土房子，除了招弟以外，没人知道他不愿意离开这个土房子的原因。

他坐在炕上，双腿竖起，两手抱着膝盖，抿着嘴，守着一盏煤油灯。风吹进来，灯光摇晃，三保眯了眼睛似睡非睡，一直就这样坐着。

四十三

一天吃过晚饭，室友告诉欣雅今晚学校有文艺演出，问她要不要一起去看。欣雅来到学校后，还没有参加过什么活动，她问室友：“是学校的文艺队吗?”“是学校组织的活动，各个系抽出来的文艺爱好者表演。”“那我们一起去看。”欣雅换了一件衣服，随宿舍的几个女孩子一起到了礼堂，她们找了前排的座位坐好了，礼堂陆陆续续来了不少人，都是大学的学生。欣雅问室友：“节目几点开始?”“八点准时开始。”

等到八点的时候，一男一女两个主持人走到了台前。欣雅看到他们完全是舞台化的穿着，女孩子的裙子鲜红活泼，看得欣雅眼睛都直了。报幕过后，表演开始了，舞蹈、唱歌节目丰富多彩，下面掌声不断。这时舞台上的灯光忽然暗了下来，接着女主持人走了出来，她拿着麦克，用极高的声调说：“下面请出我们的‘情歌王子’舒曼为大家表演，大家欢迎!”她的话还没说完，台下已经响起一片欢呼声，大家都从座位上站了起来，那热情高涨的程度不亚于沸腾的开水，热浪翻涌。

女生的尖叫更是明显。这时灯光亮了起来，欣雅看见舞台上出现了一名男子，个子大约一米八几的样子，身着白衣，头发稍稍弯曲，怀里抱着吉他，表情很忧郁，用了极低沉略带沙哑的嗓音开始演唱。这时整个礼堂都安静了下来，他的歌词通过舞台两侧的字幕清晰地打了出来：

没有人知道我多么爱你
是的，没有人知道
除了那流转的光阴、空气，还有我自己
我的爱情无声息
你不知道，没有人知道

可是我还是爱了
我曾用心丈量过这段距离
一步、两步、三步……
亲爱的，原谅我数不过来
我的爱仿佛注入沉沉的黑夜里
一年、十年，也许更长
这一切，亲爱的你是不知道的

我依然沉浸在一个人的戏里
我不孤独，也不委屈
我用爱点燃我生命的四季
默默地享受爱一个人的美丽
当然，我还要感染身边的流水、落红……
以及空气中小小的尘埃
我要让它们也知道
在这红尘里，我是爱你的

随着吉他声的停止，他的歌声也戛然而止。这时台下的呼喊声又一次响起："舒曼、舒曼、舒曼，我爱你……"人们的激情澎湃也感染了欣雅，她第一次感受到这么热烈的场面，也是第一次体会到一个人可以通过这样的方式被人崇拜，而且这种崇拜置身于眼前。舒曼深深地给大家鞠躬，然后返回了舞台后面。

看完了节目，在回宿舍的路上，欣雅问室友："这个舒曼唱的歌真不错，歌词也写得很浪漫。""欣雅你对他的传闻大概还不了解，他的绰号叫'情歌王子'，这些歌的歌词都是他自己写的，曲是艺术系的学生谱的。""那他还是挺有才华的。""谁说不是呢，他是中文系二年级的学生，高年级、低年级的女生都有追他的。除了有才华外，他长得也帅。"欣雅感到大学里真是人才济济，自己根本算不了什么，她第一次有了自卑感，觉得自己任何特长都没有，真是一大遗憾。

入冬以后，三保把卖树的钱整理好，找了一根针穿好了线，坐在煤油灯下面，把钱装在棉袄的里兜，再用针线把里兜的口缝好。三保的针线深一脚、浅一脚，除了不均匀之外，有些地方还没有缝合好，三保再来个第二遍，终于结结实实缝合好了，三保把棉袄藏在柜子里。他加工好了两袋子面，准备冬天去福福那里带着，家里也没有什么不放心的，锁了门就能走。

三保让后老伴的儿子赶车把自己送到了车站，坐上汽车到了临城。他提前给福福打了电话，汽车到站后，天勤来接的他。三保看见天勤长成大小伙子了就说："天勤你长高了。"天勤看见爷爷拿来这么大两袋子面就说："爷爷，你拿这么多面累不累?""不累、不累。""这面可真重。"说着，天勤把面抱在自行车的后座上，推着自行车和爷爷一起回到家。

福福下班回来，看见父亲已经到了，就询问路上顺利不顺利。三保说："挺顺利的，天勤的叔叔把我送到车站，我上了车不长时间就到了。"吃饭时，福福让父亲坐在正中间，自己挨着父亲坐下来吃饭。吃过饭后三保还是老样子，双腿立起，两手抱膝和儿孙们聊着。静雅守在爷爷身边，兰兰收拾、洗锅。福福无意间看见父亲的脚腕处光溜溜地还发亮，他用手按了一下，出现了一个坑。福福让父亲把腿放平，挽起裤脚，结果两条腿都肿着。

"大，你最近有没有不舒服?""没觉得不舒服。""是不是搬面坐车受累了？你的腿咋肿了?""没事的，歇两天就好了。"三保没有什么感觉，他也觉得自己是年龄大了，带了这么多东西受累了。第二天早晨起来，福福看见三保的眼睛也肿了，福福觉得父亲身体出问题了。他和单位请了假，带着三保到医院里检查，医生看完了之后说："需要尿化验后才能有结果。"福福带着三保进行了尿化验。结果出来了，福福一看单子写着："肾脏炎。"福福问大夫怎么治疗，大夫说："急性肾炎需要立刻打点滴，不能拖延。"

三保住进了医院，他躺在了雪白的床单上，胳膊上挂着液体。他看着液体一滴一滴往下滴，进了他的身体，他不明白就这点小水珠珠能治好他的病？三保一辈子连个药片也没吃过，头疼感冒了熬点红糖水，放进点姜面和葱胡子辣辣地喝了，出一身汗就好了。这五大套他是第一次见，而且还亲自用上了。三保看见大夫都穿着同样的衣服，衣服和床单一个颜色，墙壁也是雪白的，他的眼睛都笼在一片白色之中，不敢睁开。

经过几天的打点滴，三保的病情得到了很好的控制，肿也消下去了。福福按了一下父亲的腿，肌肉很快弹起来了。福福的一颗心总算放下来了，可天勤的事情还没有敲定了，福福觉得自己肩上的担子越来越重了，一边是老人，一边是孩子，都需要他关照。好在来了宣传部，交往的面广了，他认识了商业方面的负责人，和人家说了天勤的事，人家答应安排天勤到商业部门上班，天勤再也不用去火车站当装卸工了。

天勤回到临城后，就去火车站当了装卸工，主要是装卸煤炭。十八岁的小伙子，手里举着一把大锹，一锹一锹往车厢里装煤。等到装满一车厢煤后，天勤和那些装煤工彼此都不认识了，因为全是一个面孔——黑脸，鼻孔里全是黑煤面子。回到家后，母亲端出一大盆水来，天勤洗脸、换衣服。天勤的胳膊上全是肌肉，那手指也变得短粗有力，捏人一把，疼得人哇哇叫。

天勤的工作定了，商业局的领导打电话通知了福福，让天勤周一去上班。天勤告别了那把大铁锹，也告别了黑黑的煤炭生活，他去理了发、洗了澡，换上了干净衣服，从此开始了另外一种生活，这是一种令他向往的生活，他也感觉到了什么是体面和尊重。虽然只是站柜台，可这是临城的大型商场，人流络绎不绝。计划经济时代，商品供应都是有计划的，老百姓的一些生活用品都需要找关系、走后门才能买到。天勤有了一定的小职权，也是令很多人羡慕的工作。

三保从医院回来后，一个人坐在他自己睡觉的屋里，把缝好的棉袄里兜拆开，把藏在兜里的钱拿出来数了数，分成两部分，一部分放在外面，一部分又缝好了藏在衣兜里。福福下班回来后，吃过了饭，三保拿出了一卷钱，递给福福说：“我这看病估计也没少花钱，这是我来时带的钱，你收好了。”“大，你快把钱放起来，我现在日子好过多了，天勤也能挣钱补贴家了，静雅上技校不用花什么钱，家里能过得去。”“家里虽然能过得去，可是欣雅和天宇念书也需要钱，再说天勤也大了，该考虑给他攒钱娶老婆的事了。”“他还早着呢，等欣雅大学毕业结了婚，再考虑他的事情不晚。”三保把钱塞给福福说：“我的钱也是咱们家的钱，给你你就拿起来。”

福福没办法，收下了父亲给他的钱，但他的心里很惭愧，这多半辈子过去了，不知花了父亲多少钱，现在自己也身为父亲，可还是从老爹手里拿钱，这书念得真是没出息。仕途上没有任何成就，经济上一直靠父母接济，如果不是父母接济，真不知道这么多年的日子怎么熬过来。好在孩子们的工作都有指望了，就剩一个吃闲饭的，学习还挺好，福福对天宇寄托着很大的希望。天宇在重点中学读书，成绩好又听话，是班长，常常听他们的老师表扬他，将来怎么也能考上一个好大学。自己这一生没有什么出息，就看下一代吧。

欣雅拿着饭盒去食堂打饭，排队时看见“情歌王子”站在旁边，欣雅想：“情歌王子”也要自己亲自打饭吃？她不由自主又瞟了一眼这个舒曼，这时舒曼也正在看她。舒曼脸上出现了吃惊的表情，欣雅收回了自己的目光，可是舒曼的目光收不回去了。舒曼没有发现这个大学校园里居然有这么漂亮的女孩子，个子高挑，皮肤白皙，难道她就是男生私下里议论的“冷美人”？

舒曼的眼睛再一次瞟向了欣雅，欣雅用余光发现了舒曼正在注视她，正好这时到了打饭的窗口，欣雅打上饭赶紧离开了队列。舒曼在餐厅吃饭，一些追随者也和他凑在一起吃饭，可舒曼的心里老有刚才那个女孩子的影子，怎么赶也赶不走，别的同学看见舒曼有心事，就知趣地离开了。回到宿舍后，舒曼躺在床上，那个女孩子的影子还在他的脑海里晃荡，他悄悄地问室友：“咱们学校有个漂亮的女生，不知道是哪个系的？”问完他描述了一下这个女孩子的外形。

“舒曼，你这‘情歌王子’不会是瞅上了这个妞吧？你说的这位大概就是法律系的新生，名叫乔欣雅。”“你们怎么知道的？”“开学接站时我们见过的，不过她看上去冷冰冰的，所以大家背后管她叫‘冷美人’。”“原来真是她。”“打她主意的人不少，但没人敢造次。”“哥们，能不能帮忙搞清楚她住哪个宿舍？”室友看到舒曼这么用心，有些意外地说：“舒曼，从来没见过你对哪个女孩子这么上心，今儿是怎么了?”“你帮不帮忙?”“帮帮帮，你舒曼的忙我能不帮吗?但有一个要求，你把追你的那些女孩子介绍给我一个怎么样?”室友说完一溜烟跑了。

晚上回到宿舍，室友告诉了舒曼欣雅的住处，舒曼记住了。一天吃过晚饭，学生们有的在宿舍楼下踢球，有的散步，欣雅翻开书躺下看着，这时从楼下传来了吉他的伴唱声：

有些相遇一定有它的必然
就像流水和原野
就像花朵和春天
——就像你和我

是赴前世的约定
还是履今生的诺言
半树月光，一湖幽兰
写下了我们过往的流年

这是人间最美的季节
我的心盈满浪漫和温暖
轻轻的，犹如微风掠过水面
哦，只是为了与你相见

欣雅听到了熟悉的嗓音，低沉而沙哑，还有些忧伤，她从床上爬起来，向外面一望，“情歌王子”的身边已经围了许多追捧着，她们给“情歌王子”加油、鼓掌，“情歌王子”抬起头向上面看，正好与欣雅的目光相遇，欣雅赶紧缩回了脑袋，再没有探出头去观望。

四十四

女生宿舍楼的下面从此有了舒曼的歌声，引起了很多同学的猜测和妒忌，是哪一个窈窕淑女入了“情歌王子”的法眼？猜忌归猜忌，人们所期待的那个校园公主始终没有出现。欣雅每次听到舒曼的歌声都不自觉地有些激动，不知为什么，她感觉那歌声仿佛是专门唱给自己的。想到这些，她为自己的自作多情感到脸红、害臊，说不定“情歌王子”是对哪一个钟情于他的女孩子献殷勤呢？但每当歌声响起后，欣雅还是禁不住耳热心跳。

忽然有几天听不到舒曼的歌声了，欣雅觉得若有所失，她不明白自己为什么会感到失魂落魄，上课时老走神。她多么希望能够再一次听到那熟悉的旋律，低沉沙哑略带忧伤的声音，可那声音突然消失得无踪无影。每天傍晚，楼下除了散步、踢球的同学，就是空荡荡的园区，欣雅多了有生以来的惆怅。

下了课，欣雅正准备出教室门，班里有人喊她：“乔欣雅，你的信。”欣雅接过信，那是一个白色的信封。欣雅拆开信展开了信笺，看到一首诗：

在一朵花前久久停留
我等待着她的盛开
等待着她温软的唇为我吐出一个人的名字
这个名字，多少天了
一直深藏在我的心里
留下斑驳的光影和幽兰一样的气息

如今，我必须把这个名字移植
从我的心里移植到一朵花上
把艰难的抽象转化成简单的具象
我将在花前静静打坐
等待阳光、等待雨露
等待有风轻轻吹过
吹开她的今生前世
吹开她花一样的容颜
等着她俯下身来在我耳边幽幽地说
我爱，原来你也在这里
如果你愿意，今晚八点我在校园后面的第五棵槐树下等你。
落魄歌手：舒曼

欣雅看到后面约定的时间和地点，心速不由自主地加快了，她下意识地看了看周围，班里没几个同学，没人注意她。她忽然觉得这封信是她所期待的，可她马上又否决了自己的想法，现在年龄还小，不是动这些心思的时候。她把信收了起来，装在书包里，悄悄走出了教室。

欣雅回到宿舍，躺在了床上，心里既茫然又激动，她的内心进行着激烈的挣扎，舒曼忧郁的面孔一次次在脑海里出现，那沙哑低沉的歌声也一遍遍在耳畔响起。她闭了眼睛回想起书里那些凄美伤感的爱情故事，最后都成为千古遗恨。欣雅忽然想到：所谓的浪漫，只是昙花一现而已，能够经得起时光打磨的情感，不是一时的热恋，而是长久的忠诚、守望。想到这里，欣雅的心里如释重负，她从床上爬起来，去了图书馆。

周末了，欣雅吃过午饭又一次来到阅览室，她找了一处安静但有阳光的位置坐好了开始读书。阳光慵懒的影子从桌面上慢慢移开，欣雅沉浸在暖融融的光影里，神情专注，她不知道一个人的目光始终瞟向这里。欣雅无意间瞥见那一头卷发，看见一张忧郁的面孔，一只手托着脸颊，膝盖上放着一本书，等一页看完了，再翻一页的时候，他抬起头，注视了一下欣雅，他们的目光交汇在了一起，欣雅赶紧低下了头。直到几十年以后，欣雅依然记得这一幕，舒曼的样子深深地刻在了她的记忆里，尽管他们的生活已经是互不干涉的两条恒星线，相距几万光年，可记忆里的那个青年没有流失。

福福在单位干得不错，快到年底了，领导找他谈话，由小职员升职为宣传干事，也没有什么级别，就是领导了几个人负责宣传方面的事务。福福心里想，自己都这把年龄了，什么干事不干事，都已经无所谓了，主要是静雅明年就毕业了，得赶紧考虑接收单位的事情了。等到毕业再找单位恐怕就耽误事了。福福是宣传部的，分管的事业单位最好的就是广播局了，对了，找找广播局的领导，先说说这事。

福福找到了广播局的领导，说了自己的女儿在技校马上就要毕业了，看看广播局要不要人，想在这里找个岗位。“你女儿学什么专业?”“她学的是财务，珠算特别好，代表咱们临城参加省级比赛，得了第二名。”“看来你女儿学得不错，我们这里正好需要一名财会人员，等她毕业了就来这里工作吧。”福福没想到人家答应得这么痛快，他从提包里拿出了一条牡丹烟，递给局长，感激地说：“谢谢局长这么痛快，我来宣传部的时间不长，认识的人不多，遇到困难不知该找谁帮忙，真是难为领导了。”“你不用这么客气，我们是上下级关系，帮忙是应该的，烟你拿回去吧!”“不行，这是我的一点心意，你一定要收下。”说着福福起身离开了局长办公室，他长出了一口气，心里的一块石头总算落地了。福福想到自己年轻时心高气傲，很少求人，更别说给别人低三下四说好话了。现在为了几个孩子，他该说的话都说了，不该说的话也都说了，他再也不是那个翩翩少爷了，柴米油盐的生活，早已让他低下了那颗高傲的头颅。

回到家里，福福把静雅工作落实的事情和兰兰说了，兰兰特别高兴。福福叮嘱兰兰：“这事暂时不可以对孩子们讲，外人更不能说，现在工作分配是个敏感话题，不要到时候竹篮打水一场空。”“谁说不是，邻居老董家的儿子说好了接他爸的班，后来被人顶了。气得老董得了脑中风，在家里躺着。”兰兰的话让福福心里“咯噔”了一下，他也觉得这个局长答应得太痛快了，心里反而有些不踏实。

过了年后，三保说要回乔家圪旦，福福不同意，他说：“你年纪大了，就不要惦记那点地了，在这里住就挺好，没事了去公园转转。”“春天了，就是不种地，也得把地里的一些事情处理一下，不能撂荒。”“你一个人回去还得烧火做饭，挺麻烦的。”“家里有米有面，饿不着。”福福知道说服不了爹，就告诉他：不能种地，把地交给天勤的叔叔种吧。

三保回到了乔家圪旦，路过东村的时候，村邻们都稀罕地招呼三保回家里坐坐，三保感觉到了邻居们的热情，他坐在邻居们的热炕上，和大家拉家常。老刘说：“三保进了城，见识更广了吧？”三保讲了城里的人怎么工作、怎么吃饭，主要讲了医院里怎么看病。村子里的人听说三保胳膊上扎上一个针，水珠珠滴进去病就好了，感觉很神奇，他们没有见过这种新鲜玩意。

三保回到自己的院子，看到土房子和自己一样，衰败陈旧，就像时光的遗老，孤独地守着这个院落。他开了锁，进了门，一股潮湿的霉味扑鼻而来，他弓腰进了屋里，尘土满屋。他拿起了笤帚，开始打扫，想起昔日这间屋子里的生机，三保不免唉声叹气。他把卷起的毡子拉开，小炕桌摆正，就出门挑水去了。

三保走进了自己的树园子一看，荒草丛生，院墙有很多地方塌陷了，破败的景象令他伤感不已。“三保，你回来了？”即使再苍老的声音，三保也能辨别出来这是二哥。“我回来了，二哥你咋过来了？”“我听说你回来了，去你屋里看你不在，我估计你在园子里。”“我来看看园子，到处都是荒草。”“没人收拾就长草了，过去你割草，你不在了，就没人割了。”“二哥，你身体还好？”“牙掉光了，吃东西不行了。”

弟兄两人站在园子里，目光掠过荒草，又抬头看看高大的树木，心里都有一种凄凉之感，无法掌控的时光，无法左右的年轮，将他们推向了老年，推向了如同荒草一般的未来。二保问：“你回来准备处理这园子？”“我不处理它，让这些树继续长着吧。”三保不想让一世的心血断送在自己的手上，他更不想让这一园子树全部倒下。老树是该处理了，可那些正在成长的树木他不忍心糟蹋。这个园子，是三保今生最后的精神寄托。这里有他年轻时的印记，中年时的成就，老年时的依托，他不卖，坚决不能卖。

静雅面临毕业，福福害怕广播局局长答应的事有闪失，他拿起电话拨通了对方的号码：“秦局长，我是宣传部老乔。”“你好老乔，请问有什么事情？”“上次我和你说过的关于我女儿工作安排的事情，不知道秦局长忘记没有？”“噢噢，是这样的，最近局里的人事安排需要上会研究，我一个人说了恐怕不行。”福福一听，心里凉了半截，他把电话撂下，六神无主了。

这时办公室的一个同事看到他失魂落魄的样子就问：“老乔，你怎么了？”福福平时和这个同事走得近一些，也信任他，就把女儿工作安排的事情跟他讲了，对方一听就说：“老乔，你这个人怎么这样死脑筋，人家这话不是明摆着吗？”“明摆着什么？”福福瞪大眼睛问同事。“如果他要不给你办，就会直接拒绝的，他第一次没有拒绝你，而且还答应了你，那是看你有没有表示。”福福明白同事说的“表示”是什么意思。同事继续说：“这年也过了，工作也该安排了，你却坐着不动，人家不刁难你才怪呢。”

“你的意思是说，我应该去供奉一下这位神仙？”“那是必须的，抓紧时间，别让这好事泡汤了。”“可我怎么说呢？”“说什么说，直接到家里甩几瓶好酒拿几条好烟，就行了。”福福只好硬着头皮按照同事的话做了，他从秦局长家里出来的时候，秦局长假惺惺地说：“你这就见外了，你女儿的事也是我的事，怎么说咱们也是一个系统的，我帮忙是应该的。”“多谢秦局长帮忙，多谢了。”福福说着话离开了秦局长。福福不想多看一眼那个嘴脸，也不想再听一句那些虚情假意的客套话，因为那些话都是他的好烟好酒换来的，那是他两个月的工资啊，他们全家人省吃俭用积攒下的钱，都买烟酒了。

天勤和商场的三个小伙子约好了，周末去黄河边上耍水。中午吃过饭后，天勤就骑车出去了，兰兰也没问他干啥去。到了约好的地方，几个小伙子骑车直奔城南边的黄河去了。远远就看到黄河水势滔滔，蜿蜒向东流去，走近看，排山倒海的气势令人心惊胆战。正是汛期，水势浩大，河水就像脱缰的野马，一泻千里。几个小伙子刚开始的热情慢慢消减下来，天勤看见他们几个有点胆小，就说：“咱们找一个浅水处玩，不要往里面游。”

天勤是无师自通的好水性，从小在水里扑腾，练就一身好水性，一看见水他就身上痒痒，恨不得立刻跳下去。其他人听他这么一说，都同意寻找一处浅水湾玩玩。他们推着自行车在黄河边上走了一段时间，终于找到了一处可以入水的浅滩。他们把自行车集中放好，脱了衣服下了水，天勤慢慢向深处游去，那两个人刚开始不敢进入深水区，看见天勤游过去了，也都不甘示弱向深水区游去。

天勤只露一个脑袋在水面上，其他人根本不知道他游的地方到底水有多深。天勤正在游着，突然看见其中一个人的脑袋不见了，只剩两只手乱抓。天勤赶紧游到他跟前，使劲把他从水里拽了起来。这个小伙子抓住了天勤的手，两只脚乱踢，天勤喊着："快出来，大家都出来。"那个在水浅处的小伙子也跑了出来，帮着天勤把伙伴拖在岸上，只见被拖上来的伙伴肚子鼓鼓的，脸色煞白。天勤是行家，一看这情形，赶紧按对方的肚子，经过挤压后，小伙子吐出了肚子里面的水，慢慢醒了过来。

几个人被吓得连衣服也忘记穿了，看见伙伴睁开了眼睛，他们才忙忙乱乱穿好了衣服。伙伴恢复了神志后，竟然"哇"一声哭了起来，两人被同伴的哭声搅得心烦意乱，不停地安慰他，劝说他不要害怕，现在已经好了。话虽然这样说，但几个人的心情都很沉重，差点出事的后果让他们都不寒而栗。

天勤回到家里已经是傍晚了，福福问他："去哪里了？""出去玩了。""能玩一个下午？"天勤没吱声。福福见天勤的脸色不大好看，就说："你下午到底去哪儿了？"老实的天勤情绪还没有从下午的惊吓中恢复过来，经父亲一问，打了个哆嗦说："要水去了。""去哪要水了？""黄河边上。"兰兰一听马上说："你怎么敢跑到黄河边上要水？"这时正在喝水的福福手里端着一只碗，"叭"的一声，碗碎在地上，福福对天勤喊："你跪在上面!"

天勤看着碎碗片，僵直地站在原地没动，福福气得浑身发抖说："你跪不跪？"兰兰拉着天勤说："你爸让你跪，你就跪一会儿。"说着兰兰拉着天勤跪在了碎碗片上，天勤的膝盖上顿时渗出了血，碎碗片被染红了，天勤疼得龇牙咧嘴。福福坐在炕上，喘着粗气心想：因为耍水的事情，天勤小时候不知挨过多少打，可这个记吃不记打的贼骨头，现在还耍水，居然跑进黄河里耍水去了，这胆子也越来越大了。不教训他一下，还不知道有什么坏结果等着呢。其实福福和兰兰并不知道下午发生的事，但他们清楚出事的往往是自认为水性好的人。

四十五

三保种了几亩麦子，打算秋后加工成面带回临城，虽然福福的日子过得比过去宽裕了一些，但几个孩子都长成大人了，吃的也多了。七十多岁的三保肩膀上扛着锄头，到地里锄草，日头明晃晃的，晒得三保汗流满面，腰弯下去再直起来也得费好大的劲。三保咬牙坚持着，口渴难耐，走时忘记带水了。他朝北边看了看，这里只有一户人家独居，他就朝文化家走去。

文化和福福一起读书，后来也没念成个气候，就回家娶妻生子了。嫌这里独居清寂，在东村盖了房子搬出去了。赵文化的爹去世后，就剩文化妈一个人了，她舍不得这里的老房子，所以一个人在这孤独的院子里居住。偶尔孙子们来看一眼，这里只有老太婆一个人，养了几只猫为伴。三保来到院子里，敲了敲门，屋里一个苍老沙哑的声音问道："谁呀?"三保没有回答，推门进了屋。老太婆从炕上下来，瞅了瞅站在地下的三保，惊讶地说："是他三叔来了，快坐下。"说着扫了扫炕，让三保坐在炕上。

三保说："文化妈，我想喝口水。""我这就给你倒水。"说着找了一个大碗，倒了满满一碗水递给三保说："他三叔，你什么时候回来的?""我春天就回来了，种了几亩麦子锄锄草，忘带水了，来你这里喝口水。"文化妈的乡土话现在说得很顺溜了，但她的脚上还是习惯拖着一双木屐，走路"吧嗒吧嗒"响。三保喝完了水要走，文化妈挽留三保说："这也快晌午了，我擀面条，你就在这里吃一口吧。"三保想起这些天不是烙饼就是烩一锅糊糊菜，想吃一口面条自己也不会擀面，就答应了留下来吃饭。

别看文化妈年龄大了，做饭手脚还挺利索，不一会儿香喷喷的面条就端上来了，三保拿起筷子吃了起来。对于三保，这一碗面就是最美味的饭了，人老了，就喜欢吃个面条、稀饭的，可现在一个人连这点要求也达不到了。三保想想这老境，不免悲从中来，老了就不中用了。三保吃了满满两大碗面条，这是他回到乔家圪旦吃得最饱的一顿饭，他心满意足地告辞了文化妈，回家去了。

文化妈送出了三保叮嘱他："你一个人要是懒得做饭的时候，就到我这里来，离得也不太远，吃个面呀、喝个粥呀我还能做。"三保答应了："你回去吧文化妈，我不愿意做饭就来你这里吃一口。"三保往回走的时候，想起这个苦命女人的不幸遭遇。文化妈是朝鲜族人，东北事态不稳的时候，她和丈夫、两个儿子准备逃往内地。就在上火车时，她被人挤上了火车，可儿子和丈夫却没有上来。她要下去时，火车已经开动了，她哭喊着要跳下火车，被车厢里的人拉住了。

举目无亲的她一没钱，二没有熟人，在火车上哭哭啼啼，一个新疆人说带她找儿子和丈夫。她跟着新疆人下了车，后来辗转颠沛，来到这里居住了下来，新疆人把她卖给了赵柱子，她从此就成了赵柱子的老婆，生下了儿子文化。可她一直没有忘记自己的两个儿子和丈夫，一直都苦苦等待见到他们，这一等就是几十年，从年轻一直等到了年老。刚开始她说话谁也听不懂，时间久了，她也能讲一些汉话了，后来和村里的邻居们有了一些往来，她才慢慢安心定居下来。

一天，单位通知开会，会上领导宣布："乔子轩同志被任命为宣传科副科长。"单位的人鼓掌祝贺，福福却感觉很意外，这个年龄了，快退休了，还提拔什么科长？后来他才知道，宣传部有很多大材料都是自己给写的，这些材料很受领导赏识，领导们都认为福福是一个不可多得的人才，尽管年龄偏大了一些，还是应该给他一个公正的待遇，所以提拔了一格。福福虽然没有表现出多大的喜悦，可这总归也是一件好事，回到家和兰兰说了，兰兰也替他高兴，她说："今天我做点好吃的，给你庆祝一下。"

静雅顺利地被安排到了广播局，那几瓶子酒和几条烟还是比人的面子扛硬。福福想起这些事，感叹自己不识时务，差点把事情办砸了。面子已经不值钱了，现在不认面子，早知道这样，调来盟里后就应该早一点去找自己的同学，也不至于快退休了，才混个副科级的职位。吃饭时福福喝了两杯酒，想到自己一生的不得志和生活的不易，竟然流出了两行泪。兰兰说："这是好事，你咋还流眼泪了？"福福知道，这个女人身上挑不出任何毛病，可她永远也理解不了自己的内心世界。

一天，福福在办公室里坐着，一个同事进来说："外面有个女人找你。""谁找我？""我找你，"随着话音一个女人推门进来了。福福一看，这个女人穿着土气，头发花白，满脸的皱纹，他心想：又是农村的亲戚找来了，这次竟然找到单位了。福福从座位上站了起来说："你找我？"这女人抬起头来，眼睛盯着福福一动不动地看着，也不说话。她看到眼前的这个男人除了老成了一些，基本没有什么变化，他还是穿戴整齐，俊朗不减当年的乔子轩。可自己站在他的面前，他竟然没认出来，说明自己的变化有多么大。

这女人盯着福福看的时候，福福忽然感觉到有些熟悉的东西渐渐从记忆中呈现了出来，那遥远的已经被岁月遗忘的目光从这个空洞的眼眶里闪现了出来，福福的内心忽然被唤醒，他脱口而出："胡玉梅！"胡玉梅这才反应过来说："乔子轩！"福福让胡玉梅坐下，他端了缸子，给胡玉梅倒水，自己的手却不停地颤抖。胡玉梅接过福福递给她的水，话不知该从何处说起。

福福认真注视了一下眼前这个女人，她的脸上布满了生活的沉重与艰辛，旧日的红润早已被埋葬在那些纵横交错的皱纹里，福福企图从这张脸上找到昔日的模样，可令他遗憾的是，这张脸除了一丝紧张和喜悦之外，一切现实的东西都无法让他串联起记忆的碎片，他心里的美好储存一下子被击得粉碎，落在了中年的相对无言中。"你怎么找到我的？""我也是去公社办点事，碰到了咱们师范的同学，她告诉我你在宣传部工作，我就找到这里了。"

福福看了看胡玉梅，她风尘仆仆赶来，一定碰到了什么难事，就问她："你有什么困难需要我帮忙吗？"胡玉梅看见福福态度很认真的样子，心里稍稍平静了一下说："我个人的事情就这样子了，是孩子的事情想找你帮忙。两个孩子念了几年书，不愿意回家劳动，整天吵吵要到城里，我这人也没本事，就到公社找咱们同学看能不能帮上忙，后来同学让我来找你，说你当大官了，一定有办法安排孩子的工作。”胡玉梅的话让福福很为难，给她解释自己不是什么大官，她不会信，告诉她孩子的工作不好安排，她会认为自己是不愿意帮忙拒绝她。想起她的生活不易，福福也不忍心拒绝她，可自己哪来的本事帮她解决孩子的工作呢？

胡玉梅看见福福不吱声，以为他不想帮自己，心里凉了半截，看来这人一当了官就不念旧情了，如果乔子轩都不肯帮忙，其他人就更指望不上了。两个人僵持了一会儿，福福问胡玉梅：“你女儿什么文化程度？”“她高中毕业。”“好，我想想办法，你给我留个能联系到你的电话号码，有消息了，我通知你。”胡玉梅本来想说儿子的事情，可又一想，人家能帮女儿解决工作问题就不容易了，儿子的事以后再说吧。

福福送走了胡玉梅，他内心若有所失，时隔几十年，胡玉梅彻底变成了一个地地道道的农妇了，以前那个白白净净留着长辫子的女孩子已经消失得无影无踪了，福福记忆中的胡玉梅被现实的胡玉梅彻底覆盖了，福福明白了有些相见不如思念。思念还有美好存在，相见留下的只有遗憾。

欣雅在图书馆的位置一直不怎么变，因为她去得比较早，所以会选择在这个光线好，而且安静不受打扰的位子上看书。可她发现舒曼选择了一个对面不远的位子看书，不和她说话，只是偶尔抬头看她一眼，他们的目光有时会交汇，可很快各自都低了头看书，好像什么都没有发生过一样。欣雅昨天又收到了舒曼的一封信，信里只是一首诗，欣雅看了一遍就记住了：

流水，秋天和最初的雪地
梅，我向往依旧的情思
在斜阳的尽头
以古典的诗意玉立

像蓦然间开启了窗户

总有一些沁鼻的甜蜜
穿过我平平淡淡的岁月
流入心底

不平凡的花朵极易消逝
而我还固守什么
梅，我只愿成为覆盖在你花蕊上浅浅的雪意
在相逢欣喜的泪水里
诉说远涉三季的相思

欣雅的目光在书上徘徊，心里稍稍有些凌乱，诗的最后两句很动情，欣雅看过之后也感动了。可她把这些情感封锁在内心，不让它泛滥，欣雅想：任情感如溃堤之水恣意横流，最终的结果就是伤痕累累。她的心渐渐平复，回归到了书里。

舒曼看着书，却心不在焉，他眼睛里的这个“冷美人”，给他留下了拒人千里之外的感觉，可他不相信真情打动不了她。从见到她的第一次开始，她就成了他此生追求的对象，他愿意花一生的时间来等待和守候，用执着和温暖溶解她的冷漠，直到她对他绽放的那一天。舒曼感觉第一次的约会确实唐突了，尽管他等了很长时间也没有看见这个“冷美人”，但他一点都不气馁，他认为她值得他付出此生的等待。

这样的时光过得很快，舒曼大三了，欣雅大二了，他们甚至没有说过一句话，任何人也没有看出其中的秘密。放假前忙着考试，欣雅没有再去图书馆，舒曼虽然感到失落，但他也要应付考试。彼此按部就班完成各自的学业，没有耽误课程，欣雅每门程都以优秀结业。她很开心，回去可以向爸爸妈妈汇报自己的成绩，也让他们骄傲一下。

福福自从答应了胡玉梅给她女儿找工作的事情后，整天想着怎么和别人开口。这事还真让他挠头，他思来想去只能去求教育局局长，先给安排一个代课教师，再慢慢考虑怎么转正，任何事情都得一步一步来。考虑好后，他去了一趟教育局，也见到了局长，这局长听了老乔提出的要求，也不是太难办的事，得罪老乔不值得，干脆就答应了，做个顺水人情，他说：“老乔，你从来也不和我张口，这次只提出安排一名代课教师，还是你的亲外甥女，我就帮你这个忙了。”福福一听，赶紧站起来握着局长的手说：“感谢、感谢局长，这已经是帮了很大的忙了，我一定重谢。”

福福从局长的办公室出来，头上还冒着汗，他平生第一次撒这弥天大谎，说胡玉梅的女儿是自己的亲外甥女，也实在是不得已才这么说的，福福还张口答应重谢人家，怎么重谢？自己的儿女安排工作那是没办法，现在总不能自己掏腰包帮别人办事吧？这事得告诉胡玉梅，让她们杀了猪给教育局局长送来半只表示答谢。后来胡玉梅的女儿不仅转正了，还当上了校长，这是后话了。这些都是在福福的授意下一步一步办好的。

社会让福福成熟了，那些一文不值的清高渐渐从福福的身上淡去了，取而代之的是学会了世故、圆滑。

四十六

树园子里草木葳蕤，花香扑鼻，盛夏的暑气在这里变得清凉、湿润。三保站在园子里，有心清除一下这些长势威猛的苜蓿草，可他心有余而力不足了。他手里拿着一把镰刀，在园子里转悠了一会儿，蹲在地上休息，感觉肚子叽里咕噜地饿了。他走出了园子，向东边瞭了一眼，文化妈家的土房子孤零零地坐落在红柳、哈冒儿中间，看上去没有一丝活气，三保想吃面条，就向这座土房子走去。

等他到了跟前，才看见门上挂了一把大锁。三保心想，这个死老婆子能去哪里呢？他四下看了看，也没有看见文化妈的踪影，三保坐在院子里等了一会儿，始终也没等到文化妈回家。三保实在饿了，就自己回家倒了一碗开水，从柜子上拿下一块干烙饼，掰开泡进碗里，连水带烙饼吃完，把碗一撂，躺在炕上睡着了。

天勤叔叔带着儿女帮三保把麦子割了，拉到麦场里。麦场很大，村子里很多人家的麦子都在这个地方集中。三保睡了一会儿醒了，想起今天打麦子，就下了地朝麦场走去。等他到了后，麦场已经有几家人家开始打麦子了。三保在麦场看见天勤的叔叔，他手里拽着缰绳，马拉着碌碡，绕着麦场转圈，天勤的叔叔就像是圆心，碌碡围绕着他画着圆圈。三保坐在麦子堆上，看着麦子一粒粒从碌碡下面暴露出来，他心里喜滋滋的，孙子们又能吃上白面馒头了。

“三保过来了？”三保转身看见老刘向他走来。老刘的背也驼下来了，走路弯着腰，真是岁月不饶人啊。“你也过来了？”三保和老刘打了招呼。老刘挨着三保坐下说：“你打算什么时候回城里？”“等打了新粮就回去。”“还是城里好吧？”“我还是想在这里多住些日子，就是吃饭问题不好解决，想吃个面条自己还不会擀。”“咱们这人老了，也就喜欢吃个面条、稀粥的，牙不中用了。”“老刘，不瞒你说，什么时候想吃面了，我就去让文化妈给做两碗吃。可是今天晌午去了，文化妈不知去哪儿了，等了半天也没等回来。”

老刘往三保跟前凑了凑小声说：“你还不知道吧，你经常去文化妈那里吃饭，被村里的一些女人们看见了，她们就在背后嚼舌根子，说你和文化妈好上了，这话传到文化耳朵里了，文化嫌难听，把他妈接到他的家里。他妈一开始死活不在他家住，后来文化就把听见的闲言碎语和他妈说了，文化妈听了以后，没办法就只好住在了儿子家。”三保听完老刘的话，心里哇凉哇凉的，两个棺材瓤子的人了，还有人在背后说三道四，这人心真是险恶难料。

“我就是去吃碗面，文化妈也是念在邻居一场，觉得我一个人吃喝不均匀，所以给我做一口吃的，咋还扯上这么多闲话了呢？”老刘安慰了三保几句，就去了自己的麦场，三保看天勤的叔叔一个人打麦子也行，就站起来往回走。三保想想自己这一生，晚年回到乔家圪旦境况竟如此凄切，不免悲从中来，竟然伤感得老泪纵横。他想赶紧回到城里，就是再不自由，有儿孙陪伴在跟前，也比这里强。

冬天杀了猪，胡玉梅按照福福嘱咐的，留了半只猪准备给教育局局长家送去。胡玉梅让女儿打听好局长的家住哪里，等她到了城里后，女儿接到了她，娘俩雇了一辆三轮车拉着猪肉，天黑后送到了局长家里。局长的家属一看这么大的一块肉，高兴得眉开眼笑，热情地邀请她们坐下喝水。过了一会儿局长进了门，老婆和他说明了情况。局长问胡玉梅：“你是老乔的妹妹？”胡玉梅愣了一下，眼睛转过来看了一眼女儿，女儿冲她点了点头，胡玉梅才笑着说：“我是他妹妹，这是他外甥女。”局长转向了胡玉梅的女儿说：“你在城里学校当代课教师，一定要多学习，拿个大学文凭，对你转正很有帮助。”胡玉梅和女儿唯唯诺诺，这是她们见过的最大的领导，也是她们今生登门拜访的最高级别的家庭，她们坐了一会儿浑身就冒汗了，所以告辞了领导和夫人，出了门。

“妈，你是托了什么扛硬关系和这位局长搭上话的?”“是妈的同学，刚才差点说漏了嘴，还是你机灵，要不我都不知道该说啥了。”“是男同学还是女同学?”“死丫头，不管是男是女都是同学。”胡玉梅心里一直想着该怎么感谢福福，她想给福福家送一只羊，可又害怕引起什么误会和麻烦，思考再三决定以后慢慢报答，毕竟同学一场，也不是外人。

欣雅放假回到了家里，每天帮着母亲干点家务，除此之外就是和秦如萍黏在一起，两个人总有说不完的话。“如萍，你这么典雅漂亮的女孩子，在师范有没有异性示好?”“你先告诉我你有没有男朋友，我再告诉你。”如萍后发制人，将了欣雅一军。“我问你在先，你应该先回答我。”“可你不坦诚，让我怎么回答?”欣雅抓住了如萍的胳膊，开始在她的腋窝下面挠，如萍最怕欣雅这一招，她痒痒得笑个不停地说：“我说、我说。”

如萍看了一眼欣雅，没等说脸就红了。“你快说嘛，干吗脸红？害羞了吧？”如萍知道躲不过欣雅的火眼金睛，只好坦白说：“对方不是现在的同学，而是原来在郡县认识的一名知青。”“知青？哪里的知青?”“他家是青城的，父母都是高干。”“那他现在在哪儿呢?”“他也早回到青城工作了，在省团委工作。”“你隐藏得好深啊。老实交代你们从什么时间开始的?”“其实我们也是近一年才有了联系，他不知道通过什么人得知我在盟师范读书，就给我写了一封信，后来一直就是通过这种方式联系，再也没别的。”

欣雅看了看林黛玉式的如萍，虽然在工人家庭出生，可她饱读诗书，加上身体的娇弱，天生一副让人怜香惜玉的样子，最讨男孩子喜欢了。可刚才听到她说的这情况，欣雅总感觉有些茫远，好在彼此只是靠信件往来，也不会伤害到如萍什么。“我说完了，你应该告诉我你的秘密了吧?”“我其实没有什么秘密，你了解我的性格，倔脾气，没有你柔媚，男孩子不喜欢。”“我才不相信了，你的漂亮是公认的，男孩子没有不喜欢漂亮女孩儿的，是你骄傲，没人能够进入你的法眼吧?”

欣雅看了看如萍，她点了点头，不知该不该把舒曼的事告诉如萍，可那只是镜中花水中月，无从启齿，干脆不说吧。“如果有一天真有朋友了，我第一个就会告诉你。”“不许骗我，第一个就告诉我。”说着两人的小拇指拉在了一起：“说话算数。”拉钩之后，欣雅的心里忽然有些失落。

福福在单位接到了老同学黄兴业打来的电话：“乔子轩，你搬来临城这么长时间了，我们也没见面，正好杨志东一家也搬来了，周末我请你们两家来我家吃顿饭，叙叙旧。”“谢谢老同学，不用麻烦了，你那么忙。”“你别磨叽，周六晚上你带家属和你女儿过来。”“好好，我听你的安排。”放下电话后，福福心想，黄兴业怎么点名带女儿过去？这是什么意思？两个女儿带哪个呢？想了一通没想明白。下班后福福回到家，把黄兴业请吃饭的事和兰兰说了，也告诉兰兰黄兴业要求带女儿去，不知道该带哪个女儿。

兰兰瞅了一眼福福说：“都说你聪明，到了关键时刻就犯糊涂了，那肯定是让带欣雅去呀。欣雅大了，又是大学生，黄盟长不一定有什么想法呢。”“他能有什么想法？不会想给欣雅安排工作吧？”“咱欣雅还愁找不到工作吗？估计不是安排工作的事。”福福和兰兰猜测了半天也没猜出个门道来，两人干脆不猜了。到了周六，福福告诉欣雅晚上有饭局，要带欣雅一起去，欣雅很干脆地回答：“爸、妈，你们去吧，我不去。”

“人家点名叫你去，你怎么能不去呢？”“我不喜欢参加什么宴会，再说了，你们都是大人，在一起聊聊天多好，叫我们小孩子参与多不方便。”福福一看女儿这个态度就说：“你这个倔脾气什么时候才能改一改，这是黄盟长请客，你以为是一般人？”“爸，我不管什么门长、窗户长，和我没有什么关系。”“跟你没关系，跟你爸有关系呀。”兰兰说：“叫你去吃一顿饭，又不是什么难事，你就听话梳洗一下跟我们走吧。”欣雅看见爸爸生气了，只好说：“好吧，我和你们一起去。”

晚上到了黄盟长家里，福福见到了杨志东一家，他们也是几十年不见面了，相互寒暄了一番坐下后，黄兴业看了看欣雅问：“乔子轩，这是你女儿？”“是大女儿，还有一个小的。”“我听说她在青大读书？”“是的，她在青大法律系读大二，下半年就大三了。”黄兴业的夫人接过话来说：“你们家的女儿个子高挑，长得真漂亮，就像画上的女孩子。”欣雅被她们说得脸红了，坐在母亲身边，一句话也没说。杨志东家也带来了女儿，名叫杨英，兰兰问过年龄，比欣雅小一岁，黄太太转过身对杨志东一家说："你家女儿乖巧、懂事，就像出水芙蓉。"杨英站了起来，笑着说："谢谢阿姨夸奖。"说完又坐了下去。

兰兰看了欣雅一眼，欣雅没有抬头，也没有看任何人，她脸上依然呈现出平常的冷艳，和拒人于千里之外的高傲。黄盟长家里有专人做饭，等饭菜上齐后，黄兴业问夫人："黄家驹哪里去了啊？怎么还不下来？"黄夫人喊："家驹，开饭了。"从里面的卧室走出来一个男青年，个子大约一米七，年龄看上去有二十大几岁。他走到桌子前说："叔叔、阿姨们好。"算是和大家打了招呼。黄夫人拉着儿子坐在自己的身边，给儿子介绍说："这是你杨志东叔叔家的女儿，名叫杨英，在医院工作。"黄家驹抬起头看了一眼杨英，礼貌地点了点头。他妈妈指着欣雅对儿子说："这位是乔子轩叔叔家的女儿，名叫乔欣雅，在青大法律系读书。"

当黄家驹的眼睛落在欣雅的脸上时，他惊讶得半天没了反应，目光久久地停留在了这张就像是雕刻出来的艺术品的面孔上。作为黄盟长儿子的黄家驹，有自己的事业，更有许多人羡慕的家庭，想巴结、攀附的女孩子不乏其数，但黄家驹从来没有动过心，可他这一眼看到的不只是漂亮，还有她冷艳面孔中的高傲的气质。他妈妈用胳膊碰了他一下，他才回过神来。黄盟长给乔子轩和杨志东端过两大杯酒，几个人碰杯后一饮而尽，饭桌上的气氛放松了一些，大家也逐渐随意起来，杨英站起来，手里端着酒杯，用亲切温柔的语调说："这杯酒敬给黄叔叔、黄阿姨，谢谢你们的盛情款待。""好好好，老杨，你女儿真懂事。"黄盟长夸赞杨英时，兰兰又看了一眼欣雅，欣雅装作没看见。

这时杨英又端起一杯酒说："这杯酒敬给乔叔叔和阿姨，祝你们身体健康。"兰兰赶紧说："谢谢，真是懂事的姑娘。"乔子轩看了看欣雅，欣雅冷静地坐在那里，仿佛这里的一切和她无关，乔子轩只好站起来说："欣雅，你给叔叔、阿姨们敬杯酒！"欣雅一听爸爸说让自己敬酒，而且还当着这么多人的面，真是为难她，可如果不敬，爸爸的面子该往哪里搁？乔子轩一直看着欣雅，他生怕这个倔脾性的女儿给她晾了场子。

欣雅虽然有一百个不愿意，但是还得从大局出发，她站起来，手里端起杯子说：“各位叔叔、阿姨，今天是周末，感谢黄叔叔和阿姨邀请我们共度周末，在这里我祝福各位长辈工作顺利，生活幸福。”说完后欣雅接着说：“同时也祝福在座的每一位开心快乐！”说完后她自己抿了一小口饮料，坐了下去。黄夫人说：“看看这欣雅，到底是上大学的人，说话有条有理的。”乔子轩出了一口长气，他终于放下了一颗悬着的心。

四十七

天勤的叔叔赶着马车，车上拉了好几袋子面，面袋子上铺了一条麻袋，三保坐在上面。立秋之后，天气也渐渐凉快了，风吹过来，三保感觉脸上丝丝舒爽，马车顺着临城的方向行驶，三保心里乐和着呢。今年这麦子收成不错，除了车上拉的这些外，还剩了一部分，三保全储存在粮仓里了，说不定什么时间自己还要回来，总不能不留一口吃的。车上这几袋子面够孙子们这一个冬天和明年春天吃了，三保想想自己也只能为儿孙们尽这点微薄之力了。

因为加工的面多，坐汽车带回去实在困难，天勤的叔叔提出赶马车进城送粮的主意，三保觉得挺好，一大早两人就准备妥当上路了。后老伴虽然过世了，但家里有个马高蹬短的时候，天勤的叔叔还是照样帮忙。说起来人家和自己也没什么关系了，可这人实诚，心眼好，一直把三保当成自家人，三保在村里的亲戚都属于远房了，只有这个天勤的叔叔能够指望得上。马车跑得很快，乔家圪旦距离临城不到六十公里，晌午过后三保他们就到了家。

福福和天勤的叔叔把马拴好，天勤的叔叔从车上拉下一捆草，给马喂上，然后帮着福福把面袋子搬进了凉房。“大，你拉来这么多的面？哪来的麦子？”“我今年回去种了几亩麦子，收成还不错。”“不让你种地你就是不听，这蹚水、锄草都需要体力，你自己能行了？”“这些营生都是天勤的叔叔帮我干的，我确实干不动了。”福福和天勤的叔叔搬完了面袋子，兰兰拿了一把笤帚，帮两个人扫了扫身上沾上的面，把天勤的叔叔请进了屋里。

天勤的叔叔坐在地下的一把椅子上，福福让他上炕坐，他怎么也不上去，两只手放在膝盖上，显得很拘谨。兰兰给他倒了一杯茶水，他接过来慢慢喝。福福问起他家里的生活，他叹了一口气，用浓重的民勤口音说：“孩子多，老婆精神又不大正常，能填饱肚子就不错了。”福福看见天勤的叔叔手上全是老茧，脸色赤红，一身旧衣服上面摞着很多补丁，那鞋也快脱帮了，用带子绑着。

兰兰很快做好了饭，端到桌子上让天勤的叔叔上炕吃饭，他怎么也不肯，兰兰没办法，盛了一碗饭递到他手里，这一大碗米饭、炒菜闻着好香，天勤的叔叔也饿了，不一会儿就吃完了。一放碗，天勤的叔叔就说：“这会儿马也吃饱了，我准备赶回去。”“这都下午了，天黑之前你回不去，再说马也跑了半天了，需要休息。”“家里没人做饭，疯婆娘不管孩子，也不做饭，我不回去，一家人就都得饿着。”三保知道天勤的叔叔不会在福福家里住，就说：“他要回去就随他吧，家里也确实走不开。”

兰兰说：“你等等，我给娃娃们收拾一些旧衣服，还有大人的，你们回去劳动能穿。”兰兰说完，揭开柜子，把自己几个孩子穿过的旧衣服都翻了出来，还有福福的一些不穿的衣服，整理了一大包，递给了天勤的叔叔。福福看了看天勤的叔叔的脚，对兰兰说：“你把我那两双旧皮鞋拿给他穿吧！”兰兰从凉房里找出福福的两双皮鞋，干干净净的，一点都没有破损，一同交给了天勤的叔叔。天勤的叔叔告辞了他们，拉着马准备走了，福福喊了一声“等等”跑回了家。等他出来的时候，怀里抱着一件军用棉大衣，这件军用棉大衣是福福单位给发的福利，福福一直没穿过。

福福把棉大衣递给天勤的叔叔：“村里的冬天寒冷，你经常在外面干活，这件棉衣你用得着。”天勤叔叔看了看这件新棉衣，嘴唇颤抖了一下，没有说出话来，他用衣袖擦了一下自己的眼睛，赶着马车离开了临城。多少年过后，每到冬天，天勤的叔叔就穿起这件棉大衣，这件棉大衣帮他抵御着冬天的寒冷，也给了他内心许多温暖。

周四下午，福福正准备下班回家，桌上的电话铃响起来，他接听后听到：“老乔，你来一下我的办公室。”“好的王部长。”福福不知道宣传部的顶头上司有啥事找他，他关了门就去了王部长的办公室。他敲了敲门，里面说：“进来。”福福推门进去。王部长说：“老乔，坐坐坐！”福福看见王部长如此热情，心里有点不安地问："王部长找我有事?""不但有事，还是好事。""王部长开玩笑吧，我还能有什么好事?""老乔，你知不知道，你提副科时，按说年龄偏大了一些，但有人替你说了一句话，这事就成了，当然你工作的能力和成绩也是有目共睹的。"

王部长的话让福福又想起几天前在黄盟长家吃饭时，因为三个老同学多喝了几杯，黄盟长拍着福福的肩膀说："你小子一辈子清高，不求人，关键的时候还得我们主动为你的事说话。"福福当时不明白什么意思，今天听王部长一说，福福明白了：他这个科长还是黄盟长点头才尘埃落定的。王部长看见福福坐在那里沉思，接着说："听说你有个女儿在上大学?""是的，王部长。""有人托我给你女儿提亲，这不是好事吗?"

绕了大半天的圈子，才回到了主题上，福福的心里有了一种预感，但他绝不能让对方挑明，于是说："我女儿还在上学，提亲早了一些，等她毕业以后再说。"福福企图以此为借口，把王部长后面要说的话堵回去。王部长也听出了福福的弦外之音，干脆地说："这门亲事就是打上灯笼也难找的好事，黄盟长一家看上了你家的女儿，这是你家多大的喜事呀。"福福一听王部长把话挑明了，而且和他猜测的结果一样，心里不由犯起了难：自己已经陷入社会这个名缰利锁的大染缸了，决不能让女儿也掉入这个攀附权贵的陷阱，她那么纯净，除了读书、学习，处世单纯，她的未来应该由她自己做主。"对了老乔，黄盟长夫人说，他家儿子比你家姑娘大五岁，这不算大。人家在包钢当技术员，也是挺有学问的。"福福本来想一口拒绝，可他想到如果拒绝了，得罪的不单单是黄盟长，更主要的是这个王部长，整天在他手下工作，不给自己穿小鞋才怪呢。

福福想了一个权宜之策说："王部长，你看这事能不能这样，我先回去和家属、女儿商量一下，看看她们是什么意见，回头再告诉你。""老乔，我可跟你说，人家儿子不像一般官宦人家子弟那样不学无术，也是正儿八经的大学生，心气儿高着呢，一直没有合意的女孩子，从见了你家女儿后，才动了心。"福福听了王部长的话也在想：当官子弟也有上进好学的，那天也见到了那个孩子，留下的印象还不错。如果真是这样，欣雅也算有个好归宿，这是几全齐美的事。

“王部长，我一定慎重考虑你的意见，回去和她们商量。”“自古以来，父母之命媒妁之言，孩子们年龄小，人情世故她们知道多少啊，还是要父母给拿锄定苗。”

回到家里后，福福看见欣雅不在，天勤也没回来，就悄悄地和兰兰把王部长提亲一事说了。兰兰听了后说：“我觉得这门亲事靠谱，一是你和黄盟长是同学，咱倒不是巴结人家，关键是了解。二来呢，他家儿子也是大学生，工作的单位也好，这和欣雅也匹配。欣雅进了这样的人家，也算是她的造化。”“我想了想也是，如果他儿子是纨绔子弟，那咱们坚决不能同意，可人家孩子也不错，再加上王部长做媒，这拒绝了对谁也不太好。”

“我现在担心的是欣雅，这个女儿脾气倔，有主意，她要是不同意，谁说也没用。”“这还不是随你。”“随我怎么了？都是优点，个子长得高，人长得好看，有什么不好。”兰兰一听福福又拿她的个子低挖苦自己就说：“个子高，多穿几尺布，有甚用了？”“你还来劲了，你倒没有多穿几尺布，给我省下多少？”两个人拌了几句嘴，欣雅就进门了。“欣雅，你去哪儿了？”“找如萍去了。”“你们俩整天黏在一起有多少话要说？”“妈，这你就不懂了，我们有好多话要说。”“都到了要嫁人的年龄了，还像小孩子。”“谁说我要嫁人了？我一辈子都留在你们身边，不嫁人。”

说完后，欣雅去了爷爷的房间，和爷爷说话：“爷爷，过两天我就上学走了，你自己出去转悠早点回家，不想在家里吃早点，就自己在外面买着吃点。”三保坐在自己的床上，两条腿竖起来，两手抱着膝盖，听到孙女的嘱咐，抿着嘴笑了笑说：“你放心去吧，爷爷现在还不糊涂。”说完，他撩起自己的上衣，从里兜里掏出一个布包包，打开后拿出五百块钱，递给欣雅说：“你把这钱拿上，穷兵饿学生，饿了你就去外面买点吃的，贴补一下你的肚子。”“爷爷，我不能要你的钱了，你现在老了，挣不了钱了，留着自己用吧。”“爷爷回去又卖了几十苗树，有花的钱了，这是给你的，等你以后挣上大钱，再给爷爷花。”欣雅接过了爷爷手里的钱，这样的温暖成为欣雅一生最难忘的记忆，在爷爷去世的几十年里，欣雅常常怀念起爷爷给她钱时的样子，疼爱、慈祥，那皮下的青筋一根一根地裸露在手背上，那手深深烙印在欣雅的心里，它的样子一直很清晰。

福福和兰兰说欣雅的事时，兰兰忘记了静雅在姐姐的屋里写作业，静雅听到了爸爸、妈妈要给姐姐找婆家的事，心里有些难过，她舍不得姐姐离开她，但她也明白，姐姐终究是要嫁人的，不可能永远留在家里。等她写完作业出来时，兰兰看见了静雅，福福看着兰兰，两个人吃了一惊，兰兰拉过静雅说："我和你爸说的话你都听见了?"静雅本来不想承认，可又一想，两个屋就隔了一道门，说没听到那是撒谎，于是她点了点头。"你千万别告诉你姐姐，这事暂时不能说，等我们想好了怎么说合适再说。"福福扫了一眼静雅说："你妈说的话要记住。"

静雅出去了，她看见姐姐从爷爷的屋里出来了，拉着姐姐的手说："你去找如萍姐姐了?""是的，我们快开学了，两人在一起的时间没多少了。"憋在肚子里的话直往静雅的喉咙上翻滚，静雅都快噙不住了，这时母亲喊："静雅，过来端饭!"

四十八

黄家驹从那天吃饭见了欣雅后，脑海里时不时就会出现这个女孩子，他甚至感觉那天吃饭很快就结束了，时间过得真快。那天他本来是不愿意参加这种家宴的，因为之前通过这种家宴见过几个女孩子，他明白这是父母有意安排的。所以每每遇到这种情况他就感觉特别尴尬，真不如躲在房间里看书好。可听到妈妈的喊声，他又不得不出来，他坐在桌前的时候，妈妈介绍他认识在座的每一位，当他看见欣雅的时候，竟然就像看见了春天树枝上新长出的柳芽一样，内心贮满了惊喜感，她的美貌是他认识的女孩子里极少见到的，更主要的是她表现出来的孤傲、冷峻，让他产生了极大的好感，她不媚俗，她表现出一种特别的涵养，大概就是所谓知识分子的学养之气。

黄家驹的眼光在她的身上停留了好长时间，要不是母亲的提醒，大概他真有些失态了。黄家驹在包钢属于技术人员，而且工作能力特别强，也是单位重点培养的对象，加上个人的勤奋，家庭条件相对优越，愿意缔结良缘的女孩子不少，黄家驹也试着谈过几个，可是时间不长他就没兴趣了。他明白他的个人问题不解决，弟弟、妹妹们都大了，也该谈婚论嫁了，可他这个老大难横在前面，其他人就不能跨越，所以最急的就是爸妈了。

吃过饭那天晚上，他回到自己的房间，坐在床上胡思乱想，妈妈推门进来说："儿子，你还没休息?""没有呢，不困。""今天这两个女孩子各方面条件都不错，也知根打底的，她们的爸爸和你爸都是同学，你有没有感觉?""妈，我的事你们别太操心，顺其自然吧。""还不让我们操心，不让我们操心你自己领回一个也算。""我这不是没有合适的吗。""你就是心气儿高，总是挑三拣四的。我看这个杨英不错，懂事会说话。”黄太太说完后，观察儿子的表情。“妈，你知道我不太喜欢这种类型的女孩子。”黄太太故意逗儿子说：“那你一定是哪个也看不上了，这顿饭又算浪费了。”“妈，你看你说的，你都没问完我，就下结论了。”黄太太笑了起来，然后说：“傻儿子，你以为妈没看出来吗？你盯着人家欣雅看，不是我提醒，你都有些失态了。”

黄家驹被妈妈说得不好意思了，他说：“妈，看你说的。”“儿子，你要看上这个乔欣雅了，妈就和你爸商量去提亲。”“还不知道人家是什么意思？”“这个你放心，她爸的工作调动、提干都是你爸给他帮忙的，这个面子他得给。再说了，你哪样差了，工作、文凭、家庭，哪样说起来也是让人羡慕的。”“妈，你们不要老把家庭条件摆在第一位。”“家庭条件怎么了？现在的人不说家庭条件的有几个？哪个女孩子不想找个家庭条件好的？碰到一个家庭条件好的，有很多女孩子都死缠硬泡不放呢，给自己能安排好工作，又能解决家里人的许多困难。”

“所以我不想找这种想法不单纯的女孩子，她们太势利，太现实了。”“你也不能杜绝人家有想法，因为咱们就这个条件，你不让人家想，但客观上是存在的，你爸是盟长。”“我看这个乔欣雅不是唯利是图之人，她清高、孤傲。人家是大学生，学的又是热门专业，将来的工作根本不是问题。”“好了，妈心里有数，你早点儿休息。”

黄太太回到自己的房间，老黄已经鼾声如雷，她心里高兴，儿子终于有了自己中意的女孩子，而且条件也不错，这是几年以来第一次看见儿子对自己的事情这么上心，黄太太使劲推了一把老黄，老黄咕嘟了一句：“干啥？”“老黄，你醒醒，我和你说个事儿。”黄盟长眼睛也没睁说：“有啥事明天再说，睡吧。”黄太太使劲拧了一把老黄的耳朵，黄盟长疼得睁开了眼睛，生气地说：“你干什么不睡觉折腾人？”“我跟你说，咱儿子看上老乔家的女儿了。”黄盟长打了一个哈欠说：“又是你瞎猜的吧？”“不是，是他亲口说的，还一再夸那个女孩子高傲什么的。”“乔子轩念书时就这个样儿，眼睛长在天上，谁也入不了他的眼，这个女儿和他一样。”“那有什么不好，比那些溜须拍马讨好别人的人强多了。”

“说得也是，大部分女孩子都追逐名利，攀附权贵，这是社会的一种不正之风，把嫁人当成跳板，一人得道鸡犬升天。”“这个欣雅就不是，来咱家看不出有丝毫的目的，话也不多。”“总不能我找老乔说这事吧?”“我看杨志东去说就挺合适，你们都是同学。”“不行、不行，我们让杨志东去说，不就说明咱没看上人家姑娘杨英吗?”“你说得也是，那找谁合适呢?”黄盟长拍了一下自己的脑袋说：“找宣传部的王部长，这是再合适不过的人选了。”黄太太一听，笑了起来的说：“还是你有主意。”说完黄盟长钻进被窝睡了，黄太太脱了衣服，也钻进了丈夫的被窝，结果黄盟长侧过身去“呼呼呼”又响起了鼾声，黄太太自讨没趣，翻了个身自己睡了。

福福去单位就怕碰见王局长问起关于女儿的事情，他进了办公室就不怎么出来了。从王部长给女儿提亲以来，他的心里就像压了一块大石头，分量轻重他能掂量出来。他一直没有和女儿说，他不知道该不该说。他左右为难，人也没了精神，盯着桌上的电话机看，眼神茫然，“嘟嘟嘟”的电话铃声把福福吓了一跳，他接起后，听到了王部长的声音：“老乔，你和家属商量得怎么样了？黄盟长那边还急着等回话呢。”“和家属商量了，家属和我都没什么意见，但是还没有和女儿说呢。”“只要你们两个都没意见，这事多一半就成了，女儿她还小，有些主意需要你们帮她定。”“好好，王部长，我尽快给你回话。”福福等王部长挂了电话，他才把电话放下。

他下班回到家里，兰兰已经做好了晚饭。一家人围坐在一起吃过饭后，天宇出去了，天勤找朋友玩去了，静雅躲在里屋看书，屋里就剩欣雅和爸、妈、爷爷了。福福看了一眼欣雅说：“欣雅，你坐下，爸爸有话和你说。”“爸，有啥话你就说吧，还一脸的严肃表情。”“过两天你就开学走了，有一件事在你开学之前要征求你的意见。你黄叔叔家托人来提亲了，想让你和他家大儿子交往。”福福还没敢往深了说，就看见女儿的眼睛瞪得溜圆说：“爸，你直接回绝不就行了，还征求我什么意见。”

兰兰看着欣雅说：“听你爸把话说完。”福福继续说：“我当时也想直接回绝，可问了一下他家儿子的情况，各方面都不错，工作上进，又是技术人员，靠本事吃饭，家庭我们都了解。”“爸，这些和我都没有任何关系，再说了，我还小，正在读书，等毕业以后再说吧。”“我和你妈的意见是你们交往一年半载后，你也毕业了，然后再做决定，不是现在就让你答复。”“我没必要和他交往，我和他不认识，有什么可交往的?”“通过上次吃饭不就认识了吗?”“吃了一顿饭连两句话也没说，那算什么认识?”“我和你妈结婚前一句话也没说过，不也一样过到现在了吗?”

欣雅反驳道：“不要把你们的封建婚姻观强加在我的头上，我的事情我自己做主。”“你越来越不像话了，一个女孩子家，婚姻大事不听父母的，能由你胡来?”“我的事就是不用你们操心，你们别想做主。”欣雅的一句话触怒了福福，他说：“你还反了，我们又不是把你往火坑里推，这么好的人家你上哪里去找?”“你们就是看上了人家的权势，才拿我做交易。”“你这个忤逆的东西，不听话，你滚!”欣雅听见爸爸的这句话后，她内心委屈绝望到了极点，推开门跑了出去。

兰兰在后面追着女儿喊：“欣雅你回来，你爸说的是气话。”欣雅的身影已经消失在暮色中，兰兰只好返回家。欣雅的夺门而去，更增加了福福的火气，他看见墙上挂着的相框，站起来，摘下相框摔在了地上，玻璃碎了，相框里基本都是欣雅的照片。福福还是不减心头之气，把欣雅的照片从地上捡起来，撕得粉碎。

三保一直在炕上坐着，他看到孙女跑出去后，心里很是难过，又看到福福把孙女的照片撕得粉碎，心头更加悲伤，但三保清楚福福的脾气，这时劝他反而增加他的怒火。三保下了地，把这些破碎的照片捡起来，拿着回到了自己的屋里。他真不明白，孙女既然不愿意就算了，何必要苦苦相逼呢？这黑天半夜的跑出去，流落在哪里呢？三保走出了家门，来到大街上，他举目眺望，哪里有孙女的影子，他不知道该如何找到孙女。

这时三保看见静雅出来了：“静雅，你要去哪里?”“妈妈让我去一趟如萍姐家里，看看我姐是不是去了她家。”“那你快去吧，早去早回，我等你的消息。”当静雅从如萍家回来后，三保还在马路上遥望，看到静雅他着急地问：“找到你姐没?”“找到了，我姐在如萍姐家里，今天晚上就住在她家了。”三保的一颗心总算放在肚子里了，他和静雅一起回到家里，走进自己的房间，把那些碎照片摆在床上，开始慢慢粘贴。他经常看到来他家串门的人，趴在相框跟前看着欣雅的照片说：“啧啧，你家欣雅长得就像画里的人一样好看，比电影明星还漂亮。”三保听见这些话心里很受用，自己的孙女受到赞美，心里比吃什么都甜。

他看了看粘贴出来的照片已经没有了原来的样子，很伤心，他明白：有些破碎是无法弥补的。又怕孙女看见了更难过，他悄悄地把这些照片藏了起来，不让孙女看到。

兰兰回来后数落福福：“女儿大了，说话不能没轻没重的，看你刚才的样子，就像要吃人。”“我说一句她顶一句，眼里哪还有我这个父亲?”“你们两个人一样的性格，一样的倔脾气，碰在一起就爆发了。”“女大不中留，这还是上学不常在家，要不非气死我不可。”“这黑天半夜的，一个女娃娃跑出去也让人不放心，让静雅去如萍家看看在不在她家。”

躲在另外一间屋里的静雅被妈妈喊了出来，静雅顺从地走了。“欣雅要有静雅这性格一半也好，听话、懂事，从来不顶撞我。”福福说出那一句“你滚”的气话后也后悔了，女儿毕竟大了，这话还是有杀伤力的，可自己在气头上，一时没有控制住。这个女儿还果真跑了，福福也有些担心，所以兰兰叫静雅去找欣雅时，他没有阻拦。

四十九

如萍把欣雅搂在怀里，握着欣雅的手，她感觉这手冰凉发抖。欣雅靠在如萍单薄的肩上，心里稍稍安定了一些。“你吃过饭没?”如萍问欣雅。“吃过了。”欣雅少气无力回答着，如萍让欣雅躺在自己的床上，她给欣雅倒了一杯热水，放在床头。如萍也挨着欣雅躺下说：“能告诉我发生了什么事吗?”欣雅对如萍还是很信任的，因为如萍是一个谨慎细致的女孩子，外表文弱，但内心很有定力。欣雅把晚饭后家里发生的事和如萍简单叙述了一下。

“欣雅，你为啥这么对抗父母?”“因为我和对方没有丝毫瓜葛，怎么可能听从别人的安排和他交往?”“那你心中一定有目标了?”“没有。”欣雅一口否认了如萍的说法。“既然自己没有什么明确目标，可又强烈反对家长的意见，看来你是看书看得太多，中毒了。”“什么叫中毒了?书里有很多感人的爱情故事你不也一样喜欢吗?”“我虽然喜欢，但不会把自己的想法固化成一个模式。”“那你认为我是固化了?”“我看差不多，书里的邂逅、海誓山盟在现实生活中可能存在吗?你不要太单纯了。”“但我们至少要有自己的情感取向，不能按他人的意愿确定婚姻大事呀。”“你的父母也不是替你决定了这事，只不过是让你先和他认识交往而已，你恐惧什么?”

“我感觉他们的目的不够单纯，大概是羡慕人家的条件。”“论条件你家不比他家差呀，你们是书香门第，比那些位高权重的人更受人尊敬，你的条件那就更不用说了，你爸妈值得用你做交易吗?”如萍接着说：“你爸妈首先考虑的是他家儿子是否适合你，然后家庭才是附加条件。如果这个黄家驹真像你爸妈说的，他就是应该考虑的对象。”如萍的话让欣雅冷静了许多，她也不知道自己为什么这么排斥。这时舒曼的影子出现在脑海里，既清晰又朦胧，她始终觉得这个形象有些缥缈，但他又有着不可抵挡的诱惑力。这常常使欣雅陷入一种激动与恐惧之中，这也是导致她一直和舒曼保持距离的原因，她渴望看到这个忧郁的面孔，可又有害怕失去的担忧，若即若离的幻想使她产生了无休止的烦恼，她不知道该不该和如萍吐露心迹。朦朦胧胧中她睡着了。

早晨起来吃过早饭，家里的人该上班的上班，该学习的学习，福福也走了，家里就剩了兰兰和三保。“爹，我去接欣雅回家，你在家看门。”“你去吧，我留在家里。”兰兰去如萍家接回了欣雅，三保已在门外站着，看见欣雅回来后，他的目光长时间停留在欣雅身上，发现孙女完好无缺，才说：“欣雅，我给你买早点去。”“不用了，爷爷，我在如萍那里吃过了。”欣雅随爷爷和妈妈回到屋里，妈妈开始数落她：“你爸是个暴脾气，你又不是不知道，你非要和他顶撞，他是长辈，能不生气吗?”欣雅看了看妈妈，想说什么又止住了。妈妈接着说：“我们也是为你好，自己的亲生女儿还会往火坑里推你吗？你爸也是为难了，他五十多岁的人了，为了咱们这个家起早贪黑写稿子，生怕工作出什么问题。现在黄盟长托王部长提亲。如果他家儿子不成器，你爸一口就拒绝了，可是我们托人打听过，这个黄家驹还是不错的，学习好，工作也上进，你爸才考虑跟你说说。没承想你一句也不让，噎得你爸连气也上不来。”

“你也大了，和大人说话不能由着性子来。”爷爷插了一句。妈妈继续说：“人家各方面的条件都不错，我们考虑你将来也有个好归宿，女大总要嫁人的。”欣雅看着母亲，想到妈妈一直以来在家里都是委曲求全，从来不表现自己的喜怒哀乐，勤俭持家，宽厚、包容，因为母亲的善良贤惠，所以家里一直风平浪静，生活井然有序。她也目睹了父亲因为和母亲没有精神层面的沟通，常常显得失落无奈，缄默不语，可他们为了维持这个家庭，把委屈不甘都藏在了各自的内心深处。欣雅曾经下定决心，她们这一代绝对不做包办婚姻的牺牲品。

“妈妈，你们就是爷爷、奶奶一手包办的，到了我们这一代你们还要重蹈覆辙，这怎么能叫我接受?”“我们这样做能叫包办吗？你要是交往一段时间感觉不行，我们也不会逼迫你呀？我们是怕你年龄小，自己拿不准主意，将来耽误了自己。”欣雅没有说话。“还有，你爸这几天心里就像压了一块石头，王部长催他，上面还有一个黄盟长，虽然说这婚姻大事是你说了算，但你也为你爸考虑一下，他的处境多难。”这时欣雅仿佛感受到了爸爸的尴尬处境，她有些可怜起爸爸来。“你是咱家的老大，凡事要给弟弟、妹妹做个榜样，你顶撞父母，弟弟、妹妹就会效仿，你的行为举止是他们效仿的对象。你也大了，要学会分担家庭的负担，为我们着想。”

母亲的话就像一股流动的水，让欣雅坚硬的内心开始软化，她替父母想的确实很少，她此时甚至有些愧疚和不安。她所需要的一切父母尽量满足，而父母亲就提出这样一个要求，她却莽撞抗拒，不留一点情面，也许如萍说得对，还没有交往怎么就知道不合适。可这样的交往方式实在有悖她的意愿，她太书生气了吗？她太追求唯美浪漫了吗？她有些怀疑自己太过虚化的观念，决定听从父母的意愿做一下违背内心的尝试，于是说：“好吧，我听你们的就是了。”

听到这句话时，兰兰以为自己听错了，她再一次问女儿：“你答应和黄家驹交往了？”欣雅勉强点了点头。兰兰的脸上出现了少见的欢欣，高兴地说：“还是我女儿懂事。”

欣雅答应之后立刻就后悔了，她的眉头上锁起了一个疙瘩。原本冷峻的面孔上又多了一丝愁容，兰兰一眼就看了出来，可是她想：等时间长了，她认可了，就会好起来的。

欣雅开学的时间到了，她迫切地离开了家里。回到学校才感觉胸口不憋闷了，她又融入了紧张的学习之中，答应父母的事在心里渐渐淡忘了。一天，她正在宿舍看书，一个室友喊她：“乔欣雅，外面有人找你。”“谁找我？在哪里呢？”“一个男的，看着沉稳有身份的样子，在宿舍门口呢。”欣雅想不出谁跑来学校找她，穿了鞋下来，看见一个穿戴整齐的男人站在宿舍门口，那男的看见她，向她走了过来说：“冒昧打扰，请你谅解。”欣雅打量了半天，对方说：“我是黄家驹。”欣雅想起来了，她的心脏“扑通扑通”加快了跳动，“他怎么会跑到学校里来找我，丢死人了。”

黄家驹看见欣雅又紧张、又意外的表情，解释说：“我来省里参加一个会议，正好过来看看你，有些唐突，你不要介意。”黄家驹的话很得体，说话时语气也很诚恳，这让欣雅左右为难，不知该怎么处理这个尴尬的局面。黄家驹看出了欣雅的窘迫和矛盾就说："我们随便走走，如果你愿意，我请你喝杯红酒。""不不不，我不会喝酒。""那我们就在校园里随便走走吧。"欣雅实在找不出什么拒绝的理由，但又怕被同学们看见讥笑，她说："我们还是出去吧，不要在校园里了。"黄家驹明白她是害怕被人看见说闲话，同意了欣雅的要求，一起向校门外走去。"你们学习紧张吗?""还可以吧，学法律很多内容是需要背会的。""该记住的就得记住，办案时就省劲儿多了。""你懂法律?""常看这方面的书，多少知道一点。""诉讼调解是审理案件的一种方式，是法院依照民事诉讼法的规定，进行诉讼活动，行使审判权，所以作为律师就必须牢记有关民事诉讼的相关条例。""随着我国的经济开放，法律、法规也要进一步完善，将来的案子经济纠纷可能要多一些，这是改革开放中必然要出现的问题，有些基本的法律常识需要在课堂上掌握，但更要关注法律法规的修订完善。"

欣雅在和黄家驹的闲聊中，早已忘记了他是以什么身份站在自己身边的，只感觉到他就是一个有一定法律知识的同学，而且他还像一位老大哥，说话沉稳，不夸夸其谈，欣雅没有产生厌恶情绪。走了一会儿，黄家驹说："你回去吧，别耽误了上自习，我在这里开几天会，如果有可能的话，我想请你吃顿饭，你不要勉强。""我最近学习比较紧张，你开会也忙，等以后有机会的吧。"欣雅的回绝在黄家驹的意料之中，他不着急，他明白：要想得到珍贵的东西是需要时间和耐心的。

欣雅上学走后，福福去了王部长的办公室，王部长见到福福，格外热情地说："老乔，你坐坐坐，我可是天天盼望你给我带来好消息，不光是我一个人着急呀，关键是大领导一家比我更着急。""王部长，不好意思，我这个女儿脾气有点倔强，还不能太着急。""那你们把意思和她说了?"王部长的眼睛盯着福福看，生怕出了什么差错。福福心想：好像他比黄兴业一家更热衷于这件事，他理解王部长的心情，黄兴业把这么重要的事交给他办，除了对他的信任之外，也给了他某种机会，这样的机会对他王部长来说真是千载难逢。"已经说了，女儿答应和黄家驹交往一段时间，看看彼此的感觉。”“老乔，你不愧是个读书人，明事理，这么好的事情别人家想高攀还轮不到呢。我回头就和黄盟长说，把你女儿的联系方式给我留一下。”

王部长从桌子上面撕了一张纸，递给福福，福福在纸上写清楚了欣雅的学校地址，递给王部长，然后告辞。“老乔，你不再坐会儿吗？你看你这工作也一直踏实、认真，以后有什么事就说句话，我尽力替你办。”福福出了王部长的办公室，他感觉到王部长对他的态度简直判若两人，热情得让福福有点受不了。福福心里很明白：王部长不是稀罕自己，而是为了讨好黄兴业，这件事如果办成了，王部长就成了黄兴业眼前的红人了，他还年轻，前程无量啊。

黄兴业听了王部长的回话，到家后就和黄太太说了，黄太太心里高兴，就在电话里和儿子讲了。黄家驹心里明白：交往一段时间只是乔欣雅碍于父母的情面，没办法才答应的，剩下的事情就看自己的能力了。他心想：我想得到的东西，一定要得到。不管她有多么骄傲，总有能被打动的软肋。

五十

加了两个晚上的夜班，福福终于把年终材料写好了。本来这事应该由单位其他人来完成，王部长怕上报材料的质量有问题，特意让福福亲自写，福福是单位有名的笔杆子，他拿出的材料领导不用担心。福福干这些苦差事也习惯了，领了任务就按时间要求上交材料。福福来到王部长办公室，王部长一看是福福来了，从座位上起来走到福福跟前说："老乔，请坐，来来来，坐在椅子上。"

福福坐下后，把手里的材料交给王部长说："王部长，这是年终汇报材料，你看有什么地方需要修改，我回头再完善。""你老乔拿出的材料还能有什么问题，你是咱宣传部的第一笔杆子，哪个人不清楚?""现在年龄大了，难免会想得不周到，记忆也大不如从前了。"王部长坐在福福旁边的椅子上，这时他把身子侧向福福这边，头探过来，靠近福福的耳边，低声说："老乔，这写材料的事以后就不能再麻烦你了，我今天给你透个信。"说话间他的头和福福的脸挨得更近了说："年前上级部门又研究提拔了一批干部，你老兄就在其中。"

福福别扭地转过身来，和王部长形成脸对脸的近距离直视。福福的眼神里流露出意外和惊讶，他说："我都快到退休年龄了，怎么还有提拔的可能?""关键在于你是特殊人才，很多工作离不开你这样的知识分子。""我有什么特殊的，我干的工作所有人都能干。""话不能这么说，老乔，你看拿个大材料，那些秘书们就不行，你上报的材料领导们都很满意，所以说你是咱们宣传部的人才。"福福心想：在宣传部就自己干的这点事，很多人都干得了，并非如王部长所说的非他不行。"王部长，谢谢你的肯定，我想这消息可能有误。""我这消息如果有出入，就不会和你说了。"

福福看见王部长一脸严肃的表情，他才觉得这是有可能的事。福福的疑惑王部长看在眼里，他笑了笑说："现在改革开放正是用人之际，咱们的个别领导在你的提拔问题上很重视。"福福从王部长那个"个别领导"的加重口气上明白了：他的事情还是有人特殊关照的结果。福福不知道该说什么，这时王部长说："在事情没公布之前不要外传，我们都是党员，要有党性原则。""我清楚，王部长，你放心，这事我心里有数。"

福福告辞王部长往外走。"老乔，好好做一下女儿的工作，尽快把孩子们的事确定下来。"王部长的眼睛里闪过一丝不易察觉的狡猾，福福哼哈了一声，回到了自己的办公室。福福听到王部长刚才说的话，一点都高兴不起来，尽管在女儿的婚姻问题上他是无私的，可这事到了现在怎么感到有些变味儿了呢？再说了，自己早已没有了什么名利欲望，可偏偏身不由己又被卷了进来。而且掺杂了一些不能明说的因素，福福感觉有些心虚，愧对女儿。他坐在办公室里想着怎么才能从这场被认为以儿女婚姻为代价的政治漩涡里全身而退，他要想一个万全之策，既不得罪领导，又不会让女儿误解。最令他担忧的还是女儿，如果她要认定自己的提拔与她的未来有关，这个女儿会一辈子记恨他。

福福的内心翻腾着各种滋味，谁能理解自己的苦衷，本来是一心为女儿的未来着想，可却带来这么多的麻烦。他忽然感悟到"人在江湖、身不由己"这句话的深刻程度了，怎么办？直接给老黄打个电话，把自己的想法说一下？那样会不会让他这位老同学产生误解？找王部长说说自己的想法？王部长肯定不同意自己的主张。福福想到这干部任用变动不是单纯上面说了算，首先必须要有本单位领导推荐，这个工作是王部长做的，他怎么可能同意自己辞去职务这个决定？福福的知识分子的那点清高，在复杂多变的社会工作环境中，早已灰飞烟灭了，在强大的生活需求面前，他学会了妥协、低头。

欣雅收到了一个包裹箱，看了看邮寄的地址，她明白这是谁寄过来的。她不知该不该拆开，一直就在床下面搁着。她不想接受黄家驹的任何礼物，更不想以此拉近彼此的距离。对于自己的未来，她现在还没有做好任何准备，包括工作、婚姻。她感觉自己的年龄还小，还在成长过程中。

特别是那天在校园里无意看到了舒曼，他穿了一条牛仔裤，一件白色T恤，怀里抱着吉他，活脱脱一个流浪歌手的形象。当欣雅看到舒曼的时候，舒曼也看到了欣雅，他们的距离并不远，但彼此谁也没有往前跨一步。他们两人都没有想到：有些距离如果不跨出这一步，终究会成为天涯各方。

舒曼的脸上还是呈现出那样的忧郁，只不过他的眼睛在看见欣雅的那一刻，忽然闪现出一种惊喜的明亮。欣雅转身离开了，舒曼看着她修长的背影消失在落叶纷飞的秋天里。欣雅的心有些忧伤，她也不知道自己为什么会这样，这个秋天过去后，下一个秋天到来时，舒曼早已离开了校园，他毕业后去往何方？他们还能像今天这样相遇吗？

回到宿舍后，欣雅打开了那个纸箱子，纸箱子里面放着几本书，每一本都包了书皮，书皮上面用极工整的钢笔字写了书名。欣雅翻看着这几本书，都是有关法律专业方面的书，都是欣雅需要阅读的内容。还有几个笔记本，包装很精致，欣雅翻开一本，里面夹了一封信，展开信笺欣雅看到：

欣雅你好：

我周末逛了一下书店，感觉这几本书适合你，于是就买了给你寄过去，你喜欢阅读，专业方面的书多看看，对你的将来可能有帮助，学业繁重，注意休息。

黄家驹

10月12日

欣雅看完后，按原来的样子折叠好，夹入了笔记本。她的心稍稍平静了一些，就是几本书而已，不是什么贵重物品，自己也不用那么有负担，礼尚往来，她也送几本书给他，两不相欠是最好的状态，彼此也不用存放感情债务。欣雅整理这些书的时候，宿舍的同学看到了，过来翻看说："欣雅，这些书都是近期出版的，谁给你寄来的？不会是上次来找你的帅男吧？""不是他，是我的一个亲戚寄来的。""那你的脸红什么？不好意思承认?”“你别闹了，我这人，你又不是不了解，倔得要命，哪有人敢接近。”

“欣雅，不是我说你，你都大三了，咱们系里的男生女生很多都私订终身了，可你还是孤家寡人，就因为你太漂亮了，很多男同学不敢奢望。”“你管好自己的事就好了，别操心别人。”“我在大学里是没戏了，长相一般，最主要是这一米五的个子，就吓跑了所有的男生。”“这种事要顺其自然，如果是属于你的，对方总会努力向你靠拢，最终走进你的生活。”“欣雅，我感觉你的话好深刻，有点哲学家的味道。”

学校要组织一次大型的演讲活动，系里经过筛选，欣雅被选中代表法律系参加演讲。系里的老师找来欣雅说：“乔欣雅同学，这次演讲活动，学校特别重视，校领导要亲自参加，所以你要好好准备，争取拿到名次，为系里争光，这也是一次展示你个人才华的大好机会。”“我一定积极准备，不辜负老师和同学们的期望。”

周五的学校礼堂，经过认真布置，挂起了彩带，主席台的桌子上放着扩音设备，两边是评委和领导的座位。下午两点半，各系的同学们都按顺序进入礼堂，欣雅和同学们一起坐在礼堂下面的椅子上。她穿了一件淡粉色的上衣，马尾辫扎得高高的，月牙般的额头光滑明亮，大大的眼睛里流露出自信和冷静。评委们走到了各自的座位上，校领导讲完话后，主持人宣布：“青大‘理想与未来’演讲会现在开始!”礼堂里响起了热烈的掌声。“按抽签顺序，首先上台演讲的是数学系的代表程浩同学，中文系的李敏同学做准备。”

欣雅在下面听着，她的心忽然紧张起来，细碎的汗珠不禁从额头上渗了出来，手心里也有汗了。已经过去四位了，马上就轮到自己了。当她听到“乔欣雅同学做准备”时，赶紧离开座位，走到前排坐了下来。她长出了一口气，稳定了一下情绪，想了想早已背熟的内容，感觉好了一些。随着一声：“请法律系的代表乔欣雅同学上台演讲。”欣雅走上了主席台，她首先向两边在座的评委鞠躬致谢，再向台下的同学鞠躬致谢，然后走向演讲的桌前，开始了演讲。欣雅清脆洪亮的嗓音通过扩音设备在大礼堂的每个角落响起，她从容镇定的演讲没有丝毫破绽，演讲的内容赢得大家的阵阵掌声。这时青大校长转过身问一位法律系的教师："她是你们法律系几年级的学生？""校长，她是法律系三年级的学生，名叫乔欣雅。""不错，是一个好苗子。"

欣雅演讲完了，可礼堂的掌声经久不息。她走下了主席台，回到了自己的座位上，同学们都激动地祝贺她说："你讲得太好了，欣雅，你怎么那么淡定，语气的轻重缓急把握得实在到位，这次我们法律系一定能拿第一名。"随着时间的推移，演讲落下了帷幕，评委的打分也统计出来了。激动人心的时刻到了，大家紧张地等待着宣布演讲比赛结果："第三名，金融系的尤建新。第二名，音乐系的卢兰。第一名——"这时，台上、台下的人都屏住了呼吸，礼堂里静得令人紧张，主持人的声音拖得长长的，好像故意吊大家的胃口："第一名，法律系的乔欣雅。""哇——"呼喊声在整个礼堂响起，欣雅冷漠的面孔上绽放出春天般的微笑。

舒曼在掌声中，把对欣雅的爱深埋在了心底，走出了礼堂。他渐渐明白了这个漂亮女孩子为什么那么高傲，那么冰冷。她不但具有优越的外表，而且有专业的潜质，这让他不得不重新思考自己的坚持是否有意义。这场演讲使舒曼动摇了之前的一厢情愿，他准备远远观望这个令自己神魂颠倒的女孩子，他觉得她具有"只可远观而不可亵玩"的高贵灵魂。

五十一

人民公园里树种繁多，参差不齐，行人道两边流水潺潺，体现了公园的动感活力。晨练的大都是老年人，他们慢悠悠地在公园里蹓跶。三保喜欢在公园中间的土堆上面坐坐，因为这里居高临下，视线开阔。土堆上生长了很多草，没人管理，任凭丛草自由生长。三保坐在这里的时候，恍惚间就像坐在了自己的树园子里，那感觉没有什么不同，他就这样静静地坐着，仿佛回到了故园。三保在这里安静地怀念家乡，回忆过去的时光，他手脚虽然利索，但体力大不如前了，他必须学会放弃很多过去的雄心壮志，面对自己再也无法掌控的未来。

他抬头看了看东方升起的太阳，知道吃早饭的时间到了，他不到六点就进了公园，在这里已经坐了很长时间。他起身拍了拍裤子上的土，走下了土堆。回到家里，兰兰已经把饭端到了桌子上，她说："爹，你去洗手吃饭。"三保洗了手，坐在桌前。家里的孩子们都吃过饭走了，就剩福福和兰兰。三保用筷子夹起一个馒头，咬了一口嚼了几下就下咽，不料馒头卡在食道里，怎么也咽不下去，三保端起稀饭喝了一口，想把馒头送下去，可稀饭没起作用，三保频繁地打嗝。

福福用拳头给父亲敲击后背，兰兰从橱柜里拿出一瓶胡麻油，在碗里倒了一些，端到三保跟前说："爹，你把这口胡麻油喝下去就好了。"三保张大嘴巴把胡麻油喝了下去，卡在食道里的馒头就像坐上了滑梯，顺着食道滑了下去。"大，你吃得慢一点儿就不会噎着了，嚼碎了再咽。"福福叮嘱三保，三保没有说话，他不敢大口吃了，一边慢慢吃着馒头，一边喝粥。自己心想：人老了，真是不中用了，不用说干活，就连这吃饭也成问题了，一不小心就噎住了。年近八十的三保心里更加悲凉起来。

欣雅除了学习还是一如既往进图书馆看书，她在阅读的过程中会无意抬起头看看对面，可对面的桌子上换了陌生的面孔。她所期待的那个头发卷曲、神情忧郁的脸庞再也没有出现过，欣雅收回自己的目光时，内心也生出些许的落寞。她告诫自己，不必去等待一场没有终点的守望，这也许就像一场戏剧，该到落幕的时间了，曲终人散是人生常态。尽管她这样想，可还是不经意间又看向了那里，可那里已是人去楼空了。

一天，欣雅收到了一封信，不知为什么，一看到这熟悉的信封，还有隽秀的钢笔字，欣雅那埋藏心底的情感又一次泛起涟漪，她抑制不住微微颤抖的心情，找了一个僻静的场所，拆开信封展开信笺读了起来：

轻轻地我走了
正如我轻轻地来
我轻轻地招手
作别西天的云彩

那河畔的金柳
是夕阳中的新娘
波光里的艳影
在我的心头荡漾

软泥上的青荇
油油地在水底招摇
在康河的柔波里
我甘心做一条水草

那树荫下的一潭
不是清泉
是天上虹
揉碎在浮藻间

沉淀着彩虹似的梦

寻梦？撑一支长篙
向青草更青处漫溯
满载一船星辉
在星辉斑斓里放歌

但我不能放歌
悄悄是别离的笙箫
夏虫也为我沉默
沉默是今晚的康桥

悄悄地我走了
正如我悄悄地来
我挥一挥衣袖
不带走一片云彩

欣雅读完了这首徐志摩的《再别康桥》，已是泪眼婆娑。她心里明白舒曼寄给她这首诗的良苦用心。这首诗细致入微地将诗人对康桥的爱恋，对往昔生活的憧憬，对眼前无可奈何的离愁，表现得淋漓尽致。舒曼用这首诗与她告别，也流露出他内心的痛苦和无奈。欣雅被舒曼的真情融化了，她的脑海里出现了舒曼明亮闪烁着火一样的眼神，还有他忧郁诗意的面孔。她忽然觉得自己一直以来是喜欢他的，他身上的特殊气质早已征服了自己，只是一贯于骄傲的她没有给他更多表达的机会。她想立刻给他写一封信，把自己内心的隐秘告诉他。她清楚，舒曼马上就要毕业了，如果错失机会，她不知未来的心里还会装得下谁。

她回到了教室，摊开信纸，拿起了笔，可话竟然无从说起。她写了几个字，觉得不妥，撕了一张。又写了一段，还觉得欠周到，又撕了一页，反反复复的无数次，欣雅最后还是放弃了这点刚刚鼓起的勇气。她走出了教室，校园的清风掠过，她的头脑清醒了许多，刚才的冲动就像海水退潮一样，渐渐平静了下来。她为自己的失态感到羞愧，骨子里的傲气回归原位，她想：我们彼此没有说过一句话，这是乌托邦式的爱情，尽管舒曼给自己写过几首诗，可自己没有回应过一次，这种罗曼蒂克式的爱情虽然唯美，可是感觉很邈远。

欣雅回到宿舍，没有洗漱就躺在床上了，她感觉自己的心里就像被掏空了一样，忧伤渐渐占据了整个心灵，她闭了眼睛想：所有的大事到了明天就是小事，所有的失去都不是真正属于自己的，朦胧中她进入了梦乡。

期末考试如期而至，欣雅除了紧张地复习参加考试外，开始收拾东西，准备考完试就立刻回家。最后一门考试结束后，欣雅就像卸下了千斤铠甲，浑身轻松，这学期的几门功课都能圆满结业，她可以轻松愉快地过一个寒假了。

“欣雅，门外有人找你，是个帅男。”宿舍的同学说完之后，冲欣雅做了一个鬼脸，脸上露出不怀好意的笑。欣雅的心“扑通扑通”加快了跳动，她预感到又是那个人来了，怎么办？干脆不出去，不行，如果不出去他会一直站在那里等着。还是出去吧。欣雅穿了一件厚外套走了出去，她看到黄家驹穿了一件藏青色呢大衣站在门外，他肩上挎了一个皮包，双手插在大衣兜里，欣雅的脑海里突然出现了日本电影《追捕》里的男主角杜秋的形象，干练沉稳，智慧勇敢，她觉得眼前这个人和杜秋重叠在了一起，如同一个人。黄家驹看见欣雅从宿舍大门走了出来，她转身关大门时，黄家驹从侧影里看到她身材的弧线从红色的外套里展现出来，在这个特殊的角度和光影里，她更加美丽，黄家驹心里抑制不住澎湃，上前一步说：“欣雅，你好！”

欣雅礼貌地问候：“你怎么过来了？”“年底了，单位里派我到省里来看望一些相关的领导。事情办完了，我顺便来看看你。”“你不是技术科的吗？怎么也参与这事？”“我上半年就调到办公室了，这些事情都归办公室管，跑腿的事。”“噢，那你肯定比较忙了？”“忙了一些，不过接触外界多了，比过去经验也多了一些。”说完，黄家驹看了看欣雅，他发现欣雅比上次见到他自如了一些。“你们快放假了吧？”“是的，考完试了，我明天就可以回家了。”“那正好，我明天也要回一趟家，顺便一起走。”“不用了，我坐火车回去，已经准备好了。”“我带车回去，除了司机，就我自己，你也不用挤火车了，顺便路上还能说说话。”“真的不用麻烦了，我和同学约好了，一起回去。”“你这就太见外了，就凭我爸和你爸是老同学这层关系，我们也不用这么客气。”

欣雅感觉自己再拒绝，黄家驹内心可能会受到一些伤害，只好说：“那就谢谢了。”“明天你几点可以走？”“我明天几点都行，看你们的时间。”“我明天早上七点来接你，出去一起吃早点，然后就走。”“不用麻烦了，我自己在宿舍吃点就好了。”“你总是拒绝，我和司机也要吃饭的，大家一起吃了再走。”欣雅没有说话，黄家驹说：“时间不早了，你回去准备一下，我明天早上来接你。”欣雅和黄家驹告别以后，回到了宿舍。“乔欣雅，这么快就回来了？没和帅哥多聊会儿？”宿舍的同学打趣她，欣雅说：“什么帅哥？别瞎猜了。”

宿舍里的几个女孩子“哗啦”一下围过来说：“我们看见了，他除了帅之外，还给人一种肃然起敬的感觉，很有教养。我们一直在窗户上偷看，你们边走边聊，看上去很投契的样子。”欣雅被她们说得脸上发烫，不知该如何辩解，这时一个女同学说：“郎才女貌，只有这样事业有成、长相帅气的男士才配得上欣雅。”大家七嘴八舌地说着，欣雅心里七上八下不知是何种滋味，满身是嘴现在也分辨不清了，所以干脆什么也不说。

第二天不到七点，黄家驹的车就停在了青大校园门口，黄家驹站在欣雅的宿舍楼下，等着欣雅，欣雅提着提包下来后，看见了黄家驹，她心里有些感动地说：“这么早你就过来了？”“我也刚到。”说着接过了欣雅手里的提包，一起出了大门。黄家驹把欣雅的提包放进了后备厢，拉开车门，请欣雅上了车。黄家驹坐在副驾驶座上，欣雅坐后排。司机回过头来看了一眼欣雅，他才明白了主任今天接的是一位什么身份的女孩子。单位的人给这位新提拔的办公室主任介绍了很多女孩子，可他一律不见，别人都以为这个主任是独身主义者，没想到他心里藏着这么一个尤物，不单纯是漂亮，她的冷艳外表下，有着凌然不可亲近的傲气。

司机开着车，心里胡乱猜测着。“咱们找一个干净的餐厅吃饭！”“好嘞，我知道有一家餐馆早点不错。”欣雅没说话，她还是第一次坐小汽车回家，一个人坐在后座上，既舒服又有空间感，比起挤火车来轻松多了。想想自己这三年多来，每到放假就开始紧张了，买票紧张，座位紧张，拥挤不堪紧张，可为了回家，这些困难都不算什么，再说自己年轻，吃点苦、受点累也是锻炼。系里很多同学回家都是站票，比起他们来，自己也算是幸运的。

车到了一个餐厅门口停了下来，司机下来赶紧拉开车门，让欣雅下来，他不由得又盯着看了一眼这个女孩子，她最多不超过二十四岁，这五官简直就是雕刻出来的。“我不下去了，我吃过了，你们吃吧。”“那哪行？路程很远，吃不好饭坚持不到。”司机说着，伸手要拉欣雅，欣雅只好下了车，与他们一起走进餐厅。黄家驹问欣雅想吃什么，欣雅说：“你们喜欢吃什么就要点什么，我已经吃了一块面包。”“那就点三碗粥，要一盘煎饺，两个素菜。”

司机麻利地点好了饭菜，端上来后，黄家驹把一碗粥端到欣雅面前说：“喝了这碗粥，胃里舒服一些。”他们开始吃饭，这是欣雅第二次和黄家驹一起吃饭，第一次在黄家驹的家里，第二次在这个餐馆。黄家驹夹了两个煎饺放进小碟子里，端到欣雅面前说：“吃两个煎饺，味道不错。”欣雅点了点头，没有看他。吃过饭他们上路了，青城到家乡的这段路欣雅很熟悉。北边的大青山绵延千里，跌宕起伏，清晨的太阳照在上面，闪耀着亮光。在季节里褪去了浓绿的树木覆盖在半山坡上，有些山石裸露的地方，呈现出一派苍灰，就像衰老的生命，用迷蒙的眼光打量苍天下的具象，没有生机。天空上飞过的乌鸦发出“呱呱”的声音，增加了旷野的凄冷，路两旁的树杈上有许多鸟窝，偶尔有喜鹊“喳喳”的鸣叫，给单调的冬天以安慰。

“欣雅，你最近在看什么书？”“最近考试忙一些，看得少了。”“你喜欢外国文学？”“也读一些。”“你喜欢托尔斯泰的作品？”“读过他的《战争与和平》《安娜卡列尼娜》。”“安娜卡列尼娜是俄国上流社会的一个迷人贵妇，她是一个美丽慈祥的女性，可后来因为和渥伦斯基的事情，所走的极端，让人感到深深怜悯。”“我不这样认为，安娜追求自己的幸福，敢于对抗世俗偏见，虽然被上流社会抛弃，可她的勇气和叛逆精神是令人敬佩的。尽管小说最后以悲剧结束，给人留下许多沉重感，可也值得人们去思考一个社会制度，重新审视各个阶层不同的价值取向。”

“这个世界不单单是俄罗斯有明确的阶层划分，任何一个国家都存在等级差别，这就是社会，这也是现实。”“所以消灭阶级压迫、追求平等才是人类不懈的努力。”“我们都在为实现这个理想奋斗，这也是广大人民的愿望，只有消灭了阶级差别，才能达到真正意义上的平等、自由。”欣雅没有再说什么，她觉得他们所讨论的话题既切近又茫远，就像舒曼写给她的那些诗歌，虽然耳熟能详，可它就像一条小河里的水，最终汇集在江河之中，不见了当初的山高水长。诗歌的表达是自由的，可以陈述内心，但每个人的命运能像诗歌一样唯美浪漫吗？欣雅不敢想，因为她早已把这段柏拉图式的爱情深深埋藏了起来。

经过了几个小时的行程，她们终于回到了临城，黄家驹把欣雅的提包从后备厢取了出来，递给欣雅说：“早点回去休息吧，有时间再联系。”“谢谢你送我回家。”“不用客气，好了，再见。”黄家驹转身离开，上了车。司机看了看他说：“主任，这资质的女孩子少见啊，不单单是漂亮，还满肚子的学问。”“人家是青大法律系的高才生，当然不是花瓶了。”“这种女孩儿太少见了，主任你好眼光。”“你什么意思？”“没什么意思，就是羡慕呗。”黄家驹的司机也没成家，但他年龄小，所以黄家驹和他开玩笑说：“你小子睁大眼睛好好瞅着，见到了喜欢的就要想办法紧追不舍。”“我哪有主任的好福气，这样的女孩子可遇不可求。再说了，我就是个小司机，没有太高的要求。”

五十二

福福被任命为宣传教育科的科长，之前由他请示汇报的工作，现在别人向他请示汇报。过去他需要领导签字才能办的事情，现在变成了他亲自审批签字别人才能去办。刚开始他还有点不适应，这位置一变，工作的性质也彻底变了。过去见了面随便开玩笑的同事，现在见了他都毕恭毕敬的，表面看来是尊敬他，实际上他觉得和大家有了距离。他的办公室重新调整了，比过去的办公室宽敞了许多，设备都是新的，坐在柔软的老板椅上，福福挺直了后腰感觉到比原来的椅子舒服多了。除了办公条件的改变之外，物质待遇也有了相应的改善，领导成员内部的一些特殊补贴福福也都有份了。过去他是不清楚这些内幕的。

年底了，每到晚上总有单位的一些普通工作人员登门拜访。有的送酒，有的送烟，还有的送年货，凡是生活所需要的，这些人都想到了。刚开始福福坚决不收，可来人的一片诚意让福福很难为情，一来二去就没法拒绝了。三保坐在自己的屋子里，来往的客人三保都看得见，他看到人们手里提着东西来，空着手回去，心里有些担心。趁没人的时候，他走到福福他们的屋里坐下后，对福福说："你现在算是有了一官半职，熬到这个份上也不容易，千万不要因为有了职权，就坏了影响。""大，你就放心吧，来咱家看望的也就是拿几瓶子酒和几条烟，没有大问题。""开始都是这样，慢慢习惯了就不由自主了。"

三保的话让福福觉得自己收受别人东西的行为很龌龊，但碍于情面又不好推辞，心里就像有两个人在角逐，一会这个占了上风，一会那个占了上风，福福的内心被搅成一团乱麻，纠缠不清。兰兰把送来的东西都放进了凉房里，回来看见福福眉头紧皱就问："你这是怎么了？眉头皱成个疙瘩?”“我们确实不应该收下这些吃吃喝喝，这心里真不踏实。”“咱们又不是收了人家黄金白银，有什么不踏实的。”“妇道人家你懂什么?”“噢，这个社会就你是清官，你看看咱们西院的邻居，几年来逢年过节，那送礼的都排成队了，光是走错门进了咱家院的就有多少？连捡垃圾的都说：这里住着一个大官，包装盒不断地往外扔，还有一些稍微过期的食品都扔掉了，捡垃圾的都在抢了。”

福福没有搭茬，自己躺下了。欣雅这次回到家后，家里最大的变化就是变得门庭若市了，过去冷冷清清的家里忽然宾客盈门。而且来的人都是送礼的，这让欣雅想到“贫居闹市无人问，富在深山有远亲”的老话绝非是虚妄之说，她切身体会到了人情的冷暖，这令她忽然悲哀了起来。她认为80年代后的国家正处于民族振兴、经济谋求全面发展的时期，正是用人之际，这些人还是停留在请客送礼拉关系这些不正之风里，不想着如何通过自身的学习、努力来赢得社会的认可，她想到了鲁迅的话：“哀其不幸，怒其不争”，她不知道这样的社会现象什么时候才能得到遏制。

兰兰看着躺在炕上的福福说：“人家送来这些东西，咱也不能都自己留着，你这提拔重用多亏了王部长和你的老同学。过年了，都兴这个礼，你带上一些礼品去他们两家看看，让人家觉得咱们也是知恩图报的人。”“我不去，我才不干这种丢人现眼的事情。”“这咋就丢人现眼了？一不偷、二不抢，你是去送礼的，又不是去兴师问罪的。”“我这个岁数了，还上门给人送礼？亏你想得出来。”“你这个岁数提拔的有几个？还不是人家为你说话办事，你才有今天的?”兰兰的一句话说得福福泛不上第二句话来，他一想到这个职务，就像窝了一肚子脏水一样，令他倒胃，他忽然火了说：“我不当这个科长了，明天就去辞职。”“你看看，你那驴脾气又上来了，别人想当还轮不上了，你还辞职?”

兰兰给福福倒了一杯水说：“喝口水消消气，我让你去看看王部长和老黄，也是为你着想，省得咱们老感觉欠人家一份人情。再说了，你这科长当个三年两载的也就到头了，该退休了，也不用再为难了。”福福听兰兰这么一说，也觉得欠了人家这份情心里总有压力，趁着过年这个机会去看看他们，也能减轻一下自己心里沉重的包袱。“好吧，周末再说吧。”说完后福福睡觉去了。

黄家驹忽然回到家里，黄太太感到很意外地说："儿子，你怎么跑回来了?"说着话赶紧让刘妈给家驹倒水、做饭。黄太太坐在儿子身边说："你请假回来的?""妈，我在省里办点事情，顺便回家来看看。""从省里回家路过包头，你不回单位，还专程跑回来看我们？我不信。"黄家驹看见母亲不相信自己说的话，笑了笑说："我妈真精明，啥事也瞒不了你，我是送欣雅回来的。" "你和欣雅一块回来的?"黄太太惊喜地问儿子。"妈，这也不能说明什么，你千万别乱猜疑，人家还不愿意坐我的车，后来是我再三说服，她才肯和我一起回来的。""她肯和你一起回来，就说明她有这个意思了，你们在回来的路上聊了什么?""妈，这个给你说了你也不懂，你就别再问了。""这下好了，我这颗悬了多少年的心总算可以放下了。"说完黄太太笑了起来，黄兴业下班回来，看见了儿子坐在家里，感觉意外就说："年底了，单位忙，你怎么跑回来了?"黄太太满面春风笑着对黄兴业说："他是专门陪欣雅回来的。"黄兴业看了一眼儿子说："看来发展得不错吗，都一起回家了。""爸，也不是你们想的那样，我去省里办事，正好她们学校放假了，我就顺路接上她一起回来。"

黄兴业清楚他这个儿子眼睛长得高，一般女孩子很难入他的眼，从见到这个乔欣雅后，就特别上心，如果能随他的心愿，他们也算是了却了一桩心事了。"我听说你提了办公室主任了?" "爸，你的消息可真灵通。""这消息还能瞒得过我？有人早通风报信了。""真有爱管闲事的人。""你不搞业务行吗？办公室杂事多，比较乱。""刚开始有些茫无头绪，慢慢就习惯了，这个部门很锻炼人，和社会的接触也多一些。"黄兴业看了一眼儿子，心想：这个儿子仕途的前景不可估量。

周末的晚上，福福安排好单位的司机和自己出去办事。八点钟福福从家里提了两袋子礼品出来，上了车告诉司机说："去王部长家。"司机开着车到了王部长家的大门前停了下来，福福提了一袋子礼品站在王部长家的大门前。他看到王部长住的房子青砖碧瓦，独门独院，大门宽敞气派。他举手握住一个铜锁狮子的扣环敲了几下，里面传出"来了、来了"的声音，门开了，一位胖女人问福福："请问你是哪一位?""我是乔子轩，和王部长是一个单位的。""噢，是老乔，经常听王部长说起你，快进、快进来。"

福福跟着胖女人进了门，王部长正在看电视，看见门外进来的人是福福，赶紧从座位上站起来说：“老乔，你可是稀客呀，什么风把你吹来了？”福福手里提着一个袋子，不知该往哪里搁，他四下看了看，觉得门口比较合适，就放在那里了，然后说：“王部长，过年了，也没什么稀罕东西，给你带了几瓶酒，表示心意。”“你去给老乔端杯好茶！”胖女人扭动着肥硕的腰肢进了厨房，福福从后面看了一眼，觉得那身材就像海豚一样滚圆。王部长开口说：“你终于融入这个社会了，不是我说你，如果你早几年明白了这些，也不至于现在才熬到个正科。”“我就是个教书匠，一辈子被四堵高墙围在里面，外面是什么世界，我不大关心。”“你有那么好的资源不利用，还得人家上赶子找你。”

福福心里清楚王部长说的“好资源”指什么，可事到如今，他还是怀疑自己走出校园这一步到底是对还是错。“老乔，你看不看我都无所谓，咱俩一个单位，谁还不了解谁，你应该去看看你的老同学。”说着，王部长又凑在了福福的耳边悄悄地说：“我可听说他年后要调回省里去了。”福福听到王部长这话，并不意外地说：“当副盟长也有几年了，该换换岗位了。”“他这次去省里可能安排在要害部门，你攀上这门亲戚以后孩子们前途无量啊。”“孩子们的事情由他们自己决定，我不勉强。”“那可不行，你要多做工作，虽然说他们念书识字有学问，可这社会知识还需要我们大人多教教，你说是不是，老乔？”

福福从王部长家的真皮沙发上站起来，他被屋顶上方金碧辉煌的吊灯晃得眼花缭乱，坐在这里实在是一种折磨，他恨不得马上离开。“怎么老乔，你要走？”“不打扰王部长休息了。”还没等老乔出门，就听到外面有拍大门的声音，胖女人扭着腰身又出去开门了，福福心想：千万别碰到单位的熟人。可这会儿回避已经来不及了。大门开了，进来的是办公室主任，主任也看到了福福就说：“乔科长，你也来了？”“是是，你们进屋坐，我走了。”福福恨不得有个洞钻进去，如果在白天，别人可能看见他的脸比猪肝还要黑紫，福福觉得自己就像干了一件见不得人的事。“老乔，不送了，有时间过来坐。”王部长的话算是替他解了围，他赶紧回到车上，还有下一站等着受罪呢。

福福从黄兴业家里回来，脑袋耷拉着，显得无精打采的样子。兰兰问：“还顺利吗?”“丢人现眼的事，还说顺利不顺利?”“送都送去了，还堵什么气，眼下就这风气，全靠送礼提拔重用，就你是死脑筋一个。”福福看了王部长的家，那真是豪华气派，回到自己的家再看看，多么寒酸憋屈。一套旧沙发还是布的，家具也都是一些杨木的材质。王部长家里的摆设那是很讲究的，家具都是上等的红木做的，样式古朴艺术，看一眼就知道价格不菲。过去听别人说“三年清知府，十万雪花银”，看来这话用在现在也不过时。

单看王部长那套房子，还有朱漆大门，就能想象得出这不是一般人能住得起的房子。福福明白许多人削尖了脑袋往仕途上挤，是因为仕途有极大的吸引力，“一人得道全家升天”，名利双收。这条道是很多人梦寐以求的“金光大道”，不知多少人为此绞尽脑汁，福福心里感叹：还是教育简单一些，人生也干净一些。

五十三

春节过后，黄太太和黄兴业商议：“正月人们走亲串友这几天也差不多该结束了，今天是初六，过了初七孩子们又要上班走了，我的意思是请欣雅和她爸妈来家吃顿饭，顺便也让欣雅和家驹多聊聊。”“行，那就安排今天晚上在家里吃饭，让刘妈早点准备。顺便把王部长两口子也叫来一块凑凑热闹。”“那你给他们打个电话?”“王部长这里我打电话通知，欣雅爸妈还是让家驹亲自去家里请合适。”“对，也让欣雅家里的人见见家驹，彼此多了解一下。”“你让家驹带些礼品，大正月上门也算拜年，不能空着手。”“知道了，我现在就去和家驹说。”

黄太太到了儿子的屋里，看见儿子正在看书，黄太太坐在儿子身边说：“家驹，今晚你爸和我要请欣雅和她爸妈来家里吃饭。你爸的意思是让你亲自去一趟欣雅家里请他们，这样也顺带给欣雅爸妈拜个年，你去一趟?”黄太太在征求儿子的意见，家驹听说要请欣雅和她爸妈吃饭，心里暗暗高兴，但他是一个情绪不外露的人，所以表面上看不出来什么变化：“行，那我去一趟，我能找得到她家。”黄太太听到儿子愉快地答应了，赶紧找出几瓶子好酒，还有两盒糕点嘱咐家驹带上。

家驹带着东西出了门，他爸的司机在门口等着，家驹不想坐父亲的车去，后来想了想，快到欣雅家门口时他就提前下来了，免得让人家感到狐假虎威不舒服。家驹还是穿着他的呢子大衣，皮鞋干净明亮，自己也觉得干练整洁。上车后，他告诉司机走哪条路，快要到达的时候他叫司机停了车，自己拎着东西步行到了欣雅家的门口。

欣雅家住的是家属房，一排房有几户人家，欣雅家住在最东边，没有过道，院子一直延伸到前排人家的后墙，所以大门朝西边开着。家驹看到大门是木头的，两边贴着对联，对联上的毛笔字洒脱苍劲，一看就是很有功底的笔迹，黄家驹猜测这一定是欣雅爸爸的作品。他在大门外犹豫了一下，走进院子里，院子很大，中间种了两棵梨树，可惜是冬天，梨树掉光了叶子，光秃秃的。房子是砖混结构的，看上去不算陈旧，靠着正房的西边又接出来两间屋子，住房就多了。

黄家驹在院子里观察欣雅家的住所，屋里的兰兰看见外面来了客人，赶紧出来招呼："快进屋里来，外面冷。""阿姨好。"兰兰愣了一下才看清了来人是谁，她说："你是家驹吧？你看这人老了，记性就是不好，差点没认出来。"说着兰兰开了门，请客人进了屋。黄家驹把手里提着的东西放在地下，看见欣雅的爸爸正坐在沙发上翻看报纸。"叔叔，过年好。""是家驹来了，快坐。"欣雅和静雅在里面的卧室里看书，听到声音，欣雅走了出来，她看到坐在沙发上的黄家驹，吃了一惊，但见了面不打招呼也有失礼貌，于是就问："你刚来？"

说完这句话，欣雅感觉自己简直就是一个傻瓜，人家本来刚坐下，这不是明知故问吗？她有时真怀疑自己的智商。黄家驹看见欣雅穿了一件藏青色的外套，头发蓬松地扎起来，上午的光线很好，她乌黑发亮的头发闪着光泽，充满生机，白皙的脸上依然呈现出一如既往的冷艳，她站在他的对面，距离很近，他甚至能闻得到她身上散发出来的气息，那是一种类似薄荷般的淡雅，就像她的生命一样清纯。福福看见黄家驹在注视着欣雅，他咳了一声指着坐在炕上的父亲对黄家驹说："这是欣雅的爷爷。"黄家驹赶紧站起来问候三保："爷爷过年好！"三保笑眯眯地说："都好都好，快请坐！"黄家驹坐了下来。福福喊静雅："静雅，给客人倒茶！"不一会儿，黄家驹看见一个十七八岁的女孩子端了一杯茶，放在他面前的茶几上。黄家驹看见静雅和欣雅的五官基本相似，所不同的是静雅是鸭蛋形脸，她的外表文静、温和，没有欣雅的高傲之气，有着温婉、贤淑的古典美。

"你爸妈都挺好吧？"福福的询问中断了黄家驹的思路，他回过神来回答："我爸妈都挺好的，他们让我代问叔叔、阿姨好。"黄家驹不愧是在工作中久经锻炼的人，说话不急不缓，尽管他此时心里也很紧张，但表面丝毫看不出来，他把注意力转向了福福说："叔叔、阿姨，我爸妈今天让我来请你们二位和欣雅晚上到我家吃饭。前几天家里亲戚来得多，抽不出时间。明天又是小年，家里人团聚。今天初六，爸妈感觉时间合适，不知道叔叔、阿姨能不能赏光？”黄家驹的话说得很得体，既不勉强，又不失热情，福福感觉到了这个年轻人的成熟、稳重，心里喜欢，当下就应允了：“今晚没什么其他事情，我们准时去。”

黄家驹从沙发上站了起来，他的目光投向了欣雅，他们两人的目光交汇在一起，黄家驹冲欣雅点了点头，然后和家里人告辞后离开了。送走了黄家驹欣雅抱怨父亲说：“爸，你怎么能随便答应人家的邀请去吃饭？”“那你让我怎么拒绝？”“你就不能说咱们晚上有事吗？”“咱们晚上本来就没事吗。”“要去你和妈去，我不去。”一向不说话的三保开口了：“我看这个后生蛮不错，沉稳，说话有分寸，这种人办事也错不了。”“爷爷，你就听人家说了几句话，怎么能随意评判一个人呢？”“你们不要以为我老了就啥也不知道了，我过的桥比你们走的路还多，什么样的人没见过？我看人走不了眼的。”福福接过话来说：“爷爷说的话没错，从今天进门一直到他走，我仔细观察，他确实是一个说话有分寸、行为稳妥的小伙子，还真如别人说的一样，确实不错。”

欣雅没有再说什么，她不想再和家里人争论这些问题，出门找如萍去了。到了如萍家，问过了如萍的爸妈好，然后就进了如萍的卧室。如萍躺在床上看书，听见有人进来才放下手里的书坐起来，看到欣雅如萍高兴地说：“你怎么跑过来了？”“想你了呗，就来了。”说着话拿起了如萍看的书，一看书名欣雅的眼睛睁得大大的，嘴巴也合不拢了，那吃惊的样子不亚于碰见了一条大蟒蛇一样惊恐万状，她说：“你从哪弄来的这本书？”“借来的。”“这是禁书，一般人根本借不到，你哪来的这本事？”“你是不是已经成为法官了，在审讯犯人？”“嗯，你说对了，今天要是不能实事求是陈述实情，我就会判你刑的。”“呵，你还真来劲了，我就不告诉你。看你这个法官能奈何得了我？”欣雅的手伸向了如萍的腋下，如萍马上宣布投降。“老实交代吧！”

“本来就是借的，你非要逼供，太残忍了。”“向谁借的？从实招来。”如萍的脸一下子红了，欣雅的目光就像两把利剑，一下穿透了如萍的堡垒，如萍节节溃败，只能告诉欣雅是她的男朋友给她寄过来的。如萍说出了真相，其实欣雅早已猜测到了。80年代末，《查泰莱夫人的情人》这类书是很难看到的，它是禁书，原因就是描写太开放，与中国人根深蒂固的封建传统道德相悖，所以一直受到禁止。“你怎么看康斯坦丝?”欣雅看着如萍的眼睛问她。“我同情她的遭遇，也能理解她的出轨，她有权利追求自己的幸福。”“康斯坦丝的丈夫也是第一次世界大战的牺牲品，战争带给人类的就是灾难，如果不是战争导致查泰莱爵士的瘫痪，康斯坦丝也不可能出轨。”“康斯坦丝和安娜所不同的是，康斯坦丝很勇敢，还有查泰莱的宽容。”“查泰莱的宽容是极其虚伪的，没有一个男人愿意做乌龟，包括太监，所以这本书也揭露了人性伪善的一面。”

如萍睁大了眼睛看着欣雅说：“你对书的内容这么清楚，看来你早看过了?”欣雅笑了笑说：“我也就大致翻了翻。”“在大学里?”“对，一个宿舍的同学带来的。”“你今天跑过来找我肯定有心事，说说。”“还不是家里人要去黄家吃饭，还强迫我也参加。”“关于黄家驹的事，你也和我说了不少，我觉得他人真挺不错的，你看放假时专门接你回家，还去学校里看望你，这说明他多在乎你。”“可我不在乎他呀，这是一厢情愿的事情，我总不能为了感激他而委屈自己吧?”“难道你就对他没动过一点心思?”欣雅想起她在宿舍楼下看到黄家驹时的一刻，感觉他很像日本电影《追捕》里面的杜秋，那一刻她的心里为之一动，她觉得他就是自己心目中的那个幻影，出现在了现实当中。可仅仅那么一刻，幻影就消失了，现在自己也说不清楚到底是一种什么感觉。

晚上，欣雅被父母逼着一起去了黄家驹的家里，王部长一家已经到了，看见福福一家到来，黄太太和黄兴业招呼大家坐下说话，欣雅坐在了妈妈身边。寒暄之后王部长说：“没想到老乔有这么漂亮的女儿，亭亭玉立，家驹果然有眼光。”欣雅被说得不好意思，但她一贯冷峻矜持，所以情绪上没表现出什么波动。黄家驹忙乱着给客人倒水、端菜。黄兴业说：“家驹，你也坐下来，我们开始吧。”黄兴业拿过酒瓶来，福福看了一眼是茅台酒，心想：这规格可够高的。黄兴业用了二两的杯子，给王部长倒了一杯，同样也给福福倒了一杯，自己端起一杯，其他女的都喝饮料（女的事先声明不喝白酒），黄兴业看了一眼欣雅和家驹，征求他们两人的意见问：“你们喝点儿啥?”欣雅说：“我就喝茶水。”“我喝点啤酒。”“好，你们随意。来，今天是大年初六，我们喝一个拜年酒，祝福新的一年万事和顺，家庭幸福。”

说完后，黄兴业一饮而尽，王部长和福福看到黄兴业喝了下去，只能全部喝完了。黄兴业正要拿起酒瓶，黄家驹站起来说：“爸，我来倒酒。”说着黄家驹给王部长和福福又都倒满了，给他爸也倒了满满一杯。黄兴业又端起酒杯说：“这第二杯酒敬给在座的客人，你们既是我的客人，也是老朋友、老同学，我敬你们一杯，祝福大家身体健康、阖家欢乐。”说完黄兴业又一饮而尽。福福虽然有点酒量，可茅台度数高，这一杯喝下去就四两了，他有点犹豫。可王部长一口干了，他不喝也说不过去，只好端起酒杯喝了。

“大家吃菜，快吃菜!”黄太太招呼客人们吃菜。黄家驹和欣雅的座位紧挨着，黄家驹给欣雅夹了一块鱼放进欣雅的碗里，欣雅不好意思地点了点头。她没有看他，这种近距离的落座，让她感觉很不自在，他身上散发出来的雄性气息她闻着有一种说不清楚的复杂成分，这种味道很陌生，却又有一些不可抗拒的诱惑，令她产生了某种错觉。

五十四

不知什么时间了，欣雅睁开了眼睛。外面还是一片朦胧，她看了看手腕上的表，都快九点了。家里也静悄悄的没有一点声音，她又闭上了眼睛，心情就像这阴郁的天气一样，有些迷蒙，还掺杂着某种羞耻、堕落、沉闷、压抑感。她下地拉开了窗帘，厚厚的云层把天空遮挡起来，可光线就像一把长剑划破了天幕，从云层中钻了出来，就像给铅灰色的云层镶了一道金边，金边在逐渐扩大，被遮挡的光线渐渐清晰起来，穿透了云层，直射向大地。刚才暧昧不明的界面扩展成晴朗的天空，太阳露出了羞赧的面孔。

欣雅回到床上，又一次躺下来，昨晚的一幕在她的脑海里就像放电影一样，闪过每一个镜头。当两瓶茅台即将见底时，几个喝白酒的人都出现了舌头僵硬、说话前言不搭后语的状态，他们的夫人搀扶着各自的丈夫到客厅，坐在沙发上，给他们喝热茶去了。黄家驹收拾餐桌，欣雅觉得不好意思，自己也站起来帮忙，结果她刚迈出脚，脚下一滑，身子向后仰去，黄家驹一个箭步跑过来，接住了向后倒下的欣雅，欣雅还没从惊恐中反应过来，已经躺在黄家驹的怀里了。

她试图站起来，可是她的身子倒在了黄家驹的怀里。她只觉得一股气流就像被加热过的蒸汽一样，喷在了她的脸上。她再一次试图挣脱出来的时候，才感受到黄家驹的两只胳膊紧紧地抱着她，他的身体微微颤动，就像一座巨大的火山，仿佛要把欣雅彻底融化。欣雅这时闭上了眼睛，她的身体就像被电流击中一般，头脑也麻木了，她的理智、她的矜持这时都背叛了她，她如同一只羔羊，软绵绵的被对方控制了起来，她的喘息也急促了起来。

黄家驹看到欣雅的脸颊泛起了潮红，嘴唇就像花瓣一样微微翕动，他的身体发抖，仿佛洪水猛兽一般不由控制。他想遏制自己的冲动，可他内心燃烧起来的火焰已经把理智烧成了灰烬，身体的无限膨胀使他丧失了清醒。看着这富有弹性、微红的嘴唇，他低下了头，把自己的嘴唇覆盖在了它的上面。欣雅感觉自己的嘴唇融化在了一片火海之中，那火焰吐出长长的舌头，窜进了自己的口腔，自己在一片温热之间，迎接着熊熊烈焰，嘴唇和嘴唇交织在了一起，欣雅感到昏厥在一场无法摆脱的纠缠中……

忽然"咣当"一声清脆的响声，惊醒了他们，黄家驹扶着欣雅站起来，他们恢复了神志，看了看四周，才明白刚才的响声来自厨房，刘妈在那里洗碗。欣雅不知所措，黄家驹拉起她的手，走进了自己的卧室，欣雅坐在了床边上，黄家驹就像犯了错误的孩子，站在欣雅跟前。看到欣雅的头发有些凌乱，他用手轻轻为她拢起。当他的手指触摸这些头发的时候，他被这丝滑的秀发撩拨得无法自制，伸开双臂再一次把欣雅搂在怀里，欣雅的头靠在了黄家驹的肩上，黄家驹的嘴唇贴在欣雅的头发上，头发上百合一样的清香令他神魂颠倒，他的身体又一次像山洪暴发一样不可遏止。他捧起了欣雅的脸，雨点般的吻落在了欣雅的眼睛、额头、脸颊、嘴唇上……

这些镜头在欣雅的脑海里一一出现，欣雅脸热心跳，她感觉自己的初吻就这样在没有任何准备的情况下，被强暴了，可她竟然没有反抗，她为自己的行为感到羞耻。她也为自己的顺从感到悔恨，如果当时她激烈反抗，也不会有现在的负罪感。可是她的荷尔蒙出卖了她，那些潜藏在意识里的渴望就像脱缰的野马不由自己控制了，她的回味中居然还有残留至今的激动和快慰。但这些都是罪恶，自己内心的冰山居然那么不堪一击，所有的高傲顷刻都低到尘埃里去了。

欣雅回到了学校，时光荏苒，春去夏来，大四的学生很快就要毕业了，学校为毕业生召开了"毕业典礼大会及文艺晚会"。欣雅和系里的同学坐在礼堂里，参加毕业典礼大会。校长致辞完毕后，在校生代表发言，然后是毕业生代表发言，会议程序结束后，演出开始。这场晚会的演员以大四的学生为主，有舞蹈、相声、小品和演唱等等节目，台上忽然传来了

“下面请出我们的‘情歌王子’舒曼为大家演唱”的声音，这时台下响起了热烈的掌声，还有口哨声。

欣雅看到舒曼怀里抱着吉他走上了前台，他穿了一件红色的T恤，下面搭了一条白色长裤，灯光聚焦在他的身上，他蜷曲的头发富有弹性和动感，脸上依然是忧郁的表情，他向台下望了一眼，开始弹奏吉他。欣雅觉得那一眼是在张望自己，可她马上否决了自己荒唐的幻想，时隔四年，今非昔比。他将离开这座校园，自己从此将和他天各一方了，想到这些，欣雅暗自悲伤起来。

舒曼的歌声响起了，低沉略带沙哑：

望断天涯
你的归帆在哪里
我似一座千年的灯塔
空守一句承诺
一任往事在心底纷呈明灭
千千阙歌
我是最幽最怨的情节

哦，那句美丽的相约
像一朵诱人的红花
多少年了，挂在生命的枝头
迟迟不肯飘落

舒曼的歌声戛然而止，台下又一次爆发出热烈的掌声，舒曼向前跨了一步，给台下所有的观众深深鞠了一躬，这是他的告别方式。他将告别这个舞台，告别四年的校园，还有坐在台下的欣雅，欣雅此时竟然抑制不住自己的伤感，眼泪悄然流了出来。欣雅觉得此时一别，可能终身难以相见，他给她的青春世界里留下了诗一样的梦幻，每当看到他的时候，欣雅感觉空气都有了颜色。他走了，这一切也将随之消失，日子会变得苍白，校园里再也没有了低沉沙哑的歌声，欣雅的内心也将永远沉寂。

当校园里又一次绿树成荫的时候，欣雅她们也面临着毕业的选择，大家都在考虑未来的去向，欣雅想着还是回到临城，和父母亲待在一起，可以照顾家庭。因为妹妹也考上了大学，家里需要有人帮衬。欣雅也没和家里人商量，在毕业志愿栏里填报了自己的志愿。一天，她在教室里上完课，系主任派人来找她，让她去一趟办公室。

欣雅来到了系主任的办公室，系主任很客气的让她坐下然后说："乔欣雅同学，今天找你来呢，是和你商量一件事情。咱们系成立以来一直就缺少师资，外聘老师不少，长期这样，不利于教学的连续性，也不利于学校的统一管理。所以想从毕业班的学生里面精选几个留校，在业务方面做重点培养。"欣雅做梦都没有想到系主任是和她说这事，她的情绪有些激动，但很快就恢复了正常。系主任继续说："上次学校举办演讲比赛时，你的表现很出色，我们查看了你三年多的学习成绩，每门课程都很优秀，校长也特意叮嘱征求你的意见，希望你能考虑留校任教。"

欣雅一直认真听着系主任说话，当系主任以诚恳的态度征求她的意见时，欣雅毫不犹豫地说："谢谢学校领导的信任，虽然我感到自己成为一个大学老师的条件还远远不够，但我会努力学习，不辜负学校的信任。""这就对了，留校是很多人的梦想，但不可能所有的人都有这个机会，你要好好珍惜。""谢谢主任。""那我就上报学校，你也准备办理留校的手续吧。"

欣雅走出了系主任的办公室，这是她一生中最意外的惊喜了，原以为自己就要卷铺盖卷离开这里了，没想到要长期留下来。青大的校园是每一个青大学生眷念的地方，四年来这里是她们学习、成长的摇篮，也是她们编织美丽梦想的殿堂。这里的一草一木都令人难以忘怀，她要永久留在这里，成为这里的一名教师，她心里不知有多美。她想大声呼喊，告诉所有的人，但冷静打消了她冲动的念头，她在校园里慢慢地走着，和每一片绿叶分享自己的快乐。

她走到了学校的电话亭前，给爸爸打电话。"爸爸，我是欣雅。""欣雅，你打电话回来有事吗?""爸，我告诉你和妈妈一个好消息，我留校了。""什么、什么？你重说一遍。""学校已经找我谈话了，希望我留校，我也同意了。”“好好好，太好了，一个女孩子留在大学里面当个老师，这是多么好的事情，我回去告诉你妈。”“那我挂了。”等“嘟嘟嘟”的声音响起后，福福才放下了电话，女儿的这个消息比什么都令他高兴。自己虽然教了多半辈子书，可那是在中学里，他希望女儿留在校园里，不要掉进社会这个大染缸。学校还是单纯干净一些。尤其大学里，主要任务就是做学问、教书，打交道的除了课本就是学生，清清亮亮地做人、做事，这是自己一生都在追求的理想，可还是被卷进了生活这股洪水里面去了。

至少女儿的未来他是放心的，欣雅的倔脾气根本不适合做法官和当律师，如果她走上这条路，会碰得头破血流。现在好了，所有的担心都一扫而光了。福福下了班，司机要送他回家，他说自己想走一走。他让司机回去了，他步走着回家，就是要慢慢消化女儿带给他的快乐，他不由自主咧开嘴笑了，自从进了这宣传部，自己也一步一步走到了科长这个职位，可他从来也没像今天这样开心过。女儿的留校和任何人没有关系，她凭借的是自己的能力，没被拖泥带水的关系网罩住，走的是一条康庄大道，这让福福感到无比的自豪。

他的脚步迈得悠闲轻快，树上的小鸟躲在浓密的叶子下婉转鸣啾，蚯蚓从草丛里爬出来横在路上，刚下过雨的地面还有一些湿痕。空气里透着丝丝清凉，福福第一次认真观察着这座城市，它竟然如此有活力。

五十五

周末的晚上，黄家驹回到了家里，黄兴业看到儿子回来有些意外，就问：“你的单位不是很忙吗？怎么有时间回家呀？”黄家驹笑了笑说：“单位再忙也要回家看望老爹、老妈呀。”黄兴业听了儿子的话，心里很舒坦就说：“你妈出去了，一会儿就回来，你还没吃饭吧？先让刘妈给你做点吃的。”“我也不怎么饿，等会儿再说。”这时刘妈沏了茶端出来，放在沙发前的茶几上，黄家驹和刘妈打了招呼，刘妈就回厨房了。黄家驹和爸爸坐下来闲聊，他注意到了父亲的头发白了很多，心里略有些酸涩。父亲虽然调到省组织部当了部长，职位是升迁了，可工作也更加繁忙了，除了操心工作上的事，家里也有一摊子事情让他不省心。

黄家驹自己也有事情想和父亲商量，可这话不知该从哪里说起。自打听说乔欣雅留校后，黄家驹又是高兴又有些担心。高兴的是乔欣雅留在省城，和自己家近了许多，平时走动也方便了。担心的是她成了大学的老师，从学历到知识已经超越了自己，再加上她的漂亮，羡慕的人不知有多少，这门婚事不能再拖延了，要尽快定下来。自己虽然在单位发展得不错，可离省城毕竟还有些距离，为了乔欣雅，他考虑再三，决定调回省城工作，这就是他这次回家的主要目的。黄家驹正在想着如何和父亲提起这事，母亲推门进来了，看见儿子，高兴地问：“儿子回来了？我说今天右眼皮老跳有什么好事了。”说完坐在了儿子身边仔细端详着儿子的脸：“妈看你最近又瘦了。”“妈，我没瘦，身体可结实了。”“单位的伙食咋也比不了家里，要在家里吃饭，你的身体妈就不担心了。”黄家驹听妈这一说，赶紧接过话来说：“我也想吃家里的饭，可现在不是离家太远吗？”“那就让你爸把你调回省城来，这样我们一家就团圆了，你同意不同意？”“我倒是没什么意见，就怕给我爸找麻烦。”黄兴业抬起头来看了看黄家驹，他心里清楚，儿子在单位很受器重，怎么会有回省城的想法？这里面肯定有什么原因，是和领导闹什么别扭了？还是自己感觉工作不顺心了？黄兴业了解自己的儿子，他所担心的这些问题不是儿子调回省城的理由，难道是为了……他没有再往下想，只是抬头注视了一下儿子，父子的眼光交汇在了一起。黄兴业看见儿子的眼中有一种期待，而且还比较迫切。他看到近三十岁的儿子一直没有成家，心里忽然有种歉疚感，虽然这不是他们做家长的责任，但毕竟心里有些不安。

这时，黄兴业叹了口气，那叹气声有些沉重，让黄太太和黄家驹倒有些不安起来。他们不知道黄兴业心里怎么想，为何叹气？黄兴业再一次抬起头来看了看儿子说：“你打定主意要回省城?”黄家驹的口气很肯定地回答：“是的，爸爸。”“那好，你想回到企业单位，还是事业单位?”黄家驹停顿了一下，征求他父亲的意见：“爸，你认为我该去什么单位?”黄兴业是了解自己的儿子的，他在包钢干办公室主任一年多了，这个岗位对他来说是最好的锻炼，就像一块生铁，不经过锻造成不了好钢，现在他已比较成熟了，还是让他在事业单位发展比较好。“你回省团委工作，从最基础的工作开始，能不能适应?”“没有问题，我不怕累，也不怕苦，能够适应新的工作要求。”“这点我倒不用担心，回头和团委的领导们协调一下再决定。”

黄家驹没想到父亲不问他为什么要调回省城，就这么痛快地答应了自己的要求。其实黄兴业已经猜测到他这个一根筋儿子的心思了。如果不是为了乔欣雅他是不会放弃那么好的工作和前途的，儿子既然肯下这个决心，说明他对乔欣雅这个女孩儿是一门心思了，爱情可以让一个人重新选择自己的人生，这就是爱情的力量，其他的名誉、地位在爱情面前都无足轻重。黄兴业一定要成全儿子的爱情，他心里盘算着这个工作调动的事情该怎么运作。

黄家驹吃了晚饭，和父母亲打了招呼就出去了，他打车来到了青城大学的校门口。周末了，学校里的学生们三三两两都外出休闲散步，黄家驹在大门口犹豫了一会儿，感觉心脏跳动的速度加快了许多。从那次和欣雅有了第一次近距离接触之后，两人再没有见过面。黄家驹无时无刻不在想着欣雅，但他心里明白，乔欣雅这样的女孩子不宜丁追得过紧，那样反倒会引起她的反感，所以他一直没有来找她。可当青大的一个熟人告诉他欣雅留校的消息后，他就再也坐不住了，他对她的思念就像一条不断流淌的小河，日夜在心里奔腾，他渴望见到她。为此他多少个夜晚都在苦苦思索，如何才能和她走得更近，最后他做出了一个令自己都吃惊的决定，放弃现在的工作，放弃蒸蒸日上的升迁机会，回到她的身边。

今天他又一次站在了青大的校门口，不知道欣雅见到他是什么态度，他心里有些忐忑，但他还是迈步跨进了校园，来到了欣雅的宿舍楼下，请人带话，他在楼下等着欣雅。欣雅听说有人找她，心里"咯噔"了一下，第一时间想到了黄家驹，这么长时间过去了，黄家驹一直都没有来找过她，她心里感觉轻松了许多，有时也会悄悄地出现一种莫名其妙的渴望，她有些害羞。今天黄家驹真的找来了，她反而紧张得不知所措，她不知该不该下去见他。可不下去呢，他会一个人站在那里一直等着她，她有些于心不忍；下去吧，又羞于相见，想到那天的情景，她的脸红到耳根了。左右为难后，她穿了一件夏天的白衬衫走出了楼门。

黄家驹看见从楼道门走出来的乔欣雅，就像看见一个白衣天使下凡了，一刹那不但令他心旌摇曳，而且热血沸腾起来。乔欣雅看见了黄家驹，他的头发梳理得很有秩序，衣服穿戴整齐，目光投向了她，四目交汇，两个人都不知道该说啥好。黄家驹打破了僵局说："周末快乐！"欣雅礼貌地回答："周末快乐！""我们出去走走？"乔欣雅没有回答，但迈出了脚步。他们随着外出的学生走出了青大的校园，各自都不知道该从何说起。黄家驹主动问欣雅："听说你留校了？"乔欣雅吃了一惊问："你怎么知道的？"黄家驹笑了笑说："你的事对我来说就是最大的事，所以时刻关注。"欣雅的脸又一次红了起来，她明白黄家驹这话是发自内心的，没有任何虚伪、粉饰的成分。"谢谢你的关心。""跟我还客气起来了？""我是真诚感谢。"黄家驹转向了乔欣雅，他两眼盯着欣雅，这是一个让他魂牵梦绕的面孔，玲珑剔透的五官早已深深刻在他的脑海中，尽管她有拒人千里的冷漠，但黄家驹还是有勇气穿过冰冷的外表，直达心底去感受她的火热。“这么长时间不见面了，我真的好想你。”欣雅听到这句话后，眼睛没有直视黄家驹，她不是一个冷血动物，她也感受到了黄家驹对她的感情，可她总不愿意就这样把自己的爱情过早地付诸生活，她对远方有着憧憬和向往。但她也说不清楚那个远方到底在哪里。她的眼睛向黑暗中的远方张望，黄家驹拉起了她的手，她躲闪了一下，却被黄家驹紧紧地握住了。黄家驹的手很热，欣雅有些眩晕，仿佛那天的情景又一次出现了，她想抽回自己的手，可是黄家驹握得很紧。她慢慢地开始放松自己，和黄家驹边走边聊着。

他们聊得比较自如，黄家驹的内心第一次有了踏实的感受，不像之前老是飘忽不定，但黄家驹一直没有告诉欣雅他要调回省城的决定。他做事一向谨慎，在事情没有结果之前，不会轻易吐露，包括乔欣雅在内。这也是后来他们婚姻失败的主要原因之一，生活中很多事情是需要及时沟通的，这样才能避免误会，如果把一些疙瘩系在心里，长此以往就会成为死扣了，这也是黄家驹多年以后追悔莫及的心理。黄家驹把乔欣雅送回宿舍，他也回到了家里。他的父母早睡了，他悄悄地走进了自己的卧室，躺在床上，心里还保留着无法消减的喜悦，慢慢进入了梦乡。

在黄兴业的协调运作之下，黄家驹的调动手续很快就办成了。黄家驹的单位没有想到他会突然调回省城，大家七嘴八舌地议论，有的惋惜，感觉他走得不是时候，也有的舍不得让他走，单位的领导为他践行，黄家驹喝了不少酒，无法掩盖自己对这里的留恋之情。大家纷纷劝酒，黄家驹竟然喝多了，他举着酒杯对领导和同事们说：“其实我不想走，但我又不能不走，我都快三十岁了，还没有结婚成家，这是父母的一块心病，所以我要回去尽快成家。”说着，他又“咕嘟”喝进去一杯白酒，大家看他喝多了，一再劝他别喝了，可黄家驹此时已经失控了，他说着话，眼泪也出来了，这是他的真情流露，他在包钢从一个普通的技术人员升迁到办公室主任，这一路走过来，包钢和他已经成为一个难舍难分的整体，他要离开这里，就像身体的某一部分被割裂一般，使他疼痛不已。所以他的眼泪是他内心无法遏制的情感表露，他对这个庞大的企业有着深厚的感情。

在众人的规劝之下，他才停止了喝酒，被同事们送回宿舍休息。第二天一早，单位的车送他离开了包钢，离开了他为之努力奋斗的岗位。他的头有些疼，但他清楚地认识到，鱼和熊掌不能皆得，自己还年轻，回到省城可以从头再来。他去了省团委报到，团委书记接待了他，安排他在团委办公室工作，行政级别是科级。因为之前他在包钢也是负责办公室的工作，这方面的工作内容他比较熟悉。再者，原团委办公室主任调离，这个岗位一直缺席，黄家驹正好补了这个空缺。黄家驹的工作算是在省城稳定下来了，他暂时住在家里，等过一段时间再考虑住在哪里合适。

他除了按时上下班，周末就去找欣雅。他买好了两张电影票，邀请欣雅一起看电影，在看电影的过程中，才告诉欣雅他已经调回了省城，欣雅有些意外地问："你在那里的工作不是很顺利吗？怎么调回来了？""你留在省城了，我就不能老待在那里了，回来多陪陪你。"此时欣雅才明白黄家驹调回省城的真正目的。

五十六

1981 年对于乔家来说，是特别重要的一年，因为这年的冬天乔欣雅和黄家驹要结婚了。经过了半年多近距离的接触了解，黄家驹终于赢得了乔欣雅的芳心，最后决定在年前举办婚礼。结婚的日子定在了腊月初八，因为路程远，先在青城黄家举办婚礼之后，再回到临城由乔家举办婚礼仪式。这中间传话的人主要是王部长，王部长也调回盟委了，成了盟委的领导成员之一。他深谙官场之道，所以一直博得领导成员对他的信任，黄兴业调回省组织部后，他逢年过节都过去走动走动，一是和原来的领导保持密切联系，二是对省级领导的关怀和尊重。

尽管临城离省城的距离远，但王部长和黄兴业的个人关系却越来越近了。当黄兴业告诉他两个孩子的关系确定以后，他没有给福福打电话协商孩子们的婚事，而是屈尊去了福福家里。司机把他送到福福家门口时，他从车上提下来两袋子东西，不让司机等他，打发司机回去了。福福家的地址是他提前问好的，他来的时间也决定在晚上。冬天，天黑得早，八点钟左右，已经黑咕隆咚了，也没有人看得见。他走在了福福家的大门口，凑近了看看，这还是两扇陈旧的木头大门，油漆也剥落得差不多了，门上扣着两个大铁环。王部长把东西搁在地上，伸出手抓起铁环，铁环冷冰冰的，他感觉一股凉气直窜身体，打了一个寒噤，他叩响了门环。

好一阵子才听到院里有人询问："谁呀?""这是乔子轩家吗?""是的。"搭话的是一个女人，王部长猜想这一定是老乔的妻子。木头门的门闩拉开了，露出了一张女人的脸，黑暗中王部长感觉有一股热气扑面而来。王部长提起了地上的东西，随老乔家的进了院子，院子里有一盏昏黄的灯，王部长借着灯光看到老乔他们居住的房子还是单位分的老旧的平房，低矮陈旧，院子里的一棵梨树早已超出了它的高度，老房子在昏暗的灯光下，就像一个暮气沉沉的老人，没有一丝活气。王部长心想：这老乔调回临城也有几年了，怎么光景还是这个样子？

女人开了门，喊了一声：“老乔，有客人来了。”王部长的一条腿跟着老乔家的跨进了门，另外一条腿还没迈进门，头就“砰”的一声撞在了门框上，王部长手里的东西“哗啦”一下掉在了地上，他双手抱着头直喊“啊呀，好疼……”福福看清了进来的人是他的老上级，现在的盟委大领导，赶紧从沙发上跳起来，扶住了王部长，王部长这才低头进了门坐在沙发上。王部长个子高，这个门框有点低，结果出现了头撞门的意外。“王部长你怎么来了？有什么指示你给我打个电话不就行了？还劳驾你这么晚了跑一趟。”“老乔，我说你怎么也不把这门框往高提一提，你这个子也进不来呀？”“我习惯了，进门前就弯一下腰，不至于碰头。”“你天天弯腰进门也不修缮一下这房子？”“这房子确实老旧了，听说单位要统一翻盖，所以就一直等着。”“你先写个危房改造申请上来，申请房屋维修补贴，争取财政拨款改造一下，这房子确实该翻新了。”“谢谢王部长关怀，我尽快写个申请交上去。”

福福让兰兰赶紧沏茶倒水，王部长摸了摸自己的头，前额上撞起了一个大包，他一边用手揉着，一边对福福说：“我是无事不登三宝殿啊，今天来和你们商量一件事。”福福看了看王部长揉着脑袋疼得龇牙咧嘴的，心里也确实不好受，但他已猜出王部长此次前来的目的，只等着王部长把话说明白了。王部长停止了揉脑袋的动作，端起水杯喝了一口水继续说：“黄部长托我来和二位商量。”一听这话福福赶紧喊：“天勤妈，你出来！”兰兰从里屋走了出来，有点拘束地站在地上，王部长赶紧招呼：“快坐下来。”兰兰坐在了一个凳子上，王部长继续说：“你们两家的孩子都也不小了，经过这一年多的接触，双方都感觉合适，所以呢，黄家的意思是今年想把他们的婚事办了，不知道你们有什么意见？”福福看了看兰兰，兰兰心里也清楚，关于女儿的婚事，他们问过女儿，看来女儿是不反对的。“这事你和天勤他爸说就行了，我听他爸的。”兰兰说完看了看福福，福福说：“既然两个孩子都同意，我们也没什么意见，王部长你看怎么办好就怎么办。”

王部长一听心里很高兴，头上的疼痛感一下子就消失了，他下意识地用手摸了摸，那个大包也顿时小了不少，他拍了脑袋一巴掌说："那就这样，我回去和黄部长汇报，看看黄道吉日，咱们就定了结婚的时间。""爱好结亲，我们静候佳音。"王部长听了福福的话，心里很受用，他站起来笑着对福福说："申请危房改造的报告写好了直接交给我，我审批完了交给财政局。开春后，翻盖一下你这房子。"福福千恩万谢地起身送王部长，自己抢先一步走到门口说："王部长小心头。"王部长把腰弯成了九十度，生怕门框再一次撞到自己。

王部长回到家后，迫不及待地给黄兴业挂了电话，说明情况，黄兴业也很高兴："你王部长办事我绝对放心，这事办得漂亮。"听到上级领导的表扬，王部长心里比吃了蜜还要甜，他说："那这结婚的日子我请人帮着看看，哪天是黄道吉日，咱们就定在哪天。""好，这事就交给你办了，回头我把两个孩子的生辰八字告诉你，你帮着看看。""老领导交给我办的事，我一定办得妥妥帖帖，请领导放心。"打完了电话后，王部长说不出的高兴，自己有了一次为老上级服务的机会，这是自己最大的荣幸。

结婚的日子经过找人测算，定在了腊月初八这天。欣雅正值假期，早早回到家里准备，黄家也在忙着婚宴的事情。时光飞逝，转眼就到了日子，福福家的亲戚大多是乡下的，初八这天人们陆陆续续就来了，福福请来了帮忙的人，在厨房里换了一口大锅，流水待客。晚上在食堂里夜坐，吃过了饭，亲戚们回到福福家里闲聊，亲戚们因为不在一起居住，只有这种场合才能聚在一起，所以话题就特别的多，嘘寒问暖，说起来没完。乔三保坐在炕中间，晚辈们围着他说话，他还是那姿势，两腿支起，双手抱膝，笑眯眯地不怎么说话，听亲戚们絮叨。

这时，三保的女婿走了过来，看了一眼三保，告诉他说："我请人把咱们家的土房子拆了，赶过了年后，天气暖了，就可以盖个新房子了。"他说完了话，又看了老丈人一眼，发现老丈人的脸色大变，嘴唇哆哆嗦嗦地问："你把我的旧房子拆了？""你不是早就想翻盖旧房子了吗？所以我先请人拆了，等春暖花开后再盖新房。"他的话还没有说完，就看见三保脸色煞白，嘴里嗫嚅着什么，大家也没有听清楚。人们七嘴八舌地劝三保：那老房子快塌了，不能住人了，拆了就拆了，回头盖好了新房，你回去住。人们安慰了三保一番，三保一直没有吱声。众人看见他情绪平静了，就转移话题聊别的去了。

冬天的夜虽然长，可是人们也感觉晚了，大家都有些困了，看了看时间，都快十二点了，请来帮忙的人安排亲戚们到前面的旅馆休息，众人走得差不多了，福福看见父亲的床还是空着的。这时他问妹夫："你看见天勤的爷爷没有？""没看见呀。"兰兰也感觉奇怪，有一会儿不见公爹了，剩下的几个亲戚开始帮着找三保。他们找遍了房前屋后，马路东西，也没找到三保的影子，这时福福的姑母发话了："我知道他去哪儿了，他是回乡下了。"众人你看看我，我看看你，这寒冬腊月的天气，外面滴水成冰，他一个人怎么回乡下呢？明天欣雅结婚，他今晚玩起失踪了，福福的眉头上皱起了一个大大的"川"字来。

几个亲戚集中到一起商量这事该咋办。只见天勤的姑父主动提出自己去找回老丈人来。大家一听也比较放心，嘱咐他骑上自行车沿着回乡下的路找人。福福把天勤的自行车推出来，天勤的姑父戴好了帽子，穿好了衣服，把自行车推出家门，骑着自行车一溜烟消失在夜幕里。他顺着回乡下的路使劲蹬着自行车，深冬的寒风嗖嗖地吹着，但他一点也不觉得冷，头上还在冒汗，棉帽子扣在头上，里面都湿了。两只手上戴着棉手套，牢牢握着车把，一边骑一边看着前面的路。冬夜的一弯月亮也显得瘦弱无助，那条唯一通往乔家圪旦的路，在月光下显得昏暗模糊，天勤的姑父努力睁大眼睛，看着这条斗折蛇行的土路，弯弯曲曲泛着暗淡的白光，他心里生出一丝恐惧，于是加快了蹬车的速度。

模模糊糊看见前面有一个人影，天勤的姑父用棉手套擦了一把眼睛，仔细辨认，那走路的姿势看上去就是老丈人。他快速骑车过来，喊了一声"岳父"，三保也戴了一顶棉帽子，隐隐约约听见喊声，转回头来一看，女婿已经跳下了自行车，走到了他的身边。女婿气喘吁吁地问老丈人："你一个人大黑夜的怎么往回跑呀？"三保没有吱声，喘着粗气继续赶路。天勤的姑父一看老丈人真的生气了，这才感到了问题的严重。他只好一边劝说，一边和老丈人商量，让他坐在自行车后座上，自己带着他回去，这样速度快一些。三保开始不听他说，后来可能走得太累了，才答应坐自行车走。

七十多岁的三保，听女婿说旧房子被拆一事，就像刀子戳在自己心窝里，他想当众骂女婿几句，可是看到那么多的亲戚都来了，自己也不能搅和了欣雅的婚事，可他一刻也待不下去了，他余生的希望可能被这个女婿给毁掉了，于是自己偷偷跑出来，一路向老家奔去。女婿搞不清楚自己好心帮着拆个旧房子，老丈人为什么生这么大的气，他只好使劲蹬着自行车，希望快一点回去。

当东方泛白之后，三保和女婿终于回到了老房子跟前，三保一看，老房子不见了，只看见地上乱七八糟地堆着的土坷垃，还有被一根一根抖落开的织机。他蹲下身子，手里抓起织机开始搜寻，那些土坷垃也被他一块一块地翻腾着，可三保什么也没找到。他一屁股坐在地上，嘴扁了几下，欲哭又止，女婿站在跟前不知所措。

五十七

早晨起来外出方便的大保，忽然看见三保在院子里翻腾着，他心里“咯噔”了一下，就像有无数只蚂蚁从他胸口爬过一样，奇痒难耐。他下意识地摸了摸胸口，胸口的跳动速度明显加快了许多。他不敢面对三保，更多的是做贼心虚的缘故，当他看见三保一屁股坐在地上的时候，一股冷气飕飕地直窜进他的心底，他打了一个寒战，一瘸一拐地回到家里，生怕被三保发现。坐在地上的三保问女婿：“你让谁拆的房子?”眼睛却不看女婿，女婿回答：“我让大虎、二虎他们拆的，他们离得近，动手方便。”三保一听，脑袋一下子耷拉下来，再也没说一句话。过了半天他才朝西院的大保家看了一眼说：“我上辈子欠人家的，这辈子还债来了。”“岳父，这大冷天的，坐在地上不行，咱们还是起来回我家，有啥事再商议。”

三保就像被人抽了筋骨一样，浑身软绵绵的没有一丝力气了，到了东村的女婿家里，上炕倒头睡了过去，三保不仅是身体累了，更主要的是精神的支撑彻底垮了。三保感觉自己一无所有，只剩下了这副老骨架了，不知还能扛多久。

大保回到家，瞎眼老婆子做好了早饭，他坐在炕上抽烟，房间里只听见他“吧嗒、吧嗒”的吸烟声，碗筷也不动，瞎老婆子说：“你咋不吃饭?”大保不吱声，他想起入冬后，天勤姑父来他家找大虎、二虎帮着拆三保的旧房子，工钱将来等盖好了新房子一起算。当时大保心里想：三保肯定不知道女婿让他们拆房子的事，如果知道了，还不一定让不让拆了。当大虎、二虎在挑房顶的时候，大保就站在旁边看着，当房顶上的泥皮、织机被推下来落在地上后，大保无意间看到一些红颜色的东西也纷纷随着织机飘落下来。他顾不得喊大虎、二虎停下来，就一瘸一拐地跑过去看个究竟，他刨开土皮捡起一张，拿在手里抖了抖，大吃了一惊，这是纸币，他感觉自己的心脏剧烈地跳动起来。还没等缓过神来，一大片织机带着泥皮从他的头顶上盖下来，他大喊一声："停下来，想砸死你爹吗?"大虎、二虎听见喊声，停下来朝下面一看，大保已经灰头土脸认不出模样了。他俩赶紧从房顶上下来问大保："大，你咋跑在房跟前了?"二虎机灵，看着大保手里捏着的纸币，他顾不得管大保了，赶紧用手刨铲下来的泥皮和织机。这一刨不要紧，二虎看见了好多张这样的纸币。

大虎看见二虎捡纸币，自己也不管他爹了，冲进土堆里刨了起来。大保用衣服袖子抹了一把脸，感觉头上没啥问题，也一瘸一拐地刨起来。父子三人发现纸币在织机里面裹着，于是就一根一根地抖落织机。大虎抖出两张纸币来，刚要弯腰捡，二虎手快一把抢了过去，大虎上去抓住纸币，和二虎争夺起来，两个人就像拉锯一般，推过来搡过去，但不敢太用劲，怕撕坏了纸币。大虎一边抢一边大声喊："这是我抖出来的，你凭啥要抢?""这些织机和泥皮是咱俩共同铲下来的，凭什么就成了你的了?"大保怕弟兄两人因为这钱打起来，于是就说："谁也不要争抢了，现在先把钱都捡起来，回头咱们共同分了，一人一份。"大虎和二虎听他爹这么一说，也就不争抢了。他们抖遍了每一根织机，扒拉过了每一块泥皮，找到的纸币由大保先保管起来。

大保嘱咐大虎、二虎弟兄两人抓紧时间拆房子，免得夜长梦多。大虎、二虎这时来了劲头，他们感觉这破房子里有宝藏，他们发财的机会来了。当他们挑完了房顶，剩下四堵土墙的时候，发现没有什么油水了，就准备休息，大保喊道："把墙推倒后再休息。"大保的眼睛就像锥子一样紧紧盯着这几堵破墙，他心里的欲望就像野草一样疯长，心想着：你乔三保风光了一辈子，最后还住进了大城市，现在好了，我让你哭都找不到地方。大虎、二虎一起用力推南墙，可土墙厚实，他们两人憋足了劲，眼睛瞪得就像牛蛋一样，因为用力太猛了，脸也憋成猪肝一样的颜色了。嘴里"一二、一二"地喊着，大保看到这情形，一瘸一拐地走过来，一起加入了战斗。在父子三人的齐心合力下，"轰隆"一声响，南墙被推到了。他们顾不得拔地而起的灰尘，弯腰在土坷垃里搜寻着，当那些土坷垃被翻腾过一遍后，他们有些失望地抬起头来注视着另外几堵土墙。

“我看这墙里也没什么油水了，咱们今天先歇歇吧。”大虎说完看了一眼父亲。“你们回去歇着，我在这里清理一下，一会儿回去。”二虎说完后拿了一把锹，走近另外三堵破墙。大虎一听二虎的话，心里明白二虎是想一个人留在这里，如果再有什么油水，都一个人得了。“剩下这几堵墙好推了，我们干脆推倒后再歇着吧。”说完大虎也走到了破墙跟前，他们决定先推西边这堵墙。大保嘱咐他们注意其他两堵墙塌陷，别砸着他们，二虎跑出去抱回两根椽子来顶在另外两堵墙上。弟兄二人一起喊“一二”，当“二”字刚落后，那堵墙“哗啦”一声倒地了。

一个黑色瓦罐从土坷垃里滚了出来，大虎和二虎同时“啊呀”了一声。大保瘸着腿走过来，他们抢着抱瓦罐，二虎劲大，一把抱起来，大虎上去抢，二虎一松手“哗啦”一声，瓦罐落地摔碎了。随着响声过后，白色的银圆在地上滚了起来，三个人顾不上其他了，喘着粗气开始抢夺地上的银圆，衣兜了装不了几块就满了。老奸巨猾的大保脱了上衣，把袖口系了一个死扣，往袖筒里装。两个儿子看见了，也脱了上衣，挽了一个结，把银圆装了进去。银圆被三个人抢光了，他们还在土里面刨着。这时二虎把顶墙的椽子挪开，准备推另外两堵墙了。大虎上前帮忙，很快墙都被推倒了，他们再也没有看见黑色的瓦罐和雪白的银圆。

他们各自背起了上衣，感觉背上沉甸甸的，满身都是土，就像从地洞里钻出来的老鼠一样，浑身上下一个颜色。可他们心里乐得就像开了花。大保招呼两个儿子：“你们先到我的房里来，我有话嘱咐你们。”大虎、二虎来到他爹的房里，大保解开了裤管，脱下了裤子，把纸币全抖落出来，然后开始整理，两个儿子也帮着点数，经过计算，纸币总共是三千六百块钱。大保对两个儿子说：“你们每人一千八，我老了，要钱也没用了，留下点现大洋给孙子们。”说完他数好了钱，分给了两个儿子，大虎和二虎把钱装进扎好的袖筒里，准备起身。大保喊了一声：“坐下，今天这事你们对谁也不能说，只能烂在肚子里。我估摸着你三爹知道拆房子肯定要回来，到时候咱们统一口径，就说什么也没发现。”

大虎实诚一些，听完他爹的话后，心里觉得有点对不住三爹，就说：“要不咱们给三爹留下点，不能全部独吞了吧？”“你傻了吧？只要留一块现大洋，三爹就会认为都是咱们拿了。一块也不留，他也不清楚这东西到底落在谁的手里了。”二虎说完瞪了大虎一眼。“好了，你们都回去吧，把东西藏好了，千万别露出什么蛛丝马迹来。”大保的两个儿子走后，他一个人坐在炕上，把袖筒里的银圆倒出来，一个一个擦干净了数了数，心里有了数，就找出一个红木头盒子来，把这些银圆小心翼翼地放进去，用一把小锁子把木头箱子锁好了。这个木头箱子年代太久了，表面的油漆都快磨损光了，但他是大保的宝贝，虽然里面一直没有什么值钱的东西。但这次就不一样了，它成了名副其实的“宝箱”，从此被大保当成命一样保存起来。

大保心里想，他三保就是明知道自己得了这笔钱财，也是哑巴吃黄连了，他竟然私藏财产，不予上交，这就是严重的对抗行为，如果他敢声张，后果他自己很清楚。

三保因为受冻、劳累，躺在女儿家的炕上就起不来了。女儿不在家，参加欣雅的婚礼去了，女婿追了一夜老丈人累得够呛，也躺在炕上睡着了。迷迷糊糊醒来后，已经是午后了，女婿觉得肚子咕咕直叫，就赶紧下地擀面条了，等做好饭喊老丈人吃饭时，才听见老丈人发出轻微的“哼哼”声。他趴在炕上，揭开了老丈人盖在身上的被子，看见老丈人眼睛闭着，脸色发红，他伸手一摸老丈人的头，就像一个烧熟的山药，滚烫灼热。女婿这下着了急，他跑出去找来村里的土医官，给老丈人检查病情。

土医官测了一下体温，先用土办法治疗，拉出三保的胳膊，双手使劲向下捋，然后十指放血。然后他嘱咐熬一碗姜汤，姜放得多些，等姜汤熬好了，加了一些红糖，医官扶起了三保，一勺子一勺子给三保喂了下去，然后加了两层被子盖在三保身上。医官告诉三保女婿：“病人冻感冒了发烧，喝了姜汤后发发汗就会轻快很多，但他年龄大了，多养养再行动。”三保喝了姜汤后，肚子里发热，加上身上盖了两层被子，不一会儿就出了一身的汗，自己从昏昏沉沉的状态中清醒了过来，感觉肚子里好空。这时女婿看见他醒了过来就问他：“岳父，你想不想吃饭？”“想吃。”女婿赶紧下面条，三保坐起来，热热乎乎地吃了一大碗面条，才觉得身上有些力气了。但他的头还是有些疼，于是又躺下了。

三保的女婿一直都不敢问老丈人，那破土房子里有什么。老丈人更是徐庶进曹营一言不发，就这样僵持了几天，女儿秀秀也回来了，小心伺候着爹。三保身体恢复得差不多后，女婿送他坐汽车回到了临城。三保回到城里后，欣雅已经走了，三保没有参加孙女的婚礼，这是心里一道无法迈过去的坎儿。他和招弟一起存起来的银圆和纸币一夜之间被人偷走了，三保的精神受到了严重打击，他整天恍恍惚惚，饭量减少了许多，腰也弯了下来，步履蹒跚，大冷的冬天站在马路上向北张望，眼神里流露出悲凉和绝望。大约他的世界里，只有那一个树园子还在，他回去后也只能守着这片故园了，这树园里的每一棵树都是他亲手栽种的，每一片叶子里都包含着他对生活的美好向往，虽是旧梦，但能带给他莫大的慰藉。

五十八

黄家驹终于实现了自己的愿望，和乔欣雅成为夫妻了。结婚的那天，他就像做梦一般，被笼罩在一片神奇、美好、幸福、激动之中。等婚礼结束后，他虽然感到有些疲惫，但对婚姻生活神秘的尝试早已占据了全部。欣雅这天有些忐忑不安，她对婚姻生活还处于一种茫然和恐惧的状态。晚上，黄家驹喝了点酒，但并不多。他从衣柜里拿出了早已准备好的白色睡单铺在了床上。他看着令他朝思暮想的新娘兴奋不已，再也不用克制自己燃烧的激情了，这样的夜晚是人生最甜蜜和幸福的时刻，他要尽情体验。

黄家驹完成了他作为一个真正男人的使命后，浑身依然爆发着不可遏制的力量。他稍稍平复了一下情绪，温柔地搂着欣雅，亲吻着她的秀发。欣雅起身去了卫生间。黄家驹掀开被子查看床单，他没有看到他想要看到的“初红”，黄家驹的脑子“嗡”的一声，灌满全身的激情就像潮水一样退却了。他的心里出现了无数的疑问，他的自尊也受到了前所未有的打击，他没有搂抱上床的欣雅，而是仰面躺在床上，独自梳理突如其来的纷繁复杂情绪。欣雅以为黄家驹累了，自己也侧身睡了。黄家驹等欣雅睡了以后悄悄地下了床，披了衣服坐在客厅的沙发上开始胡思乱想。

像乔欣雅这样性格的女孩子，她不会在婚前有什么不检点的行为，因为她高冷、倔强，又有很好的家教，怎么会不是处女呢？这个事实对黄家驹的打击太大了，可以说给他热情激荡的内心浇了一盆冷水，让他顿时冷静下来，他该如何面对这个现实。黄家驹对爱情、对爱人的要求是完美的，可眼前的现实让他唯美理想的红楼顷刻坍塌了，他一个人在黑暗中寻找着能够化解内心无数疑问的答案，最后无法解答。

黄家驹想不明白，但困意袭来，他歪在沙发上睡着了。第二天醒来后，他发现自己的身上盖了一条毛毯。欣雅已经洗漱完毕，她经过了这一夜，曾经无数的幻想都消失了，内心安定了下来。黄家驹让她从女孩变成了女人，也让她一夜之间把心稳妥地安置在这个人的身上，不再有任何虚妄之想，用毕生去认真地经营生活。黄家驹曾经产生过询问欣雅的想法，但这一问会引发什么样的后果，他不敢设想，所以这个问题就像一座沉重的大山压在他的心头，他无法推倒。但日子一如既往地过着，黄家驹没有让欣雅察觉到他有什么心事，这是黄家驹的理智，也是他的城府。

青大开学后，欣雅开始给大一新生讲法律课。这是学校的安排，主要考虑她刚毕业，从大一开始授课对课程也是一个熟悉的过程。欣雅把自己的全部精力都放在了教学上，她生怕有什么教学问题会引发学生的不满。她在备课中查阅大量资料，整个教案本批注得密密麻麻的，有时熬夜到很晚，黄家驹催她休息，她才停下手头工作。经过半年的历练，欣雅的法律课已经得到学生的称赞了，学校也组织了几次听课，教务处的领导们都为欣雅扎实的功底竖大拇指。学校研究决定派欣雅到北大学习深造，提高专业水准，同时获得更高的学历。校方征求欣雅的意见，欣雅高兴地说："我一定好好学习，回到青大做一名合格的法律系教师。"

回家后，欣雅把这个消息告诉了黄家驹，黄家驹心里虽然有些不愿意，但他表面上没有表现出来，而且还比较热情地说："我支持你外出学习，不过留下我一个人太残忍了吧?""我会经常回来的，代职进修时间上是有弹性的，不同于在校生。""好吧，学校安排你学习多长时间?""利用假期学习，按照研究生的要求，学完所有科目。""上班期间不用去吧?""上班时间一般不会安排，除非课程有要求。"欣雅来到北大，这已是暑假了，学校的学生很少。研究生进修班的学生共有三十多人，吃住都在北大，授课的老师也是北大的知名教授，大家都是各地大学派来的精英，学习兴趣很浓。欣雅来了之后，一头扎进了学业中，她要利用这千载难逢的机会，跟着老师们多学点知识。

送走了乔欣雅，黄家驹按部就班地工作和生活。虽然初夜的阴影就像一条无形的绳索令他无法甩掉，可他还是喜欢乔欣雅的。从欣雅走了以后，他就数着天数过日子。不知不觉半个月过去了，黄家驹决定利用出差的机会去北京看欣雅。在北大的校园里，黄家驹和欣雅肩并肩一起散步。夏季的北大校园绿树成荫，他们顺着林荫小道来到了未名湖畔，看到了湖里的荷花，欣雅不禁想起了朱自清的《荷塘月色》：“曲曲折折的荷塘上面，弥望的是田田的叶子。叶子出水很高，像亭亭的舞女的裙。层层的叶子中间，零星地点缀着些白花，有袅娜地开着的，有羞涩地打着朵儿的；正如一粒粒的明珠，又如碧天里的星星，又如刚出浴的美人……”眼前的景象和朱先生所描述的如出一辙。欣雅的情绪随着波纹在心里微荡起来，少女的初心忽然又重归于她，她与他现在像是恋人，相依于未名湖畔。可转念一想，已为人妻的她还是遵从现实的理性吧。

已到晚饭的时间了，黄家驹对欣雅说：“你在这里天天吃食堂饭，今天我们去开小灶吧。”“好啊，有人请客，我欣然接受。”他们找到一个看上去干净雅致的餐厅。进去坐好后，黄家驹点了欣雅喜欢吃的三个菜，欣雅看了看菜单说要换一个菜，把烤鸭换成醋熘白菜。“我只要了半只烤鸭，北京的烤鸭地道，给你改善一下伙食，你怎么要换掉呢?”“我最近没胃口，不想吃烤鸭，我想吃醋熘白菜。”“那也不能都是素菜吧？要不换个其他的荤菜?”“我真的不想吃荤菜。”黄家驹没有坚持，他按欣雅的要求重新换了菜。菜端上来后，米饭也端来了。黄家驹看见欣雅老是吃醋熘白菜，他仔细端详了一下欣雅，发觉她瘦了，心想：这学校的伙食就是不如家里，出来半个月人就瘦了。欣雅忽然恶心起来，捂着嘴跑去了卫生间，黄家驹跟了过去，站在外面，听见欣雅在里面呕吐的声音，他大声问：“你怎么了，没吃对东西吗?”欣雅没有回答。过了一会儿，她出来了，说：“不知怎么了，最近老犯恶心的毛病，吃不对就呕吐。”

黄家驹忽然想起了什么，他曾经听别人说过这女人怀孕后就开始呕吐，而且特别爱吃酸的东西。想到这儿后，他心里一阵狂喜，赶紧扶着欣雅坐回了座位，倒了一杯热水递给欣雅，问：“你还想吃点什么？不行我们重新点菜。”“我什么也吃不下，喝一口水走吧。”出来后，黄家驹说：

“今晚就不回学校了，我们在外面住吧?”欣雅明白黄家驹的意思，她点了点头。黄家驹带着欣雅到一个比较讲究一些的宾馆登记居住，前台的服务人员看了看他俩说：“住一个房间吗?”“当然是住一个房间了。”“拿来结婚证。”欣雅看着黄家驹，只见黄家驹从背包里取出了他们的结婚证，欣雅想：这黄家驹做事可真是周到细心。服务员看了看结婚证，又盯着他们像审犯人一样看着，最后才办了入住手续。

五十九

三保在7月份回到了乔家圪旦，女婿找人把房子盖好有一段时间了，乡下通风好，加上土房子不大，基本干透了。三保把破凉房里的铺铺盖盖倒腾进新房，锅碗瓢盆安置好了，就住进了盖好的这间新房子里。开春以后，三保的精神比冬天好了一些，内心的伤虽然还没好，可腰直起来了一些，不像冬天那么弯了。三保拿了一把扫帚打扫院子，听见西院有咳嗽声，他直起腰来看见乔大保一瘸一拐地往外走，俗话说：眼不见心不烦。三保看见大保后，压抑了许久的那股火直戳戳地抵达脑门，他使劲冲着西院啐了一口，高声骂道："坏了良心的东西，老天爷让你一辈子成了瘸子。拿了不义之财，老天爷让你不得好死，必定天打五雷轰你。"这些话三保在脑子里想了一个冬天，早已背得滚瓜烂熟，平时不善言辞的他，这会儿骂起来还挺流畅。

别看大保岁数大了，可耳朵不背，三保的话清晰地传进了他的耳朵，他拐进了三保的院子里问："他三爹，你骂谁呢？""我就骂你呢，你们父子抢走了我的钱财，不得好死。""谁拿你的钱财了？你看见了，还是抓住了？你有什么证据说我们拿了你的钱财？""你说话丧良心，不怕风大闪了你的舌头。""我没拿我怕甚了？"这句话的音量明显低了下去，大保觉得自己没有底气，但他不能就这么认输了。吃罢早饭准备下地干活的大虎、二虎听见吵架声，跑过来一看，两个老汉互相瞪着对方，三保手里还握着一把扫帚。他们就赶紧劝两个人不要生气，有话好好说。

这时候，二保背着手走进了三保家的院子，看到了这阵势，他明白了原因。因为三保回来和他叨叨过拆房子丢了钱的事情。二保看了一眼大保规劝说："他大爹，三保的旧房子是你们拆的，房子里有什么东西三保心里清清楚楚的，看在都是老兄弟的份上，一笔写不出两个乔字，你就归还给他一半。这人老了，不能生暗气，气下个三长两短都不好看。”“二保，你说这话就不对了，你是看见我们拆房子换点工钱眼红了，还是帮着三保给我们栽赃了？我们根本就没看见什么钱不钱的。”三保一听那火气更大了，拿起扫帚上去就打大保，大虎、二虎赶紧拽住，这时大保气得山羊胡子一抖一抖地说：“暂不说我们没拿，就是拿了那也是你活该，土改没定你地主成分，那是吴天亮为你说了话。你隐瞒财产，不上交国家，这也是犯罪，你今天还和我们闹腾，有本事去公社说去。”“去就去，现在我可不怕你再给我扣帽子、穿小鞋了。你这辈子坏事干尽，土改联合其他人硬要给我定个地主成分，阴谋没有成功。告我和万林赌博，判了我三年，现在又霸占我的树园子，私吞我的钱财。我和你拼了。”三保说着又一次冲向大保。

吵闹声引来前后院的所有人，娃娃、大人都围起来看热闹。不知谁腿勤，跑去东村叫来了村主任，看见村主任大步流星往西村走，东村的一些人也跟了过来，这人越攒越多，三保和大保还在互骂。大虎、二虎心知理亏，看见村主任来了后，悄悄溜回家了。村主任先让两个人坐下，院子里有的是土坷垃，村主任也坐在了土坷垃上，然后让三保慢慢说清楚事情的经过，结果三保一句话也不说，大保耷拉着脑袋想：这事抖落出去，恐怕我得到的那几个现大洋也保不住了。过了一会儿，三保对村主任说：“这个树园子是我一手栽种起来的，他们后来也在我的园子里种树，卖树的时候把我的树也卖了，今天村主任来了，就把这事解决一下。”村主任听了后说：“你们在各自的树园子里隔上一条界线，这不就分清楚了吗?”二保也感觉其他事不能在村主任跟前说，就打了个圆场说：“这个事就不用麻烦村主任了，我给他们裁断一下，各归各的，以后少找麻烦。”

“好了，没什么事了，大家散去吧。”村主任招呼大家回去干活了，大保乘机回家了，三保和二保两个人也回到了三保的新房子里。说是新房子，其实很简陋，就一盘炕，地下放着三保那个旧柜子。炕上铺了一块毡，弟兄两个人坐下叨啦。二保劝三保说：“看来大保是死心塌地不往出拿这个钱了，你就认了倒霉吧。”三保把两腿竖起来，双手抱膝，用袖口擦了一把眼睛，二保不知道那是老眼不由自主流的泪，还是被气得流出来的泪，只听三保说："他拿了丧良心的钱，不会有什么好结果的。"

不知是老天爷真的惩罚一些心术不正的人，还是人老了经不得折腾，大保回到家感觉有点头晕，就躺在炕上了，等到睡了一会儿醒来后，就觉得嘴不听使唤了，动胳膊时，胳膊也拿不起来了。大保说不出话来，只听见"喔噢、喔噢……"的声音从喉咙里咕噜了出来。瞎老婆子听见声音不对，趴在炕上一看，只见大保眼斜嘴歪，口水不断往外流，眼睛瞅着老太婆，嘴却说不了话。瞎老婆子赶紧喊来了大虎、二虎他们，大虎一看他大成了这样，上炕就往起抱大保，大保这次的声音又变成了"吱吱吱"，就像老鼠叫一样。那身子也死沉死沉的，大虎抱着他大想让他坐起来，结果他刚一放手，大保就向后跌过去了，吓得大虎又扶起来。二保抬他大的腿，腿也不会动了。没办法，他们又把大保放得平躺下。弟兄两个出来在外面嘀咕，二虎说："大哥，你是家里老大，老三一直不在家，现在就咱们两个人，你说大大这病咋办?"大虎点了一根烟，蹲在院子里，使劲吸了两口慢腾腾地说："大大也近八十岁的人了，这病估计一时半会儿也看不好，躺在炕上活受罪了。""咱们就请老郭大夫来看看，如果能医治，咱们再商量。"二虎说完话看着大虎，大虎点了点头。

他们请来了郭大夫，郭大夫给大保把了把脉，又抬了抬胳膊腿脚说："脑中风，很严重，人已经是不能动了，要么就去大医院，要么就小心伺候着吃点药。"大虎、二虎相互看了看，大虎说："郭大夫，你说这去大医院能治好吗?""这我可不敢说。""去了再回不来怎么办?""这事你们自己定，年龄大了，外出确实有一定危险。"二虎抢过话来说："可不能让咱大在外面有个三长两短，我们都担待不起。"郭大夫从弟兄两人的表情、说话中已经看出了他们的想法，于是拿起笔来开了几服药，让他们给大保熬些中药吃，然后起身告辞了。

没过几天，精明算计了一辈子的大保终于闭了眼睛，到阎王爷那里报到去了。大虎一家披麻戴孝，给大保办了丧事。把大保埋了后，三保反而有些失落，和自己斗了一辈子心眼的人走了，自己反倒觉得缺少了什么。三保想：大保得到了我的钱财，那又能怎样，这眼一闭、腿一蹬什么都没了。人啊，就是放不下贪念，俗话说得好：“钱财是身外之物，生不带来，死不带走。”这三保心里忽然明白起来，人活着不能就为自己打小算盘，应该多为世上的人们留点啥。三保不懂什么是境界，也不知道什么是生命的价值，他只是从大保过世中忽然醒悟了许多。

福福和秀秀读小学的学校已经破瓦烂墙了，学校给公社、县里打了好多报告，说明了情况，可是迟迟得不到重新修建校舍的通知。后来公社领导说：“利用假期，老师们辛苦点自己动手盖教室，材料公社帮着解决。”公社的领导们开了个会，决定就近买椽檩、砖瓦。讨论时候有人提出：“这么多的椽檩去哪里集中买？”有人忽然想到了乔家圪旦三保的大树园子就说：“乔三保大树园子里的椽檩就足够了。”“不知道这个老汉卖不卖。”“我和村主任跑一趟，做做老人家的思想工作。”公社书记说了话，大家就等消息了。

公社书记去了乔家圪旦找到了村主任，说明了来意，村主任说：“最近老汉正在这里，大部分时间在临城住着，你来得正好，咱们去和他商量一下。”村主任带着公社田书记到了三保家，敲了敲门，没人答应，门没上锁，他们开门进去，发现家里没人。“说不定这老汉又去树园子里了，咱们到那里看看。”村主任带着田书记来到了三保的树园子里，田书记才发现这是一个多么茂盛的园子啊，里面花香扑鼻，各种树木参差错落，枝叶繁茂，这真是一个典型的植物园。田书记看到树园子被土坷垃墙围了起来，但因年代久了，那些土坷垃在风吹雨淋中塌陷了许多。尽管如此，田书记还是惊叹能把这么大一个园子围起来，这需要付出多少劳动和汗水呀？

“田书记，你过来，乔大叔在这里呢。”田书记走了过来，他看见一个身材高高、精神矍铄的老人站在他的对面。老人脸色红红的，头发剃得很短，看见田书记，不知该说什么。这时村主任说：“乔大叔，这是公社的田书记，找你商量点事情。”三保笑了笑说：“那咱们回家去说吧。”说着他就迈开步走在了前面，田书记笑着喊道：“乔大叔，我们就不回去了，在这园子里说也行。”说着田书记找了一处树墩子坐了下来，村主任和三保一看田书记坐下了，他们也分别坐了下来。“乔大叔，我们找你商量的事就是想买你的树。”田书记开门见山直奔主题。“咱们东营子的学校教室年久了，有些教室快塌了，娃娃们在里面上课不安全，上面又不给拨款，所以我们准备自筹资金先把教室利用暑假盖起来。”三保听完田书记的话，想起福福、秀秀小时候都是在东营子上的小学，娃娃念书是大事，不能有一点闪失。这教室一旦有了危险，后果不堪设想。

三保看了看田书记，又瞅了瞅自己这一园子的树，站起来指着园子里的树对田书记和村主任说：“给娃娃们盖教室，这是大事。我这一园子树，你们想用多少用多少，我一分钱也不要。”田书记和村主任一听，以为老人家糊涂了，又强调了一遍说：“我们是买你的树，不能白要。”“国家现在有困难，我们的娃娃们上学不能耽误。我也没有别的能帮上忙了，就这些树，盖教室能用上，就算我帮村邻们一把，给娃娃们把教室盖起来。”田书记上前紧紧握住了三保的手，这位老人没有什么豪言壮语，只是用一颗赤诚的心来帮助村邻、资助办学。田书记被深深地感动了。

六十

福福申请改造危房的报告递上去，工程款很快批下来了。有了这笔款项，福福的房子可以重新翻盖了，这功劳归于王部长。福福心里清楚，没有王部长，他不可能得到这笔钱，他也明白，没有亲家黄兴业这层关系，王部长不可能帮这个忙。经过几天的周折，钱算是到手了，剩下的事情就是计划盖房子了。

福福和兰兰商议，兰兰说："天勤也大了，该到娶媳妇的年龄了，我们盖成单独的两套房，一套预备天勤娶媳妇住。""这个主意行了，还有就是咱们一辈子也没住过个宽敞房子，这次就利用院子的地方，向南再拓展一下，盖得大一点。""我们的岁数也大了，折腾一次不容易，要盖就盖好了。"兰兰说完，福福点了点头说："我找人绘一个图纸，工人们就可以照着图纸盖了。""不用找外人了，他二舅不是搞工程的吗？让他来给计划一下，还能省两个钱。""也行，天勤的二舅是咱们这里出名的地产开发商，不行就承包给他们，咱们也省点心。"福福和兰兰商量好了后，找了远房亲戚天勤的二舅给计划拆房、盖房的事宜。天勤的二舅是个聪明人，他和不少政府官员打过交道了，深谙官场之道。姐夫虽然是个芝麻小官，可是在亲戚里也算有脸面的人，现在又结了一个当大官的亲家，他找到了自己，正好也给了自己一个机会，利用这个机会把房子给盖好了，钱能给节省下来，姐夫和姐姐一定高兴，往后有啥事都好说了。

定好了拆房的时间，福福和隔壁的邻居打了个招呼，邻居问这是不是单位给翻盖。福福说："自己翻盖，靠单位是没影的事儿。"这旧平房住的都是单位普通的职工，靠自己盖房子，没有几户能承受起的。福福家的房子拆迁后就准备开始动工起新房了，邻居们看了心里也痒痒的想盖新房子，可是手头紧，也只能是看着眼馋。这新房还没开始盖呢，就有人打电话给福福，说石头不用他准备了，有现成的石头他们给送过来做地基。福福还没等问清楚是哪位，对方就挂了电话。又过了两天，福福接到了一个电话，说有人托他把砖给这边运送过来，盖房子用，福福着急地问："你是哪里的?""这个你就不用管了，砖送过去你用就行了，不用你拿钱。"还有人把椽檩也拉来了，天勤的二舅心知肚明，这些送材料的人不是冲着福福来的，但东西堆在了院子里，福福也不能搬出去，只好用了。

材料齐备，房子盖起来就快，不到半个月，福福家的新房就落成了。那新房子比邻居家的旧房子高出了一大截，那些本来就低矮的房子，更像一个个驼背伛偻的老人，显得暮气沉沉，更加衰败了。福福的房子高大气派，在这片低矮的平房里拔地而起，鹤立鸡群，显得与众不同。福福和兰兰这次总算扬眉吐气了，他们走路也觉得有了精神，福福几十年没有过这样的感觉，原来生活有这样的幸福感。尽管他知道能够拥有这种幸福感，不单单是靠自己的能力，可形式上给他带来的荣耀让他觉得特别满足。谁都有虚荣心，他福福是人不是神，他也需要这种感觉，成就感、优越感。

到了算账的时候，天勤的二舅只是象征性地收了一点工钱，福福说："这可不行，工人们的工钱不能让你贴，我们于心不安。""姐夫，你就不要客气了，我这摊子大，哪个犄角旮旯也能挤出这点工钱来，你们好不容易盖一次房，我还能收你们的工钱了?""那也不行，这半个多月，七八个工人不停地干，我知道现在泥瓦工的工钱一天是多少。""姐夫，你们又不是每天都盖房，一辈子也就盖个一两次，我有这个条件了，没条件就不帮你们了。"福福看到天勤的二舅执意不收，也就不再强求了，于是说："那行，你一定不收我就领了你这份情，有什么需要帮忙的你说一声。"天勤的二舅说："有姐夫的这句话就行了。那我告辞了。"送走了天勤的二舅，福福和兰兰计算了一下这次盖房的费用，结果连一半的钱也没用完。他们两人把剩余的钱都攒了起来，准备给天勤娶媳妇用。

房子都装修好了后，王部长一天周末没啥事，就过来看看。他走到福福他们家的大门口，看到的是崭新的红漆大铁门，门上挂着金黄色的虎头锁环，红砖碧瓦，在这一片低矮的旧房中，显得气派醒目。王部长看完后想：生一个好女儿也是福气和资源啊。王部长看了看那些需要翻盖修建的危房，叹了口气，转身离开了这里。

欣雅从怀孕后，精神不如以前好了，有时上课老犯困，好在假期结束了，她回到了家里。黄家驹的家里人知道欣雅怀孕了，高兴地换着样给欣雅做好吃的，欣雅的呕吐还没有停止，吃点就吐了。坚持到开学后，略微好转，欣雅继续给学生上课，经过培训后，欣雅的知识面更加宽了，上课时她的教室里座无虚席，法律系的学生们都来听她的课。个别男生还有审美需求，来到课堂上，不仅能够学到知识，还能满足他们审美的心理愿望。

欣雅在青大法律系成为重点培养对象，又读在职研究生，加上自己的勤奋好学，很快赢得了校方的认可。有几个省城的大型企业想聘请欣雅去做兼职律师，都被欣雅一一拒绝了，欣雅想的不是挣钱的事情，而是在这个年龄段，一定要把业务水平提高，成为不可取代的对象，从而确定自身的价值。她克服了怀孕带来的种种不适，没有耽误一节课，直到分娩期到了，才住进了医院。黄家人在医院里陪着，兰兰也来到了省城，陪在女儿身边。住进医院没有两天，欣雅感觉肚子疼痛，她没想到生孩子这么痛苦，咬紧牙关坚持着，但疼痛感却越来越强烈，豆大的汗珠从脸上滚落下来。黄家驹着急得就像热锅上的蚂蚁，围着欣雅团团转。兰兰用纸巾给欣雅擦头上的汗，黄兴业也来了医院，他去了一趟院长办公室，一会儿产科主任的房间里响起了电话铃声，妇产科主任接完电话后，带着几个护士亲自过来给欣雅做检查。主任让其他人都离开，她详细检查过后说："产妇可以进产房了，其他人都在外面候着。"过了不长时间，听见产房传来一声婴儿的啼哭，那声音极其洪亮，宣告了一个新的生命降临人世。

外面的几个人着急地伸长脖子向里面张望，恨不得穿过那扇门，直接看望新出生的孩子。兰兰是担心女儿，不知欣雅怎么样了。外面有两个护士在议论："不知是谁家的媳妇生孩子，主任亲自上手。""这肯定不是普通人家。"产房里出来了一个护士，一帮人"呼啦"一下围了过去。"大夫，是男孩还是女孩?""恭喜你们，是一个大胖小子。"护士的话音刚落，只见黄太太一把抱住了欣雅的妈妈，把兰兰从地上抱了起来。“放下、放下，小心摔倒了亲家。”黄兴业喊着黄太太，但黄太太激动得又转向了儿子说：“是男孩儿，是男孩儿，我就喜欢男孩儿。”说着话，手舞足蹈不知该如何表达自己高兴的心情，那发自内心的喜悦是无法克制的。黄兴业也乐得在走廊里来回走动，黄家驹高兴得合不拢嘴。兰兰怯怯地走到护士跟前问：“大人好吗？”“母子平安。”兰兰悬着的一颗心才算是落了地。不一会儿，主任出来了，她后面跟了好多的护士，这个庞大的阵容，显示了产妇身份的与众不同。

产妇被推出了产房，回到了病房，孩子被抱了出来，黄太太上前一把抢过婴儿说：“孩子我们要自己抱着，不要给我们换了，这医院的孩子太多了，我们不放心别人抱着。”黄太太的这一举动搞得护士哭笑不得，不知该怎么办。“我们医院的规定，刚出生的孩子需要护士看护、照顾，不允许家长随便抱。”“不行，我们家的孙子就得我自己抱着，要不我不放心。”护士没办法，去请示主任，主任特许这个孩子可以由家人抱着，不过不能离开病房。黄太太跟着欣雅的车进入了病房，怀里抱着自己的孙子一直没有放下。

欣雅感觉自己稀里糊涂做了妻子，又在毫无准备的情况下做了母亲，这一切对她来说似乎都有些太快了，她有些措手不及，但已经沦陷在一场生活的千头万绪之中，她闭着眼睛，思绪万千，未来不但需要在工作上努力，而且在生活上也需要全力以赴了。好在婆婆家条件好，有保姆帮衬，自己不至于被捆绑在家庭生活的琐碎上。黄家驹从外面端来一碗红糖水，拿了一个小勺，坐在欣雅床前给欣雅喂红糖水，他说：“你累了这么长时间，喝点红糖水暖暖胃。”欣雅睁开眼睛，看到黄家驹的小勺已经到了自己的嘴边，不喝一点儿有悖他的心意。她准备支起身子喝。“不行、不行，你别动，就这样躺着喝就行了。”黄家驹制止了欣雅的动作，兰兰看见女婿这么关心欣雅，打心里高兴。

时间一晃过了三年，福福光荣退休在家，欣雅的研究生也毕业了，她在上大学的时候就通过考试拿上了律师证，对于民事、经济诉讼案子的条文耳熟能详，但她一直没有参与什么官司，把自己的精力放在了业务的提高方面。黄家驹提成了副处级，任团委副书记，在省委大院也算是青年才俊，前途无量。欣雅的儿子黄斌斌也三岁多了，这样的家庭无疑是令不少人羡慕不已的。黄家驹在外的应酬越来越多，欣雅在睡觉前很少见到他，有时候回到家已经醉成一塌糊涂了。每次看到黄家驹的这种情形，欣雅都会从内心里反感，等他醒来后，欣雅好言相劝："你整天这样喝，身体会受不了的，没必要的应酬尽量不去。""我也不想这样，可推辞不了，只能牺牲我的身体了。""那你去了也可以找借口不喝酒呀？非得把自己喝成这样吗?""你不懂，上了桌子，就身不由己了。""没有自律，醉生梦死。""你清醒，你自律，你清高行了吧。"

欣雅再也没说什么，她懒得再说什么了，背起挎包去了学校。晚上下班回到家后，又不见黄家驹的影子，习以为常的欣雅准备收拾一下黄家驹的衣服洗一下。她把黄家驹脱下的衬衫和外套整理在了一起，怕外套兜里有什么东西，伸手掏了一下衣兜，她的手摸出来一团纸，是揉成一团的卫生纸，她正准备扔掉时，看见一个透明物露出纸团。她奇怪地用手拉了出来，心"咚咚咚"的跳动了起来，不知因为紧张还是害怕，她看到了一个用过的避孕套，里面还有残留物。欣雅一屁股坐在了床上，她浑身发软，头脑也处于一片空白了，正在她茫然无助的时候，听到了外面的脚步声，她赶紧把这团纸和避孕套装在了自己的衣兜里，又顺手把衣服拢在了一起。

六十一

黄家驹进门后，看见乔欣雅用一种敌视的眼睛看着他，他心想：可能又嫌自己在外面喝酒了。黄家驹坐在欣雅身边，一只胳膊搭在了欣雅的肩上，欣雅用手推开了，欣雅忽然特别厌恶黄家驹。“怎么连碰一下也不行了?”“我嫌你脏?”“我怎么脏了？你说清楚。”“你自己做的事你还不知道?”黄家驹心里一惊，难道有什么蛛丝马迹暴露了吗？可他想了想没有啊，他一向做事很谨慎的。要不就是这段时间和老婆亲热少了，引起老婆的怀疑了。想到这里，黄家驹笑眯眯地说：“美人老婆是不是受冷落了，不高兴了?”“去你的，低俗。”一个“低俗”令黄家驹的火气趁着酒劲冒了上来，“你说我低俗，你高雅，你是大学老师，文化程度比我高，但你做出的事更令人恶心。”“我做什么事了？你有什么根据?”乔欣雅的内心就像一面镜子，敞亮着呢。

这时的黄家驹失去了理智，那积压在心中的窝囊气此时就像火山喷发一样，他说：“你结婚时就不是处女了!”乔欣雅一听，差点背过气去，这是对她人格的污蔑，也是对她洁身自好的诋毁，她说：“你放屁，你侮辱我。”从来不说脏话的乔欣雅第一次冒出了这样的词句。“我侮辱你，你把我当傻瓜了吗？结婚那天晚上，我特意铺了白色床单，可结果怎么样？你没有初红，还有什么理由解释?”欣雅回忆起了那天晚上，的确是没有见到初红，可自己也不知道这是为什么呀。她现在是百口难辩了，于是说：“没有初红，就说明我有问题了吗?”“没有初红，就说明你不是处女了，我等了三十年，等来的却是一个烂货。”“哇……”欣雅号啕大哭起来，那声音里充满了委屈和绝望。“你哭啥？你自己还觉得委屈了？我憋了这几年，你知道我内心有多委屈?”欣雅克制住了泛滥的情绪，恢复了理智，她感觉到了黄家驹的阴险和城府，几年里内心竟然隐藏着这样的怀疑，一直没有暴露，如果不是今天自己的情绪反常，恐怕他永远不会把这些秘密说出来，这样的人太可怕了，欣雅感到骨子里发冷。

“既然你从结婚就怀疑我不是处女，为什么不早点提出来分手呢?”“我那时疯狂地爱着你，就把这口气咽进肚里了，本来这辈子是不打算和你说了，可你逼得我非说来出来不可。”“我们分手吧。”黄家驹听欣雅这么一说，他的酒劲彻底清醒了，他知道自己这一说会引发什么后果，但已经有了孩子的乔欣雅也不会做得太过分，没想到她还真要和自己分手。黄家驹过分高估了自己的条件、身份，也低估了乔欣雅成为妈妈后的独立与孤傲，他想以乔欣雅不是处女的短处来打压一下她的傲气，让她以后在自己的面前服服帖帖的，不要老是摆出一副知识分子的清高来。没想到事与愿违，乔欣雅不但不买账，还表现出一副无辜受屈的样子，这让他有些不好收拾局面了，只能说：“老夫老妻了，即便是我有怀疑，那也是有原因的，你就不站在我的角度想想?”“黄家驹，我告诉你，我一生清白，没有任何劣迹。至于为什么没有出现初红，我不明白，所以给你解释不清楚。但是你一直怀疑我，却不与我沟通寻找问题的根源，而是隐藏自己的想法，到今天才搬出来和我理论，你的内心真的很阴暗。我们不是一路人，分手是最好的解决办法。”

“分就分，你不要还拿你是黄花大闺女看待了，你进了黄家的门，黄家对你怎么样，你心里清楚。”“我不需要这些，我要的是尊严。”“你自己头上贴上一张邮票，把自己邮寄出去，看能不能再碰到这样的家庭，这样的人。”“你太低估我了，我为什么要再取其辱呢?”这句话冷冷地甩出来，黄家驹确实领教了这个女人的骨气和傲气，但此时他知道要弥补这个裂痕已经困难了，也许过了这个晚上，她有回心转意的可能。

第二天早晨黄家驹睁开眼睛时，发现家里空荡荡的。他起身看了看，发现衣柜开着，他下地一看，乔欣雅的衣物都不在了，他查看了一下乔欣雅的箱子，也不见了。黄家驹冒出了一身冷汗，心想：完了，这下算完了，这个倔强的女人一旦做了决定，是不会改变主意的。他有些后悔昨晚的冒失，既然忍了几年了，何必要说出口呢？就怪祥云阁饭店的小张，那个长得白白净净有几分姿色的大堂经理，只要他们去那里吃饭，她那双勾魂眼睛就不离开他了。那天他确实喝得有点儿多了，她就扶他去了客房部休息，接下来的事情自己也稀里糊涂的，第二天早上醒来时，他们赤条条地睡在了一起。那是欣雅在北大学习期间发生的事，从那以后黄家驹就和这个女人多次苟合。他知道自己的身份，也想彻底摆脱这个女人，可是这个女人就像一条毒蛇一样缠着自己不放，黄家驹一直在想一个万全之策好甩掉她，又怕这些事被乔欣雅发现，所以心烦意乱，一下子把事情闹到这个地步。

昨晚欣雅躺下后，一直没有睡着，被误解的委屈，黄家驹口袋里的避孕套，一切都说明了黄家驹对她一直有怀疑，所以有可能在外面行为不检点。她想起了自己清高的外表下，竟然是如此可怜的生存状况，不禁悲从中来，眼泪偷偷地流在了这个孤独的夜晚。欣雅睡不着觉，当黄家驹睡熟之后，她下了地，整理好了自己的衣物，准备天明之前离开这个家。最让她揪心的是儿子斌斌，因为工作忙，孩子在婆婆那边，有保姆帮着带，如果她要离开这个家，最难割舍的就是儿子了。欣雅是学法律的，如果自己提出离婚的理由充分，孩子可以随自己，想到这里，她捏了捏衣兜里的那团纸，心里有了底。

她带走了儿子的照片，还有自己的照片和一些衣服，再没有任何使她留恋的东西了。她出门前望了一眼熟睡中的黄家驹，难以言表的复杂情感涌上心头，她咬了咬牙，拖着箱子，走出了这个家门。从此，欣雅再也没有踏进这个家门半步。她回到了学校，把东西暂且放在了办公室里，等上班后和系主任谈一下自己在学校住宿的事情。欣雅的办公室条件很好，但不宜于居住，从长远来看，还得靠学校解决住宿的问题。等上班后她找到了系主任说："主任，我现在有困难希望得到学校的帮助。""小乔，你有什么困难，只要学校能解决的，一定帮你。""我现在需要解决住宿问题。"系主任睁大眼睛盯着欣雅，他看见这个一向坚强的年轻教师居然眼睛红红的，露出绝望的神情。"小乔，是不是和爱人闹别扭了，年轻人这是难免的家庭问题，过去就没事了。"

"主任，不是小事情，原则问题，我需要在学校里居住。""那好，我和后勤处协调一下，看看咱们现在的公寓能否给你腾出一间来。”“谢谢主任了，我需要尽快解决。”“好的，我这就联系，回头给你答复。”

欣雅一晚上没睡觉，回到办公室后，躺在沙发上就迷糊着睡着了。办公桌上的电话铃吵醒了她，她接起来后，系主任通知她说：“小乔，我和后勤处联系了，正好有一套公寓空着，化学系的一位老师调走了，刚搬家。公寓两室一厅，挺好的，你去后勤处领钥匙就可以入住了。”“谢谢主任的关照，让您费心了。”“不用客气，你先住进去，有什么困难再和我说。”“好的，谢谢，我挂了。”乔欣雅去后勤处领到了公寓的钥匙，公寓就在学校的旁边，离学校很近。欣雅找到了房间，打开门进去后，发现房间很不错，虽然有人刚搬走，可还是清理了卫生。欣雅看到两室一厅的布局也很合理，就是没有家具和床。欣雅找了法律系的两个男同学，帮着买好了家里的生活所需，拉着箱子就入住了。

欣雅走了以后，黄家驹心里特别难受，虽然他一直耿耿于怀那个初夜权，可毕竟欣雅是他钟爱的女孩子。为了得到欣雅，他可以说是费尽了心思，现在儿子也有了，自己在外面也做了对不起欣雅的事情，按说这也算扯平了，可自己昨晚鬼使神差地说出了积压在心里的那些混账话。现在后悔也来不及了，黄家驹太了解乔欣雅了，这个弯要想转过来，不是一件容易的事。好在儿子斌斌在家里，她想儿子了，就会回到家里来看望的。从欣雅离家出走后，黄家驹的外出应酬也少多了，他提不起精神来，那个女人又找了他几次，都被他拒绝了，他必须和她彻底了断，否则还不知会闹出什么问题来。

周末到了，黄家驹来到母亲家里看望儿子：“斌斌，过来爸爸亲亲。”斌斌跑过来钻进了黄家驹的怀里说：“爸爸，妈妈怎么没来呢？我想她了。”孩子的一句话让黄家驹感觉心就像被刀子扎了一样疼。他意识到了问题的严重性，不能让儿子这么小就没有妈妈。“家驹，欣雅怎么没来?”黄太太问儿子。“学校又派她外出学习了。”“又出去学习，孩子都想妈妈了，也不知道回来陪陪孩子。”“年轻人，有上进心，工作认真负责，这是好事情。”黄兴业说完对斌斌说：“来，爷爷带你买好吃的去。”“少给孩子买那些不卫生的东西吃。”黄兴业老两口对斌斌这个孙子是含在嘴里怕化了，放在眼里怕磨了，孙子想要天上的星星，他们也得千方百计满足，孙子就是他们心尖上的肉，不能受半点委屈。因为这孙子太可爱了，那模样人见人夸，机灵乖巧，有时老两口被他哄得连东南西北也不知道了。

黄家驹看着父亲领着斌斌出去了，他也起身要走。“你不在这里吃饭了？欣雅不在家，你就在这里吃吧。”“我还有点事，你们吃吧。”说完黄家驹就出了门直奔青大。他必须找到乔欣雅，无论怎么都行，只要乔欣雅能跟着他回家，他和儿子不能没有这个女人。黄家驹去了学校，周末了，学校里人也少了很多，他去了乔欣雅的办公室，办公室里没有人，他有些奇怪，她能跑到哪里去呢？逛街去了？不会，乔欣雅平时很少上街的。还能去哪里呢？这办公室都锁着，没有人呀。黄家驹在校园里蹓跶着，希望能遇见法律系的老师们，问一下乔欣雅在哪里，可是除了学生外，没有看到老师。

六十二

东营子小学盖好了教室，学校面貌焕然一新。这离不开三保的资助，所有教室的椽檩都是三保提供的。当一车一车的椽檩从三保的树园子拉走时，三保心里有说不出的高兴，他种了一辈子的树，也卖了一辈子树，和人讨价还价是家常便饭。可这次一分钱不要的决定，倒让他有了一种前所未有的安慰，他已经在跨越八十岁这个门槛了，他感觉自己活到现在，能使他高兴的事也莫过于此。学校盖好以后，娃娃们都坐进新教室读书学习。学校邀请三保去开表彰大会，三保拒绝了，他说："只要娃娃们能安全上学我就放心了，什么会我也不参加了，人老了，行动起来不方便。"

三保树园子里的树木稀疏了，他也不再栽种了，天气冷了以后，他就回到了临城，这次回来后，他就再也没有回乔家圪旦。日月如梭，三保的腰彻底弯下去了，吃饭也不断地掉饭粒，他扳着指头数了数，自己已经八十三岁了，身体大不如从前。蹲在厕所里站不起来，他就扳着左边的隔墙往起站，久而久之，那厕所的隔墙也被他扳得越来越矮了。他常常会拄着拐杖站在马路边向北瞭望，大约他还是想着他的树园子。

一天早晨，兰兰做好了饭还不见公爹起来吃饭，平日里他起得挺早的，兰兰就去公爹的房间喊："爹，吃饭了。"喊完了，也不见三保有动静，兰兰心里一惊，到了三保跟前一看，三保的眼睛闭着。她用手推了一下，发现三保的身子早已僵硬了，兰兰大喊："快来人，快来人……"正在吃早饭的福福和天勤听见喊声赶紧跑过来，福福看见父亲闭上眼睛就像睡着的样子，他把手伸在父亲的鼻孔跟前试了试，已经没有呼吸了。福福抱住了父亲喊了一声："大大呀，你怎么悄悄地就走了……"福福的痛哭声，兰兰的抽噎声，天勤哭着喊："爷爷、爷爷……"可三保永远地睡着了，他和这个世界永远告别了，他悄悄地走了，没有给任何人找一点麻烦，正如他一生的自觉。这个冬天的早晨福福家传来了悲戚的哭喊声，可三保再也听不见了，他用自己的脚步丈量完了自己的一生，为自己的生命画上了圆满的句号。

福福擦干了眼泪，两只手颤抖地拿起笔，在一张纸上写了几个城里亲戚的名字，递给天勤说："今天你就不要上班了，和单位请个假，骑车子去这几家亲戚家，通知他们就说你爷爷过世了。"说着话，福福的眼泪又来了，兰兰的眼泪也在扑簌簌地往下掉。天勤拿着福福递过来的纸张，他知道这些亲戚家的住址，推起自行车就走了，兰兰跑出来大声喊着："注意安全，骑得慢一点。"福福忽然对着兰兰喊："赶快拿大大的寿衣来!"兰兰这才醒悟过来，揭开柜子拿出了寿衣，福福和兰兰费劲地给三保换完了衣服已经筋疲力尽了。

福福回到屋里，拿起了电话，开始给欣雅、静雅打电话，通知她们以最快的速度回家。接到电话的姐妹两人不知道家里发生了什么事，电话里问父亲，父亲也不告诉她们，就让她们抓紧时间回家，家里有事情。这姐妹二人买票赶火车，到了半夜时分才回到了家。还没等进了院门，就看见大门上面插的冲天纸，两人吓得腿立刻软了。等爬进门后，院里已经有好多亲戚在忙乱了。院中间搭起了一座灵棚，放着一副棺材，三保放大的黑白照片挂在灵棚的上面。欣雅、静雅一看，什么都明白了，她俩趴在灵棚前号啕大哭，那声音凄惨悲伤，直哭得亲戚们都跟着掉泪。亲戚们都知道这俩孙女和爷爷的感情很深，她们的哭声渐渐沙哑了，亲戚们实在不忍心再让她们哭了，就把她俩从地上扶起来，可她俩怎么也不起来，没办法，几个男人才把她们强行抱回家里。

福福和兰兰看见两个女儿如此悲伤，他们也忍不住自己的悲痛，又跪在地上烧纸痛哭，亲戚们劝他们说："家里还有很多事等着处理，你们不能总这样了。"福福和兰兰这才起来，和众人商议出殡的事宜。三保的遗体拉回了乔家圪旦，埋在了自家的祖坟里。他和其他去世的亲人们都长眠在这里，这是一片贫瘠的土地，可三保在这块贫瘠的土地上奋斗了一辈子，最后依然守望着这块土地，一个人活着热爱自己的生长环境，死后还能与之相守，这是最好的结局。三保作为一个普通的劳动者，与乔家圪旦有着深厚的情感，狐死首丘人何以堪？

安葬了爷爷后，欣雅一直没有走出悲伤的阴影，她很少说话。福福和兰兰从欣雅回来后心里就产生了疑问，为什么女婿没有回来？欣雅应该告诉黄家驹这事的，那黄家驹是有什么重要事情脱不开身吗？如果不是，那他做事就失大礼了。晚上吃罢饭，福福叫过来欣雅，静雅也跟了过来，兰兰看见福福有话要对欣雅讲，也坐了下来听着。“欣雅，黄家驹在忙什么？”福福的话音一落，欣雅的心就像被针扎了一样疼。她是个不善掩饰的人，面部表情流露出的痛苦家人一眼就看出来了。福福继续问：“你俩闹别扭了？”欣雅紧闭着嘴一句话也不说。这不说话本身就说明了有问题，福福意识到问题的严重性了就说：“我问你话呢，现在就咱们自己家里的人，有什么话你可以说出来，即便就是什么大问题，我们都能和你一起承担。”福福说完，被黄家驹误解后所受的委屈，爷爷的突然离世，自己现在面临的诸多问题，一下子让欣雅感到前所未有的伤感，瞬间泪流满面。兰兰一看女儿这样，心疼得不知说什么好，静雅抱住了姐姐，让姐姐觉得自己还有依靠。“不怕，就是天塌下来，我们和你一起顶着，到底出什么事了？”“我要和他离婚。”一听这话，福福和兰兰吓了一跳，他们感觉到问题的严重了。“离婚不是随便的事情，如果两人有了矛盾，我们看怎么解决，离婚也不是解决问题的唯一办法。你是大学老师，又是学法律的，遇事要冷静处理，不要感情用事。”“爸、妈，你们是了解我的，一般的事情我不是斤斤计较的人，但原则问题我是不会妥协的。至于为什么离婚，详情我不便说，请你们相信，我做事是有分寸的，不是任性。”“你现在可是有孩子的人了，这离婚也不是你们两个人的事情，要为孩子想想。”兰兰说完，抬起胳膊用袖口擦着眼泪。

“你妈说得对，没有孩子，分开谁过谁的没有多大影响。现在就不是你们两人的事情了，孩子不管是缺了爸还是妈，就缺少了人生的许多东西，变成不完整的人生了。”“孩子我会争取抚养权的，这个你们放心。”“你能争得过人家吗？”“爸，现在是法制社会，一切都要按照法律解决问题，不是谁的拳头大谁就说了算。”“你以为自己是学法律的，知法、懂法，就能争取到孩子的抚养权?”“我还真不信我打不赢这场官司。”福福和兰兰一看闺女那倔脾气又上来了，就不再顺着这个话题说了。兰兰问欣雅：“你公公、婆婆知不知道你们闹离婚?”“他们不知道，这也是刚发生的事情。”“你看你也三十岁的人了，将来自己带着一个孩子怎么过？这女人有了孩子就不能只为自己考虑了。”福福想到了欣雅和黄家驹的这场婚姻，总感觉自己心里有一些愧疚。他也经常担心欣雅的婚姻出什么事，这怕处就有鬼，果然是照着这话来了。福福当初是怕这门不当户不对欣雅受气，可看到黄家驹那么喜欢欣雅，也就打消了这份顾虑，从现在的情形看来，欣雅可能真受气了，福福不想再劝女儿了。他了解女儿就像了解自己一样，知道女儿的主意是铁定了，只好安慰欣雅说：“先不要那么着急决定，看看事情有没有转机再说。”“你现在住在哪里?”静雅问姐姐。“学校给我分了一套公寓，我先住在公寓，挺好的。”

晚上躺下后，福福和兰兰睡不着，这几天因为父亲去世的事情，他们没怎么睡觉，可欣雅的事情更让他们揪心。福福说：“我们应该去一趟青城，了解一下实情，看有没有挽回的余地，这离婚毕竟不是一件好事。”兰兰说：“你这闺女和你一模一样，就是死倔，自己打定的主意，谁劝都没用，你又不是不知道。”“那也不能看着不管呀，我们是做父母的，孩子们不幸福，我们心里也不舒坦。”“等她回去上班后，我们一起去见见亲家，了解一下到底发生了什么事情。”

欣雅回到临城后，黄家驹又去找过欣雅，后来听系里的老师们说她搬进了学校公寓，他找到了欣雅的公寓，可是一直没有见到欣雅本人。黄家驹感觉有些不对劲，正准备给欣雅的父母打电话，欣雅回来了。当欣雅在她的公寓外面看见黄家驹的时候，她就像被电击中一样，浑身都在抽搐，她不知道这是黄家驹带给她的痛苦使然，还是面对这个伪君子所产生的愤怒之情，她不愿意再看见他。她准备转身的时候，黄家驹一把拽住她说：“你就这么讨厌我？那只不过是喝了酒以后的醉话，你还真这么计较?”“我再次告诉你，我不希望见到你，我会向法院提出离婚起诉。”黄家驹看到乔欣雅绝情的外表下那种高冷不可侵犯的神态，他忽然意识到情况远比他想象的严重就说：“就因为一次吵嘴，你就闹离婚，谁家过日子还能不吵吵闹闹，你为斌斌想过一点儿没有？你这样做太自私了吧？”“你没有资格在这里和我谈论自私不自私，斌斌的问题我自会考虑，你不要用斌斌的事情来逼我妥协。”“这么多年了，我待你如何，你扪心自问一下，生活上、工作上哪一方面我对你不够意思？你这样做太冷血了吧？”“其他方面你对我再好，但你不尊重我的人格我们就没办法长久下去，长痛不如短痛，分手是最好的选择。”“那我要是不同意呢？”“那我们就在法庭上见。”黄家驹看到乔欣雅态度如此坚决，他的内心就像结了一块冰，拔凉拔凉的，这个女人真是个冷血动物。但是上法庭，黄家驹心想：这事必须和老爹、老妈说了，看来捂是捂不住了，乔欣雅要动真格的了。

回到家里后，斌斌又缠着爸爸问：“妈妈怎么还没回来呀？我好想她。”斌斌的一句话让黄家驹顿时泪流满面，斌斌看见爸爸哭了就问：“爸爸，你为什么哭了？”黄太太听见孙子说儿子哭了，赶紧跑过来问：“你怎么了？为什么哭了？”黄兴业看了一眼儿子，儿子竟然哭得越来越伤心，黄兴业对儿子说：“有什么大不了的事，至于这样吗？”

六十三

当黄家驹把欣雅提出离婚一事和父母说了后，黄太太看见儿子如此伤心就安慰他说："小两口闹意见是正常的，孩子都有了，说离婚哪有那么简单，女人总要使个小性子的，过去了就没事了。""她是铁了心要离，她的脾气你们又不是不了解。""离就离，我就不信没有臭鸡蛋，还不做槽子糕了，不能惯这些坏毛病。"黄兴业的话语里流露出不满和严厉，"但有一点，孩子不能给她，她要提出离婚，孩子的抚养权应该归我们。"黄兴业补充了一句，语气里带着不可抗拒的威严。黄家驹无精打采地在沙发上坐着。"你看看你那个样子，现在没离婚你就蔫了？男人做事要拿得起放得下，现在还不是没离吗，我们设法和她父母亲沟通一下，能劝解尽量劝解。实在不行，那也不能低三下四地求她，这是什么事了。"

没过几天，黄家驹收到了法院的传票，要求他去法院接受调解，黄家驹拿到这张传票后，心一下子凉了，人也像霜打的茄子无精打采的。按照传票的要求，他去了法院。乔欣雅不接受任何调解，执意离婚，但她力争孩子的抚养权。乔欣雅的爸妈接到了亲家的电话，他们就赶过来了。他们先找到了欣雅，想了解一下具体情况。欣雅领着爸妈到了自己的公寓，福福和兰兰看到女儿住得挺好，揪着的心稍稍放松了一点。"爸、妈，你们是为我离婚的事情来的吧？""你公公、婆婆给我们打了电话，让我们来劝劝你，能过还是继续过，没有什么大的问题就不用非走这条路了，离了婚的日子不好过。"福福说完后，兰兰也劝女儿："女人家的，找这么一个家庭也不容易，黄家人待你也不错，我们都看在眼里的。"听了爸妈的话，乔欣雅的脑海里又出现了黄家驹侮辱她的情景。从她离开黄家住进公寓后，她也想搞明白自己为什么就不是处女的这个问题，她买来一些医学方面的书，开始寻找答案。当看到女孩子在剧烈运动中也会破坏处女膜的说法时，她极力回忆自己的运动经历。翻来覆去想啊想，忽然她想到了上高中的时候，她参加篮球训练时纵身跳跃后，下身有疼痛感，而且出血的过程，她恍然大悟了，就是那次她的处女膜破裂了。她恍惚的思绪安定了下来，这能怪她吗？

“爸、妈，你们不要担心，即便离了婚，我也会正常生活的。有些事情不是一两句话就能说清楚的，离是必然的事情，我不会改变主意，而且已经到法院起诉了，现在主要就是争取孩子的抚养权有点麻烦。”兰兰听了女儿的话后，抽抽搭搭哭了起来，她心疼女儿，更心疼外孙，如果人家不给欣雅孩子，以后他们也难见到斌斌了。福福心里也不好受，看来和亲家见面也没有什么必要了，欣雅已经起诉离婚了，只能对簿公堂了。女大不由人啊，福福心里想。

按照程序，六个月后欣雅再次起诉，法院通知离婚双方来到法庭，就离婚后孩子的抚养权进行了辩护。双方各自陈诉了抚养孩子的条件后，法庭很难裁定孩子应该判给谁，因为各自的抚养条件都很优越，在无法定夺的情况下，欣雅忽然出示了黄家驹不具备抚养孩子的证据。当乔欣雅从衣兜里掏出了一团卫生纸，拿出了避孕套后说：“这就是当事人不具备抚养孩子条件的证据，一个父亲如果道德有问题，孩子跟着他会受到影响，这是他行为不检点的证据。”黄家驹一看那团卫生纸，再看那个避孕套，一下子傻眼了。他不知道乔欣雅从哪里找到了这东西，他皱着眉头想着，怎么也想不起来。“你这是污蔑我，我不承认。”“那就让法院拿去化验一下。”乔欣雅说完，黄家驹头上冒出了豆大的汗珠。“我可以告诉你，这是从你的衣兜里找到的，还需要抵赖吗？”黄家驹不想再分辩什么了，他坐在椅子上一句话也没说。这一证据决定了乔欣雅争取到了孩子的抚养权，最后法庭把孩子的抚养权判给了乔欣雅。乔欣雅拿着判决书，走出了法院。

几年后，当乔欣雅再次踏入法院的大门时，她已是青城著名的大律师了。

又过了三年，欣雅开车带着斌斌回到了乔家圪旦，这里还是一片泛白的盐碱地，红柳树长在空旷的盐碱地上，坚韧的枝条舒展向上。欣雅最喜欢它那紫云般的色彩，呈现出北方大地上的阴柔之美。欣雅找到了爷爷的墓碑，她跪在了爷爷的墓前，把带来的东西都摆在了墓碑前，点燃了火苗。欣雅祈祷爷爷在另一个世界能够感受到她对他的怀念，她深深地弯腰下去，脸颊上挂满了泪花。烧完纸后，欣雅带着儿子去了三保的房子前，她看到房子周围长满了野草，尤其是芦苇快要把房子遮住了，房子就像一个破败的茅庵，荒凉而孤寂。欣雅用手扒拉开那些草，看到门上还锁着一把大铁锁。她走了过去，用手握住这把大铁锁，她感觉出时光的悠远还有爷爷的气息，都通过这把铁锁传到了她的心里。她没有打开这把锁，就让它随着岁月一起守护这间房子吧。

欣雅领着斌斌来到了树园子前，她的黑色长款风衣被风吹了起来，她系紧了腰带，凸显出了修长的身材，白皙的皮肤上，那一双灵动的眼睛里稍有些忧伤。她凝望着这个园子，围墙已经全部塌陷了，园子只是童年的印象，现在已经不成园子了。里面的树木稀稀疏疏的，它繁茂的景象也荡然无存了，周边的田地一直在向它进军，它就像一个无助的刺猬，蜷缩着越来越小的身体。“妈妈，这是什么?”欣雅看到斌斌指着树园子询问，她抱起了儿子告诉他：“这是故园，藏着我们许多旧梦。”“妈妈你快看。”顺着斌斌手指的方向，欣雅看见一丛绿色在荒草中摇曳，一个新的春天到来了……

（完）